일본문학

속의 | 한국문학과의 비교를 통하여

사계四季

저자

최재철(崔在喆, Choi Jaechul)

1952년 보은(報恩) 출생. 현재 한국외국어대학교 일본어대학 일본언어문화학부 명예교수다.
일본연구소장, 외국문학연구소장, 도서관장, 행정지원처장, 일본어대학장을 역임했다. 한국외
국어대학교 및 동 대학원(일본문학전공) 석사과정을 수료하고, 도쿄(東京)대학 대학원 인문과
학연구과(비교문학비교문화전공) 석사·박사과정을 수료했다. 대표논저로는『일본문학의 이
해』(민음사, 1995), 역서『산시로』(나쓰메 소세키, 한국외대 출판부, 1995),『잊히지 않는 사람
들』(구니키다 돗포, 지식을만드는지식, 2017), 편저『韓流百年の日本語文学』(木村一信 共編, 人
文書院, 2009),『인생을 말하다』외『일본 명단편선』(전5권, 지식을만드는지식, 2017), 공저『문
학, 일본의 문학—현대의 테마』(제이앤씨, 2012),『비교문학과 텍스트의 이해』(소명출판,
2016) 등이 있다. 논문으로는「森鷗外における韓国」(『講座 森鷗外』1, 新曜社, 1997) 등이 있
다. 한국일본근대문학회장, 한일비교문학연구회장, 한국일어일문학회장, 세계문학비교학회장
을 역임하였고, 한국비교문학회 학술이사, 대한민국학술원, 한국문학번역원, 대산문화재단 심
사위원이다.

일본문학 속의 사계(四季) – 한국문학과의 비교를 통하여

초판1쇄발행 2016년 9월 20일
초판2쇄발행 2017년 4월 10일
초판3쇄발행 2017년 9월 30일
지은이 최재철 **펴낸이** 박성모 **펴낸곳** 소명출판
출판등록 제13-522호 **주소** 서울시 서초구 서초중앙로6길 15, 1층
전화 02-585-7840 **팩스** 02-585-7848
전자우편 somyungbooks@daum.net **홈페이지** www.somyong.co.kr

값 26,000원
ISBN 979-11-5905-059-6 93830
ⓒ 최재철, 2016

이 저서는 2011년도 정부재원(교육부)으로 한국연구재단의 지원을 받아 연구되었음(NRF-2011-812-A00175).

최재철 지음

일본문학 속의 사계四季

한국문학과의 비교를 통하여

FOUR SEASONS
A COMPARATIVE STUDY OF JAPANESE AND KOREAN LITERATURE

소명출판

책머리에

일본문학의 사계를 주제로 책을 쓰게 된 동기는, 일본문학에는 자연 계절, 특히 사계의 표현이 왜 그리 많고 섬세한가 하는 물음에서 출발한다. 실제 일본인은 식물의 이름을 많이 기억하고 가을벌레 소리를 구별하며 계절의 변화에 민감하게 반응하고 세세하게 표현해왔다. 사계의 의식주생활과 계절별 문화와 문학이 늘 함께 한다는 생각이 든다.

11세기 초 일본 최초의 고전수필 『베갯머리 글』(枕草子; 마쿠라노소시)에,

　　봄은 동틀 무렵. 점점 하얘져가는 산등성이는 조금씩 밝아와 보랏빛 구름
　이 가느다랗게 늘어져 있는 게 보기 좋다.

라는, '보랏빛 구름'을 발견한 것도 이유 중 하나다. '여름은 밤'이고, '가을은 해질녘', '겨울은 이른 아침' 등, 사계 표현의 한 전형을 제시하며 산천초목 화조풍월의 계절감을 자세하게 관찰하고 묘사한 이 여류수필에서 자극을 받기도 했다.

요사 부손의 하이쿠俳句,

　　유채꽃이여 달은 동녘에 해는 서녘에
　　菜の花や月は東に日は西に

는 하늘과 땅과 자연과 계절이 있는 커다란 풍경화다.

무엇보다 8세기의 고대가요집 『만엽집』에 계절별 노래가 따로 모아져 있고, 10세기 초 『고금와카집』부터는 편찬체제의 기본이 춘하추동 사계별로 분류되어 있다는 데 놀랐다. 『겐지이야기』 등 산문에서도 사계 표현은 쉽게 찾아볼 수 있다.

또한, 근현대를 포함한 수많은 하이쿠가 '대형 컬러판 세시기歲時記 5권'에 좁쌀만 한 활자로 **빽빽**하게 모아져 있다. 하이쿠에 등장하는 동식물, 꽃과 곤충 등을 컬러로 인쇄하여 웬만한 동식물도감 이상이다. 기후 풍토와 자연 계절, 생활과 문학이 혼연일체가 되어 있다는 느낌이 들 정도다. 각종 세시기는 물론, "계절어季語"를 모아놓은 여러 종류의 책도 수를 헤아릴 수 없다. 일본문학의 사계 표현의 전통 계승과 그 전개는 일본인의 성향을 그대로 반영한다고 본다.

이러한 일본문학과 일본인의 사계를 늘 접하게 됨으로써 관심을 가지게 되었고, '사계'를 문학사적으로 종합한 연구가 거의 없다는 것과 한국문학과 비교 조망한 책도 없다는 점에 착안했다. 그래서 연구계획서 작성 단계부터, 자료를 수집하며 관련 작품을 읽고 그 책을 들고 교토京都를 계절별로 답사하고, 논문 준비와 학회 발표, 원고쓰기 등 힘은 들었지만 즐거움이 컸다. 이번 계제에 마쓰오 바쇼松尾芭蕉 하이카이(하이쿠)의 변화하는 계절과 '시간의 흐름' 표현에 대해 정리해보는 등 고전시가문학을 주로 읽은 건 적잖은 수확이었다.

한국문학에 대해 한 주제로 고전시가와 근현대문학을 읽고 글을 쓰게 된 것도 새로운 도전이었고 개인적으로도 큰 보람이었다. 월령체 고려 가요 「동동」의 사계절과, 한국문학의 자연 계절을 보는 전체적 시각과 유교적 지향성을 보여주는 조선시대 「어부사시사」, 「농가월령가」 등의 시조와 가사를 포함해 근현대의 대표적 시와 산문을 새로 음미해본 것도 좋았다. 한국문학 전문가가 보면 미흡하겠지만, 통시적으로 '사계'를 주제로 모아본 것은 의미 있는 작업이었다고 생각한다. 그래서 한일 간의 비교문학의 한 소재로 읽을거리를 제공한다는 의의는 있으리라고 본다.

'잎새에 이는 바람에도 괴로워한' 시인 윤동주는 '「봄」이 혈관 속에 시내처럼 흘러'라고 노래했다. 저자는 그 정도는 아니지만 이 책을 마무리하면서 틈틈이 신록으로 눈을 씻곤 했다. 사계절 속에 자란 고향의 어린 시절은 언제나 가슴과 추억 속에 고스란히 남아있다.

여름밤 두견새소리 들으며 잠 못 이루던 일본인들이 수없이 있었다고 『만엽집』과 『고금와카집』은 증언하고 있으며, 서정주는 '한 송이의 국화꽃을 피우기 위해 봄부터 소쩍새는 그렇게 울었나보다'라고 읊고 있다.

책상 컴퓨터 자판에 계속 붙어 있다 보니 몸도 좀 움직이고 눈의 피로를 풀 겸 창밖을 내다보면, 아파트단지 앞 근린공원 작은 숲이 바로 보여 그야말로 햇살을 받은 나뭇가지와 가지가지 녹색을 띤 파란 잎사귀들이 봄바람을 받아 눈부시게 일렁이고 있는 모습이라니! 굳이 멀리 봄을 찾을 필요도 없다 싶다.

언제부터인가 「한・일 사계의 시」를 편찬해보고 싶다는 바람을 갖고 있다. 사계의 시를 소리 내어 읽고 필사해보며 계절의 변화하는 모양을 바라보는 일상이라면 뭐 웬만한 아픔과 답답함은 치유되지 않을까 한다.

그간, 일본문학을 이해하고자 하는 책들을 낸 적은 있지만, 한 가지 주제로 이렇게 흥미롭게 한 작업은 드물다.

이제 5년여의 여정을 마무리하면서 도와준 이들, 먼저, 한국연구재단의 3년간의 저술출판지원에 감사한다. 또한, 자료수집과 정리에 묵묵히 수고한 장지영 박사와 도쿄東京유학 중 기꺼이 자료 수집을 도와준 정상민 강사와 신중관 군, 그리고 '한일비교문학연구' 강의에 참가하여 한국문학 관련 자료 수집, 정리를 한 대학원생 이광호 군을 비롯하여 손경옥, 서영준 군에게 고마움을 전한다. 늦어진 제안에도 기꺼이 간행을 수락한 소명출판과 책임편집자께 감사한다.

이 책이 잘 읽혀지기를 바라며 독자여러분의 고견과 성원을 기대한다.

2016년 신록의 계절에, 저자

차례

일본인의 자연·계절관에 대하여

일본문학에서 사계 표현의 유래와 전개과정, 그 내용을 알아보고자 한다. 일본인은 섬세하게 자연 계절 묘사를 즐겨, 언어를 매개로 소위 '문화 전통으로서의 자연自然'이라는 미의식을 가지면서[1] 사계절 표현은 일본문학의 주요한 특징이 되었다.

동아시아문학의 원류로서 중국문학 한시漢詩에 자연 계절을 노래한 산수전원시山水田園詩 등에서 첫 번째와 두 번째 구절은 대개 자연 계절을 읊는다. 일본의 만엽萬葉 초기 덴지조天智朝(7세기 중반)에는 대륙문화

---

1   鈴木日出男, 「あとがき」, 『源氏物語歳時記』, ちくま学芸文庫, 1995, 366쪽.

를 적극적으로 섭취하는 정책을 펴서 한문학이 활발하게 유입되었고, 일본은 계절 표현에 있어 중국문학의 영향을 많이 받았다.[2] 『구보타평석窪田評釈』도 오우미조近江朝 : 덴지조 이전에는 자연현상을 미美로 느끼는 여유 따위 없었다고 한다.[3]

한국문학의 경우에 향가鄕歌 이래로, 조선시대 연시조인 「강호사시가江湖四時歌」와 「어부사시사漁父四時詞」, 「전원사시가田園四時歌」, 장편가사 「농가월령가農家月令歌」, 「사미인곡思美人曲」과 같은 사계절을 소재로 한 시가詩歌 문학이 있다. 조선시대의 시조나 가사에서 자연 사계의 멋과 여유로움을 읊으면서 '군은君恩'을 표현하는 등 유교적 발상과 교훈을 드러내는 특징이 있다.

중국문학의 자연 계절 표현의 영향 아래 출발하였지만 중국 이상으로, 일본문학의 사계절을 표현하는 전통은 상대에서부터 근현대의 문예에 이르기까지 면면히 이어지고 있다.

즉, 『고사기古事記』(712)의 자연 계절 표현과 고대가요집 『만엽집万葉集』(759) 제8, 10권의 사계절별 가요 배치 편찬 이래 사계절별 노래의 분류의식이 도입되었고, 계절에 대한 직관적 인상을 노래하는 경향이 짙게 나타났다.[4] 이후 『고금와카집古今和歌集』(905) 등 칙찬와카집勅撰和歌集의 체제가 춘하추동春夏秋冬 사계절별 편집을 기본으로 하는 전통이 정

---

2 毛利正守, 「額田王の春秋競憐歌」, 神野志隆光 外 編, 『初期万葉の歌人たち』(セミナー万葉の歌人と作品 第一巻), 和泉書院, 1999, 118쪽.
3 岡崎義恵, 『古代日本の文芸』, 弘文堂書房, 1943; 中西進, 『万葉集の比較文学的研究』 上巻, 桜楓社, 1963.
4 최재철, 「일본문학에 나타난 계절 표현의 유래」, 『일어일문학연구』 제88집 2권, 한국일어일문학회, 2014.2.

착되었으며, 사계의 서정을 표현하는 운문과 산문이 일본문학사를 관류하고 있다. 특히, 근세의 단시短詩 하이카이俳諧에 이르러서는 '계절어季語'가 시 성립의 필수요건이 될 정도다. 이렇게 일본 고전문학에서 언어를 기반으로 계절감의 표현을 정형화하는 '문화전통'이 형성되었다.[5]

이 책은 자연 사계절 표현의 전통을 일본문학 전반에서 파악하고, 한국문학의 경우와 비교해보고자 하는 데서 의미를 찾을 수 있다.

---

5 최재철, 「일본 근대문학의 자연·계절의 발견과 그 전개」, 『일어일문학연구』 제84집 2권, 한국일어일문학회, 2013.2, 350~351쪽.

제1장

일본 고전문학 속의 사계

1. 일본 고전 속의 자연과 계절 표현의 유래와 특징
― 『고사기』와 『풍토기』

이제까지 일본 고전문학 속의 계절감에 대한 연구는 대개 각 시대별, 작품별로 한정시켜 자연관을 이해하는 한 요소로 연구되거나 작품별 계절관을 미시적으로 고찰한 것이 일반적인 추세였다. 이 책에서는 각 시대별 작품별 선행연구를 바탕에 두고, 그 특징과 전개 추이를 고찰하여 흐름을 종합적으로 이해하는 것을 목적으로 한다. 이와 같은 거시적 접근방법으로 일본고전 속의 계절 표현을 다룬 연구는 그다지 눈에 띄지 않는다.[1]

오카자키 요시에岡崎義惠는 「문예에 나타난 일본의 풍광」이라는 글에

서, '풍광風光'이란 말은 일반적으로 자연이나 인간이나 문화의 풍모에
관한 것'이라며, '일본의 풍광이란 일본국토의 자연의 미다'라고 보고,『만
엽집万葉集』(8세기 중엽)의 야마베노 아카히토山部赤人의 노래를 인용한다.

> 타고 포구에 나가 보니 아, 새하얗게
>
> 　　후지산 높은 봉에 눈이 내렸네[2]
>
> 田子の浦ゆうち出でて見ればま白にそ 富士の高嶺に雪は降りける
>
> 田児之浦従 打出而見者 真白衣 不尽能高嶺尓 雪波零家留[3]
>
> 　　　　　　　　　　　　　　　　　　　　　　—『万葉集』卷三-318번

　　먼 해변이나 해상에서 산봉우리에 눈 내린 후지산을 본 서정적 감동
을 담은 이 노래에 대해, '서정과 숭고가 하나가 되어 묘사와 서정이 융
합된 것 같은 경지는 분명 일본적인 것이다'[4]라고 해석한다. 일본인이

1　예를 들면, 니시무라西村亨의,『王朝びとの四季』, 講談社学術文庫, 1988과 같은 시사적인
　저술이 드물게 있기는 하다.
2　번역은 저자. 이하 이 책 모두 같다. 일본어와 한국어는 유사점이 많아 일・한 번역은
　원문을 존중하여 어휘와 어순, 뜻은 물론, 원작자의 문체도 되도록 살리는데 힘썼다.
　그러나 와카나 하이카이와 같은 정형 음수율音數律 시가 문학 번역의 경우에, 5・7・5
　(7・7)자수율字數律에 맞추어 번역할 수도 있으나, 일본어는 개음절이고 한국어는 장단
　음이 있는 등 그 언어적 성격이 서로 달라, 자수율을 무리하게 일괄적으로 번역에 적용
　하여 원시의 맛을 반감시키는 일은 피했다.
3　佐竹昭広 外 校注,『万葉集』一(新 日本古典文学大系 1), 岩波書店, 1999, 225쪽.
4　岡崎義恵,「文芸にあらわれた日本の風光」,『古典文芸の研究』(岡崎義恵著作集 3), 宝文館,
　1961, 58～59쪽.
　산의 숭고의 미를 표현한 풍경화가 까미유 코로Camille Corot나 영국의 미술평론가 존
　러스킨John Ruskin의『근대화가론Modern Painters』(1860)의 영향으로, 근대 일본작가
　들, 예를 들어 도쿠토미 로카나 시마자키 도손은 '사생寫生'의 기법을 문학에 도입하여
　자연・계절 묘사에 새로운 방식을 개척하였다(이 책 제2장 3, 4절 참조).

신성시하는 후지산 정상에 새하얗게 눈이 내린 것을 문득 발견한 어느 맑은 초겨울 날 아침, 어촌의 어부거나 나그네의 감동은 그 자체로 일본인 누구나 공감하는 숭고한 서정미의 단적인 표현인 것이다.

예부터 농경민족이었던 일본인은 자연 계절의 순환에 민감하여 공동체의 생활과 왕권의 유지 발전을 위해 역월曆月과 연중 세시기歲時記의 운용은 중요한 과제로 여겼다. 이것이 문예에도 그대로 반영되어, 시간의 추이에 따른 자연 계절의 변화와 인생을 함께 접목하여 노래하는 풍습은 『만엽집』이래 『고금와카집』 등 칙찬와카집의 계절가로 정착하게 된다. 특히, 춘하추동의 계절가는 칙찬와카집의 편찬 체제상 제1순위로 맨 앞에 가장 많은 6권으로 편집될 정도로 중시된다. 그야말로 생활과 숭고와 서정이 혼연일체가 되어 표현된 일본문학의 특징적 현상이다.

일본의 경우, 『고사기古事記』(712)의 '춘추春秋 형제의 구혼 경쟁' 설화와 『만엽집』의 소위 '춘추우열가'는 일본문학에서 계절 표현의 특징적인 유래를 이룬다.

일본문학 속의 계절 표현의 유래를 『고사기』와 『풍토기風土記』(8세기 중엽), 『만엽집』 등에서 찾아보고, 특히 '춘추 우열'을 겨루는 소재를 중심으로 살펴보기로 한다.[5] 이와 관련된 연구는 시대별 작품별로 자연관이나 계절별 연중행사를 알아보기 위해 부분적으로는 진행되었으나, 본격적으로 계절 표현의 유래와 사계 표현의 흐름의 이해를 주제로 한 글은 거의 없었다.

---

5 최재철, 「일본문학에 나타난 계절 표현의 유래―'춘추우열 경쟁' 소재를 중심으로」, 『일어일문학연구』 제88집 2권, 한국일어일문학회, 2014.2, 69~87쪽(이하, 이 글을 수정·가필한 것임).

1) 『고사기古事記』의 계절 표현

먼저, 고대 일본인의 자연・계절관의 특징을 이해하기 위해 『고사기』 상上권의 계절관련 어휘를 찾아보자.

『고사기』 상上권 '병서幷序'(서문) 첫머리에 다음과 같은 말이 있다.

> 혼돈의 원기 이미 엉겨, **기상** 아직 나타나지 않고,
>
> 이름도 없고 소행도 없다.
>
> 混元既凝、**気象**[6]未効、無名無為。
>
> (混元既に凝り、気象未だ効れず、名も無く為も無し。)[7]

위의 '기상気象'은 '기氣와 상象'으로, 그 생성과 변화 조합에 의해 우주 만물이 형성되고, 자연이 생성된 이후에 계절이 나타나는 것이므로 이 '기상'이 계절 관련 어휘로는 처음 나타나는 말로 보인다.

같은 서문에, '**아키츠시마**神倭天皇, 経歴于秋津嶋(神倭天皇、秋津嶋に経歴したまひき)'라고, 지명에 '가을秋'이 쓰인 것이 『고사기』에 나타나는 계절 어휘의 첫 용례다.

그리고 『고사기』 상권 신대편神代編에서 신들의 이름, 지명 등 고유명사에 계절 어휘가 쓰인 예는 각 계절별로 아래와 같다.

---

6 중국의 문헌 「周易正義及び列子天瑞篇」에 관련 어휘가 보인다. 倉野憲司 外 校注, 『古事記祝詞』(日本古典文学大系 1), 岩波書店, 1967, 42쪽. '두주頭注' 참조.

7 위의 책, 42~43쪽.

봄春 : 용례 안보임

여름夏 : 夏高津日神(ナツタカツヒノカミ; **나쓰타카쓰히노카미**)

　　　夏之売神(ナツノメノカミ)

가을秋 : ② 天御虚空豊秋津根別(アメノミソラト**ヨアキ**ツネワケ)

　　　③[8] 速秋津日子神(ハヤ**アキ**ツヒコノカミ)(2회)

　　　④ 速秋津比売神(ハヤ**アキ**ツヒメノカミ)(2회)

　　　秋津比売神(**アキ**ツヒメノカミ) 秋毘売神(**アキ**ビメノカミ)

　　　万幡豊秋津師比売神(ヨロズハタト**ヨアキ**ツシヒメノカミ)

　　　① 大倭豊秋津島(オホヤマト**トヨアキ**ヅシマ)

　　　豊葦原之千秋長五百秋之水穂国(トヨアシハラノ**チアキ**ナガイ**ホ**

　　　　　　　　　　　　アキノミズホノクニ)(2회)

겨울冬 : 天之冬衣神(アメノ**フユキ**ヌノカミ; **아메노후유키누노카미**)

　위의 용례에서 보는 바와 같이, '가을秋'이라는 어휘가 다른 계절에
비해 많이 사용되었다. 예를 들어, 위 ①은 '오오 야마토 토요아키즈 시
마'라고 읽고, 그 뜻은 대개 '대 일본 풍요로운 가을(결실)의 섬(땅)'이라
는 정도로 해석할 수 있다. 도입 순서도 '가을'이 앞서 있으면서 여러 신
들의 이름과 주요 국명(지명)에 붙이고 있는 것은, 농경민족으로서 곡식
의 결실과 수확의 계절인 가을이 중요하다는 인식 때문이었을 것이다.
　'겨울'과 '여름'이 적게 사용된 것은 그렇다고 하더라도, 봄의 용례가
『고사기』 상권(신화편)에 보이지 않는 것은, 이후 『만엽집』 이래로 헤이

8　명칭 앞의 숫자는 『고사기』 상권 본문의 도입 순서임.

안平安시대 칙찬와카집에서 사계가四季歌중 봄 노래가 가을 노래 다음으로 많은 편이라는 사실을 상기하면 큰 차이점이다. 역시 고대사회에서 식량을 추수하는 계절 가을이 파종하는 봄 못지않게 중요했다는 의미일 것이다. 그에 비해 여유가 생긴 중고시대 헤이안 귀족사회에서는 새싹 트는 소생의 봄과 봄꽃의 아름다움을 자연스럽게 많이 읊게 되었을 것이다.

'춘추春秋형제'의 '구혼 경쟁'

『고사기』중권 말미의 춘추양신春秋兩神의 설화 중에서, 형兄 '추산단풍 장부秋山之下氷壯夫; 아키야마노 시타비 오토코'와 아우弟 '춘산안개장부春山之 霞壯夫; 하루야마노 카스미 오토코'가 한 여자 '이즈시 처녀伊豆志袁登売; 이즈시 오토메'를 두고, 일테면 '구혼 내기'를 하는 이야기에, 형제 이름 중 '춘산 春山 봄 안개霞'와 '추산秋山 단풍듧したひ'[9] 이라는 계절어가 등장한다.

그런 까닭에, 여러 신들이 이 이즈시 처녀伊豆志袁登売를 얻으려고 하였지만 모두 결혼할 수 없었다. 여기 두 기둥 신이 있었다. 형은 '추산단풍장부秋山之 下氷壯夫'라고 부르고, 아우는 '춘산안개장부春山之霞壯夫'라고 부른다. 그래서 형은 아우에게 말하였다. '나는 이즈시 처녀伊豆志袁登売에게 청혼하였지만 혼 인을 허락받지 못했다. 너는 이 처자를 얻을 수 있겠는가'라고 묻자, '쉽게 얻 을 수 있을 것이다'라고 대답하였다.

---

9   したふ(시타후) : 잎이 빨갛게 물들다. 단풍들다. 葉か赤く色ずく。紅葉する。예) 「秋山の<u>し たへる妹……」,(『萬葉集』217번)

故、八十神是の伊豆志袁登売を得むと欲へども、皆得婚ひせざりき。是に
二はしらの神有りき。兄は秋山之下氷壮夫と號け、弟は春山之霞壮夫と名づ
けき。故、其の兄、其の弟に謂ひけらく、「吾伊豆志袁登売乞へども、得婚
ひせざりき。汝は此の嬢子を得むや。」といへば、「易く得む。」と答へて曰
ひき。[10]

이 이야기에서 청혼에 실패한 형이 아우에게 제안한 '구혼 내기'는,
어머니의 도움으로 결국 아우가 구혼에 성공한다는 내용이다.

형제 이름에 '춘산 봄 안개'와 '추산 단풍듦' 등의 계절어를 일찍이 사
용하고, 형제에게 구혼 내기를 하게 함으로써 자연히 봄과 가을의 경쟁,
즉 춘추우열 경쟁에 불을 붙인 격이 된다.[11] 이는 이후의 『만엽집』, 『고
금와카집』, 『겐지이야기』, 『신고금와카집』 등에 면면히 이어지는, 소위
'봄·가을 겨루기春秋争い'의 출발을 장식하는 것이다. 『고사기』의 '형제
구혼 경쟁'에서는 아우가 이김으로써 일단 봄의 우위로 결판난다.

그런데, 추수의 계절 가을 중시의 고대사회에서 볼 때 가을을 형이라
하는 것은 자연스럽다고 하더라도 결과적으로 이 봄의 우위 이야기는
특이하다. 단지, 동서양 신화 전설의 타 형제이야기 속에서 어머니의 도
움으로 아우가 이기는 경우가 종종 등장한다는 것을 상기하면 이해할
수 있는 단서가 있다. 그런데, 이후의 추이는 다시 춘추가 서로 엎치락
뒤치락하면서 흥미롭게 전개된다.

---

10 倉野憲司 外 校注, 앞의 책, 258~259쪽.
11 '이 춘추의 대립(이야기)도 대륙계의 요소에 근거하는 것일 것이다.'
　西村亨, 『王朝びとの四季』, 講談社, 1988, 26쪽 참조.

2) 『풍토기風土記』의 계절 표현

재래의 전승을 보다 더 담고 있는 『고사기』에서 자연스레 사계 의식이 드러나는 것과 대조적으로, 편년체의 『일본서기』에서는 역월曆月 의식이 강하게 나타난다. 그런데, 『풍토기』 중에서는 사계 표현이 풍부한 「히타치常陸풍토기」와 역월 표현 일색인 「하리마播磨풍토기」, 공적인 역년월曆年月 표기에 내용은 역월·계월季月 양쪽인 「이즈모出雲풍토기」가 있는 등 다양하다. 『일본서기』 표기인 '추7월秋七月' '맹동孟冬' 표현에서 『풍토기』의 '추계9월季秋九月' '맹춘정월孟春正月' 등의 표현으로 바뀌게 된다. 즉, 『고사기』의 '4월四月'에서 『일본서기』의 '하4월夏四月'로, 다시 「히젠肥前풍토기」의 '맹하4월孟夏四月' 등으로 변천하면서 계절 표현이 절기별로 보다 구체화 되었다.[12]

특히, 「히타치 풍토기」 중에 춘추春秋 대구對句의 계절 표현이 여기저기 나타난다. 즉, '쓰쿠바산筑波岳' 기술에 '춘화개시 추엽황절春花開時 秋葉黃節' 등 꽃피는 봄과 단풍의 가을 묘사가 보인다.

筑波岳 (…중략…) 其側流泉 冬夏不絶 自坂已東諸国男女 春花開時 秋葉黄
節[13]

---

12 田中新一, 「二元的四季観の発生と展開－古今集まで」 『平安朝文学に見る二元的四季観』, 風間書房, 2000, 67~69쪽.
13 秋本吉郎 校注, 『風土記』 (日本古典文学大系 2), 岩波書店, 1968, 40~41쪽.
　이하, 인용문 다음에 쪽수만 기입한다.

또한, '다카하마高濱' 경승지 기술 다음에 이어지는 문장에, '꽃이 만발한 봄'과 '단풍진 가을', '봄은 그대로 포구에 온갖 꽃으로 채색하고, 가을은 바로 강기슭에 온갖 단풍잎으로 물들이네' 등 봄과 가을을 대비한 미문美文으로 계절을 묘사한다.

夫此地者 芳菲嘉辰 揺落涼候 命駕而向 乗舟以游
　　　　 はな はる　もみち あき

春即浦花千彩 秋是岸葉百色 聞歌鶯於野頭 覧舞鶴於渚干 (48~49쪽)

'가시마香島; 鹿島신사神社' 주변의 기록에는, 춘추 모두 '백초염화百艸艶花, 천수금엽千樹綿葉'의 아름다운 곳, 신선이 태어나 사는 땅이라는 절찬으로 문장을 수식한다.

春経其村者 百艸艶花 秋過其路者 千樹綿葉
可謂神仙幽居之境 霊異化誕之地 (70~71쪽)

샘물가에 마을의 부녀자들이 여름 달밤에 모여 빨래하는 모습도 보인다.

曝井 ··· 緑泉所居 村落婦女 夏月会集 浣布曝乾。(80~81쪽)

이밖에, 「이즈모풍토기」의 「시마네군嶋根郡」편에는, '어구를 동서 여기저기 걸쳐놓아 봄가을에 넣었다 건졌다 크고 작은 물고기들 때맞춰 몰려온다筌互東西 春秋入出 大小雑魚 臨時来湊'(136~137쪽)라는 구절이 보이는데, 여기서는 봄가을이 고기잡이에 적절한 계절이라는 의미로 쓰였고, 다음과 같은 구절에서도 춘추가 대구로 기술되었다.

> 남쪽 만에
> 봄에는 즉, (…중략…) 생선 등 크고 작은 여러 가지 물고기가 있고, 가을에
> 는 (…중략…) 오리 등 새가 있다.
> 南入海
> 春即在 (…중략…) 魚 (…중략…) 等 大小雑魚 秋即在 (…중략…) 鴨等鳥
> (春は即ち、(…중략…) 魚 (…중략…) 等の大き小さき雑の魚あり。秋は
> 即ち、(…중략…) 鴨等の鳥あり。)(162~163쪽)

봄은 어류, 가을은 조류라고, 춘/추, 어/조魚・鳥로 나누어 지방의 산물을 열거한 대구적 한문 수사에서,[14] 산물을 분류하는 기준으로서 춘추를 중심으로 계절을 구별하고자한 의식을 알 수 있다.

역시 『풍토기』에는 꽃피는 봄과 단풍의 가을을 대구적으로 묘사한 계절 묘사가 많고, 고대인의 삶의 현장을 직접적으로 보여주는 소박한 계절 표현이 주를 이루고 있다.

---

14 위의 책, 163쪽. '두주頭註' 참조.

2. 『만엽집万葉集』 속의 계절

『만엽집』 전 20권 중 제8권과 제10권을 춘하추동 사계四季별 '잡가雜歌',[15] '문안・연애相聞'로 분류하여 편집하였다. 『만엽집』의 주제별 분류는 그다지 철저하지 않은 편이지만, 『고금와카집』 이후의 사계절별 편집체제의 참고가 되었다. 제8권과 제10권에 실린 계절가의 대부분은 나라奈良 헤이죠천도平城遷都(8세기 초) 이후, 후기 만엽시대에 지어진 노래다.

씨뿌리기와 수확의 계절인 봄과 가을이 우위를 점하고 여름과 겨울의 노래는 수적으로 열세인데, 『만엽집』에 등장하는 여름의 동물 소재 빈도수 1위인 '두견새'는 전기 만엽시대에서는 용례를 거의 찾아볼 수 없다. 두견새는 '창포'와 함께 초여름의 주요 가제歌題로 『만엽집』의 경물 중 최다 154수의 용례가 있지만, 만엽 후기 약 50년이라는 기간에 집중적으로 지어졌다.[16] 그러므로 전기 만엽의 계절가는 봄과 가을을 중심으로 한 이계二季관에 입각해 지어진 것이 대부분이다.

여기 봄의 노래春歌 한 수를 옮겨본다.

바구니도 좋은 바구니 들고 호미도 좋은 호미 들고 이 언덕에 **나물 캐는 아가씨** 집이 어딘지

---

15 雜歌: '相聞', '만가挽歌'와 함께 『만엽집』 편집체제 대분류의 하나. 行幸・遊宴・旅行・季節 등 다양한 노래를 모았다. 중국의 시 분류명을 취한 것이다. 高木市之助 外 校注, 『万葉集』 卷一(『日本古典文学大系』 4), 岩波書店, 1968, 8쪽 참조.
16 入江惠美, 「万葉集の季節観—夏の季を中心として—」, 『日文 大学院紀要』 2, フェリス女学院大学, 1994.7, 17쪽.

고하게나 성스런 야마토大和 나라는 누구나 나를 따르며 내가 다스리고 있

으니 나에게만은 고하겠지 집도 이름도.

籠もよ み籠持ち ふくしもよ みぶくし持ち この岡に 菜摘ます兒家告らな

名告らさね そらみつ 大和の国は おしなべて 我こそ居れしきなべて 我こ

そいませ 我こそば 告らめ 家をも名をも[17]

—『萬葉集』卷一-1번

『만엽집』제1권의 '잡가'편 권두가인 위 노래는 봄날 들녘에서 작자
로 알려진 '유랴쿠천황雄略天皇'이 나물 캐는 처녀에게 구혼하는 노래다.
『만엽집』의 맨 앞에 배치한 노래가 사계절 중 봄, 그것도 '초봄'에 '나물
캐는 아가씨'를 소재로 하고 있다는 점에 큰 특징과 의의가 있다.

『만엽집』의 자연 계절 관련 노래 중 식물 소재(꽃 / 단풍 등) 빈도수는
싸리꽃萩, 풀草, 매화梅の花, 꽃花, 단풍もみじ 순이며, 동물 소재는 두견새
ほととぎす, 새鳥, 말馬, 기러기雁, 사슴鹿 순이다. 과실류는 귤橘이 특히 다
수이며, 자연현상으로는 산山, 천川, 파도波, 하늘天, 구름雲 순이다.[18] 이
중 고대 일본인들이 즐겨 부른 '싸리꽃'이 식물 소재 빈도수 1위라는 특
징은, 시조時調에서 '소나무'를 가장 많이 읊은 우리로서는 의외다. 식물
소재는『고금와카집』부터 싸리꽃과 매화를 제치고 벚꽃桜이 빈도수 1
순위가 되지만, 두견새는 변함없이 계속 1순위를 유지한다. 이와 관련

---

17 佐竹昭広 外 校注,『万葉集』一(新 日本古典文学大系 1), 岩波書店, 1999, 13~14쪽.
18 임성철,『한일 고시가의 자연관 비교연구』, 지식과교양, 2010, 30쪽. 이 책에서 '과실류'
    로 분류한 귤은, 실제 노래에서 '꽃향기' 등으로 읊어진 경우가 많아 '수목류'에 넣는 편
    이 낫다.

하여 2가지 이상의 소재를 노래한 계절가를 각 계절별로 몇 수 아래에
소개한다.

봄이 되면은 맨 먼저 피는 뜰의 매화 꽃

　　나 홀로 보며 봄날 어이 보낼꼬

春されば まつ咲くやどの **梅の花** ひとり見つつや 春日暮らさむ

波流佐礼婆 麻豆佐久耶登能 烏梅能波奈 比等利美都〻夜 波流比久良佐武[19]

—山上憶良,[20] 卷五-818

우리 집 뜰에 매화 꽃 지네 아득하게 먼

　　하늘에서 눈이 내리는 건가

我が園に **梅の花**散る ひさかたの 天(あめ)より雪の 流れ来るかも

— 大伴旅人, 卷五-822

매화 꽃 지는 게 아쉬워 우리 집 뜰

　　대나무 숲에 꾀꼬리 우네

梅の花 散らまく惜しみ 我が園の **竹の林**に うぐひす鳴くも

—小監阿氏奥嶋(しょうげんあじのおきしま), 卷五-824

19　佐竹昭広 外 校注, 『万葉集』一(新 日本古典文学大系 1), 岩波書店, 1999, 467쪽. 이하의
　　『万葉集』인용은 이 책과 小学館의 「全集」本 참조.
20　야마노우에노 오쿠라山上憶良(660~733년경):『만엽집』에 80수 정도의 노래가 수록된
　　당대 대표적 가인歌人 중 한 사람으로, 견당사의 일원으로 당나라에 다녀오는 등 한문학
　　에도 조예가 깊고, 대표 가인 오토모노 타비토大伴旅人와 친교. 「빈궁문답가貧窮問答歌」 등
　　서민 생활과 사회, 사상적 기반의 노래가 특징이다. '백제계百濟系 도래인渡來人'이라는
　　설이 유력하다(土屋文明, 「山上憶良」,『文芸読本 万葉集』, 河出書房新社, 1979, 79~87쪽,
　　高木市之助, 「万葉集の本質」, 같은 책, 16~18쪽 참조, 외).

매화꽃이 꿈속에 말하길 우아한 꽃이라고

　　나 생각하네 술에 띄워 다오

梅の花 夢に語らく みやびたる 花と我れ思ふ 酒に浮かべこそ

—大伴旅人, 卷五-852

매화 꽃 피는 언덕에 집 있으니

　　부족함 없네 꾀꼬리 울음소리

梅の花 咲ける岡辺に 家居れば 乏しくもあらず うぐひすの声

—작자 미상, 卷十一-1820

봄의 뜰에 분홍 향내 나는 복숭아꽃

　　아래 비치는 길에 떠나가는 처녀여

春の苑 紅にほふ 桃の花 下照る道に 出で立つおとめ

—大伴旅人, 卷十九-4139

봄이 지나 여름이 온 듯하네 흰 옷

　　말리는구나 하늘아래 가구야마산

春過ぎて 夏きたるらし 白栲の 衣乾したり 天の香具山

—持統天皇, 卷一-28

두견새 와서 우는 소리 울려 퍼지네 병꽃

　　같이 왔는가 물어보고 싶은 걸

ほととぎす 来鳴きとよもす 卯の花の 共にや来しと 問はましものを

いそのかみのかつを
— 石上堅魚, 卷八-1472

내 사는 집 꽃핀 감귤나무에 앉은 두견새

　　이제야말로 울거라 벗과 만나는 때

我がやどの 花橘に ほとどぎす 今こそ鳴かめ 友に逢へる時

おおとものふみもち
— 大伴書持, 卷八-1481

내 사는 언덕에 숫사슴 와서 우네 갓핀 싸리꽃

　　꽃 같은 아내 찾아 와서 우는 숫사슴

我が岡に さ雄鹿来鳴く 初萩の 花妻問ひに 来鳴くさ雄鹿

— 大伴旅人, 卷八-1541

내 사는 집 참억새 위 하얀 이슬을

　　털지 말고 구슬로 꿸걸 그랬나싶네

我がやどの 尾花が上の 白露を 消たずて玉に 貫くものにもが

— 大伴旅人, 卷八-1572

은하수에 안개 피어오르네 직녀의

　　구름의 옷 휘날리는 소맷자락인가

天の川 霧立ち上る 織女の 雲の衣の 反る袖かも[21]

— 작자 미상, 卷十-2063

21　小島憲之 外 校注・訳, 『万葉集』 卷三(新編日本古典文学全集 8), 小学館, 2004, 90쪽.

가을 싸리에 맺힌 하얀 이슬을 매일 아침마다

　　구슬처럼 보네 맺힌 하얀 이슬

秋萩に 置ける白露 朝な朝な 玉としそ見る 置ける白露

—작자 미상, 卷十-2168

오우미 바다 저녁 파도 물떼새야 네가 울며는

　　마음도 여려져 옛날 생각이 떠오르리

近江の海 夕波千鳥 汝が鳴けば 心もしのに 古思ほゆ[22]

—柿本人麻呂, 卷三-266

새로운 한 해가 시작되는 **정월 초하루**

　　오늘 내리는 **눈**처럼 더 쌓이거라 좋은 일

新しき 年の初めの 初春の 今日降る雪の いやけ吉事

—大伴家持, 卷二十-4516

『만엽집』의 매화 노래는 총 118수로서 꽃 중에서 싸리꽃 다음으로
많이 수록되어 있다. 위에 인용한 바와 같은 권5의 매화 노래는 36수이
며, 권5는 오토모노 타비토大伴旅人와 야마노우에노 오쿠라山上憶良의 권
이라고 할 정도로 가수가 많이 채택되었다. 한반도 도래인渡來人 그룹으
로 알려진 이 규슈九州문단의 두 주역이 중국 전래의 매화 연회를 열고 다
수의 매화 노래를 지은 것으로 보아『만엽집』편찬에 중요한 계기를[23]

22　佐竹昭広 外 校注, 앞의 책, 206쪽.

제공하였을 것이다.

위 노래의 소재 중에서 '꾀꼬리ぅぐいす'는 이후의『고금와카집』에서 2순위로 다수 등장하고, '이슬露'은 중세『신고금와카집新古今和歌集』에서 '바람風' '달月'과 함께 상위 순위로 다수 읊어진 것을 보면, 상대『만엽』시대와 차별되는 중고 헤이안시대와 중세시대의 분위기를 각각 반영하는 징표로도 읽을 수 있다.『만엽집』의 가풍인 '만엽조万葉調'는『만엽집』의 특징적 발상과 내용으로 생활 감정과 밀접하고, 소박하며 솔직·장중한 맛이 있다. 근세의 국학자 가모노 마부치賀茂眞淵(1697~1769)는 '만엽조'를 '마스라오부리益荒男振, 大夫振'(대장부다움, 대륙적이며 남성적인 호방함)라고 불렀다.

앞에서 인용한『만엽집』마지막 노래(4516번)는 정월 초하루의 눈을 노래해 풍년을 기원하면서, 한편으로는『만엽집』의 편찬자의 한 사람으로서『만엽집万葉集』이 만대에 전해지기를 기원하는 마음을 담았다.[24]

'춘추우열가'의 해석

이번에는『만엽집』에서 '춘추우열'을 판정하는 노래의 해석을 통해 계절에 대한 고대 일본인의 관심과 그 의미를 파악해보기로 한다.

겨울잠 자던 봄이 찾아오면 울지 않던 새도 날아와 울고 피지 않던 꽃도

---

23 최광준, 「『万葉集』의 梅花－卷5의 梅花歌群을 중심으로」, 『일어일문학연구』제77집 2권, 한국일어일문학회, 2011.5, 203·217쪽.
24 小島憲之 外 校注·譯, 『万葉集』卷四(新編 日本古典文學全集 9), 小学館, 2004, 460쪽. 「두주頭注」참조.

피는데 산이 무성해 들어가 취할 수도 없고 풀숲이 깊어 꺾어서 손에 들고 볼 수도 없네 가을 산 나뭇잎을 보고선 단풍잎을 따서 즐기며 푸른 잎은 그냥 두고 한숨짓네 그게 아쉬워 가을 산이야 나는

　冬ごもり 春さり來れば 鳴かざりし 鳥も來鳴きぬ 咲かざりし 花も咲けれど 山をしみ 入りても取らず 草深み 取りても見ず 秋山の 木の葉を見ては 黄葉をば 取りてそしのふ 青きをば 置きてそ歎く そこし恨めし 秋山そ我は

—額田王, 『萬葉集』卷一-16[25]

　위의 노래는 '시 설명詞書'에 있는 바와 같이, '덴지천황天智天皇'이 후지와라藤原鎌足 대신에게 명하여, '봄 산의 온갖 꽃들의 화려함春山の万花の艶'과 '가을 산의 온갖 단풍잎의 채색秋山の千葉の彩'의 흥취에 대해 참가자들 서로 겨루게 했을 때, 총애를 받던 누카타노 오키미額田王가 분부를 받고 춘추의 우열을 판정한 노래和歌다('天皇詔内大臣藤原朝臣, 競憐春山万花之艶秋山千葉之彩時, 額田王以歌判之歌'). 이 장가長歌는 보통 '춘추경련가春秋競憐歌' 또는 '춘추판별가春秋判別歌', '춘추우열가春秋優劣歌' 등으로 불린다.

　『만엽집』의 계절가季節歌의 연원은 중국문학에서 찾을 수 있으며, 그 영향관계에 대한 연구는 이미 확립되었다. 먼저, 오카자키岡崎義恵는 '자연의 미의 대표를 춘추春秋로 하고, 미美라는 관점에서 그 우열을 논하는 것은 오로지 중국문학의 영향이었다'고 주장한다. 그 후, 나카니시中西進는 '춘화추엽春花秋葉'은 중국적 문아文雅의 영향으로 누카타노 오키미의

25　佐竹昭広 外 校注・訳, 『万葉集』 一(新日本古典文学大系 1), 岩波書店, 1999, 25쪽.

'우열판정가'는 그 창시기에 해당하는 것이라고 하며, 고지마小島憲之는 '이 누카타노 오키미의 노래'는 중국의 『문선文選』「추흥부秋興賦」(반안인潘安仁 지음) 등 육조당대六朝唐代의 시가 그림자를 드리우고 있다는 점을 검증한다. 이데井手至는 '기기가요記紀歌謠'에 화조花鳥 양자를 대비시킨 것이 없으며 이 대구對句적 구도는 육조시六朝詩에서 배운 것이라고 한다. 한편, 고노시神野志隆光는 당시 한시문漢詩文에 대한 지향은 제도적 정비와 함께 국가의 과제였음을 상기하면서, 그러한 상황아래서 누카타노 오키미가 한시漢詩가 아닌 노래歌로 참여한 데에 의의가 있다고 하며, 노래가 문아文雅도 담당할 수 있는 것이라는 자각이 존재한다는 점을 부각시킨다.[26]

　이러한 중국문학의 영향 아래, 한시를 읊고 겨루는 상당한 규모의 시경연競演의 장인 가회歌會에서 위 '춘추우열가'가 지어진 것으로 본다.[27] 이는 노래가 지어진 배경에 관한 '시 설명題詞'에 의해서도 유추할 수 있다. 다니谷馨는 '노래로써 노래를 판정한다以歌判之歌'라는 기술은 「만엽」의 '시 설명'으로서는 이례적인 것으로서, 한시에 대비되는 의미로 사용한 것이라고 한다.[28]

26　毛利正守, 앞의 글, 118쪽과 이 글을 참고한 張利利, 「額田王の春秋競憐歌(十六)の中日比較」, 『国語国文学誌』第三十一号, 広島女学院大学日本文学会, 2001.12, 39~40쪽 참조. 이들이 주로 참고한 선행연구는 다음과 같다.
岡崎義恵, 『古代日本の文芸』, 弘文堂書房, 1943; 中西進, 『万葉集の比較文学的研究』上巻, 桜楓社, 1963; 小島憲之, 『上代日本文學と中國文學 中巻－出典論を中心とする比較文學的考察』, 塙書房, 1964; 井手至, 「花鳥歌の源流」, 『万葉研究』第二集, 塙書房, 1973; 神野志隆光, 「額田王作歌(3)－春秋競憐歌」, 稲岡耕二, 『上代の日本文学－初期万葉歌を読む』, 放送大学教育振興会, 1996 등.

27　土佐秀里, 「春秋競憐判歌の発想－脱呪術性と恋の喩」, 早稲田大学国文学会, 2001, 1쪽(粂川定一, 「『冬木成春去来者』の歌の年代に就いて」, 『万葉集の綜合研究』第一輯, 改造社, 1935 참조).

28　土佐秀里, 위의 글, 1쪽; 谷馨, 「王と漢詩文」, 『額田王』, 早稲田大学出版部, 1960 참조.

위 춘추우열가에서 '가을秋山'을 선택한 이유에 대한 설명으로는 크게 두 가지, 즉 즉흥성과 논리성으로 나뉜다. 즉흥성은 이 노래가 읊어진 계절이 가을이라는 것과[29] 시 경연장의 현장성에 따른 무의식적 선택으로 심정의 흔들림의 결과라는 주장이고,[30] 논리성은 작자가 미리 내용과 방향 등을 면밀히 논리적으로 고려한 결과라는 주장이다.[31]

즉흥성을 주장하는 이누카이犬養孝는 이 노래의 표현 구조와 내용에 대해, 춘추의 긍정과 부정, 동가치 안에서 작자 오키미의 심정이 '거의 무의식적 외침'이 되어 '결론'(가을!)에 이르렀다고 보며, 시 경연장에서 춘추 각각에 마음을 두고 있던 청중의 반응과 효과를 고려하여 구성되었던 것이라고 한다.[32] 이에 대해, 쓰치하시土橋寛는 춘추우열에 관한 장점과 단점에 대해 지적 판단이나 주관적 평가를 한 것이라고 보며, 이 노래의 구조 중 마지막 구의 '그게 아쉬워'(가을의 부정)에서 '가을 산이야 나는'(긍정)의 결론으로 이행하는데 논리의 모순이 있다고 본다.[33] 시미즈淸水靖子는 위 두 주장을 섭렵하면서 다음과 같은 구조로 이해한다.

겨울잠 자던 **봄**이 찾아오면

울지 않던 새도 날아와 울고 　　　　　　　　　　　　　　　　　**봄**의 긍정

29　土橋寛,「額田王」,『万葉開眼』(上), 日本放送出版協会, 1978, 92~93쪽.

30　犬養孝,「秋山われは─心情表現の構造を中心に」,『萬葉の風土』, 塙書房, 1956, 11~12쪽.

31　上原優子,「『春秋判別歌』の論理性について」,『古代研究』第十七号, 1984.11과 毛利正守,「額田王の心情表現─「秋山我れは」をめぐって」,『文林』第二十号, 1985.12 등 참조; 山本直子,「額田王「春秋競憐歌」の一解釈」,『同志社国文学』第68号, 同志社大学国文学会, 2008.3, 1~2쪽.

32　犬養孝, 앞의 글, 11~12쪽.

33　土橋寛, 앞의 글, 92~93쪽.

피지 않던 꽃도 피는데　　　　　　　　　　　　　　 〃

산이 무성해 들어가 취할 수도 없고　　　　　　 **봄산**의 부정

풀숲이 깊어 꺾어서 손에 들고 볼 수도 없네　　 〃

가을 산 나뭇잎을 보고선　　　　　　　　　 **가을산** 단풍의 긍정

단풍잎을 따서 즐기며　　　　　　　　　　　　　 〃

푸른 잎은 그냥 두고 한숨짓네　　　　　　　　　 〃

그게 **아쉬워** 가을 산이야 나는　　　　　　　　 판단

시미즈淸水는 '아쉬워恨めし'라는 말에 착안하여, 이는 '감정 뒤에 마음 끌리는 대상에 대한 집착'의 표현이라고 해석하는 입장[34]을 참고하면서, 이밖에 '恨めし'가 쓰인 『만엽집』의 용례 8가지 모두를 조사하여 그 뜻이 대체로 '마음으로부터 떠나지 않는 대상에 대한 애착의 기분'이라고 보고, 그 대상('そこ')은 '그냥 두고 한숨짓네置きてぞ歎く'를 가리킨다고 파악한다. 이것은 가을 산에 끌린다는 상태가 있었기 때문에 나오는 말이므로, '그게 아쉬워そこし恨めし' 부분의 의미는 '손에 들고 볼 수 없고, 그냥 놔둔 채로 관상하는 것이 너무 유감스러울 정도로 그렇게 나는 가을 산에 끌리는 거예요'라고 해석한다. 그러므로 처음부터 가을 산을 의식한 논리적 판단으로 직선적인 구조를 지닌 노래라는 해석이 가능하다.[35] 또한, '가을 산이야 나는秋山そ我は'이라는 결론이 처음부터 작자의

34　上原優子,「『春秋判別歌』の論理性について」,『古代研究』第十七号, 早稲田大学古代文学研究会, 1984.11, 56쪽; 毛利正守,「額田王の心情表現―『秋山我れは』をめぐって」,『文林』第二十号, 松陰女子学院, 1985.12, 22쪽.

35　清水靖子,「額田王―春秋競憐歌について」,『成蹊國文』第二十二号, 成蹊大学文学部日本文学研究科, 1989.3, 38～40쪽.

의식 안에 있었으며, 노래 전체의 구상이 그 결론을 향해 수렴해가는 논리성을 갖춘 노래라고 보는 견해에 일리가 있다.[36]

결국, 이 춘추우열가의 해석은 어휘(색채어 등)의 해석과 지시대명사ここが 가리키는 것, 춘산春山에 들다, 집어들다とりて의 의미,[37] 특히 심정어しのふ, 歎く, 恨めし 등의 분석 여하에 따라 그 방향이 갈린다. '인생의 애수憐れぶ를 겨루는'(競憐) 시 경연의 장에서 노래에 사용한 심정어를 보더라도 분명한 것은 작자가 가을을 선호하고, 계절의 우열을 판단하는 데에 있어서 꽃이나 단풍을 손에 들고 볼 수 있느냐를 기준으로 한 것은 소박함을 드러내던 '만엽' 시대 고대인들의 가풍의 한 특징을 반영하는 것이다.

그리고 긍정과 부정적 수사가 이 노래의 해석을 다양하게 하는 효과를 가지면서 묘미를 더하는데, 이미 가을을 좋아하는 작자의 주관이 작용한 논리적 판단 아래, 읊는 현장의 즉흥성이 가미되어 생성된 지적 유희와도 같은 노래다.

7세기 후반의 이 봄 가을의 우열을 겨루는 풍습은 앞에서 다룬『고사기』의 '춘추春秋 형제 구혼 경쟁' 설화와 더불어, 이후의「춘추우열 노래 겨루기春秋歌合」의 시작을 보여주는 한 전형典型이며, 계절 표현을 보다 첨예하게 하는 계기가 되었다.

『고금와카집』「가나 서문」[38]에서, '봄 꽃 속에 지저귀는 종달새나 물

---

36 毛利正守,「額田王の春秋競憐歌」, 神野志隆光 外 編,『初期万葉の歌人たち』(セミナー万葉の歌人と作品 第一卷), 和泉書院, 1999, 118쪽.

37 '춘산에 들다' '집어 들다'의 주술적 의미를 분석한 경우도 있다. 土佐秀里, 앞의 글, 5~7쪽 참조.

38 일본문학에서 '시가론詩歌論'의 효시로, 중국의『시경詩経』이나『모시정의毛詩正義』등의

속에 사는 개구리花に鳴く鶯, 水に住む蛙'도 계절에 따라 노래하는데 하물며 사람이랴, 라는 뜻으로 기술하고 있는 바와 같이, 계절의 경물景物을 예로 들어 와카의 의의를 알기 쉽게 설명한다. 이제 헤이안『고금와카집』부터 는 그야말로 사계절의 노래가 편집 체제상 맨 앞 중심에 위치하게 된다. 『고금와카집』제1권은 봄노래 전반부春歌·上로 입춘의 노래부터 벚꽃 노래까지 싣고 있다. 봄의 경물중 대표적인 꽃이『만엽집』의 매화梅花에 서 벚꽃桜花 전성시대로 이행하면서, 가풍歌風도 소위 '대장부다움丈夫振 り'에서 '여성다움手弱女振り'으로 변화한다.

춘추우열 경쟁에서,『고사기』의 경우 봄이 이긴데 반해『만엽집』에 서는 가을의 손을 들어준 셈이다. 그런데 다시『고금와카집』과『겐지이 야기』, 그리고『신고금와카집』으로 계승 발전되면서, 사계절 표현은 시 적詩的 수사修辭와 기교技巧가 더 가미되어 그 묘미를 한층 더하게 된다.

일본문학에서 계절 표현의 유래를 주로『고사기古事記』와『만엽집万葉 集』그리고『풍토기風土記』에서 찾아보았다. 일본 고대인들은 봄의 매화 梅花를 좋아하고 여름엔 두견새 소리를 즐겨듣고 가을엔 싸리 꽃과 사슴, 단풍을 즐기며 특히 수확의 계절인 가을을 좋아했다. 이 점은『고사기』 의 신神과 지명 등 고유명사 표기에 '가을秋'이 다용된 것을 보아도 자명 하다. 그런데, '춘추우열' 소재에서는『고사기』중 춘추 형제의 경쟁에서 '가을단풍'이 형인데 아우인 '봄안개'가 승자이고,『만엽집』에서는 단 풍을 선호하여 가을이 우위인 점이 다르다. 그리고『만엽집』의 가을 표

영향이 보인다.

현은 대개 밝고 화사한 색채감으로 장식되어 있는데, 이점에선 이후『고금와카집』의 '슬픈 가을悲秋' 노래의 분위기와는 다르다.

일본인들은 전통적으로 '눈 달 꽃雪月花', 화조풍월花鳥風月 등 자연 풍경의 사계절별 변화에 민감하게 반응하여 각 시대별로 문학, 예술에 그 표현이 면면히 이어진다. 일본문학에서 자연 묘사는 사계절의 변화를 필수 요건으로 하고 계절의 추이에 따라 인생을 대입해보는 것이며, 따라서 일본인의 자연관은 계절감의 표현으로 구체화되었다. 일본인의 이러한 자연 관찰과 계절 묘사의 성향이 일본문학의 섬세함의 특징을 드러내는데 결정적인 요인이 되었다.

이와 같은 일본문학 속의 계절 표현은 이후『고금와카집』과『신고금와카집』의 계절가季節歌와『겐지이야기源氏物語』에서 '육조원六條院' 등의 사계 묘사,『마쿠라노소시枕草子』의 사계 표현 등으로 전개되어 가다가 근세에 이르러 하이카이俳諧의 '계절어季語'로 정착되고 현대 하이쿠俳句에 계승된다.

3. 『고금와카집古今和歌集』의 계절별 편집체재 대두[39]
—'계절의 노래'(春歌·夏歌·秋歌·冬歌) 해석

1) 『고금와카집』의 개요

『고금와카집古今和歌集』(905~913년. 이하, 『고금집古今集』)은 칙명에 따라 편찬한 일본 최초의 칙찬勅撰와카집이라는 문학사적 의의 외에도 일본 특유의 미의식과 관련하여 중요한 의미를 갖는다. 전 20권(와카[40] 총 1,111수) 중 맨 앞 제1권에서 제6권까지 사계절별 노래(春歌·夏歌·秋歌·冬歌 총 342수)로 채워질 만큼 자연 계절 중시 현상이 두드러지는데,[41] 그 면면을 자세히 살펴보면 단순히 당시의 자연 계절 감각을 표현했을 뿐만 아니라 현대의 일본문학, 더 나아가 현대 일본인의 미의식에까지 깊은 영향을 끼치고 있다. 이 절에서는 『고금집』의 사계 표현의 기법과 특징, 내용, 의의 등에 대해 살펴보고자 한다.

『고금집』「가나仮名 서문序」에서 편자는 계절의 경물景物을 예로 들어 와카의 의의를 알기 쉽게 설명하고, 제1권은 봄노래 전반부春歌·上로 입춘의 노래부터 벚꽃 노래까지 싣고 있다. 봄의 경물중 대표적인 꽃이

---

39 최재철, 「일본 고전문학 속의 사계 표현―헤이안平安 시대 작품별 특징과 추이」, 『외국문학연구』 제53호, 한국외대 외국문학연구소, 2014.2, 349~373쪽(이 책 제1장 3~5절은 이 글을 수정 가필한 것임).

40 와카和歌 : '和歌'는 '야마토大和(고대 일본의 국명 / 지명)의 노래歌' 즉 '일본의 노래'라는 뜻으로, 음수율이 5 7 5 7 7(31음절)인 정형 단시를 말한다.

41 '사랑의 노래(戀歌: 연가)'는 제11권부터 제15권까지로 『고금집』은 계절가와 연가가 전체의 63%를 차지하고 있으며, 연가 중에도 계절이 표현된 와카가 다수 포함되어 있다.

『만엽집』의 매화梅花에서 벚꽃桜花 전성시대로 이행하면서, 가풍歌風도 소위 '대장부다움丈夫振り'에서 '여성다움手弱女振り'으로 변화가 생겨, 섬세하고 우아하며 이지적인 경향을 띤다.

「가나 서문」에서 밝힌 『고금집』의 마음心과 언어ことば'에 대해, 오자와小沢正夫는 대표 편자 기노 쓰라유키紀貫之의 봄노래를 인용하면서 설명한다.

봄안개 피고 나무눈도 **트는 봄** 눈 *내리면*

꽃 없는 마을도 꽃이 흩날리네

霞たち木の芽も**はる**の*雪降れば*/花なき里も花ぞ散りける

—『古今集』-9번(*이하 숫자만 기입함)

즉, "이 노래의 근저에는 작자의 미를 사랑하는 마음이 있고, 그것이 재치 있는 이중의 의미를 갖는 **'연계어(계사掛詞)'**와 '*비유見立て*'의 수사법에 의해 정교하게 표현되었다. 이와 같은 노래야말로 마음의 아름다움과 말의 아름다움의 조화가 잡힌 것"이라고,[42] 『고금집』「서문」첫머리의 '와카やまとうた는 사람의 마음人の心과 말言の葉로 이루어진다'고 한 것에 대해 예를 들어 해설하고 있다.

과연 위 노래에는, 봄날 꽃이 피지 않은 마을에 초봄의 눈이 내리는 것을 보고 봄꽃이 흩날리는 모양으로 바라보는 시인 쓰라유키貫之의 아름다운 시심詩心이 있고, 그것이 본절 2)에서 설명하는 바와 같이 동음이

---

42 小沢正夫,「解説」,『古今和歌集』(新編日本古典文学全集 11), 小学館, 2004, 533쪽.

의어同音異意語(하루はる : 트다─봄)의 '연계어'와 '비유'(눈을 꽃으로)라는 능숙한 수사修辭가 조화롭게 배치되어 있다.

다나카田中新一는, 『고금집』의 대표 편찬자 쓰라유키가 "이원적 사계관을 가집 구성에 도입하여 독자적인 사계 문예 세계를 개척하였다"고 보고, 역월曆月의식과 절월節月의식을 확립한 점을 평가하였으며,[43] 기쿠치菊地靖彦는 편찬자들의 반듯함과 합리성에 따른 사계별 노래 구성, 춘추 중시 경향과 균제미가 돋보인다는 점을 강조하고, 입춘 입추 등 절기, 순환하는 관념적 시간 의식에 따라 그 흐름의 추이를 세세히 구분하여 와카를 배열한 점, 이는 역曆을 꿰고 있던 지식인으로서 극히 고도의 관념적 정신작용이었으며[44] 우직함에 의거한 정합성을 갖춘 왕권 제도하의 칙찬와카집이라는 사실을 환기시킨다.[45]

『고금집』 가인들을 세 시기로 분류하면 제1기(809~849년) 작자미상의 시기, 제2기(850~890년) 6가선歌仙의 시기, 제3기(891~945년) 편찬자들의 시기 등으로 나누며, 사계절별 주요 소재별 빈도수를 표로 나타내면 다음과 같다.

사계절별로 분류 편찬된 『고금집』 노래의 소재를 각각 식물, 동물, 자연현상(천상天象, 지상地象)으로 세분하여 조사한 다음 통계를 살펴보면 선호도를 이해하기 쉽다.

---

43 田中新一, 『平安朝文学に見る二元的四季観』, 風間書房, 1990, 147·174쪽.
44 이는 조선시대 정학유 등의 「농가월령가農家月令歌」에서 절기와 순환하는 시간의 추이에 따른 역曆을 이해하고 적용한 경우와 통하는 점이 있다(이 책 제3장 2절 참조).
45 菊地靖彦, 「『古今集』の四季部類をめぐって」, 日本文芸研究会 編, 『伝統と変容』, ぺリカン社, 2000, 44~47쪽.

『고금와카집古今和歌集』 사계四季별 노래 주요 소재별 빈도순

계절 / 노래수 / 소재	봄노래春歌		여름노래夏歌		가을노래秋歌		겨울노래冬歌	
	134		34		145		29	
식물	벗꽃 桜 (꽃 / 花포함)	40 (73)	귤꽃 (花橘)	3	단풍(紅葉) 낙엽(落葉)	19 25 (44)		
	매화 梅 (꽃 / 花포함)	17 (25)			국화(菊)	13	매화 (梅)	4
					마타리 (女郎花)	13		
					싸리(萩)	11		
동물	꾀꼬리 (鶯)	19	두견새 (ほととぎす)	28	기러기 (雁)	13	×	(없음)
					사슴(鹿)	7		
자연현상 (天象 / 地象)	바람(風)	16	장마비 (五月雨)	2	가을바람 (秋風)	22	눈(雪)	23
	봄안개(霞)	12			이슬(露)	16		
					달(月)	9	달(月)	2

* 이 통계표는 선행연구를 참조하여 필자가 작성한 것임.[46]

2) 『고금집』의 표현 기법과 계절가

　『고금집』의 표현 기법은 '비유見立て'와 '경물의 조합景物の組合せ', 연
계어掛詞, 의인법擬人法 등이 있는데, 이러한 『고금집』의 수사법이 계절
가에서 특히 잘 나타나 있다. 이와 관련하여 스즈키鈴木宏子의 「사계가
론」을 참고하면, 『고금집』 계절가 중에서 '매화·꽃과 꾀꼬리鶯'의 조합

46　노구치野口進, 기쿠치菊地靖彦 등의 선행연구 참조. 통계는 주제와 소재의 기준 설정의 주
　관에 따라 다를 수 있다.

은 총 15수이며(계절가 외에는 6수) 벚꽃櫻과 봄안개霞 6수, 벚꽃과 바람 5수이며, 비유는 '눈을 꽃에 비유'하는 노래가 8수로 가장 많고, '단풍紅葉을 비단錦에 비유'하는 것이 6수다.

『고금집』계절가에서 '매화·꽃과 꾀꼬리鶯'를 조합한 노래는 공간을 확대하고 시간과 함께 변화해 가는 봄의 자연 속에 명료한 형태를 발견하고 그것을 표현했다.[47] 예를 들면, 앞에서 인용한 '9번'의 봄노래는 '연계어'('트는(張る / 하루)'와 '봄(春 / 하루)')와 '비유'('내리는 눈降る雪'을 '꽃花'으로)에 의해 정교하게 봄을 표현한다. 그리고 흰색 일색인 백설白雪 속의 백매화白梅花를 구별할 수 있도록 향기를 내라는 표현(335번) 등도 계절가에서 맛볼 수 있는 묘미다.

『고금집』사계 노래를 통해본 헤이안시대 귀족들의 자연관조의 특징은 자연의 경물과 사람의 관련이 깊고 자연을 주관적 서정의 도구로 삼아, 『만엽집』시대보다 감상적 서정성이 한층 강해졌다. 또한, 이지적 경향으로 의인법과 비유 등 수사법이 발전하였으며 자연에 의탁한 불교적 무상관 등을 토로하는 경향이 점차 현저해 졌다.[48]

이와 같이, 『만엽집』의 비유가 직관적 인상을 기저로 하는 데 비해 『고금집』의 비유가 관념적이고 이지적 경향을 띠게 된 것은 시 표현의 심리와 감각, 사고, 방법 등이 모두 진전된 결과이며 새로움을 추구하는 시작법의 진화 발전은 당연한 것이다.

---

47 鈴木宏子,『古今和歌集表現論』, 笠間書院, 2000, 107~110쪽・부록 8~13쪽.
48 野口進,「古今集の自然観照―特に四季の歌を中心にして」,『金城学院大学論集』通巻第65号, 国文学編 第18号, 金城学院大学, 1975, 17쪽.

3)『고금집』계절가의 내용과 특징

봄노래春歌

『고금집』계절가의 내용과 특징을 각 계절별로 살펴보기로 한다. 노구치[49] 등의 통계와 분석을 참고하여 정리하면 다음과 같다. 먼저, 봄노래 (제1권, 제2권) 134수의 소재 중에, 동물로는 꾀꼬리, 개구리, 망아지 등이 있는데 그 중에서는 꾀꼬리가 19회 등장하여 압도적으로 많다. 식물로는 벚꽃, 매화, 등나무, 황매화나무, 버드나무, 봄나물 등이 있으며 벚꽃('꽃' 중에 실제 벚꽃을 나타내는 경우 포함)은 총 73회에 이른다.

자연현상(천상)은 바람, 봄 안개霞, 눈, 비, 이슬, 구름, 햇빛, 달밤 등이 있고, 바람, 안개霧, 눈이 빈도수가 높다. 지상地象으로는 가스가노春日野, 요시노吉野, 미와산三輪山 등 대부분 교토京都 부근의 지명이다. 매화의 경우 이전과는 달리 향기도 같이 노래함으로써 관상의 범위가 확대되고 새 분야를 개척하여 매화에 대한 전통적 관조 태도의 기초가『고금집』에서 확립되었다. 그리고 만엽萬葉시대에는 꽃이 질 때를 노래한 것과 만개의 아름다움을 칭송한 것이 많으나,『고금집』에서는 벚꽃의 경우 피는 아름다움보다는 오히려 꽃이 떨어지는 덧없음과 아쉬움의 마음이 강하여 낙화를 노래하고 아쉬워한 것이 47수나 된다.「봄노래」처음 두 수는 '입춘立春'의 노래로 시작된다.

　　　소맷자락 적셔 맺힌 물이 언 것을

49　위의 글, 2~17쪽.

입춘인 오늘 바람이여 녹이겠지

袖ひちてむすびし水のこほれるを春立つけふの風やとくらむ - 2[50]

'소맷자락 젖는 것도 잊고 떠먹던 물 언 것이 입춘인 오늘 따뜻한 바람 불어 이젠 녹이겠지'라는 의미로, 아래 구(7・7)는 중국 고전 『예기礼記』의 월령月令 내용을 참고한 것으로서, 편찬자 쓰라유키가 이 와카를 맨 앞쪽에 배치한 것은 자신 있는 작품이라는 인식이 바탕에 있기 때문일 것이다. '입춘'이라는 절기의 시간의 추이를 잘 느낄 수 있도록 능숙하게 형상화하였다.[51]

그리고 버드나무와 벚꽃으로 치장되어 헤이안쿄平安京(교토)가 봄의 비단 같이 아름답다고 탄성을 지르는 노래도 있다.

멀리 내다보니 버들과 벚꽃이 어우러져

도읍이여 봄의 비단이 되었네

見渡せば柳桜をこきまぜて都ぞ春の錦なりける - 56

봄노래 중에 '바람' 관련 와카가 16수(13・76・85・89・91번 등) 있는데, '바람'은 의인화되어 꽃을 떨어뜨리는 것 또는 꽃에 곁들인 것으로서 미적 관조의 대상이다.

---

50 小沢正夫 外 校注・訳, 『古今和歌集』(新編日本古典文学全集 11), 小学館, 2004, 31쪽. 이렇게 『고금와카집』은 대표적 편자인 기노 쓰라유키紀貫之의 '입춘立春의 노래'로 첫 페이지를 장식한다. 이하의 『古今和歌集』 인용은 이 책과 岩波書店의 『大系』本 참조.
51 小沢正夫, 앞의 글, 31쪽.

꽃 색깔은 안개에 싸여 보이지 않더라도

　　향기라도 훔쳐라 봄의 산바람

花の色は霞にこめて見せずとも香をだにぬすめ春の山かぜ - 91

'꽃 색깔은 봄 안개에 휩싸여 보여주지 않지만 향기라도 훔쳐오라 산에 부는 봄바람이여'라고 노래함으로써, 꽃과 바람, 색깔과 향기, 안개 등의 장치가 효과적으로 배치되어 꽃을 향한 바람을 적극적으로 표현한다. '봄안개霞'(12수 포함)가 『만엽집』과 달리 여기서는 의인화되어 꽃이 피는 것을 감추는 것으로 인식한다.

　봄노래 중에는 지는 꽃잎에 덧없는 인생을 중첩시키거나 인간의 유한성, 늙음에 따르는 애상을 표현한 노래가 여럿 있다.

　남김없이 지는 게 잘 됐네 벚꽃이여

　　그냥 있어 이 세상 끝이 애처로우니

残りなくちるぞめでたきさくら花有りて世の中はての憂ければ - 71

　벚꽃이 빨리 진다고 생각지 않네

　　사람 마음이야말로 바람 불 새도 없어라

桜花とくちりぬとも思ほえず人の心ぞ風もふきあへぬ - 83

　지는 꽃을 어찌 원망하랴 세상에

　　이 몸도 함께 있을 수 있는가는

ちる花をなにかうら見む世の中にわが身もともにあらむものかは - 112

계절의 노래에 인간사의 단상을 담아, 남김없이 떨어지는散る 벚꽃이 야말로 멋진데 거기 세상사의 우수를 노래하며(71번), 꽃에 빗대어 읊는 데에서 인생의 흥망성쇠를 담담히 관조하는 자세를 볼 수 있다. 바람에 나부껴 떨어지는 벚꽃보다도 빨리 변하는 사람 마음의 속절없음을 한탄하거나(83), 지는 벚꽃을 한스럽게 보기보다 세상 사는 이 몸도 또한 유한함(112)을 인식하는 등, 자연에서 보고 느낀 그대로의 감동보다는 인간사와 결부시켜 이지적으로 노래한다.

봄노래 중에 지는 꽃을 눈에 비유한 노래를 인용한다.

마치 눈처럼 흩날리는 벚꽃

　　어찌 지라고 바람이 불고 있는가

雪とのみふるだにあるをさくら花いかにちれとか風のふくらむ - 86

벚꽃 지는 꽃의 명소는 봄날인데

　　눈이 자꾸 내려 녹기 어렵게 하네

桜散る花のところは春ながら雪ぞ降りつつ消えがてにする -75

말을 나란히 하고 이제 보러 가자

　　고향은 눈처럼 꽃이 지고 있을 테니

駒並めていざ見にゆかむ古里は雪とのみこそ花はちるらめ - 111

눈 내리듯 지는 벚꽃에 대한 아쉬움과 부는 바람에 대한 서운함(86), 봄날 지는 꽃을 눈에 빗대면서 계속 내려 녹지 않고(75), 지는 꽃을 눈에 비유하며 이를 보러 길을 재촉하는 마음을 노래한다(111).

꽃에 대해서도 관조태도의 추이가 보이는데, 같은 벚꽃이라도『만엽집』에서는 자연 그대로의 모습으로 보았지만,『고금집』에서는 때로 귀가 선물로 꺾어 자택 병에 꽂아 두고 감상하려고 한다(55). 이것은 자연을 일상생활의 장식이라고 본 당시의 자연관의 일면이 나타난 것이다.

『고금집』에서는 봄이 한창인 때를 기리는 것뿐만 아니라 봄이 가는 아쉬움을 강하게 표출하고 있는 데에는 불교사상의 영향이 보이며 여기에 계절에 대한 감정의 복잡화 양상이 나타난다.

인생을 벚꽃에 비유하듯이 사상을 자연의 풍물에 의탁하여 관조하는 것은『만엽집』에서는 거의 없었는데,『고금집』에서 이러한 관조태도가 한층 강해진다. 이것은 노구치도 언급한 바와 같이 낙화를 노래한 작품의 증대와 함께 인생무상・흔구정토欣求淨土라는 종교적 심정으로 자연을 바라보려고 하는 당시 자연관의 영향일 것이다.

여름노래夏歌

여름노래(제3권)는 전부 34수다. 동물 소재는 두견새(28수)뿐이고, 식물은 귤꽃(3수), 연꽃 등이다. 천상으로는 음력 5월의 장맛비五月雨(2수)가 있으며, 지역적으로는 봄의 노래와 마찬가지로 기내畿內(왕성 주변)지방에 한정되어 있다.『고금집』의 여름노래에 보이는 자연은 시원하고 상쾌한 초여름의 자연이 주를 이루며(139), 땡볕이 내리쬐는 한여름의 오후 풍경은 한 수도 없다.

오뉴월 기다렸다 피는 귤꽃 향기 맡으니

옛 사람의 소매 향기가 나네

五月まつ花橘の香をかげば昔の人の袖の香ぞする - 139

여름 산으로 사랑하는 이가 출가했는가

　　목소리 쥐어짜서 우는 두견새

夏山に恋しき人やいりにけむ声ふりたててなく郭公 - 158

　158번 노래는, '여름 산에 사랑하는 이여 수행하러 들어갔나 목청을 쥐어짜 우는 두견새'라고, 의인화하여 입산수도하는 상대를 애타게 부르는 울음소리로 해석한 것이다. 두견새는『만엽집』이래로 일본인이 가장 선호하는 여름의 가제歌題다.

가을노래秋歌

　『고금집』의 가을노래(제4권, 제5권)는 145수로 사계가 중 가장 많다. 동물 소재는 기러기, 귀뚜라미, 방울벌레, 쓰르라미, 사슴 등으로 그 중에서도 기러기(13회), 사슴(7회)을 많이 읊었다. 식물로는 단풍(낙엽 포함), 싸리, 국화, 마타리女郎花, 등골나물, 볏모, 패랭이꽃 등으로 그 가운데 10회 이상 등장하는 것은 단풍(22회), 싸리(11회), 마타리(13회), 국화(13회) 등 네 가지다. 천상은 바람, 이슬, 달, 안개, 가랑비, 흰 구름, 첫서리, 별, 노을 등이 있으며, 지상은 가을 들판, 들 등이고 구체적 지명은 모두 교토 부근이다.

　『고금집』가을노래의 계절감은 대개 다음과 같이 세 가지 특징적인 정취로 나누어 볼 수 있다.

· 가을의 도래를 노래함

가을이 왔다고 눈에는 확실히 보이진 않지만

　　　바람 소리에 놀라게 되는구나

秋来ぬと目にはさやかに見えねども風の音にぞおどろかれぬる - 169

내 연인의 옷자락을 나부껴

　　　뜻밖에 부는 초가을 바람

わがせこが衣の裾を吹き返しうらめづらしきあきの初風 - 171

기다리는 이는 아닐지라도 첫 기러기

　　　오늘 아침 우는 소리 진귀하도다

待つ人にあらぬものからはつかりの今朝なく声のめづらしき哉 - 206

· 청초 우아한 계절

한밤중으로 밤은 깊어졌나봐 기러기 울음소리

　　　들리는 하늘에 달 흐르는 거 보이네

さ夜中と夜はふけぬらし雁が音の聞ゆる空に月わたる見ゆ - 192

꺾어보려 하면 떨어져버릴 가을싸리의

　　　가지도 휠만큼 내린 하얀 이슬

折りてみば落ちぞしぬべき秋萩の枝もたわわに置ける白露 - 223

마음먹은 대로 꺾으면 꺾어지려나 첫서리

내려 혼동되는 흰 국화꽃

心あてに折らばや折らむ初霜の置きまどはせる白菊の花 - 277

· 애수의 계절

나무사이로 새나오는 달빛그림자 보면

　　마음 애달픈 가을은 왔도다

木の間よりもり来る月の影見れば心づくしの秋は来にけり - 184

나 때문에 오는 가을이 아닌데도

　　벌레 소리 들으면 먼저 슬퍼지네

わがために来る秋にしもあらなくに虫の音聞けばまづぞ悲しき - 186

　중국문화의 영향으로 계절가 중에 바람과 함께 도래하는 '가을을 애수·비애悲哀의 계절'[52](아래 인용 와카의 강조 표시는 저자)로 읊는 노래가 많아지는 것은 『고금집』 무렵부터다.

이리저리 가을은 슬프구나 단풍잎 색깔

　　변해가는 걸 마지막이라 생각하면

物ごとに秋ぞ**かなしき**もみぢつつうつろひゆくを限りとおもへば - 187

52　'슬픈 가을悲秋의 관념성, 평범성은 원래 중국시에도 공통적인 것이었다.' 川本皓嗣, 「秋の夕暮」, 『日本詩歌の伝統―七と五の詩学』, 岩波書店, 1991, 26쪽. 小尾郊一, 『中国文学に現われた自然と自然観』, 岩波書店, 1962. 小島憲之, 『上代日本文学と中国文学』下, 塙書房, 1965. 津田左右吉, 「おもひだすまゝ」(十五) 秋の悲しさ」, 『津田左右吉全集』第21巻, 岩波書店, 1965 등 참조.

달 쳐다보니 여러 가지로 슬프도다

　　　내 몸 하나만의 가을은 아니지만

月見れば千々にものこそ**かなしけれ**わが身ひとつの秋にはあらねど - 193

가을 싸리도 물들어가니 귀뚜라미야

　　　나 잠 못 이루는 밤은 슬프구나

秋萩も色づきぬれば**きりぎりす**わが寝ぬごとや夜は**かなしき** - 198

깊은 산중에 단풍 잎새 밟으며 우는 사슴

　　　소리 들을 때에 가을은 슬프구나

奥山に紅葉ふみわけ鳴く鹿のゑきく時ぞ秋は**かなしき** - 215

가을바람에 흩날려 떨어지는 낙엽이여

　　　갈 곳 몰라 정처 없는 나도 슬퍼라

秋風にあへず**ちりぬる**もみぢばの行くゑさだめぬ我ぞかなしき - 286

　　가을은 모든 사람에게 똑같이 찾아오는 감상적인 계절이지만 가을이
되면 유독 자신이 덧없는 슬픈 존재임을 절감한다는 내용이거나(193),
초목의 색깔이 변해가는^{うつろひゆく} 것과 인생사를 중첩시켜 가을날의
비애를 표현한다(187). 변색되어 가는 나뭇잎과 낙엽에 정처 없이 떠도
는 자신의 처지를 투영시켜 가을날의 슬픔을 나타낸다(198, 286). 이와
같이 변해가고, 떨어져^{ちりぬる}, 정처 없이^{行くゑさだめぬ}, 유한한^{限り} 인생을
읊은 『고금집』 가을노래의 정취는 대개 비애감을 띠는 경우가 많다.

215번 와카는 「백인일수百人一首」에도 수록된 노래로,[53] 단풍든 깊은 산중에서 우는 사슴(짝 찾는 수사슴)소리가 가을의 애수를 돋보이게 한다. 와카에서는 싸리와 사슴의 조합이 일반적인데 반해 이 노래에서는 단풍과 사슴의 조합으로 또 다른 정취를 보여주는데, 이 노래가 일본 화투花札의 10월에 차용된 소재다.

가을의 계절감으로 비애감을 느끼게 하는 소재로서는 풀벌레와 사슴 우는 소리, 단풍듦, 낙엽 등을 들어 정취를 표현한다. 『고사기』 등에 보이는 수확의 기쁨과는 대조적으로 비애의 가을로 파악하게 된 배경에 대해 스즈키鈴木日出男[54]는 만엽시대의 실제적인 노동력에서 벗어난 헤이안시대 이후의 귀족적 감각에서 기인한다고 본다. 또한, 히라자와平沢竜介[55]는 헤이안시대에 들어와 가을의 비애를 실감하고, 그러한 정서를 노래로 읊게 된 것은 이 시대 사람들이 시간의 추이에 민감하게 되었다는 사실과 불가분의 관계가 있다고 지적한다.[56] 즉 시대적인 분위기와 의식의 변화에 기인한 것이라 볼 수 있다.

가을의 단풍 노래는 '떨어지다, (흩어)지다散る'라는 가어歌語와 조합이 되는 것이 일반적이다. 조락의 계절인 가을노래 가운데는 '(흩어)지다'와 '가을바람秋風' '부는 바람吹く風' '태풍嵐' '바람' 등의 가어가 함께 자연스레 읊어진다. 앞에서 인용한 286번 노래는 스스로의 운명의 불확실

---

53 久保田淳, 「百人一首を味わう」, 久保田淳 編, 『百人一首必携』 別冊国文学(1982.12) 改装版, 学燈社, 1991, 34쪽. 이 책에서 참고한 판본은 위의 와카를 100수 중에 5번으로 실었다.

54 鈴木日出男, 「悲秋の詩歌―漢詩と和歌」, 『古代和歌史論』, 東京大學出版會, 1993, 349쪽.

55 平沢竜介, 「古今集の時間」, 増田繁夫 編, 『古今和歌集の本文と表現』(古今和歌集研究集成 第二卷), 風間書房, 2004, 143쪽 재인용.

56 노선숙, 「삼대집三代集 계절가에 관한 小考―가을과 봄의 노래를 중심으로」, 『일본어문학』 제31집, 한국일본어문학회, 2006, 451~456쪽.

성을 가을바람에 견디지 못하고 조락하는 단풍잎에 빗대어 애수를 노래하는데,[57] 경물과 심정의 묘사가 잘 호응한다.

한편, 290번 노래, '부는 바람이 가지가지 색깔로 보이는 건 / 가을 나뭇잎이 흩날리기 때문이로고吹く風の色のちぐさに見えつるは秋の木の葉のちれればなりけり'는 단풍든 나뭇잎과 낙엽을 갖가지 색깔의 가을바람으로 묘사하여, 슬픈 가을노래라기 보다 가을 단풍의 다채로운 아름다움을 노래한다.

무엇보다『만엽집』과는 달리 '적막비애寂寞悲哀'의 계절감이『고금집』가을노래에서 강하게 나타나 이후 가을의 계절감으로 고정된다.

겨울노래冬歌

겨울노래는 총 29수다. 동물 소재는 한 수도 없으며, 식물로는 매화나무, 소나무 등이 있고, 천상으로는 눈(23수)이 압도적으로 많다.『고금집』의 겨울노래에는 자연의 명랑, 신선, 청초한 멋이 우선이고 차갑고 쓸쓸한 경향이 뒤 따르고 있으며, 눈 속의 매화는 자주 등장하는 소재다.

> 매화 편지도 모르는 채
>> 하늘에는 온통 눈이 내리는지라
> 梅の花それとも見えず久方の天霧る雪のなべて降れれば － 334

---

57 우에다 빈上田敏은 역시집『해조음海潮音』(1905)에, '실로 나는 초라해져 여기저기 정처없이 흩날리는 낙엽이런가(げにわれは うらぶれて こゝかしこ さだめなく とび散らふ 落葉かな)'(제3연)라고, 인생을 낙엽에 빗댄 프랑스 폴 베를레느 시「가을의 노래」를「落葉(낙엽)」으로 번역하면서 이러한『고금집』의 정취를 연상했을 것이다.(上田敏 譯,「落葉」,『海潮音』, 新潮社, 2006, 60쪽)
위에 인용한 286번의 노래와 이 근대 서양의 번역시는 천 년의 간격도 무색하게 할 만큼 너무나도 유사하다.(이 책 제4장, 352쪽 참조)

꽃 색깔은 눈에 섞여 보이지 않는다 해도

　　향기만이라도 퍼뜨려라 사람이 알아보도록

花の色は雪にまじりて見えずとも香をだににほへ人の知るべく - 335

335번 노래의 경우, 흰 꽃(백매화)이 흰 눈 속에 섞여 보이지 않지만 향기를 풍겨 알게 하라는 착상이 기발하다.

눈 내리니 나무마다 꽃이 피었네

　　어느 쪽을 매화라 구별하여 꺾을까

雪ふれば木毎に花ぞ咲きにけるいづれを梅とわきて折らまし - 337

위 구에서 '매梅'자를 '나무木' '마다毎'라고 나누어 읊고, 아래 구에서 '매화梅'라고 구별하는 수사적 기교를 보여주는 노래로서, 말의 유희言葉遊び를 알고 유머 감각이 있는 귀족사회 지식인들의 여유로움이 드러난다.

우리 집은 눈이 쌓여 길도 없도다

　　눈길 헤치며 찾아오는 이도 없으니

わが宿は雪降りしきて道もなし踏み分けてとふ人しなければ - 322

흰 눈이 내려 쌓인 산촌은

　　사는 이조차 잊혀질까

白雪の降りてつもれる山里は住む人さへや思い消ゆらむ - 328

앞과 같이, 눈이 쌓여 길도 묻힌 산촌에 찾는 이 없는 황량하고 고적한 정취를 읊은 노래도 더러 있다.[58] 대개 『고금집』의 겨울노래는 밝고 신선한 느낌으로 봄이 가까워진 늦겨울 이른 봄을 소재로 한 노래가 다수다.

『고금집』 등 「삼대집三代集」에는 가을과 봄의 애수를 자연의 이치에 따라 꽃과 낙엽이 '떨어지다散る'라는 가어와, 발음이 같고 뜻이 '가을'·'변심(싫증)'이라는 중의적 의미인 '아키秋·飽き'라는 가어로 표현한 노래가 여럿 있다. 이와 관련하여 노선숙은 『고금집』의 계절가에는 인생의 허망함이나 사랑의 내면, 유한성과 변화를 응시하려는 자세가 엿보인다고 보고, 『고금집』 등 『삼대집』의 노래 속에 읊어진 자연은 관념적이고 추상적이며 인간사를 반영하는 필터로서 그려지고 있어 『만엽집』에서 볼 수 있는 자연 그대로의 생생한 감동은 덜 전해지는 것 같다 라며, '지다散る'라는 가어 등에 주목한다. 자연을 아름다운 것으로 대상화시켜, 애착이나 동경하는 마음을 강하게 드러내고 있고, 「삼대집」의 표현의 가장 큰 특징의 하나는 시간의 내재화에 있다. 노래의 배열이 시간의 흐름에 따르고 있으며, 노래에 '지다散る' '변하다移らふ'와 같은 가어들을 사용하여 시간의 흐름을 세세하게 감지한다.

이와 같이, 시간의 추이에 민감하게 반응하게 된 배경에는, 자연의 일부인 인간이 자신들의 유한성과 나이 들고 늙어감에 대한 서글픔, 그리고 연인의 변심을 나름대로 받아들이고 이해하려는 자세에서 비롯됐다.

---

58 위 두 노래의 분위기와 유사한 한국의 시조와 비교해 보아도 좋을 것이다(이 책 제3장 2절과 제4장 참조).

헤이안시대 사람들은 유한성과 변심이란 난제를 납득하고 수용할 수 있는 대상으로 자연을 선택했다.[59] 『고금집』의 시인들은 순환하는 사계의 변화에 섬세하게 반응하여 계절의 추이에서 아름다움을 발견하고 계절감을 통해 인생을 표현하였다.

4) 『고금집』의 사계 의식의 의의

이전 작품들과 비교해 『고금집』의 가장 두드러진 특징은 '관념적 시간의식'과 '순환'이다. 『만엽집』 역시 계절 표현은 풍부했으나 봄과 가을에 집중되어 있다. '춘추 논쟁春秋の争い' 등에서 알 수 있듯이 봄과 가을의 대비가 중심이었고 여름과 겨울의 대비는 전무하다시피하다. 『만엽집』 시대도 말기에 이르러서는, 춘·하·추·동春夏秋冬별 각 잡가雜歌와 연애·문안相聞으로 나누어 여덟 가지로 분류하는 등 사계의식에도 획기적인 변화가 일어났다. 그러나 기쿠치菊地靖彦(45번 각주 참조)는, "『만엽집』의 계절은 네 개의 각 계절이 개별적으로 잠시 멈춰 서 있다는 느낌으로, 그 사이 사이에 시간적 추이의 의식이 비교적 희박했던 것 같다"고 한다. 이에 반해 『고금집』은 사계가 이어져 있다는 느낌이 강하다. '입춘立春' 등 절기의 추이에 민감하여 그때그때 부른 노래를 절기의 흐름에 맞추어 배열하였다. 이러한 "사계 의식이 성립하기 위해서는 그 배경에 어떠한 사상, 관념이 뒷받침되어야만 한다. 역으로 말하면, 어떠한 사상, 관

---

59 노선숙, 앞의 글, 451~463쪽.

념이 없다면 각각의 계절은 있더라도 그것을 연결하는 사계 의식이라는 것은 존재할 수 없다"고 말한다.

이에 대해 모리森朝男는, "애초에 와카에 있어서의 사계는 헤이죠쿄平城京(8세기 초, 나라奈良에 건립)의 도시사회의 형성과 함께 성립했다. 따라서 그것은 소박한 자연적 시간을 초월한 관념적 시간(역 / 曆과 절기)과 처음부터 친밀했다고 보는 편이 낫다"고 주장하며, 사계에 대한 의식이 충실해진 이유로 "曆에 따라 질서를 잡고 자연의 시간을 구분하려는 의식이 강해진 것과 병행하고, 근본적으로는 한층 높은 차원의 관념성을 달성한 '왕권사상'의 확립"을 든다. 즉, "하나의 시간이 그 한가운데서 절대화되어 다른 시간을 무화해 버리는 것 같은 만엽万葉적인 시간에서, 전체를 조감하고 순환하는 구조로서 파악하려는 고금古今적인 시간으로의 이행" 그것이 『고금집』의 중요한 역사적 의의다. 『고금집』은 『만엽집』의 '고대적이고 제식적인 계절관'으로부터 벗어난 것이다.[60]

『고금집』의 사계 분류는 사계 균등의식으로의 진전이 있지만 '봄과 가을' 중시 경향이 남아 있다. 하지만 아라이新井榮藏는 "실질적인 가을 우위에 대해서, 춘·추를 대등하게 대립적으로 재정립시키려는 노력의 결정結晶"[61]이라고 평가한다. 봄을 가을과 대등하게 의식한 것은 당시로서는 그야말로 획기적인 것이었다.

이렇듯 춘하추동 사계의 순환을 의식적으로 인식하고 그것을 표현했

60 森朝男, 「古今集四季歌の位置―喩の観点から」, 『国語と国文学』 第72巻 第5号, 東京大学国語国文学会, 1995.5, 4~5쪽.
61 新井榮藏, 「古今和歌集四季の部の構造についての一考察」, 『国語国文』 41巻 8号(菊地靖彦, 앞의 글, 41쪽 재인용).

다는 것은『고금집』의 성과다. 다시 말하면 사계를 '흐름' '순환'으로 인식하게 되었다. 단순히 '도래하는 시간이 아니라 순환하는 시간'[62] 즉, '자연운행상의 시간이 아니라 완전히 관념화된 시간'[63]으로의 인식의 전환이다. 스즈키가 "관념으로서의 제2의 자연을 형상"[64]했다고 하는 이것은 "역曆을 자신의 것으로 취한 지식인의 극히 고도의 관념적인 정신작용"의 결과물이다. 그리고 이러한 사계에 대한 의식 변화는 시대의 요청이자 역사적으로 필연적 상황[65]이었다.

한편, "와카에 있어서의 사계 의식, 그리고 사계부류의 발달은 아마도 사계 그림 병풍과 궤를 같이 한다"[66]고 하는 기쿠치의 의견은 주목할 만하다.『고금집』의 편찬은 단순한 가집歌集의 편찬이라는 의미에 그치지 않는다.『고금집』이라는 선집을 만드는 과정에서 선자選者들의 선별 행위를 통해 새로운 계절감, 새로운 미의식이 구축되며 이것이 일반에 널리 확대되는 과정을 통해 현재 일본인의 자연에 대한 미의식, 계절 의식으로까지 정착되었다.

두 번째 칙찬와카집인『후찬와카집後撰和歌集』(951~)에서는『고금집』의 사계 의식을 이어받아 더욱 심화시킨다. 즉,『후찬와카집』의 사계 노래에는『고금집』보다도 빈번하게 연계어掛詞가 사용되고 있는데, 하나의 단어에 이중의 의미를 부여하여 자연의 경물景物에 가까운 인간세계를

---

62 森朝男, 앞의 글, 6쪽.
63 菊地靖彦, 앞의 글, 47쪽.
64 鈴木日出男,「古今の表現の形成」,『文学』42卷5号, 1974.5(森朝男, 앞의 글, 7쪽 재인용).
65 菊地靖彦, 앞의 글, 43 · 47쪽.
66 위의 글, 40~41쪽. 한국의 경우도 유사하게 사계의 문학과 회화를 동시에 거론할 수 있다. 예를 들면,「농가월령가」와〈농가월령도〉가 있다(이 책 제3장 2절 참조).

투영[67]시키고 있으며 『고금집』에 비해서 자연을 노래하는 소재가 확대되었다.[68]

헤이안 시대 귀족들의 자연에 대한 태도는 자연의 위대함을 찬양하거나 자연을 통해 호연지기를 기르고 자신을 발전시키고자 하는 욕구 보다는 자신의 매일의 삶을 보다 풍요롭고 즐겁게 하기 위한 수단으로서 생각하였다. 즉 배움의 대상보다는 소소한 일상의 동반자 내지는 벗으로 생각하는 경향이 있으며, 이는 불교의 도래와 더불어 인생무상과 같은 종교적 심정을 통해 자연을 보려는 경향을 가져왔다. 이러한 측면에서 볼 때 자연 계절을 읊으면서 유교적 교훈이나 충절, 군은을 종종 빗대어 노래한 조선 선비들의 시조와는 대비된다. 그리고 이러한 경향은 도널드 킨이 일본인의 미적 기호의 네 가지 요소 중의 하나로 '무상無常'을 꼽을 정도로[69] 현재까지도 유용한 개념이다. 사계가 확실히 구별되는 나라는 일본 이외에도 많이 존재하지만, 그런 자연의 특수성을 전통적으로 사계절별로 분류한 가집을 편찬하면서 문학과 문화로 승화시킨 예는 드물다. 곧 일본문학 작품에 나타나는 독특한 계절감은 사계를 바라보는 가인歌人들의 민감성, 더 나아가 일본인 고유의 자연관이 접목된 결과라고 할 수 있다.

---

67 白田久美子, 「後撰集四季歌の特色—古今集との比較から」, 『語文論叢』第21号, 千葉大学文学部国語国文学会, 1993.12, 55쪽.
68 예를 들면, 『후찬집後撰集』의 여름노래에서는 『고금집』에 없던 벌레의 노래가 등장한다.
69 ドナルド・キーン, 大庭みな子 訳, 『古典の愉しみ』, 宝島社文庫, 2000, 35쪽.

4. 『겐지이야기源氏物語』 속의 사계 표현과 미의식

　『고금와카집』 이후 산문 『겐지이야기源氏物語』(1000년경) 속에서 사계 표현과 그 미의식을 살펴보기로 한다.

　『겐지이야기』는 권력을 둘러싼 질시와 투쟁, 애욕의 세월 뒤에 남는 회한과 그리움, 부귀와 영화를 얻는 상승과 몰락, 그리고 인생의 이 모든 업보에 대한 인과응보를 세련된 문체와 적확한 감정 묘사로 그려낸 대작이다. 왕자 겐지源氏로서 숙명의 길을 한발 한발 밟아가는 희로애락을 때로는 애잔함으로 때로는 격정과 비통함으로 표현한다.[70]

　『겐지이야기』의 사계 표현은, 무엇보다 '육조원六条院' 궁궐 전각의 사계절별 배치와 그 묘사, '춘추우열경쟁', 「스마須磨」 「아카시明石」 「소녀少女」 「환영幻」 권卷의 사계 표현 등 와카和歌를 적절히 삽입하여 이야기의 묘미를 배가 시킨다.

　먼저, 「스마須磨」 권에서 겐지는 권력투쟁에서 패배한 후 유배를 자청하여 스스로 도읍에서 멀리 떨어진 변방 '스마' 해변가로 떠난다. 유배지에서 과거의 영화를 떠올리며 권력과 여인들에 파묻혀 살던 화려하고 호색적인 궁중생활을 그리워한다. 특히 이 부분에 삽입된 와카에는 겐지가 느끼는 지난날에 대한 그리움, 도읍지에 대한 동경, 유배지에서의 고적함과 슬픔 등이 가을의 계절감과 함께 잘 드러난다.

70　최재철, 「천년 전에 씌어진 연애소설―무라사키 시키부 『겐지이야기』」, 유중하・최재철, 『중국문학과 일본문학』(세계문학 6―웅진 밀레니엄 북), 웅진출판, 1998, 165쪽(이하 이 글을 수정 가필한 것임).

그립고 외로운 울음소리 같은 파도소리는

　　날 생각하는 이의 바람 탓이려니[71]

恋ひわびてなく音にまがふ浦波は思ふかたより風や吹くらん

첫 기러기는 그리운 내님의 친구인가 봐

　　나그네 하늘 나는 소리 구슬프구나

初雁は恋しき人のつらなれやたびのそらとふ声の悲しき

　마치 벼슬을 내려놓고 낙향하거나 유배 간 조선 사대부들의 시조를
연상시키는 노래인데, 그 그리움의 대상이 다르다.

　『겐지이야기』의 궁녀 작가 무라사키 시키부紫式部는 이렇게 사계 묘
사에 깊은 관심을 갖고 있는 가운데, 기본은 육조원의 구상과 전개 내용
에서 알 수 있듯이 춘추 두 계절을 중시한다는 점에서는 『고금집』의 방
향을 계승하고 있다.

　『겐지이야기源氏物語』의 「소녀少女」권巻에서 '육조원六条院' 궁궐을 새
로 조성하는데, 4방위별로 궁을 배치하고 춘하추동 사계절별 풍취를 살
려서 조영하는 장면이 나온다.

　남동쪽 궁(겐지와 '봄을 좋아하는' 정처 무라사키노 우에紫の上의 처소―
인용자, 이하 같음)은 산을 높이 쌓아 봄의 꽃나무를 온갖 종류대로 심고, 연

71　阿部秋生 秋山虔 今井源衛 鈴木日出男 校注・訳, 『源氏物語』2(新編 日本古典文学全集 21),
　　小学館, 2004, 199~201쪽. 번역은 저자, 이하 모두 같음. 위의 글, 170쪽 참조.

못 모양이 운치가 있고 멋져서 전각 가까운 뜰의 초목으로는 오엽송, 홍매화, 등나무, 황매화, 바위철쭉 등과 같은 봄철에 즐기는 것들만 심는 게 아니고, 가을의 초목도 한 무리씩 자연스레 섞는다.

중궁(우메쓰보梅壺中宮; 이후, '가을 좋아하는 중궁秋好む中宮'으로 불림)의 궁(남서쪽)에는 원래 있던 동산에 단풍 색깔이 짙은 나무들을 심고, 샘의 물이 맑게 멀리 흐르게 하여 정원에 끌어온 물소리 더욱 차가운, 바위를 세워 폭포를 만들고 가을 들녘 모양을 넓게 만든다. 때마침 이 계절을 맞아 한창 흐드러지게 피었다. 사가(嵯峨) 오오이(大堰) 부근의 들과 산의 가을은 볼 것도 없는 가을이 됐구나.

북동쪽 궁에는 시원한 샘이 있어 여름 나무그늘을 배치하여 조성했다. 전각 가까운 뜰의 초목, 솟대를 밑 바람 서늘하게 불게끔 심고 키 큰 나무가 숲처럼 촘촘히 심겨져 있어서 풍취가 좋고 산촌 같은 운치가 있으며, 병꽃나무 생울타리를 일부러 둘러치고 옛날을 추억하는 귤꽃, 패랭이꽃, 장미, 목단 등등의 꽃을 가지가지 심고 봄가을의 초목을 사이사이에 섞어 놓는다.

동쪽에는 부지를 나누어 경마장을 만들고 목책을 연결하여 음력 5월 놀이터로서 물가에는 창포를 심어 무성하게 하고 그 맞은편에 마구간을 세워 세상에 다시없는 좋은 말들을 갖추어둔다.

북서쪽(아카시노 키미明石の君 처소)에는 북면을 담으로 구획하고 창고 거리로 만든다. 구획 울타리로 소나무를 무성하게 심어 눈을 구경하기 좋게 조성한다. 초겨울 아침이슬이 맺힐 국화 대울타리, 자랑스레 물든 졸참나무 벌판, 별로 이름도 모르는 산나무들이 밀생한 것을 옮겨 심었다.[72]

---

72 阿部秋生 秋山虔 今井源衛 鈴木日出男 校注・訳, 『源氏物語』 3(新編 日本古典文学全集 22),

육조원의 이와 같은 사방위별로 조성한 '사계의 거리四季の町' 구상에 대해서는 『우쓰보이야기宇津保物語』의 영향 등 여러 주장이 있다.[73]

히나타日向一雅는 이 '사방사계어전四方四季御殿'에 대해, 육조원六條院도 '불로장생의 희구를 담은 저택이며 이 세상의 이상향으로서 태정대신太政大臣 겐지源氏의 이념을 표상하는 공간'이라는 의미가 있다고 해석하고, 「첫 노래初音」권의 '천지인 삼재天地人三才' 부분을 인용한다. '천지인삼재天地人三才'란 '천지의 자연과 인간의 영위가 조화로운 세상'을 뜻한다.[74]

육조원이 완성된 후, 각 계절의 처소별로 이전하는 장면이 이어지고 나서, 이윽고 9월 단풍철이 되자, 『만엽집万葉集』이래의 바로 그 '춘추우열론春秋優劣論'이 전개된다.

봄과 가을 중에서도 작가가 더 좋아한 계절이 '봄'이었다는 것은 이상적인 여성으로 묘사된 주요 인물 '무라사키노 우에紫の上'가 봄을 좋아하고, 그녀를 봄과 관련지어 '봄의 귀인春の上' '봄의 그대春のお前' '봄의 마마春の殿' 등 '봄春'을 넣어 부른 것으로도 알 수 있다. 『겐지이야기』각권의 명칭 중에 「와카무라사키若紫」, 「벚꽃잔치花の宴」, 「하나치루사토花散里」, 「쑥대밭蓬生」, 「첫 노래初音」, 「호접胡蝶」, 「매화 가지梅ヶ枝」, 「봄나물

小学館, 1996, 78~79쪽.

73 옛 『하해초河海抄』는 '사계의 거리'에 대해, 『우쓰보이야기宇津保物語』 중에서 4면 8거리四面八町에 봄 여름 가을春夏秋의 산과 숲을 배치한 것을 모방했는가, 라고 유추한다. 이 '사방사계의 저택四方四季の館'의 민간신앙을 계승한 것으로 보는 주장(三谷栄一)과, 널리 고대문명의 공간배치 사상의 반영(野村精一), 『역경易経』의 방위관에 의함(池浩三), 정토교浄土教의 『관무량수경観無量寿経』의 사상에 의한다는 주장(渡辺仁史) 등(「附録―漢籍・史書・仏典引用一覧」, 위의 책, 478쪽 참조).

74 日向一雅, 「六條院の造営」, 『源氏物語の世界』(岩波新書 新赤版 883), 岩波書店, 2009, 107~110쪽.

若菜」, 「햇고사리早蕨」 등은 모두 봄과 관련된다. 여기서도 알 수 있듯이 『겐지이야기』의 '춘추우열경쟁'은 결국 봄의 우세로 판가름 난다는 것을 유추할 수 있다.

「소녀少女」권을 보면, '봄을 기다리는 정원에서는 아직 심심할 때이니 바람결에 보내는 단풍이나마 보세요'라고, '가을 좋아하는 중궁秋好中宮(아키코노무 중궁)'의 편지를 받은 '봄의 여인' 무라사키노 우에紫の上가 답가를 보낸다.

> 답례는, 이 상자 덮개에 이끼를 깔고 바위 등을 꾸며서 오엽의 소나무 가지에 묶어,
>
> 무라사키노 우에, "바람에 지는 단풍은 가볍네 봄빛을 바위 밑 소나무에 의탁하여 보시지요."
>
> (返りは、この御箱の蓋に苔敷き、巌などの心ばへして、五葉の枝に、紫の上「風に散る紅葉はかろし春のいろを岩ねの松にかけてこそ見め」)[75]

이 바위 밑 소나무도 아주 정교하게 만든 물건인데, 이처럼 바로 정취를 담은 재능을 중궁은 멋지다고 생각하면서 본다. 무라사키노 우에는 '바람에 지는 단풍은 가볍네'라며, 영원한 '바위 밑 소나무의 봄 색깔'을 더 평가함으로써 봄의 우위를 나타내는 장면이다. '바위 밑 소나무岩ねの松'에서 육조원 내부 질서의 재편을 보려는 해석 등 『겐지이야기』의 '춘추우열론'에 대한 분석[76]과 사계 표현에 대해서는 여러 의견이 있다.

---

75 阿部秋生 外 校注, 『源氏物語』3(新編日本古典文學全集 22), 小学館, 1996, 82쪽.

여하튼, '육조원'의 사계의 거리 조성은 이 시대, 즉 왕조 귀족사회의 미의식과 문화 감각을 한 공간에 통합하여 보여준다는 데 의의가 있다. 겐지는 육조원의 주재자로서 4명의 여인들에게 중요한 역할을 담당시키면서 사계의 거리에 각각 배치한다. 인간관계를 계절의 추이에 따라 원활하게 관리하고자하는 이 경영체제는 겐지의 이제까지의 여성교섭의 하나의 귀착점임과 동시에 더 나아가 '봄의 여인 무라사키노 우에'와 '가을 좋아하는 중궁'의 와카의 응수, 소위 '춘추우열론'으로 상징되는 육조원 내의 새로운 인간관계를 태동시키게 된다.[77]

『겐지이야기』제2부의 마지막 장「환영幻」권은 겐지가 총애하던 무라사키노 우에가 고뇌에 찬 생애를 마감한 후, 꼬박 1년 4계절을 회한과 추모의 정으로 지새우는 겐지의 이야기다. 이 부분은 사계의 추이와 자연에 대한 묘사가 뛰어나 인간의 내면을 그대로 비춰주는 듯하다. 한 예로 봄의 정경을 보자.

2월이 되니 매화꽃들이 한창이거나 꽃봉오리인 채로 가지가 운치 있게 봄 안개 자욱한데, 바로 그 무라사키노 우에가 심은 홍매화에 꾀꼬리가 낭랑하게 지저귀니 전하는 나가서 보시더라.

심어놓고 보던 매화꽃 주인도 없는 처소에

---

76 참고로『겐지이야기』의 '춘추우열경쟁' 관련 한국인의 연구는, 김종덕「源氏物語의 美意識－春秋優劣論을 중심으로」,『일어일문학연구』제48집 제2호, 한국일어일문학회, 2004; 李美淑,「第二章「春秋のあらそひ」と六条院の「春の上」」,『源氏物語研究－女物語の方法と主題』, 神典社, 2009 등이 있다.

77 阿部秋生 外 校注, 앞의 책, 83쪽 '두주頭註' 참조.

모르는 척하고 와서 우는 꾀꼬리

　植ゑて見し花のあるじもなき宿の知らず顔にて来ゐる鶯

라고 읊조리며 서성거리신다. 봄이 깊어감에 따라 정원 모습은 늘 변함이 없
는데 그러한 봄의 운치를 특히 즐기던 사람은 아니지만, 마음이 동요하여 왠
지 가슴 아프게 느껴져 도무지 이 풍진 세상과는 다른, 새소리도 들리지 않
는 깊은 산속에 들어가고 싶다는 생각만이 간절해진다. 황매화꽃 따위가 아
주 보기 좋게 흐드러지게 피어 있는 것을 보아도 그만 눈에 이슬을 머금고
보지 않을 수 없으시다.[78]

　　겐지는 춘하추동 눈에 보이는 모든 것에서 사별한 무라사키노 우에를
떠올리고, 질투조차 매력적이었으나 지금은 이 세상에 없는 이를 잃은
상실감에 애달파 한다. 이렇게 겐지는 마치 '환영'과도 같은 과거의 영
화를 1년 사계절 동안 반추하며 회한과 비통함 속에 하루하루를 보내다
가, 불문에 입적하기 위해 신변을 정리하던 중 파란만장한 쉰두 해의 일
생을 고독하게 마친다.[79]

　　『겐지이야기』에서 사계와 관련된 문구는 봄 116건, 여름 22건, 가을
123건, 겨울 17건 등이다. '달'을 소재로 한 것은 155건이고, '눈'에 관한
사항은 85건이며, 꽃을 소재로 한 것은 헤아릴 수 없이 많다. 『겐지이야

78 　阿部秋生 秋山虔 今井源衛 鈴木日出男 校注・訳,『源氏物語』第4卷(新編日本古典文學全集
　　23), 小学館, 1996, 528~529쪽.
79 　최재철,「천년 전에 씌어진 연애소설－무라사키 시키부『겐지이야기』」, 앞의 책, 174~
　　175쪽.

제1장_ 일본 고전문학 속의 사계　　65

기』에는 '기리쓰보桐壺 · 유가오夕顔 · 와카무라사키若紫 · 스에쓰무하나末
摘花 · 벚꽃잔치花宴 · 아오이葵 · 하나치루사토花散里 · 무궁화槿 · 패랭이
꽃常夏 · 등골나물藤袴 · 매화 가지梅枝' 등의 '꽃' 이름의 권명卷名이 있다.
'아오이노　우에葵の上(아욱꽃) · 槿の宮(무궁화) · 桐壺の更衣(오동나무꽃) ·
紅梅の御方(홍매화) · 末摘花(잇꽃) · 常夏(패랭이꽃) · 軒端の萩(싸리꽃) · 花
散里(꽃 지는 마을) · 藤壺(등나무꽃) · 桃園の宮(복숭아꽃) · 夕顔(박꽃)' 등은
꽃 이름을 가진 등장인물들이고 미남미녀를 꽃에 비유한 예가 많으며
꽃 중에서 가장 사랑받은 것은 '벚꽃'이다. '단풍, 낙엽'은 가을의 경물인
데『겐지이야기』에「단풍놀이紅葉賀」권이나 '꽃단풍花紅葉' 등 단풍 관련
숙어가 10여 개 있는 것처럼 꼭 쓸쓸한 것으로 다뤄지는 것만은 아니며
꽃의 일종으로 보는 경우가 일반적이다.[80]

　　이와 같이 눈 · 달 · 꽃雪月花을 자연 경물의 대표로 보는 경향은 중국
문학의 오랜 전통에서 비롯되어 일본 고전에서도 빈번히 묘사되는 소재
다.『겐지이야기』는 여류작가의 세세한 자연 관찰과 섬세한 사계절 표
현을 통하여 헤이안 귀족사회의 자연 계절을 보는 시각과 미의식을 보
여준다. 이러한 이 시대 여류 가나문학의 자연 계절 표현의 섬세함은 이
후 근현대까지 계승되어 일본문학의 한 특징을 이루고 있다.

80　村田昇,「源氏物語の四季描写」,『日本文芸学』第二号, 日本文芸学会, 1965.

5. 『마쿠라노소시枕草子』의 사계 표현의 전형 제시

세이 쇼나곤淸少納言의 수필 『마쿠라노소시枕草子; 베갯머리 글』(1000년경)에는 첫머리의 유명한 '사계미론四季美論'을 비롯하여 계절·계절감을 언급한 표현이 다양하다. 사계를 균등하게 보고자 하는 경향이 현저해 계절어를 사용한 예는 『마쿠라노소시 총색인枕草子総索引』(松村博司 감수)에 의하면 봄 21, 여름 19, 가을 19, 겨울 18 예 등이다.

『마쿠라노소시』에서 '오카시をかし'로 묘사되는 자연의 미는 언제나 작은 것, 가녀린 것, 연약한 것뿐이다.[81] 이런 경향은 개인의 문제가 아니라 궁정 귀족의 일반적인 경향으로서 궁중을 중심으로 하는 변화가 거의 없는 그들의 일상생활이 웅대한 자연을 접할 기회가 없었기 때문이라는 지적도 있다.[82]

『마쿠라노소시』 서두의 사계에 대한 표현을 읽어보자.[83]

봄은 동틀 무렵. 점점 하얘져가는 산등성이 조금씩 밝아와 보랏빛 구름이 가느다랗게 늘어져 있는 게 보기 좋다.

여름은 밤. 달 밝은 밤은 더할 나위 없다. 어두운 밤도 역시 반딧불이가 많이 여기저기 날고 있다. 또한, 그저 한두 마리가 희미하게 반짝이며 날아가는 것도 운치가 있다. 비가 내려도 좋다.

---

81 高瀬重雄, 『日本人の自然観』, 河原書店, 1942, 96쪽.
82 위의 책, 97쪽.
83 최재철, 「일본 수필 문학의 흐름」, 『일본문학의 이해』, 민음사, 1995, 39~40쪽 참조.

가을은 해질녘. 석양이 비치어 산 능선이 아주 가까이 보이고 까마귀가 둥지를 찾아 서너 마리 두어 마리씩 서둘러 날아가는 것마저 애잔하다. 더욱이 기러기 무리가 열지어가는 게 아주 작게 보이는 건 정말 애련하다. 해는 지고, 바람 소리, 벌레 울음소리 등 역시 더할 나위가 없다.

겨울은 이른 아침. 눈이 내리면 말할 필요도 없다. 서리가 아주 하얗게 내린 것도 또 그렇지 않아도 몹시 추울 때 불 따위 서둘러 피워 숯 들고 지나가는 것도 잘 어울린다. 한낮이 되어 사그라지는 약한 불 가져가면 숯 화롯불도 흰 재가 되기 십상이어서 좋지 않다.[84]

이 수필의 첫머리에서 자연현상의 정경을 '봄은 동틀 무렵春は曙', '여름은 밤夏は夜', '가을은 해질녘秋は夕暮れ', '겨울은 이른 아침冬はつとめて' 등으로 사계절별로 하루 중에 각각의 특징적인 시간대를 작가 나름의 안목으로 포착하여 개성적으로 묘사한다. 예를 들면, 동틀 무렵의 '보랏빛 구름'에 대한 묘사는 한국문학에서 쉽사리 눈에 띄지 않는 표현이다. 이렇게 『마쿠라노소시』에서 사계 표현의 한 전형을 제시한다.

한편, 『사라시나 일기更級日記』(1059년경)에서는, 봄에는 비파琵琶가, 가을에는 쟁箏の琴이나 횡적橫笛이, 겨울에는 피리篳篥 소리가 정취에 어울린다고 한다. 이렇게 각 계절의 분위기에 적합한 악기까지 지정하고 배치하도록 세세하게 신경을 써서 자연의 멋을 보다 더 잘 이해하고 음미하고자 한다는 점은 특이하다.[85]

84 渡辺実 校注, 『枕草子』(新日本古典文學大系 25), 岩波書店, 2003, 3~4쪽.
85 西村亨, 『王朝びとの四季』, 講談社学術文庫, 1988, 23쪽.

『신고금와카집新古今和歌集』의 계절 노래

일본 중세의 대표적인 노래를 모아놓은『신고금와카집新古今和歌集』(1205)과 렌가連歌 등의 사계표현은 지적 유희와 기교가 한층 더해진다.『신고금와카집』에도 맨 앞에 실려 있는 '계절가'(706수)[86]는 「사랑 노래戀歌」(446수)나「잡가雜歌」(416수),「애상의 노래哀傷歌」(100수) 등보다 훨씬 많다.

『신고금와카집』은 와카 형식상 '체언 마침体言止め'이나 '초구 멈춤初句切れ', '3구 멈춤三句切れ' 등의 특징이 있고, '본가 인용本歌取り'과 '연계어掛け詞' 등 수사법이 발달되었으며, 기교적이고 유미적唯美的, 감각적인 상징 표현으로 '유현幽玄'과 '여정余情'을 중시하였다. 먼저,「봄 노래春歌」와「여름 노래夏歌」를 보기로 하자.

「봄 노래春歌」

산은 깊어 봄이 온지도 모른 채 소나무 문에
　　끊일 듯 말 듯 듣는 눈 녹은 낙숫물 - 3
山ふかみ春ともしらぬ松の戸にたえだえかかる雪の玉水

　　　　　　　　　　　　　　　　　　—쇼쿠시 나이신노式子内親王

벚꽃은 꿈인가 생시인가 흰 구름은
　　사라지고 모르는 척 부는 산봉우리 봄바람 - 139
桜花夢かうつつか白雲の絶えてつれなき嶺の春風

---

[86] 『신고금와카집』 수록 1,970여 수 중, 제1권부터 제6권까지 실려 있는 계절가는 총 706수로, 봄노래春歌 174수, 여름노래夏歌 110수, 가을노래秋歌 266수, 겨울노래冬歌 156수 등이다.

「여름 노래夏歌」

누군가 또 감귤꽃향기에 생각나려나

　　　나도 고인이 되고 나면은 - 238

誰かまた花橘に思ひ出でん我も昔の人となりなば

　　　　　　　　　　　　　　　　　— 후지와라노 슌제이藤原俊成

이제 『신고금와카집』의 대표적인 「가을 노래秋歌」 '세 석양의 노래三
夕の歌'[87]를 음미해보기로 한다.

쓸쓸함은 그 색깔이 어떻다는 게 아니다

　　　노송나무 선 산의 가을날 해질녘 - 361

寂しさはその色としもなかりけり槇立つ山の秋の夕暮[88]

　　　　　　　　　　　　　　　　　— 자쿠렌법사寂蓮法師

무심한 이 몸도 애수는 알겠네

　　　도요새 날아오르는 습지의 가을날 해질녘 - 362

心なき身にもあはれは知られけり鴫立つ沢の秋の夕暮

　　　　　　　　　　　　　　　　　— 사이교법사西行法師

87　川本皓嗣, 「〈三夕〉の歌」, 『日本詩歌の伝統—七と五の詩学』, 岩波書店, 1991, 46~59쪽.
88　峰村文人 校注・訳, 『新古今和歌集』(新編日本古典文学全集 43), 小学館, 2003, 117쪽. 이
　　후의 『新古今和歌集』 인용은 이 책과 岩波書店의 「大系」本 참조.

둘러보니 꽃도 단풍도 없도다

　　포구 초가집의 가을날 해질녘 - 363

　　見わたせば花も紅葉もなかりけり浦の苫屋の秋の夕暮

— 후지와라노 테이카藤原定家

　　중세 『신고금와카집』을 대표하는 이 가을의 시 '세 석양의 노래三夕の歌'로써 '춘추우열론'은 가을 우위로 돌아왔다.

　「겨울 노래冬歌」 중에는 '눈雪'을 소재로 한 것이 33수로 가장 많다. 그 다음이 겨울비, 달, 서리 순이다.

　　이제야 듣네 마음이란 흔적도 없는 거라는 것을

　　　　눈을 헤치며 님 생각 하고 있는데 - 665

　　　　今ぞ聞く心は跡もなかりけり雪かき分けて思ひやれども

　　말 세우고 소맷자락 털 나무 그림자도 없네

　　　　사노佐野 나루터 눈 내리는 저녁 어스름 - 671

　　　　駒とめて袖うちはらふ陰もなし佐野のわたりの雪の夕暮

　　겨울 풀은 마르고 헤어진 사람이 새삼스레

　　　　눈 헤치고 나타날 리 있으랴 - 681

　　　　冬草のかれにし人のいまさらに雪踏み分けて見えんものかは[89]

89　峰村文人 校注・訳, 앞의 책, 197~200쪽.

『신고금와카집』의 특징 중 '본가 인용本歌取り' 등의 기법이 동원된 바로 위의 두 와카는 고대의 『만엽집』과 헤이안시대 『고금와카집』에 각각 수록된 노래의 한 구절을 차용하면서 새롭게 이미지를 구축하고 있다. 671번 노래는 본가(만엽집)의 '사노 나루터'(지명 : '歌枕')를 인용하면서 '비'를 '눈'으로, '집'을 '나무'로 대체하였고, 681번 노래의 밑줄 친 '마르고 / 헤어진かれにし'은 앞 단어 '겨울 풀'과 뒤의 '사람' 양쪽에 걸치는 동음이의同音異義의 '연계어掛I詞'로 이 앞 구절(겨울 풀은 마르고 헤어진 사람)이 『고금와카집』의 '본가 인용'이며, '겨울 풀'은 '마르다'의 '베개 말枕詞'이다.

이렇게 『신고금와카집』에 이르러서는 다양한 수사법을 사용하여 정형단시인 와카和歌의 표현이 심화 확대되었고 전통을 계승 발전시켰다.

6. '하이카이俳諧'의 '계절어季語' 정착

—바쇼(芭蕉) 하이카이의 '시간의 흐름'과 계절어,
부손(蕪村) 잇사(一茶)의 계절어의 특징

1) 하이카이의 계절어

일본 고전 시가詩歌문학의 사계 표현은 일찍이 『만엽집萬葉集』(8세기 중엽)의 계절가季節歌이래로 일본문학과 일본인의 정서를 이해하기 위하여 중요한 단서를 제공하고 있다. 그리고 앞에서 기술한 바와 같이 『고금와카집古今和歌集』(905년)부터 『신고금와카집新古今和歌集』(1205) 등 칙찬勅撰 와카집에 사계절별 편찬 체제가 확립되었다는 점은 특기할만한 일이며, 근세 '하이카이俳諧'에서는 '계절어季語'가 시 창작의 필수 요건으로 정착 되기에 이른다. 이 절에서는 근세의 대표적 '하이카이시인俳人'인 마쓰 오 바쇼松尾芭蕉(1644~1694) 하이카이의 계절어에 대해 계절 변화의 추 이와 시간의 흐름과 관련된 대표적인 구句를 중심으로 고찰하고자 한 다.[90] 계절이 변화하는 시점, 그 계절의 추이의 감각을 고찰한 연구는 눈 에 띈다. 그런데, '시간의 흐름', 즉 경과하는, 흐르는 시간, 흐른 시간이 라는 그 시간의 지속의 감각에 대한 선행연구는 찾아보기 어렵다. 여기 서 시간의 지속과 그 추이의 감각이 계절감을 표현하는데 효과적으로 작용한다는 것을 추구해보기로 한다. 이 '시간의 흐름'의 감각은 계절이 변화하는 순간의 감각과 상통하는 점이 있다. 하지만, 시간의 길이(지속) 라는 점에서 다르다.

여기서 지칭하는 일본의 '하이카이俳諧'는 '하이카이 렌가連歌'(일종의 돌림노래)의 첫 구인 '홋쿠発句'가 독립한 것으로 근세에 확립된 시가詩歌 문학의 한 장르를 말하는데, 근대 시인 마사오카 시키正岡子規이래 '하이 쿠俳句'로 통칭되고 있다. 하이카이는 음수율이 5·7·5인 정형 단시이 며, '계절어季語'를 필요로 한다.

하이카이의 '계절어'는 시대의 추이와 함께 증가 일로에 있다. 중세 렌 가서連歌書 『렌가론비초連理秘抄』에는 약 40개의 계제季題가 실려 있는데

---

90 최재철, 「일본 근세 하이카이俳諧의 '계절어季語'고찰—마쓰오 바쇼松尾芭蕉의 '시간의 흐 름' 표현을 중심으로」, 『외국문학연구』 제57호, 한국외대 외국문학연구소, 2015.2, 555 ~577쪽(이하, 이 글을 수정 가필한 것임).

반해, 근세 에도江戸시대 초기의 계절어 모음집 『하나이구사はなひ草』에 590제題, 후기의 다키자와 바킨滝沢馬琴 편 『증보 하이카이세시기 서표책增補俳諧歳時記栞草』에는 3,424제가 게재되었다. 메이지明治 시대 이후 근현대 하이쿠에는 계절어가 보다 다양하게 추가됐다.

하이카이에 대한 연구는 무수하게 많아서, 계절어와 관련하여 자연관에 관한 것 중 바쇼론의 대표적인 것을 소개한다. 먼저, 바쇼의 "건곤의 변화는 풍아의 씨앗이다乾坤の変は風雅のたね也"(『빨간책赤双紙』, 『삼책자三冊子』)라는 말에 대하여, 데라다寺田透는 "사계 자연의 변화 추이가 하이카이의 발생원"[91]이라는 뜻으로 해석한다. 그런데, 미야모토宮本三郎는 "바쇼가 말하는 사시四時(사계四季)는 천지운행의 커다란 현상으로", 단순히 춘하추동의 풍물을 말하는 것이 아니라고 주장한다.[92] 바쇼의 자연관의 구조에 대해서, 오카자키 요시에岡崎義恵는, "풍아風雅(하이카이)라고 하는 것은 조화造化(천지자연)에 따라 사시의 변화를 친구 삼는 것이다風雅におけるもの, 造化にしたがひて四時を友とす"(『봇짐 속의 작은 글笈の小文』) 등을 예로 들어 조화가 화육化育하는 바의 천지만물・화조풍월花鳥風月로서 파악[93]하는데, 히로타広田二郎는 "(바쇼는) 있는 그대로의 존재로서 '천지만물'이라는 직관적・총합적인 파악을 하고, '자연'이라는 등의 추상화, 개념화를 하지 않았다며, 그 바탕을 송학宋學 『태극도설太極図説』의 세계관에 있다"[94]는 것을 논증했다.[95]

---

91 「비화낙엽飛花落葉」, 『바쇼의 책芭蕉の本』 七, 1970.
92 「하이카이 문예론俳諧文芸論」, 『바쇼풍 하이카이논고蕉風俳諧論考』, 1962.4.
93 「자연관自然観」, 『해석과 감상解釈と鑑賞』, 1964.7.
94 「바쇼의 자연관芭蕉における自然観」, 『문학文学』, 1973.6.
95 尾形 仂 編, 「芭蕉俳論事典」, 『芭蕉必携』, 学燈社, 1995.11, 38~39쪽; 広田二郎, 「芭蕉にお

계절어론으로서, 야마모토 켄키치山本健吉는, 계절어는 '홋쿠' 존재론의 문제이며, '계절어가 만들어내는 질서의 세계'는 일테면 홋쿠의 전제라고 본다.[96] 이는 고노河野喜雄가 '형식'이 아니라 '시적 모티브'라고 푸는 것과 비슷하다.[97] 구리야마栗山理一는 바쇼의 경우 계절어·계절감을 존중하지만 그것에 휘둘리진 않는다고 보는 입장이다(『바쇼의 하이카이 미론芭蕉の俳諧美論』). 이모토井本農一도 바쇼의 의도는 '새로운 하이카이적 본의本意의 발견'에 의한 계절어의 개척에 있으며, 명소名所나 사랑의 구句에 있어서 무계절無季을 용인하는 것도 거기에 일종의 '본의'가 있기 때문이라고 주장한다.[98] 여기서 한발 더 나아가, 오자와小沢実는 계절어를 역사적으로 분류하는 시점 위에 바쇼의 경우 지명의 구를 중심으로 하는 방향이 있었던 것은 아닌가라고 제시한다.[99]

이와 같은 하이카이의 계절어에 관한 선행연구 중에서, '사계 자연의 변화 추이가 하이카이 발생원'(데라다)이라든지, '조화가 화육하는 화조풍월'(오카자키)로서, '계절어는 홋쿠의 전제'(야마모토), 또는 '시적 모티브'(고노)로 해석하는 관점 등을 참조하면서, 바쇼의 하이카이관을 고찰하고 특징적인 계절어 관련 구, 특히 시간의 흐름을 담은 대표적인 구를 소재로 하여 나름대로 정리, 해석해보고자 한다.

ける自然観」, 『文学』 Vol.41, 岩波書店, 1973.6, 654~665쪽 참조. 이 논문에서 히로타広田 二郎는 바쇼의 하이카이론에 영향을 끼친 중국의 『장자莊子』 등의 사상과 문체에 대해 예를 들어 고증했다.

96 「계절어季の詞」, 『바쇼의 책芭蕉の本』 四.
97 「계제론季題論」, 『바쇼문학의 제문제芭蕉美学の諸問題』, 신기원사新紀元社, 1949.
98 「계절어의 문학성季語の文学性」, 『하이카이 문예의 이론俳文芸の論』, 메이지서원明治書院, 1953.
99 尾形 仂 編, 앞의 글, 63~64쪽.
「바쇼 홋쿠의 무계절 문제芭蕉発句に於ける無季の問題」 『간도墾道』 五, 1979.9 재인용.

국내의 연구로는 주로 하이카이의 자연관을 다룬 논문과 장자莊子관련 논문 등은 몇 편 발표 되었으나, 계절어를 본격적인 주제로 다룬 글은 그다지 많지 않다. 본론을 전개하면서 관련 연구에 대해 언급하기로 한다.

계절어의 생성 이유를 자연 발생적 역사적인 것으로 보지 않고, 문학적 필연성으로 볼 경우에 다음과 같은 몇 가지 이론이 제기되었다.

① 공리주의적 계제季題(계절어) 취미설 : 전통적 와카和歌나 하이카이의 '본의本意'를 이어받아 계제가 지니는 성격이나 연상을 최대한 연구하여 활용해 간다는 것. - 쿄시高濱虛子

② 계절감설季感說 : 하이쿠는 계절감을 통일적 정취로 지녀야하는 것으로서 이 계절감의 중핵을 이루는 자연의 물상物象을 계절어로 봄. - 오스가大須賀乙字 외.

③ 계제 발전설 : 계제를 계절의 약속체계로 보는 이론으로, 중심에 꽃·두견새·달·단풍·눈, 이 전통적 5개의 경물景物을 두고, 그 바깥쪽에 와카의 제목·렌가의 계제·하이카이의 계제·하이쿠의 계제로 확산되고, 가장 바깥쪽에 약속을 포함하지 않는 럭비·스케이트 등의 계절어가 존재하여, 계제에서 계어로 발전한다는 주장. - 야마모토山本健吉

④ 계절감 발전설 : 근원적 계절감의 범위 안에서 새로운 계절어가 생성된다는 주장으로, 예를 들면, '여름옷夏衣'이라는 계제에서 이 계절감에 유래하는 하복夏服·흰 셔츠·아로하 등 신계절어가 생겨난다는 주장. - 다카바네鷹羽狩行[100]

---

[100] 片山由実子 외, 『俳句の詩学·美学』(俳句教養講座 第二卷), 角川学芸出版, 2009, 190~191쪽.

이러한 계절어 생성 이유를 염두에 두면서 하이카이의 계절어에 대해 고찰하기 위해 먼저 마쓰오 바쇼의 계절과 관련한 하이카이관을 살펴보기로 한다.

2) 마쓰오 바쇼松尾芭蕉 하이카이의 '시간의 흐름'과 계절어

바쇼芭蕉의 하이카이관俳諧視

바쇼의 계절과 관련한 하이카이관을 알아보기 위해 먼저 하이카이론 『봇짐 속의 작은 글笈の小文』을 보면 하이카이와 사계에 대해, "풍아風雅(하이카이俳諧)라고 하는 것은, 자연의 조화造化에 따라 사계四季를 벗 삼는 것風雅におけるもの, 造化にしたがひて四時を友とす"[101]이라고, 소위 '조화수순造化隨順'의 원리를 말하고 있다. '조화수순'에 입각하여 '사계절'을 읊는 것이 곧 하이카이라는 말이다.

또한, 바쇼의 제자 무카이 교라이向井去来(1651~1704)가 기록한 『교라이초去来抄』(1704년경)를 보면, 바쇼는 계절어의 중요성에 대하여, '계절어를 하나라도 새롭게 발굴하여 읊는 것은 후세까지 남을 훌륭한 선물'이라고 높이 평가하는 다음 문장에서 알 수 있는 바와 같이, '천세불역千歲不易의 구', 즉 전통적인 계제季題와 더불어, '일시유행一時流行의 구', 즉 그때그때의 참신한 계절어의 탐색을 강조하고 있다.

---

101 井本農一 外 校注, 「笈の小文」, 『松尾芭蕉集』 2(新編日本古典文学全集 71), 小学館, 2003, 45~46쪽.

스승, '계절의 하나라도 찾아내면 후세에 좋은 선물'이 될 것이다. (…중략…)

교라이 말하기를, '바쇼 하이카이에 천세불역千歲不易의 구, 일시유행一時流行의 구라는 것이 있다. 이것을 두 개로 나누어 가르치지만 그 근본은 하나다.'

先師「季節の一つも探り出したらんは、後世によき賜物」となり

(…중략…)

去来曰く「蕉門に千歳不易の句、一時流行の句といふあり。是を二つに分けて教へ給へども、その元は一つなり。」[102]

오랫동안 변하지 않는 것千歲不易과 때때로 변하는 것一時流行이 있으나 그 뿌리는 하나라고 하면서, 시간의 흐름에 따라 흘러가는 유행하는 새로운 구의 출현을 바쇼는 기대하고 있다는 의미다. 그러므로 바쇼는 전통을 존중하면서도 일생동안 끊임없이 새로운 하이카이의 계제季題를 찾아 계절 따라 산천을 헤맨 당대를 대표하는 나그네 시인이었다.

이 '불역유행不易流行' 등 바쇼의 하이카이에 대한 관점은 핫토리 도호服部土芳(1657~1730)의 하이카이론서俳論書 『삼책자三册子(산조오시)』를 통해서도 확인할 수 있다. 도호는 이 『삼책자三册子』에서 바쇼의 하이카이에 대한 주요 이론인 소위 불역유행론, 풍아의 참風雅之誠론, 고오귀속高悟歸俗론 등의 하이카이관을 체계화하려고 힘썼다. 이 『삼책자』는 『교라이초』와 함께 바쇼의 하이카이관을 이해하기 위한 주요 자료다.

---

102 전통적인 계절어를 존중하면서도, 참신한 계절어의 발견도 적극적으로 용인하는 바쇼의 자세다. 掘切 実 外 校注・訳, 「去来抄」, 『俳論集(外)』(新編日本古典文学全集 88), 小学館, 2001, 511~513쪽, 512쪽 각주 참조.

『삼책자』는 「하얀책白双紙」「빨간책赤双紙」「들녘의 작은 시내ゎすれみづ」 등 셋으로 구성되어 있는데, 그중 두 번째인 「빨간책」 첫머리에서 다음과 같이 '불역유행不易流行'을 설명한다.

　　스승(바쇼)의 풍아에 만대불역万代不易이 있고 일시의 변화一時の変化가 있다. 이 두 가지 원리에 수렴되나 그 근본은 하나다. 그 하나라는 것은 '풍아의 참風雅の誠'이다.

　　師の風雅に、万代不易あり、一時の変化あり、この二つに究り、その本一つなり。その一つといふは風雅の誠なり。[103]

　　도호는 바쇼의 하이카이에 '만대불역万代不易'과 '일시변화一時變化'가 있다고 말한다. '불역不易'이란, 옛것과 새것이 관계없고 변화유행에도 휘둘리지 않는 오로지 '참誠'을 좇는 바른 구(인생의 애수를 읊은 구)의 모습이라고 설명한다. 그리고 '일시변화'는 『교라이초』에서 언급한 '유행流行'과 상통하는 말로서 천변만화千変万化하는 사물이 자연의 이치이듯이 시풍 변화의 중요성을 말하는 것으로, 단련하여 새롭게 '풍아의 참의 변화'를 깨닫는 것이다. 그러므로 이 둘을 합친 '만대불역 일시변화' 다시 말해 '불역유행不易流行'이라는 것은 변하지 않는 것과 변하는 것의 두 가지 이치를 아우르는 것이다. 여기서 이 두 가지의 근본은 오로지 하나, '참'에 귀결된다는 '풍아의 참' 주장도 도출된다. 이어서,

---

103 復本一郎 校注・訳,「三册子」,『俳論集(外)』(新編日本古典文学全集88), 小学館, 2001, 575쪽.

장차 몇 천 번 몇 만 번 변화한다 해도 '참된 변화'는 모두 스승의 하이카이이다. '결코 고인이 흘린 침을 핥는 일을 하지마라. 사시四時(사계)가 밀려 옮겨가듯이 경물이 새로워진다. 모두가 이와 같다'라고도 말했다. (…중략…) '하이카이 아직 가마니 매듭을 풀지도 않았다.'

行末幾千変万化するとも、誠の変化はみな師の俳諧なり。「かりにも古人の涎をなむる事なかれ。四時の押しうつるごとく物あらたむる、皆かくのごとし」ともいへり。 (…중략…) 「俳諧いまだ俵口をとかず」^{たはらぐち}[104]

라고 함으로써, '하이카이의 참'을 고인의 답습을 거부하는 '참의 변화'에 기대하며, 하이카이 창작을 자연 사계절의 경물의 변화 추이에 빗대어 그 새로움을 강조한다. 덧붙여서 하이카이에 대해 '아직 매듭도 풀지 않은 상태'라고 겸손해하면서, 하이카이 창작과 전개의 다양성과 무궁무진함을 말한다.

또한, '고오귀속'에 대하여는 다음과 같이 언급한다.

'높이 마음을 깨달아 범속으로 돌아가야 한다'라는 가르침이다. '평소에 풍아의 참을 다그쳐 깨달아 지금 하는 바, 하이카이로 돌아가야 한다'라고 말하는 것이다.

「高く心を悟りて、俗に帰るべし」との教なり。「つねに風雅の誠を責め悟りて、今なす所、俳諧にかえるべし」といへるなり。[105]

---

104 위의 글, 576쪽.
105 위의 글, 577쪽.

이 '고오귀속高悟歸俗'이란, '높은 깨달음과 범속에로의 회귀', 이 두 가지를 말하는 바, 고상하게 시심詩心을 깨닫고 세상 속으로 돌아와야 하는 것으로서 하이카이에 대한 지향점을 설명하고 있다. 이 '범속에의 회귀'야말로 헤이안平安시대『고금와카집』의 와카和歌와는 다른 근세 에도江戶 쵸닌町人(도시상공인)시대 바쇼의 시 정신을 대변하는 하이카이의 본령을 말하는 것이다.

바쇼의 계절어에 대한 관점

① 조화 수순 : 시간의 흐름, 사계절의 변화 표현

바쇼는 하이카이론『봇짐 속의 작은 글』에서 하이카이와 사계에 대해서 다음과 같이 말한다.

그런데, 풍아라고 하는 것은, 조화에 따라 사계의 변화를 친구 삼는 것이다. 보는 바 꽃이 아니다 라고 할 것이 없다. 생각하는바 달이 아니다 라고 할 것이 없다.

しかも風雅におけるもの、造化にしたがひて四時を友とす。[106]　見る処

---

[106] 중국 중당中唐시대의 시인 백낙천白楽天(본명은 白居易; 772~846)의 '눈 달 꽃의 때에 가장 그대를 생각한다(雪月花の時, 尤も君を懐ふ)'를 연상할 수 있다. 백낙천의 대표적 시문집은『白氏文集』이다.
島内景二,「季節感の文学史－七月から九月まで」,『電気通信大学紀要』第14巻 第2号(通巻28号), 2002.1, 396쪽.
출전은,『백씨문집白氏文集』의 7언시「은협율에게 부치다寄殷協律」이다. 제3, 4구, "지난날 거문고와 시와 술을 함께한 벗은 모두 나를 두고 떠나 / 눈 달 꽃이 좋은 때가 되면 꼭 그대를 생각하네(琴詩酒伴皆抛我 雪月花時最憶君)."
内田泉之助,『白氏文集』(中国古典新書), 明徳出版社, 1987, 233~234쪽; 田中克己,『白楽天』(漢詩大系 12), 集英社, 1983, 323~324쪽.

花にあらずといふ事なし。おもふ所月にあらずといふ事なし。[107]

여기서, 바쇼는 풍아 즉 하이카이란 천지자연의 조화에 따라 사계의 변화를 벗 삼아 이를 읊는 것이라고 정의한다. 즉, '조화수순'의 원리를 말하고 있는 바, 천지자연의 운행에 따른다는 것과 그에 따른 사계절의 변화 추이가 하이카이 생성의 기본이며, 그 사계 변화 표현의 구체적인 경물이 계절어가 되는 것인데, 춘추의 대표적인 경물로 봄의 꽃과 가을의 달을 각각 들고 있다.

바쇼에 의해 하이카이의 계절어는 이전 시대의 미와 관념의 표상으로부터 벗어나 본래의 계절어 다운 생동감을 나타내기에 이르렀다고 할 수 있다.[108]

그리고 바쇼는 계절의 변화에 따른 자연의 아름다움과 자연의 조화의 공덕을 보고, 풍취를 표현한 고인의 작품을 대하는 기쁨에 대해 다음과 같이 말한다.

산과 들, 해변의 미경美景에 신의 조화를 보고, 혹은 도통한 도사의 족적을

---

107 井本農一 外 校注, 「笈の小文」, 앞의 책, 45~46쪽.
108 "芭蕉의 季語에 對한 基本的인 立場은 「松の事は松に習へ、竹の事は竹に習へと（…중략…）いふは、物に入りてその徴の顕れて情感ずるや、句となるところ也。」(『三冊子』)라는 말에 歸結된다고 할 수 있다. 이것은 人間이 부여한 美的意義로서의 本意가 아니라, 「花にあふては花になり、柳にあふては柳となる」(『莊子抄』)라는 莊子의 가르침과도 같은 것으로, 從來의 자연관을 크게 變革시킨 것이라 볼 수 있다. 그것은 主觀을 배제하고, 事物 그 자체의 本質에 人間이 隨順하라는 意味이며, 이러한 主張에 의해 季語는 從來, 美와 觀念의 表象이었던 것으로부터 脫皮하여 季語的인 生動感을 드러내게 된다." 유옥희, 「芭蕉의 俳諧에 나타난 계절관」, 『일어일문학연구』 제20집 1권, 한국일어일문학회, 1992, 152쪽 참조.

흠모하며, 풍아를 사랑한 사람의 결실을 접한다. (…중략…) (여행은─인용
자 주) 그때그때 기분을 전환하고 매일매일 마음가짐을 새롭게 한다. 만일
잠시라도 풍아 아는 사람을 만나는 기쁨은 한이 없다.

> 山野海浜の美景に造化の功を見、あるは無依の道者の跡をしたひ、風情
> の人の実をうかがふ。(…중략…) 時々気を転じ、日々に情をあらたむ。も
> しわづかに風雅ある人に出合たる、悦びかぎりなし。[109]

자연의 아름다움에서 신의 조화를 보고 풍취를 노래한 선인의 하이카
이를 접하면서, 여행을 통해 때에 따라 기분전환을 하고 매일매일 새로
이 풍취를 느끼며, 하이카이를 읊을 줄 아는 이를 어쩌다가 만나는 기쁨
은 한없이 크다는 바쇼의 고백이다.

이 글에서 바쇼가 말하고자 하는 것은, 하이카이를 읊기 위해서는 먼
저 자연의 아름다움을 볼 수 있어야 하고 거기서 조물주의 능력에 감탄
한다는 전제가 필요하다는 것을 강조한다. 그리고 이 자연의 미경을 본
감동에서 촉발되는 탄성이 곧 시(하이카이)인데, 그러한 탄성을 허심탄
회하게 노래한 도사들의 족적을 따르며 풍취를 느낄 줄 안 선인의 하이
카이를 더듬어 보는 의의를 적시한다. 그런 후에 때때로 기분에 맞춰 시
를 읊고 나날이 새로운 풍취를 스스로 노래해 본다. 그러다가 하이카이
다운 하이카이를 읊는 풍류 시인이 눈에 띄면 그 기쁨은 이루 말할 수 없
이 크다고 토로하고 있다. 이것이야말로 만고불변의 시론의 핵심으로서
손색이 없다.

---

109 井本農一 外 校注, 앞의 글, 58~59쪽.

② 바쇼 홋쿠의 계절어

여기서, 바쇼 홋쿠発句 중 사용된 계절어 상위 순위를 보면, 달月(77구), 꽃花(53), 눈雪(43), 매화梅(31), 국화菊(30), 두견새ほととぎす(26), 가을秋(22), 가을바람秋風(22), 장맛비五月雨(18), 세모歳暮(18), 벚꽃櫻(16), 초겨울비時雨(16), 서리霜(15), 버드나무柳(12), 춥다寒し, 서늘하다涼し, 이슬露, 늦가을暮秋 등이 각각 11구 이상 읊은 계제다.[110]

그리고 『바쇼구집芭蕉句集』의 전 홋쿠 842구의 계절어 사용 횟수를 조사한 선행연구를 참조하면, 달은 62구(천문의 계절어 중 최다), 비 중에는 장맛비五月雨 12구, 초겨울비時雨 13구(첫 초겨울비初時雨 4구 별도) 등이 다수 사용한 계절어다.[111] 식물 관련 계절어는 약 100종류, 관련 구수는 292구(총 842구 중 약 35%)로, 바쇼는 식물에 대해 관심이 많았다. 동물 관련 구(95구) 중에는 새(48구), 특히 여름(23구)의 두견새時鳥(17구)가 가장 많다.

곤충 중에는 매미蟬, 나비蝶, 반딧불이螢 등이 각 5구로 많이 읊은 소재다. 참고로 곤충을 다용한 하이카이 시인은 고바야시 잇사小林一茶다.[112]

---

110 野村亜住, 「芭蕉連句の〈季の句〉―季語の推移と表現の変化」, 『湘北紀要』第32号, 湘北短期大学, 2011, 2쪽. 이 논문에 의하면, 바쇼 렌쿠連句의 경우는, 계절어 사용 상위는 달·꽃·가을·눈·매화·국화·두견새·가을(바람)·장맛비 순서이며, 데이쿄(貞亨 / 1684년 기점) 이전과 이후의 계절어 변화를 조사하였다. 분류 기준에 따라 숫자는 차이가 있을 수 있다.

111 大谷篤藏·中村俊定, 『芭蕉句集』(日本古典文学大系 45), 岩波書店, 1979에 실린 홋쿠수 842구 조사(井本農一 外 校注, 『全発句』에는 총 976번구까지 수록함. 『松尾芭蕉集』1(新編日本古典文学全集 70), 小学館, 2003 참조).
송인순, 「바쇼의 홋쿠에 나타난 비雨의 이미지」, 『일본연구』제19호, 한국외대 일본연구소, 2002, 114쪽. 통계 참조: 송인순, 「松尾芭蕉의 發句에 나타난 季語 연구」, 한국외대 박사논문, 2005.8, 37쪽.

112 韓玲姫 外, 「小林一茶の虫の句にみる作品世界」, 『図書館情報メディア研究』, 図書館情報メディア研究編集委員会, 2012, 20~21쪽.

이와 같이 다양한 계절어를 구사한 바쇼의 구 중에서 계절과 시간의 흐름, 시간의 지속과 추이의 감각을 잘 표현한 특징적인 구를 주로 고찰해보기로 한다. 계절의 변화 추이의 순간을[113] 다루기보다는 흐르는 시간, 흐른 시간의 흔적이나 시간의 지속과 추이의 감각, 그 경과經過를 읊은 대표적인 구를 소재로 하여 바쇼 하이카이의 한 특징을 조명해본다.

우선, 계절어 '가는 봄行く春'과 관련된 구를 보면서 하이카이의 풍광과 감동에 대한 바쇼와 교라이의 대화『교라이초去來抄』를 읽어보자.

가는 봄날을 오우미 사람과 함께 아쉬워하네

行く春を近江の人とをしみけり ― 바쇼

교라이가 말하기를, "풍광風光이 사람을 감동시키는 것, 참이지요"라고 여쭌다.

---

113 小堀桂一郎, 「会津八一, 長塚節の秋の歌―推移の感覚」, 『文章の解釈―本文分析の方法』, 東京大学出版会, 1997, 328~340쪽 참조. 계절의 변화 추이의 감각을 잘 표현한 근대 단가로 아이즈会津와 나가쓰카長塚의 가을의 노래를 각각 한수씩 예로 들어 면밀하게 고찰한 논문이다. 즉,
"이카루가 마을의 처녀는 밤이 새도록 / 베를 짜고 있구나 가을이 오나보다いかるがのさとのをとめはよもすがら きぬはた おれり あきちかみかも"(会津), "기누가와를 밤도 깊은데 건너는 노젓는 소리 / 멀리서 들려오고 가을은 깊어가네鬼怒川を夜ふけてわたす水棹の遠くきこえて秋たけにけり"(長塚). 이 두 노래의 공통점은, 계절 변화 추이의 순간(가을 도래의 예감과 가을이 깊어감)을 청각적(베 짜는 소리와 나룻배 노 젓는 소리) 인상·감동을 통해 잘 포착하였다는 점이다. 이와 같은 노래의 연원 중 하나는, 『고금와카집』권4의 권두가 "가을이 왔다고 눈에는 분명하게 보이진 않지만 / 바람 소리에 그만 놀라고 마는구나秋きぬとめにはさやかにみえねども風のをとにぞおどろかれぬる"가 있다(이 책 제1장 3절 참조).
위 아이즈의 단가에서 '밤새도록よもすがら'이라는 말로 시간적 지속의 인상이 더해져, 아마도 이 가을 결혼준비를 위해 처녀가 끈기 있게 베를 짜는, 깊어가는 초가을 밤의 이미지를 효과적으로 표현하고 있다. 계절 변화의 일순, 그 추이의 감각을 읊은 노래를 고찰한 이 연구는 시사하는 바가 크다.

스승이 말하기를, "교라이, 그대는 더불어 풍아를 논할만한 자로다"라며, 더없이 기뻐하셨다.

去来曰く「……風光の人を感動せしむる事、真なるかな」と申す。

先師曰く「去来、汝はともに風雅をかたるべきものなり」と、殊更悦び給
ひけり。[114]

오우미近江의 봄은 진정 정겹고 아름다워서 거기 사는 이들은 봄날이 지나가는 아쉬움을 절실하게 느끼는데, 시인도 이 기분을 함께 하기 위해 오우미에 가서 봄을 만끽하면서 또 옛 선인들이 그랬던 것처럼 오우미 사람들과 함께 가는 봄을 아쉬워하는 마음을 노래한 구이다.

교라이가 '풍광의 감동'을 말하자, 바쇼가 '더불어 풍아를 논할만한 자'라고 기뻐했다는 데에서, 교라이의 일종의 '실경실감존중론実景実感尊重論'에 대해, 바쇼는 '풍아'를 논한다는 '전통적본의론伝統的本意[詩情]論'을 제기하고 있는 부분이다.[115]

변화하는 계절, 시간의 흐름 표현

시간의 지속·추이와 그 흐른 시간의 흔적이 계절 변화의 실경이나 정취의 단초를 제공한다. 먼저 바쇼의 대표적인 기행문집 『오쿠노호소미치おくの細道; 오쿠의 오솔길』(1689)의 첫머리를 보자.

---

114 掘切 実 外 校注・訳, 「去来抄」, 『俳論集(外)』(新編日本古典文学全集 88), 小学館, 2001, 429쪽.
115 위의 글, 430쪽, 각주 참조.

세월은 백대百代의 과객過客으로서 오고가는 해年도 또한 나그네러라. (…
중략…) 나날의 삶이 여행으로 나그네 길을 집 삼는다. 고인 다수가 나그네
길에서 타계했다. 나도 어느 해부턴가 조각구름 바람에 이끌려 표박의 상념
이 끊임없고 해변을 헤매 거닐다가, 작년 가을 강변의 누추한 집에 거미 낡
은 집을 털어내고, 마침 한해도 저물어 초봄의 안개 피어오르는 하늘에 시라
카와노세키白川の関 넘고 싶다며,

　月日は百代の過客にして、行きかふ年も又旅人也。(…중략…) 日々旅にし
　て旅を栖とす。古人多く旅に死せるあり。予もいづれの年よりか、片雲の風に
　さそはれて、漂泊のおもひやまず、海浜にさすらひて、去年の秋江上の破屋
　に蜘の古巣をはらひて、やや年も暮れ、春立てる霞の空に、白川の関こえむ
　と、[116]

이 『오쿠노호소미치』 '첫머리'에서, 시간의 흐름과 그에 따른 계절의
변화 추이를 되풀이 표현하고 있다. 즉, '세월月日'은 '영원히百代' '지나
가는過', 이를테면 시간의 '손님客'으로서, '오고가는行きかふ' '해年(시간)'
도 '나그네旅人'처럼 왔다가 가는, 흘러가는 것이다. '지난 계절 가을去年
秋'에 강변의 누옥栖屋에 돌아와 잠시 머물다가, 이윽고 '한해도 지나가
고年も暮れ', '이른 봄春立てる' '안개霞'가 피어오르는 하늘을 보고, 다시
나그네 길을 떠나고 싶어지는 계절 봄날이 찾아왔다는 감회를 피력하고
있다.

---

116 掘切 実 外 校注・訳,『おくの細道』冒頭,『俳論集(外)』(新編日本古典文学全集 88), 小学館,
　　2001, 75쪽.

영원히 흘러가는 시간(세월)을 나그네에 비유하며 지나간 가을과 겨울, 이제 새로 찾아온 초봄에 이르는 계절의 변화 추이를 그려 스스로가 자연과 인생의 방랑자인 시인의 심상이 저절로 묻어나는 '하이카이산문俳文'의 서두 문장이다.

　『오쿠노호소미치』의 다음과 같은 하이카이에서 시간의 흐름에 따른 계절의 추이와 거기에 동반하는 여정餘情(풍취)을 잘 드러내는 계절어가 쓰였음을 확인할 수 있다.

　　　*가는 봄*이여 새 울고 물고기 눈에는 눈물
　　　*行春*や鳥啼き魚の目ハ泪[117]

　'봄날은 간다.' 그 '가는 봄날'을 아쉬워하며, 에도江戸의 제자와 친구들을 뒤로 하고, 이제부터 동북지방 '오쿠의 오솔길奥の細道(오쿠노 호소미치)'로 나그네 길을 떠나가는 바쇼가 남긴 하이카이다. 이러한 석별의 정을 알기나 하는 듯 새도 울고 물고기도 눈물짓는 듯 눈이 촉촉하다고 의인화하여 읊는 데에서 이 구가 빛을 발한다. 봄날이 가듯, 우리도 헤어져 다시 만날 기약도 없이 마지막이 될지도 모르는, 낯설고 험난한 먼 길 떠나가는 방랑 시인의 눈에도 저절로 눈물이 글썽이었을 것이다. '가는 봄', 이 '늦은 봄날'의 이별에서 오는 뭔가 특별한 느낌이란 어떤 것일까? 만발했던 벚꽃은 지고 나른해지는 '늦봄晩春'의 정경 속에서, 이제부터 5개월

---

117 밑줄은 '계절어季語', 뉘인 글자는 '시간의 흐름'을 표현한 어구를 표시한다(이하 인용구의 경우 같음).

동안 여름과 가을에 걸친 6백 리[118]에 이르는 긴 방랑 여행을 앞에 둔 이별의 심정을 유추할 수 있다. 뒷모습이 보이지 않을 때까지 배웅하는 사람들을 생각하면, 시인의 발걸음이 제대로 떼어지지 않을 것도 당연하다.[119]

'흘러가는 봄날'처럼 세월은 가고 '나'도 떠나가는, 이 시간이 흐르고 있는, 그래서 한 계절이 변화하려는 '늦은 봄', 그 시간의 경과 속에서 작별의 아쉬움을 달래는 이 시점, '가는 봄行く春'이야말로 이 구를 바쇼의 명구名句로 인정하게 하는 계절어다운 계절어의 쓰임이다. 또 하나, 앞에서 인용한 '가는 봄'의 구를 다시 보기로 한다.

*가는 봄날*을 오우미 사람과 함께 아쉬워하네
*行く春*を近江の人とをしみけり

이 '가는 봄'[120] '늦은 봄'이라는 계절어는 '가고 있는 봄날'이 이제 얼마 남지 않은 시점에서 서서히 시간이 흘러가고 있는, 그 경과하고 있는 시간에 대한 애틋함이 옛 시인들을 떠올리게 하는 '오우미'라는 전통적 명소(비와코琵琶湖 부근)에서[121] 특히 이 '늦봄'이라는 계절의 특징과 잘 어

---

118 井本農一,「解説」,『松尾芭蕉集』2(新編日本古典文学全集 71), 小学館, 2003, 585쪽. 바쇼는 이 구 앞에서, '전도 3천리의 감개'라고 표현한다(掘切 実 外 校注・訳, 앞의 책, 76쪽). 즉, '전도 3천리의 감개 가슴에 막히고 환영의 거리에 이별의 눈물을 흘리네(前途三千里のおもひ胸にふさがりて、幻のちまたに離別の泪をそそぐ).' 이 '삼천리三千里'라는 과장 표현은 한시漢詩의 영향이다.

119「行道猶すすまず。人々は途中に立ちならびて、後ろかげのミゆるまでハと見送るなるべし。」(掘切 実 外 校注・訳, 앞의 책, 76쪽).

120 바쇼의 홋쿠에 나타난 시후時候의 계절어 중, 봄은 '가는 봄行く春'이 3회로 제일 많고, 가을은 '가는 가을行く秋(늦가을)'이 4회로 '가을 해질녘秋の暮(만추)'(5회) 다음으로 많이 사용한 계절어이다(송인순,「松尾芭蕉의 發句에 나타난 季語 연구」, 한국외대 박사논문, 2005.8, 37쪽).

울려, 이 구에서 그 아쉬움의 정취를 극대화하며 시간의 흐름 그 자체를 표현한 계절어다.

시간의 흐름과 계절어에 대한 구체적인 이해를 위해 각 계절별로 대표적인 바쇼의 하이카이를 예로 들어 고찰하기로 한다. 먼저 널리 알려진 하이카이부터 보자.

오래된 연못 <u>개구리</u> 뛰어드네 물 소리

古池や蛙飛びこむ水の音

늦은 봄날 한 방랑 시인이 인적이 드문 한적한 곳을 지나가다[122] 첨벙하는 물소리에 깜짝 놀랐는데, 알고 보니 더 먼저 놀란 것은 개구리였다. 아마도 풀 섶에 쉬고 있다가 시인의 발걸음 기척에 놀란 개구리가 이끼 끼고 허름한 연못 속으로 뛰어 들었을 것이다.

그리고 사방은 다시 조용한데 수면에는 파문이 일어 동심원이 점점 넓게 퍼져 가는 것을 시인은 물끄러미 응시하였을 것이다. 이때 방랑 시인은 고적감을 한 순간 잊었나 했더니 오히려 파문이 마음속까지 전달되어 외로움이 더 엄습하였고 상념은 동심원을 따라 멀리멀리 퍼져 나갔

---

121 "이 홋쿠発句에서 〈오우미 사람近江の人〉은, **지금** 바쇼를 대접하고 있는 **사람들**이기도 하고—이 구는 그 멋진 경험에 대한 감사의 표현이다—**이 같은 장소**에서 시가를 읊은 많은 **옛 시인들**도 가리키고 있는 것이다. **시간의 흐름**時の流れ이 있다. (…중략…) 와카의 명소歌枕가 (…중략…) 집합적 기억을 생성한다. 각각 **현재와 과거**에 뿌리를 둔 이들 두 개의 기본적 경험은 (…중략…) 문화적 풍경을 이화異化하고defamiliarize, 또 재 친화再=親化하는refamiliarize 것이다."(ハルオ シラネ 著・衣笠正晃 訳,『芭蕉の風景 文化の記憶』, 角川書店, 2001, 146~147쪽. 강조는 인용자, 이하 같음.)

122 통설은 에도江戸 후카가와深川 바쇼 거처芭蕉庵의 연못으로 보고 있다.

으리라.

이와 같은 전 과정이 물 소리 '첨벙'하는 놀람의 순간 거의 동시에 일어나는데, 이 놀람이야말로 시 생성의 근원이자 이미지즘 연상의 순간이다. 정적 가운데 움직임이 있고 움직임 가운데 정적이 있으니, 움직임과 정적이 하나가 되어, 정중동静中動 동중정動中静의 세계를 현출하고 있는 것이다.

이전 시대의 와카에서 개구리는 울음소리를 들려주는 청각적 존재였지만, 바쇼에 이르러 '뛰어드는' 동물로서 동작을 표현했다는 점에서도 그 참신성을 인정받고 있다.

고적한 지난 세월의 흐름, 시간의 경과가 이른바 '와비侘び' '사비寂び'의 '쓸쓸한' 심정을 먼저 드러내다가 갑자기 개구리가 뛰어들어 오랜 정적의 시간을 담은 이 고즈넉한 공간古池(오래되고 고적한 연못)은 적막을 깨고 돌연히 '뛰어든' 새 손님을 맞아 이제 역동적인 세계로 바뀌게 될 것이다. 이 일련의 과정에서 그 배경으로서의 자연 세계는 연못인데 그 장식어 한 글자 '고古'로 인해 생기는 이 분위기, '고적孤寂한' 감각은 다름 아닌 '고지古池', 즉 '오래된' 시간의 흐름이 그 연못 안에 담겨져 있기 때문이다. 오랜 이 시간의 지속이 담보된 연후에[123] 비로소 '한 마리'[124]의

---

[123] "몇 시대인가의 꿈의 흔적을 간직하고, 고적한 연못이 고요하게 정적에 잠겨 있다. 개구리 우는 소리가 들릴법한 늦봄의 하루, 개구리 우는 소리는 없고 단지 한 마리 개구리가 첨벙 뛰어든 물의 소리만이 들려왔다."(井本農一 外 校注, 「全発句」 267번구 구어역; 堀信夫의 해석, 『松尾芭蕉集』1, 新編日本古典文学全集70, 小学館, 2003, 146쪽).

[124] 개구리가 한 마리인가에 대해서는 이론이 있을 수 있는데, 이 구의 고적한 분위기로 볼 때 그 고적감을 증폭하는 장치로서도 여러 마리는 어울리지 않는다고 본다. 이점과 관련하여 R. H. Blyth는 하이카이 번역, 해설서 『HAIKU』(俳句・전4권, The Hokuseido Press, 1949~1952)에서 단수('a flog')로 번역하고, 부호를 적절히 구사한 바 있는데, 이 구의 의미를 잘 파악한 번역이다. 'The old pond : / A flog jumps in,- / The sound

개구리가 뛰어들어 오래되고 고적한 연못은 그 고적한 시간의 긴 지속을 멈추고 이제 역동과 생명의 시간을 맞이하게 되는 것이다. 이 순간을 알리는 '물 소리'(첨벙)는 기상나팔과도 같이 이 고적한 자연 세계의 오랜 동면을 깨우는 큰 울림으로 퍼져 강하고 긴 여운을 남긴다.

다음은 여름의 계절어에 대해 살펴보기로 한다. 앞의 구와 아주 비슷한 구조이면서도 다른, 여름의 '매미소리'를 들어보자.

> *적막함*이여 바위에 스며드는 *매미소리*
>
> *閑さや岩にしみ入る蟬の声*

한동안 지속되었을 적막함, 고요함의 시간, 몇 날이고 홀로 걸었을 나그네의 외로운 나날, 그 시간의 경과 뒤에 비로소 들리는 그 울어 재끼는 청각적인 매미 울음소리가 딱딱한 고체 바위에 스며든다는 데에 이 구의 묘미가 있다.[125] 바위가 아니라 실은 나그네의 몸과 마음에 절절히

---

of the water.' (이 영역은 '/' 부분이 개행으로 3행시임. 1, 3행은 들여쓰기 하고, 각 부호를 잘 구사하여 단시의 시각적 효과까지 고려함.)

125 가토 슈이치加藤周一는 '와카와 하이쿠 두 단시형이 지니는 가능성은 크게 다르다'고 전제하고, '와카로 말할 수 있는 것이 하이쿠로는 할 수 없다, 혹은 극히 어렵다'라며 '17음절의 구에서는, 회상을 용인할 여지가 없어, 그 안에서 시간의 지속을 보여주는 것은 지난하다'고 말한다. 그리고 '바쇼는 또한 일순간의 감각을 포착하기 위해 의성어나 첩어를 이용하고, 말의 초현실주의적인 조합에까지 도달했다'라고 하면서, 그 예의 하나로 위 '매미'의 구를 인용하고, 여기서는 '시간이 정지하고 있다. '지금=여기'에 전 세계가 집약된다'고 말한다(加藤周一, 「時間のさまざまな表現」, 『日本文化における時間と空間』, 岩波書店, 2013, 72~79쪽 참조).

하이쿠가 순간의 감각을 포착하고 현재의 자기완결적인 인상의 의미를 규명하고자 했다는 주장은 수긍하더라도, '회상을 용인할 여지가 없다'든지, '그때까지의 경과로부터는 벗어나 있다'는 주장에는 동의하기 어렵다. 이는 앞에서 인용한 '가는봄'의 구에서 옛 '오우미 사람'과의 회상도 연계되어 있으며, 위 구에서도 '적막함'의 시간의 지속이 내

스며드는 것이다. 여름날 늦은 오후 바위산을 지나다 고즈넉한 야마가
타山形 '입석사立石寺'에 들어선 나그네의 적막감을 증폭시키며 매미소리
가 마치 몸에 스미듯 산사山寺에 울려 퍼지고 있는 것이다.[126] 몸에 스며
드는 매미 소리에서 전달되는 고독감 또는 '무상신속無常迅速'[127]한 슬픔
(한여름 울다 스러져갈 매미의 운명도 함께 생각할 때)[128]의 정도는 그 앞서 흐
른 나그네의 외로움의 시간, 지속한 적막함의 시간에 비례한다고 할 수
있을 것이다.

이번에는 무성한 '여름풀夏草'과 '장맛비五月雨'의 흔적과 관련한 시간
의 흐름 표현에 대해 보기로 한다.

여름풀이여 병사들의 *꿈의 흔적*

夏草や兵共が夢の跡

재하고 있다고 보기 때문이다. 17음절의 짧은 하이카이(하이쿠)가 '시간의 지속을 표현
하는 것은 어렵지만', 바쇼는 이와 같이 그 지난한 일을 능히 해냈던 것이다.

[126] 「山形領に立石寺と云山寺有。(…중략…) 殊に清閑の地也。(…중략…) 岩に巖を重ねて山
とす。(…중략…) 物の音きこえず。岸をめぐり岩を這て、仏閣を拝し、佳景寂寞として、
こころすミ行くのミ覚ゆ。」(「おくのほそ道」、『松尾芭蕉集』2(新編日本古典文学全集 71)、
小学館、2003、102～103쪽)
"해질녘 입석사立石寺가 소리 하나 들리지 않고 정적에 싸여있다. 그 공허한 듯한 적막
속에서 단지 매미 소리만이 한줄기 바위에 스며드는 듯이 들려온다는 뜻."(井本農一 外
校注、「全発句」513번구 해석、『松尾芭蕉集』1(新編日本古典文学全集 70)、小学館、2003、
276쪽.

[127] "사람 사는 세상의 변화가 아주 빠르다는 것. 또 사람의 죽음이 신속하고 허무하다는
것"(井本農一 外 校注、「全発句」630번구 '*마침내* 죽을 기색은 보이지 않네 *매미* 울음소
리(頓て死ぬ気しきは見えず蝉の声)'참조(『松尾芭蕉集』1(新編日本古典文学全集 70)、小学
館、2003、344쪽、頭注).

[128] まもなく死ぬ様子などいささかも見せず、蝉は今を全身全霊でなきしきっている。(…중
략…) 真蹟・卯辰集に「無常迅速」と前書。参考、新古今集「秋近き気色の杜に鳴く蝉の涙の
露や下葉染むらん」(白石悌三 外 校注、1782番句、「猿蓑」卷二、『芭蕉七部集』(新日本古典文
学大系 70)、岩波書店、2004、287쪽 각주).

과거 전장이었던 동북東北지방 다카다치高館의 여름 들녘에서 무성한 풀을 보고, 한때는 왕성한 젊음의 힘으로 승리와 무공을 위해 혼신을 다하여 전투에 임했을, 지금은 이 땅에 없는 전사한 병사들, 젊은 나이에 비극적으로 용맹하게 생애를 마감한 미나모토노 요시쓰네源義経(1159~1189)무장의 군졸들의 '꿈의 흔적'을 발견하는 데에서 이 구의 의미를 읽게 된다.[129] 용맹했던 병사들의 '미래를 향한 꿈'의 '이미 지나가버린 흔적'과도 같은 무성한 여름풀을 본 순간, 이 진혼의 구가 떠올랐을 것이다. 여기서 계절어 '여름풀'은 지나간 시간(세월)의 흔적을 환기시키는 시각적 도구로서 기능한다. 미래를 향한 '왕성했던 과거의 꿈'은 현재 눈앞에 펼쳐지는 정경으로서의 '무성한 여름풀'을 볼수록 허망함의 강도와 비애의 정도는 더욱 커진다. 물론 이 시가 읊어진 장소와 역사적 시간에 대한 이해에 따라, 그 감상의 맛은 좀 다를 수 있다. 그러한 시간의 경과와 지속을 드러내는 어구 '흔적'이 계절어 '여름풀'과 함께, 흐르는 시간과 변화하는 계절, 순환하는 인생의 애수를 여실히 부각시키고 있다.

이 구의 시간의 '흔적'은 다음 구의 시간의 흐름을 드러내는 시각적인 '벽의 흔적'에서 유사하면서도 또 다른 정감을 찾아볼 수 있다.

장맛비여 색지 바랜 *벽의 흔적*
五月雨や色紙へぎたる壁の跡

---

129 바쇼는 기행문 전문에 두보杜甫의 「춘망시春望詩」 "나라는 망하고 산하는 있네, 성곽은 봄날 초목이 무성하네国破レテ山河在り, 城春ニシテ草木深シ"를 인용하고 있다. 동일하게 폐허 위에 서서 회고하는 시로 발상의 중핵이 연결된다. 山本健吉, 『芭蕉名句集』(日本古典文庫 12), 河出書房新社, 1977, 147쪽 참조.

이 하이카이에는, '낙시사落柿舍를 나서려다 석별의 정을 아쉬워하며落柿舍を出んと名残をしかりければ'라는 설명이 붙어 있듯이, 바쇼가 한동안 묵으며 지인 제자들과 하이카이회를 열었던, 교토京都 외곽 사가嵯峨의 교라이 별장 낙시사[130]를 떠나던 날, 집 방안 여기저기를 둘러보다 색지色紙[131]를 떼어낸 자국이 선명한 빛바랜 벽지에서, 여기서 지낸 여름 한 철과 그때그때 만난 지인들과 교류하며 하이카이를 읊은 시간들이 떠오르고, 그 바랜 벽지를 통해 지난 장마철, 그 시간의 지속과 경과의 흔적이 선명함에 따라 석별의 정은 더 깊어지게 된다. 그러한 정감이 바로 지인 제자들에게도 그대로 전달되며, 시간이 지남에 따라 그 벽지가 더 바랠 것까지도 연상하면, 뒤에 남아 오랫동안 그 흔적을 바라보는 이로 하여금 기억 속에서 이 구가 자연스레 떠오르고, 긴 장마로 벽지의 바랜 흔적에서 바쇼와 이 집에서 함께한 정겹던 한 시절, 어느 해 여름 장마철이 손에 잡힐 듯 눈에 보이듯이 아련하게 그려지게 될 것이다.

이와 같은 텍스트 분석을 염두에 두면, '장맛비五月雨의 시간성 등이 묘사되면서 여름철의 계절적 생동감이 표현'되었다는 해석은, '시간성 등이 묘사'되었다는 점은 그렇다고 하더라도(실은, 여기서 '장맛비'는 뒤의 '색지가 바램'에 영향을 끼치는 눅눅한 습기와 지리함을 연상케 하므로 '생동감'과는

---

130 '감이 떨어지는 집'이라는 이 '낙시사落柿舍'에는, 답사할 때 실제 감나무가 있었고, 뜰의 바쇼 시비와 안내 팸플릿에 위 인용구가 적혀 있었다.

131 色紙(色紙) : 와카나 시구詩句, 서화書画 등을 적는 사각형의 두꺼운 종이. 전면에 금박 은박을 뿌린 것도 있다.

거리가 있다고 보는데), '장맛비'라는 계절어가, 심상풍경心象風景의 표상表象으로부터 독립獨立한 것'이라는 주장[132]과는 관점의 차이가 있다.

다음은 한여름의 '구름 봉우리'의 구다.

구름 봉우리 몇 번이나 무너져 달의 산
雲の峰幾つ崩れて月の山

이 여름날의 '구름 봉우리'란 적란운積亂雲 또는 입도운入道雲 이라고 불리는 것으로 햇살이 강할 때 격렬하고 복잡한 소용돌이 상승기류에 의해 생기는데, 윤곽이 선명하고 웅장한 모습을 나타낼 경우가 많다. 이 커다란 적란운이 뭉게뭉게 피어오르며 사방으로 반복적으로 퍼져나가는 '갓산月山'(야마가타현 중부, 1,984m)의 하늘을 노래하면서, 또한 그 갓산이 이름 그대로 '달의 산'이니 저녁에 보게 될 달의 명소名所임을 아울러 대비시킨다.

"구름 봉우리雲の峰는 도연명陶淵明의 시에 '하운기봉다夏雲奇峰多', 두보杜甫의 시에 '기봉돌궐奇峰突兀하고 화운승火雲升하다' 등이 있어, 그 영향으로 만들어진 말이었다. (…중략…) 바쇼가 '6월이여 봉우리에 구름 없은 아라시야마六月や峰に雲置く嵐山'라고 읊어, '六月'를 '로쿠과쓰ロクグワ

---

132 "「五月雨や色紙へぎたる壁の跡」(『嵯峨日記』) 등은 과거, 和歌나 連歌에서 五月雨가 憂鬱한 心境의 表象으로서만의 價値를 지녔던 것과는 그 경향을 전혀 달리 하고 있다. 卽,「五月雨」의 時間性, 量感, 速度感등이 描寫되면서 여름철의 季節的 生動感이 表現되어「五月雨」라는 素材가 어떤 表象으로서가 아니라「五月雨」그 자체로서 그려지고 있는 것이다. 五月雨라는 季語가, 心象風景의 表象으로부터 獨立한 것은 芭蕉에 의해서 이뤄졌다고 해도 過言이 아닐 것이다."(유옥희,「芭蕉의 俳諧에 나타난 계절관」,『일어일문학연구』제20집 1권, 한국일어일문학회, 1992, 152쪽)

ッ'로 읽도록 지정한 것은 염천의 구름의 기세를 구에서 살리려고 하였기 때문이었다"라고 해설한 야마모토山本健吉의 의견은 참고할만하다.[133]

이 구에서도, "몇 번이나 무너져幾つ崩れて"에 시간의 흐름(지속)이 이미 내재하여, 이윽고 달의 명산인 '갓산'에 명월明月이 두둥실 떠오를 시간이 찾아오는 것이 기다려지게 마련이다. 이 '몇 번이나幾つ'에 주목하여[134] 그 시간이 반복하는 추이의 감각을 느끼고 이 구를 음미할 때 기다리고 기다리던 소문대로의 명월을 만날 그 대기하는 지속의 시간의 묘미가 증폭된다. 거기에 또 되풀이 '무너져崩れて'[135]가 더해져 구름 봉우리가 무너졌다 내려앉는 느낌의 반복 후에, 이제 머지않아 그 어마어마한 적란운이 기세 좋게 또 다시 되풀이 피어오르다 무너져 내린 아래 쪽에서 떠오를 밝고 커다란 달의 생동감은 뭔가 재생과 부활의 이미지를 연상하게 된다.

이어서 이제 가을의 대표적 계절어인 달의 구句에 대한 바쇼의 의견을 들어보자.

---

133 水原秋櫻子 外, 『カラー図説日本大歳時記・夏』, 講談社, 1982, 42쪽.
134 '몇 번' 관련 구를 하나 더 소개한다. 「나비 날개가 몇 번이나 넘나드나 토담 지붕(てふの羽の幾度越ゆる塀のやね)」『芭蕉句選拾遺』(「全発句」 613번구, 井本農一 外 校注, 『松尾芭蕉集』1(新編日本古典文学全集 70), 小学館, 2003, 335쪽)
　　"'몇 번이나 넘나드나幾度越ゆる'에, 한가로운 낮이 긴 봄날日永의 기분이 든다'(山本健吉, 『芭蕉名句集』(日本古典文庫 12), 河出書房新社, 1977, 184~185쪽 참조)
135 '무너져崩れて'가 쓰인 구를 하나 더 보자. 「여름 밤이여 무너져 날새는 냉채요리(夏の夜や崩れて明し冷し物)」, 『続猿蓑』(「全発句」 867번구, 井本農一 外 校注, 『松尾芭蕉集』1(新編日本古典文学全集 70), 小学館, 2003, 478쪽) 참조
　　"'무너져崩れて'는 '냉채요리冷し物'의 형용이면서, 이 자리의 공기이기도 하고 작자의 마음의 빛깔이기도 하며, 짧은 여름밤이 희미하게 밝아오는 시각 그 자체이기도 한 것이다."(山本健吉, 위의 책, 272쪽 참조)

바윗등이여 *여기에도 한사람 달 구경꾼* - 교라이

(…중략…)

스승이 말하기를, '여기에도 한사람 달 구경꾼'이라고, 스스로 이름을 대는 데에야말로, 얼마간 풍류일 것이다. 그저 자칭의 구로 할 것.

岩鼻やここにもひとり月の客 - 去来

(…중략…)

先師曰く「ここにもひとり月の客」と、己れと名乗り出づらんこそ、幾ば
くの風流ならん。ただ自称の句となすべし。 [136]

　교라이는, 먼저 바위 등에 와 있던 달구경하는 풍류인을 보고 '여기에
도 한사람 달구경하는 이가 있네'로 떠올린 구라고 했는데, 스승 바쇼
의, 바위 등에 달구경하러온 '나'가 "'여기도 한사람 달구경하는 이가 있
소'라고 (달을 보고) 자칭自稱하는 구로 해야 어느 정도의 풍류라고 할 수
있을 것이다"라는 가르침을 받고 탄복하는 장면이다.
　해석에 따라 이 구의 묘미의 차이는 있다고 보고, 어느 쪽으로 보든지
여기서 주목할 것은 전과 후의 달구경꾼의 시차, 즉 시간의 흐름이 내재
하고 있다는 점이다. 앞서 이미 와있던 달구경하던 이의 시간 위에 또 다
른 시간, 새로이 추가된 시간의 손님(달 구경꾼)인 '나'(아니면, 먼저 와 있던

---

136 掘切 実 外 校注・訳,「去来抄」, 앞의 책, 442쪽.

이와 새로 온 이)가 바윗등이라는 동일 공간, 달구경하는 명당(자리)에 함께 자리하고 있는 것이다.

'여기에도 한사람ここにもひとり'이라는 어구에서 '여기에도'에 이미 흐른 시간, 시간의 지속과 경과가 내포되어 있어서 한동안 구경한 손님들이 있고, 그러한 달구경꾼들이 이미 구경하던 '달(명월)'이라는 친근함으로 계절어의 운치를 배가시킨다.

다음은 바쇼 자신이 달을 읊은 전기(1686년, 42세)의 구이다.

명월이여 연못을 거니네 밤이 새도록
名月や池をめぐりて夜もすがら

—『孤松』

바쇼가 가장 많이 읊은 소재인 달月의 구(77구) 중 하나다.[137] 달 아래 '소요하다 시각을 잊었다'고 하는 것도 별로 당시 풍류인의 특수한 경험이 아니었을 터이다. '달빛을 받으며 어디까지고 걷고 싶다는 일종의 망아忘我에 가까운 상태'가 '밤이 새도록夜もすがら'이다.[138] 이 '밤이 새도록'이라는 말이 달 아래 사람이(또는, 달이) 연못가를 소요한めぐりて 시간의 흐름이며, 그 지속한 시간의 총체가 '하루 밤 내내'인 것이다.

이어서 겨울의 구를 보기로 한다.

---

137 달구경을 읊은 구 중에서,「명월이여 문앞까지 밀려오는 파도 머리(名月や門に指しくる潮頭)」(『三日月日記』)는 팔월 대보름날 밤, 만월의 하늘과 후카가와 바쇼 거처深川芭蕉庵의 문 밖까지 밀려오는 큰 파도의 박력의 순간(과 그 되풀이)을 포착한 구로서 인상 깊다 (山本健吉,『芭蕉名句集』(日本古典文庫 12), 河出書房新社, 1977, 231쪽).

138 「全発句」 269번구의 해석. 위의 책, 81쪽.

나그네라고 내 이름 불리우리 초겨울소나기

旅人と我名よばれん初しぐれ

—『笈の小文』

초겨울에 여행을 떠나려하는데 막 내리기 시작한 소나기를 보고 읊은 이 구에서, 내 이름이 후세에 '나그네'라고 불릴 것이라는 방랑시인으로서의 바쇼의 의지를 잘 나타낸다. 여행의 출발 시점이 초겨울이기도 해서이겠지만 때마침 내린 초겨울 첫 소나기를 무릅쓰고 길을 떠나는 모습에서 이 시인의 결연한 내면의 풍모를 읽을 수 있다.

이 구에 대해, 야마모토는 "이 여행을 떠나는 구에는 마음의 여유가 보인다. 사이교西行・소기宗祇의 풍아를 사모하는 바쇼는 나그네의 생애를 언제나 마음으로 그리고 있었다. 그리고 초겨울소나기時雨는 무상신속無常迅速한 것의 비유이며 인생의 나그네인 바쇼의 마음의 빛깔이었다. (…중략…) 구의 모습 그 자체에서 바쇼의 마음의 약동이 감득된다"[139] 라고 평하고 있다. 소나기는 한동안 갑자기 내리기 시작하여 줄기차게 쏟아지다가도 어느 순간 딱 멎는 속성을 가져 인생의 돌연성과 무상함을 느끼게 하는 자연현상으로 볼 수 있는데, 인생의 방랑자인 바쇼가 한동안 지속하는 시간의 나그네처럼 '한 순간 지나가는' 초겨울 첫 소나기에 촉발되어 여행의 의지를 다지는 구다. 여기서도 '짧은 시간' 흩뿌려 '초겨울'의 스산한 분위기를 돋우는 '초겨울소나기時雨'라는 계절어가 살아 있다.[140]

---

139 위의 책, 95~96쪽.

한편, 같은 계절어로서 다음의 '초겨울 첫 소나기' 구는 유머가 느껴지는 경쾌함이 있다.

초겨울소나기 원숭이도 도롱이 입고 싶어해

初時雨猿も小蓑をほしげ也

초겨울 첫 소나기가 내리는 스산한 계절이 되니까 원숭이조차도 추위를 타 도롱이를 입고 싶어 한다고 의인화한 이 구에서 와카와 다른 하이카이의 '가벼움軽み'의 묘미를 맛볼 수 있다. 역시 '짧은 시간'동안 흩뿌

---

140 다음에 '시간의 흐름', 그 지속하는 시간의 추이의 감각을 잘 표현한 바쇼 하이카이를 몇 구 더 소개한다.

　「하루하루 보리 붉어져 우는 종달새(一日一日麦あからみて啼く雲雀)」,『嵯峨日記』
'보리가 익는 계절(여름)이어서, 하루하루 보리가 익어가 이삭이랑 잎이 붉어지며 말라간다. 그렇게 흘러가는 시간의 애수도 모르는 듯 종달새가 무심히 울어재끼고 있다. 밝은 초여름의 햇살, 그 가운데서 줄기차게 우는 종달새, 하루하루 깊어가는 맥추麦秋(초여름)의 쓸쓸함. 저항할 수 없는 시간의 추이에 대하여 절망적인 애절한 느낌이 밑바닥에 담겨있다.'(「全発句」691번구 및 해석, 井本農一 外 校注,『松尾芭蕉集』1(新編日本古典文学全集 70), 小学館, 2003, 377~378쪽 참조)

　「바다 저물어 물오리 소리 희미하게 하얗네(海くれて鴨のこえほのかに白し)」,『甲子吟行』
'바다 저물어海くれて라는 시간의 추이 속에, 왠지 모르는 유랑의 뜻이 있다.'(「全発句」209번구 및 두주, 같은 책, 118쪽 참조)

　「논 하나 모심고 떠나는 버드나무런가(田一枚植えて立去る柳かな)」,『おくのほそ道』(「全発句」494번구, 같은 책, 262쪽)

'사이교西行가 「道のべに清水ながるる柳かげしばしとてこそ立ちとまりつれ」(新古今集)라는 노래를 읊은 버드나무라고 알려져 있고, (…중략…) '잠시나마しばしとてこそ'의 잠시 시바시라는 시간의 구상화가 논 한마지기 심고이며, 바쇼가 쉬고 있던 잠시 동안의 시간에 처녀들로 하여금 논 한마지기 다 심는 것이다. (…중략…) 바쇼가 심었다고 해도 부자연스럽지 않다.'(山本健吉, 앞의 책, 141~142쪽 참조)

이 밖에,「破風口に日影やよわる夕涼み」(『三日月日記』),「埋火や壁には客の影法師」(『続猿蓑』),「三日月の地はおぼろ也蕎麦の花」(『一葉集』)「松風や軒をめぐつて秋暮ぬ」,「人声や此道かへる秋の暮」,〈所思〉「此道や行人なしに秋の暮」,「秋深き隣は何をする人ぞ」,「旅に病んで夢は枯野をかけ廻る」(이상『笈日記』) 등 참조.

리고 '지나가는' 초겨울 첫 소나기가 갑자기 내린 날의 정경을 유머있게
묘사한 구다.

후세 사람들이 초겨울(음력 10월 12일)에 타계한 바쇼의 기일을 '시구
레(초겨울소나기)기時雨忌'라고 명명할 만큼, 이러한 '초겨울소나기' 구에
의미 부여를 하는 것은 '나그네'로 불릴 것이라는 바쇼의 앞의 구의 예
언을 따르고 인정한다는 데에 그 의의가 있다.

일본 근세 마쓰오 바쇼의 하이카이관과 계절어에 대한 관점, '시간의
흐름'과 관련된 대표적인 구를 중심으로 고찰하였다. 흐르는 시간, 흐른
시간의 흔적이나 시간의 흐름과 그 지속을 읊은 구를 소재로 하여 바쇼
하이카이의 한 특징을 살펴볼 수 있었다.

이렇게 시간의 흐름이 모여서 계절의 특징을 드러내며 결국 계절의
변화로 이어진다. 이와 같이 시간의 흐름을 표현하는 특징적인 구에서
계절어는 적절히 시간의 흐름을 표현하거나 그 배경으로서 경과하는 시
간을 부각시키면서 변화하는 계절과 계절의 지속하는 시간의 흔적을 잘
담아내고 있다. 이때 계절어를 보좌하는 시간성을 담는 어휘, 즉 '고古'
'적跡' 등뿐만 아니라, 동사(가다行く, 바래다へぎたる)나 부사(몇 번幾つ) 등이
잘 배치되어 있다는 점도 확인할 수 있었다. 『오쿠노미치』 서두에서 언
급한대로, 바쇼는 세월과 시간의 나그네인 과객으로서 유한한 인생을
조화수순, 즉 자연에 맡기고 사계의 변화에 따라 흐르는 시간, 지속하는
시간의 추이 한 순간순간을 꿰뚫어보고 그 느낌을 순간의 미학인 하이
카이로 적확하게 포착한 '시간의 시인'이라고 할 수 있다.

3) 부손無村과 잇사一茶 하이카이의 계절어

요사 부손与謝蕪村(1716~1773)은 화가로도 알려진 근세 에도시대의 하이카이 시인으로 회화성과 낭만성, 서민성 등의 특징이 있다.

유채 꽃이여 달은 동녘에 해는 서녘에
菜の花や月は東に日は西に

부손의 대표적인 위의 구는 지상에는 유채꽃이 만발한 봄날, 하늘에는 해가 서쪽으로 어스름 지는 저녁 무렵에 동쪽에선 만월이 떠오르는 지평선, 아니면 먼 바다 위를 올려다봤을 때의 감동이 그대로 전달되는 하이카이로, 부손의 회화성을 대표하는 구다. 노랑과 하양과 빨강(주홍)의 색채감과 시각적으로 광대한 아름다움을 느끼게 하는 대자연이 연출하는 커다란 그림을 보는 듯하다.

구름을 머금고 꽃을 뿜어내는 요시노산
雲を呑んで花を吐くなるよしの山 (自畵贊)

꽃의 계절 봄날, 나라奈良의 벚꽃 명소 요시노산吉野山에 오른 감격을 낭만적으로 노래하고 있다. 그 광경을 보고 그린 그림에 적은 하이카이(自畵贊)로 '온 산에 날리는 꽃으로 봄을 만끽하다満山の飛花春を余さず'[141]

---

141 与謝蕪村 글, 古井由吉 外, 『与謝蕪村・小林一茶』(新潮古典文学アルバム 21), 新潮社, 2001, 61쪽 참조.

라고 할만하다.

부손 하이카이의 특징을 대변하는 구를 아래에 소개한다.

저녁 바람이여 물 왜가리의 정강이를 치네

夕風や水青鷺の脛をうつ

근심에 잠겨 언덕에 오르니 찔레나무 꽃

愁ひつつ岡にのぼれば花いばら

파 사가지고 나목 사이로 돌아오누나

葱買て枯木の中を帰りけり

위의 하이카이는 각각 회화성과 낭만성, 서민성을 잘 나타내는 '부손다운蕪村的 표현'으로,[142] 세 번째 하이카이는 시인 백석白石을 연상시킨다.

고바야시 잇사小林一茶(1763~1827)는 불우한 시절을 보내면서 생활 현장을 소재로 한 하이카이가 다수다.

어 치지마 파리가 손을 비빈다 발을 비빈다

やれうつな蠅が手をする足をする

---

142 中野沙恵, 「蕪村的表現」, 『国文学―解釈と教材の研究』(特集 : 蕪村の視界―画人として・俳人として), 学燈社, 1996.12, 108쪽.

파리채를 들고 파리를 잡으려고 했더니, 파리가 살려달라고 빌듯이 손발을 싹싹 비빈다. 어떤 이는 너무 인간 중심으로 생각하는 거 아니냐고 반문을 하는 경우도 있겠으나, 웃음을 자아내게 하는 구임에 틀림없다.

이것이 참말 마지막 거처인가 적설량 오 척
これがまあつひのすみかか雪五尺

이 구에서 눈이 많이 쌓인 겨울 적막한 가옥에서 임종을 맞이하는 시인의 담담한 체념의 모습을 떠올릴 수 있다. 평소 잇사는 눈을 좋아한 시인이었다.

7. 일본 고전의 사계 표현의 의의

이상으로 일본 고전문학 속의 사계에 대해 시대별 작품별 특징과 추이를 고찰하였다. 일본 고전문학 속의 사계 표현은 『고사기』에서 유래를 찾을 수 있고, 농경민족으로서 수확의 계절 '가을秋'이 신神의 이름, 지명 등 고유명사에 다용되었다. 또한, 중국 전래의 '춘추우열' 경쟁 소재가 일찍이 도입되었다. 『풍토기』에서는, 역월曆月과 계월季月을 '추계 9월秋季九月' 등과 같이 함께 표현하는 쪽으로 바뀌어갔고, 꽃 피는 봄과 단풍든 가을이 대구적으로 자주 쓰였으며, 봄에는 물고기, 가을에는 새

등 춘추별로 구별하려는 의식이 나타난다. 농경 공동체로서 자연 계절의 순환에 민감하고, 역월과 절기, 계월에 맞추어 농업을 추진하며, 연중행사의 운용은 고대 왕권의 유지에도 중요한 과제였으므로, 사계절 묘사는 증가되고 다양하게 전개되었다. 『만엽집』에서 이미 계절별 노래가 별도로 편집되기 시작하였고, '춘추우열가'가 처음으로 등장한다. 헤이안시대의 왕조王朝문학, 특히 『고금와카집』에서는 사계절별 편찬 체재가 정착된다. 이 『고금집』에서는 순환하는 절기의 흐름에 따라 각 계절 절기에 맞는 와카를 배치하였고, 비유와 의인법 등의 수사법의 발전으로 관념적이고 이지적인 경향을 띠게 되었다.

　『고금집』 '봄-하春下'권 와카의 75%인 50수를 '벚꽃' 노래가 차지하여 '봄 꽃'의 대표로 고정하고자 하는 경향이 나타나며, 벚꽃노래 중 65%정도인 47수가 낙화를 읊은 것은 불교의 영향으로 인생무상과 혼구정토사상을 반영한다. 그리고 어느 경물을 어느 계절에 속한 것으로 보는가 라든지, 매화에 꾀꼬리, 단풍에 사슴이라는 경물의 조합도 『고금집』이 기준이 되어 점차로 고정된다. 그리고 산천초목의 변화에 인간의 삶을 대입하고 노동에서 자유로워진 귀족사회를 반영하여 쓸쓸한 가을 '비추悲秋의 계절'로서 가을 우위의 와카가 다수 지어졌다.

　한편, 『겐지이야기』에서는 '육조원'의 사계절별 배치라는 특별한 장치와 「환영(幻)」권 등에서 1년 사계절을 묘사하고, 산문 속에 와카를 삽입하여 효과적으로 계절감을 증폭시킨다. 또한, '춘추우열경쟁'의 전통을 이어가는 등 계절 표현을 통해 등장인물들의 심상을 반영하며 이 작품의 분위기인 '인생의 애수(もののあはれ: 모노노아와레)'를 돋보이게 한다는 특징이 있다. 그리고 『마쿠라노소시』의 '서두'에서는 사계 표현의 한 전형을 보여준다.

이렇게 왕조시대 칙찬와카집인 『고금집』이나 『겐지이야기』가 지니고 있던 규범성이 메이지明治 근대에 이를 때까지 일본인의 자연과 계절에 대한 감수 방식의 기초가 되었다.

일본 헤이안시대 시가문학의 사계 표현은 중세의 『신고금와카집新古今和歌集』과 렌가連歌에서 보는바와 같이 지적 유희와 기교적인 와카를 거쳐, 근세 에도江戶시대에 이르러 바쇼芭蕉 등의 하이카이俳諧의 '계절어季語'로 정착된다. 바쇼의 하이카이의 한 특징은 자연 계절의 변화와 내재하는 '시간의 흐름'을 잘 표현했다는 것이다.

이와 같이 일본 고전문학에서 계절감의 표현을 정형화하는 문화전통이 형성되어 문학사를 관류하고 있다는 것을 확인하였다. 이러한 사계 표현의 전통은 이후 근현대 하이쿠俳句에 계승되어 새 시대의 계절어로 전개된다.

이 장에서는 일본 근현대문학을 소재로 근대 일본인이 자연·사계를 고전과 달리 어떻게 새롭게 표현했는가를 생각해보고자 한다. 근대 일본문학에서도 계절묘사의 전통을 이어받으면서 규범성에서 벗어나 새로운 전개를 한다.

먼저, 자연을 새롭게 내면으로 발견한 산문시풍의 문장으로 구니키다 돗포国木田独歩의 『무사시노武蔵野』(1898.1~2)[1]와 「잊히지 않는 사람들忘れえぬ人々」(1898.4)[2] 등이 있다. 그런데, 돗포獨歩의 자연과 계절의 서정

에 대한 근대적 표현은 후타바테이 시메이二葉亭四迷가 1888년에 번역한 러시아 작가 투르게네프의 「밀회あひびき」(1850년 작)나 영국시인 워즈워스의 낭만시 등 서양문학의 영향을 받았다.[3]

그리고 도쿠토미 로카德冨蘆花는 자연의 멋을 낭만적 문체로 묘사한 수필『자연과 인생自然と人生』(1900)을 썼는데, 로카蘆花는 주로 시각적으로 자연을 묘사한데 비해, 돗포는 전감각을 동원하여 자연 계절을 묘사하는 점에 차이가 있다. 7·5조의 유려한 근대 시집『새싹집若菜集』(1897)을 지은 시마자키 도손島崎藤村은 고향 신슈信州의 자연과 삶을 회화繪画에 자극받아 묘사한 사생写生[4] 문집『치쿠마가와의 스케치千曲川のスケッチ』(1912)에서 풍경을 스케치하듯이 표현하며 근대인의 과학적 탐구정신을 반영하였다. 이렇게 일본 근대의 낭만주의나 자연주의 계열의 작가들은 전원의 분위기와 계절의 변화를 작품 속에서 곧잘 묘사했다.[5] 또한, 여행과 계절의 단가短歌시인으로 와카야마 보쿠스이若山牧水가 있으며, 교토京都의 사계를 주제로 한『고도古都』등의 소설과 여러 수필을

---

2 이 작품을 통해, 돗포가 풍경의 발견자이며, 그 풍경의 발견이 고독한 내면의 발견과 연결되어 있다고 본다. 가라타니柄谷는, 「잊히지 않는 사람들」 말미의 화자 '나僕'가 심야 홀로 생의 고립감을 느끼고, 주위 풍경 속에 선 평범한 사람들이 그리워진다는 부분을 인용하면서, "여기에는 '풍경'이 고독하고 내면적인 상태와 긴밀하게 연결되어 있는 것이 잘 나타나 있다ここには、「風景」が孤独で内面的な状態と繁密に結びついていることがよく示されている"라고 평하고 있다. 柄谷行人, 「風景の発見」,『日本近代文学の起源』, 講談社, 1980, 24쪽 참조. 최재철 역,『잊히지 않는 사람들』, 지식을만드는지식, 2017.

3 山田薄光, 「独歩の自然観·運命観」,『国文学 解釈と鑑賞』, 至文堂, 1991.2, 50쪽.

4 마사오카 시키正岡子規(1867~1902)는 '사생写生'의 객관성을 피력하였고, 다카하마 쿄시高浜虚子(1874~1959)는 '화조풍영花鳥諷詠', 즉, 사계四季의 변화에 의해 생기는 자연계와 사람 사는 세상의 현상을 무심히 객관적으로 사생하듯이 읊는 것이 하이쿠俳句의 근본이라고 주장한 바 있다(이 장 7절, 다카하마 쿄시 부분 참조).

5 최재철, 「일본 근대문학의 자연·계절의 발견과 그 전개」,『일어일문학연구』제84집 2권, 한국일어일문학회, 2013.2, 349~373쪽(이하 이 글을 수정 가필한 것임. 특히 7절은 새로 추가함).

통해 고전의 전통을 계승하고자 한 노벨문학상 수상작가 가와바타 야스나리川端康成는 작품 속에 자연과 사계 표현을 적극 도입하였다. 이들의 자연을 보는 새로운 시각의 도입과 전개, 사계 묘사의 특징에 대해 고찰하기로 한다.

사계 표현과 관련하여 일본문학 각 시대별, 또는 작가 작품별 자연관이나 계절감에 관한 선행 연구는 부분적으로는 이루어졌지만, 근대적 자연 계절 묘사의 도입과 전개 과정, 그 내용을 아울러 고찰하는 것은 이제부터다.

1. 서양문학의 영향과 근대적 자연의 발견

1) 후타바테이二葉亭의 투르게네프 번역

일본문학에서 근대적 자연을 발견하고 묘사하게 되는 결정적인 계기는 서양문학의 번역에서 힌트를 얻는다. 우선 거론하지 않을 수 없는 것은 후타바테이 시메이二葉亭四迷(1864~1909)가 번역한 러시아 작가 투르게네프Ivan S. Turgenev(1818~1883)의 「밀회あひびき」다. 이 작품을 통해 근대 일본인은 새롭게 자연을 보게 되고 근대적 자연·계절 묘사가 비로소 시작되었다. 먼저 후타바테이二葉亭 역 「밀회」 첫머리를 옮겨보자.

① 가을 9월 중순 무렵, 하루는 나 자신이 그 자작자무 숲속에 앉아있었던 적이 있었다. 아침부터 가랑비가 뿌리고 그 개인 틈으로는 이따금 뜨뜻미지근한 응달도 비춰 정말이지 변덕스런 날씨. 뽀얀 흰 **구름**이 하늘 전체에 길게 뻗치는가 했더니 갑자기 또 여기저기 순식간에 구름에 틈이 생겨 무리하게 밀어 헤친 것 같은 **구름사이**로 맑고 영리한 듯이 보이는 사람 눈처럼 맑게 갠 **파란 하늘**이 보였다. ② **자신은 앉아 사방을 둘러보고 그리고 귀를 기울이고 있었다**自分は座して、四顧して、そして耳を傾けてゐた. 나뭇잎이 머리위에서 어렴풋이 살랑거렸는데, 그 **소리**를 들은 것만으로도 **계절**은 알 수 있었다. 그건 **초봄**의 재미있는 듯 웃는 듯 떠들썩한 소리도 아니고 **여름**의 느릿한 살랑거림도 아니며 따분한 말소리도 아니고, 또 **늦가을**의 쭈뼛쭈뼛 으스스한 수다도 아니었는데, 그저 간신히 알아들을 수 있을지 알아들을 수 없을지 하는 정도의 차분한 속삭임 소리였다. **산들바람**은 은근히 나뭇가지 끝을 탔다. ③ *개이다 흐리다 해서 비로 습기 찬 숲 속의 모습이 끊임없이 변해갔다.*[6]

(번역 및 밑줄, 강조 표시 등―인용자. 이하 같음)

이 「밀회」를 읽고 감명을 받은 구니키다 돗포国木田独歩는 단편 「무사시노武蔵野」에 위 밑줄 친 ②를 직접 인용하면서, '무사시노'에서 풍경을 내면으로 발견하고 일본 근대문학에 자연 계절 묘사의 새로운 방식을 도입하였다(이 장 2절 참조).

위의 인용문 중에서, 밑줄 ①은 말할 것도 없이, '자작나무숲이라는

---

6 투르게네프 작, 후타바테이 시메이 역, 安井亮平 주, 「あひびき」, 『二葉亭四迷集』(日本近代文学大系 第4卷), 角川書店, 1971, 344쪽.

자연 속에 앉아 있는 자신의 위치를 자각한다'는 데에 새로움이 있고, ②에서 '귀를 기울이고 있었다'에 유의해볼 필요가 있다. 즉, 빛과 응달, 흰 구름과 파란 하늘 등 색깔로 그려진 공간적인 풍경묘사에 소리가 더해지고 그 소리 하나하나를 귀 기울여 들으며 계절별로 구별해 묘사한다는 점에 참신성이 있다. 또한, ③도 '종래 일본의 자연 묘사와는 이질적이고 인상적이며 감각적인 자연 묘사'라고 할 수 있다.[7]

특히나, 투르게네프는 '나뭇잎이 살랑거리는 소리를 듣는 것만으로도 계절을 알 수 있을'만큼 계절의 변화에 따른 소리에 민감했다. 그래서 나뭇잎이 살랑거리는 소리를 각 계절별로 사람의 말소리에 적절히 비유하는 재치가 보인다. 초봄은 '재미있는 듯 웃는 듯 떠들썩한 소리'로, 여름은 '느릿한 살랑거림, 따분한 말소리'로, 초가을은 '차분한 속삭임 소리'로, 그리고 늦가을은 '쭈뼛쭈뼛 으스스한 수다'로 구별하여 표현하는 신선함을 나타낸다. 그러므로 멀리서 그냥 자연을 관조하는 것이 아니라, 인간이 자연 속에서 자연과 혼연일체 동화되어 한 가지 자연의 소리를 계절의 추이에 따라 각각 달리 청각적으로도 구분하여 묘사하는 섬세함을 보여준다.

투르게네프가 이 소설의 장면을 비 온 뒤 '습기 차' 눅눅하고 낙엽 지는 자작나무숲의 스산한 가을로 설정한 것은 '밀회'를 하던 중 일방적으로 이별을 통고받는 여자의 처연한 심정이 자연과 계절이 어우러져 극대화되는 배경으로 효과적이다.

이렇게 자연 속에 있으면서 직접 느끼고, 시각과 청각을 동원한 투르

---

7 「두주」, 위의 책, 344~345쪽.

게네프의 구체적 내면적인 자연 계절의 묘사는 일본 고전문학에서는 찾아보기 어려웠던 새로운 자연 계절의 발견으로서, 후타바테이의 투르게네프「밀회」번역에 의해 돗포独歩의『무사시노』등 일본 근대문학에 도입되었다.

2) 워즈워스의 낭만시 소개

돗포独歩는「거짓 없는 기록欺かざるの記」「워즈워스의 자연에 대한 시상ウォーズヮースの自然に対する詩想」「음력 10월小春」「자연의 마음自然の心」「불가사의한 대자연−워즈워스의 자연과 나不思議なる大自然ーワーヅワースの自然と余」등에서 낭만 시인 워즈워스W. Wordsworth(1770~1850)에 대해 기술하고 있다. 돗포의 문장 중에서 처음으로 워즈워스의 이름이 보이는 것은「전원문학이란 무엇인가田家文学とは何ぞ」(『青年文学』, 1892.11 초출)이고, 일기「거짓 없는 기록」에 의하면 돗포가 워즈워스를 통해 자연을 자각하기 시작한 것은 1893년경이다. 그러므로 워즈워스를 통한 돗포의 근대적, 자각적인 낭만적 문학관은 대개 이 무렵부터 확립되었다고 볼 수 있다.[8]

어제 오전 '자연'에 대해 깊이 생각한바 있다. 워즈워스의 시를 읊다. 자연을 생각하고 인생을 생각하며, 인생을 생각하며 자연을 생각하고, 그리고 인간을

---

8 芦谷信和,「独歩と外国文学ーワーヅワースの受容と感化」,『国文学 解釈と鑑賞』第56券 第2号, 至文堂, 1991.2, 50쪽.

생각하다. 실로 이것 워즈워스의 시상의 정수이다. (…중략…) 자연! 지금은 의미 깊은 것으로 되었다. 나를 자연 속에서 찾아낼 수 있었도다.

　昨日午前「自然」に就き考究する所あり。ウオーズウオースの詩を唱す。
自然を思ふて人生を思ひ、人生を思ふて自然を思ひ、而して人間を思ふ。
実に之れウオーズウオースの詩想の粋なり。(…中略…) 自然! 今は意味深
き者となりぬ。吾を自然の中に見出すを得たり。[9]

　이렇게 돗포는 워즈워스의 자연을 소재로 한 낭만시를 읽고 자연 속에서 인생의 의미를 발견하는 것을 워즈워스 시의 정수라고 이해하면서, 자연과 인생을 동일선상에 놓고 자연의 의미를 깊이 생각하며, 자연 속에서 스스로를 발견할 수 있었다고 일기에 토로하고 있다.

　특히 돗포는 워즈워스의 시 중에서도 「유년 시대를 회상하며 불사不死를 아는 노래」와 「틴탄교회에서 수마일 상류에서 읊은 시」로부터 자연을 보는 새로운 시각을 배웠다.[10]

9　「欺かざるの記」, 1893.9.12.
10　山田薄光, 앞의 글, 51쪽.

2. 구니키다 돗포国木田独歩「무사시노武蔵野」의 근대적 자연 묘사

앞에서 기술한 바와 같이, 구니키다 돗포国木田独歩(1871~1908)는 후타바테이 역, 투르게네프의 단편소설「밀회」를 읽고 자연 묘사의 신선함에 자극을 받았으며, 워즈워스의 낭만시로부터도 영향을 받는다. 먼저 돗포独歩의 단편소설「무사시노武蔵野」를 살펴보자.

그래서 자신은 재료 부족인 터에 자신의 **일기**를 재료로 해보고 싶다. 자신은 (메이지)29년(1896) **초가을**부터 **초봄**까지, 시부야촌渋谷村의 작은 초가집에 살고 있었다.

(…중략…)

동 (10월) 25일 '아침은 안개 두텁고, 오후는 개다, 밤에 들어 구름 틈사이 달 맑다. 아침 일찍이 안개 개이기 전에 집을 나서 들녘을 걸어 숲을 찾다.'

동 26일 '오후 숲을 찾다. **숲 속에 앉아 사방을 둘러보고, 경청하며, 응시하고 묵상**하다.'[11]

—「무사시노」, 제2장

앞에서 인용한「밀회」첫머리 부분 ②'**자신**은 앉아 사방을 둘러보고 그리고 **귀를 기울이고 있었다**'를 거의 그대로 인용하듯이 소설「무사시

---

11 国木田独歩, 「武蔵野」, 『国木田独歩・田山花袋集』(現代日本文学大系 第11巻), 筑摩書房, 1977, 11쪽(이하 이 텍스트의 인용은 쪽수만 표기함).

노」에 옮겨놓았다. 이와 거의 비슷한 문장을 이 소설 보다 앞서 쓴 일기 「거짓 없는 기록欺かざるの記」의 다음 인용문 (1)'숲 속에서 묵상하고 사방을 둘러보고 응시하며 고개를 숙였다 하늘을 보다'와 (2)'숲 속의 묵상과 사방을 둘러보는 것과 경청과 응시를 기록하라'라고 적은 데에서도 찾아볼 수 있다(사계절 속의 생활과 자연 묘사 포함, 아래 원문 인용 참조).

(明治二十九年十月) 二十六日。

午後、独り野に出でて林を訪ひぬ。プッシング、ツー、ゼ、フ、ロント、を携えて。

(1)林中にて黙想し、回顧し、睇視し、俯仰せり。「武蔵野」の想益々成る. われは神の詩人たるべし。(…중략…)「武蔵野」はわが詩の一なり。

(…중략…)

美なる天地よ、深き御心よ。不思議の人生、幽玄の人情よ。われは此の中に驚異嘆美して生活せんのみ。嗚呼人生これ遂に如何。

林よ、森よ、大空よ、答へよ、答へよ。

(…중략…)

武蔵野に春、夏、秋、冬の別あり。野、林、畑の別あり。雨、霧、雲の別あり日光と雲影との別あり。

生活と自然の別あり。昼と夜と朝と夕との別あり。月と星との別あり。 平野の美は武蔵野にあり。草花と穀物と、林木との別あり。 茲に黙想あり、散歩あり、談話あり、自由あり、健康あり。

秋の晴れし日の午後二時半頃の(2)林の中の黙想と回顧と傾聴と睇視とを 記せよ。

あゝ 「武蔵野」。これ余が数年間の観察を試むべき詩題なり.。余は東京
府民に大なる公園を供せん。

—「欺かざるの記」, 205~206쪽

위 문장에서 알 수 있듯이, 무사시노 숲은 사계절별로 차이가 있다는
것과 햇빛과 구름 그림자, 들과 숲과 밭, 비와 안개, 낮과 밤, 달과 별 등
숲 속 생활에서 발견한 자연의 여러 가지 예를 구별하며 시적인 소재를
찾아 기록하고 있다.

이와 같이 『무사시노』의 전개 방식은, 제1장 머리글 다음의 제2장에
스스로의 일기 「거짓 없는 기록」(1896)을 먼저 인용하고, 이와 관련된
선행 작품인 투르게네프 「밀회」의 인상 깊은 구절을 직접 인용 삽입하고
나서, 자신의 소설 문장을 써내려가는 형식을 취한다. 『무사시노』(1898)
를 이어서 보기로 한다.

즉 이것은 **투르게네프**가 쓴 것을 **후타바테이**가 번역하여 「밀회ぁひびき」라고
제목 붙인 단편 모두에 있는 한 절이며, 자신이 그러한 낙엽 숲의 정취를 알
게 된 것은 이 **미묘한 서경**紋景**의 붓의 힘이 크다**. 이것은 러시아의 풍경이며 게
다가 숲은 자작나무이고, 무사시노의 숲은 **졸참나무**, 식물대植物帯로 말하자
면 심히 다르지만 **낙엽 숲의 정취는 똑같은 것**이다. 자신은 때때로 생각했다,
만약 무사시노 숲이 졸참나무 종류가 아니고, 소나무나 뭐 그런 거였다면 지
극히 평범한 변화가 적은 색채 일색인 것이 되어 그렇게까지 귀중하게 여길
게 없을 것이라고.

졸참나무 종류니까 단풍이 든다. 단풍이 드니까 낙엽이 떨어진다. 늦가을

비가 속삭인다. <u>찬바람</u>이 분다. <u>한 무더기 바람</u> 야트막한 언덕을 덮치면 몇 천만의 <u>나뭇잎 높이 창공에 날아</u> 작은 새의 무리이거나 한 듯 멀리 날아간다. 나뭇잎 다 떨어지면, 수 백리 구역에 걸친 <u>숲이 일시에 벌거숭이</u>가 되어 <u>푸르스름해진 겨울 하늘</u>이 높이 이 위에 드리워 무사시노 전체가 일종의 침정沈靜(차분히 가라앉아 조용함—인용자)에 들어간다. <u>공기가 한층 맑게 갠다. 먼데 소리가 선명하게 들린다.</u>

—『武蔵野』제3장, 12쪽

　여기서 돗포도 '이것은 러시아의 풍경이며 게다가 숲은 자작나무이고 무사시노의 숲은 졸참나무, 식물대植物帶로 말하자면 심히 다르지만 낙엽 숲의 정취는 똑같은 것이다'라고 말하고 있듯이, 러시아의 자작나무 숲이나 무사시노의 졸참나무 숲이나 수종은 똑같은 활엽수闊葉樹로서 잎이 넓어 단풍이 잘 들고 낙엽이 지는, 스산한 가을 숲의 정취가 동일하다는데서 기분의 공감대를 느낄 수 있었던 것이다. 그래서 돗포는 서양(러시아)문학을 참고로 모방하면서 일본의 토양 풍토에 적절히 적용하여 일본문학 속에 잘 녹여낸 결과, 자연 계절의 분위기를 표현하는 새로운 방식을 도입하는 계기를 만든 셈이다.

　다음 문장을 보면 , 투르게네프의「밀회」로 부터 돗포는 일기「거짓 없는 기록」으로, 다시 소설「무사시노」로 이어지는, 원전을 참고하고 영향 받아, 나름대로 고심하며 집필한 과정을 직접 확인할 수 있다.

　　<u>자신은 10월 26일의 일기</u>에, '<u>숲 속에 앉아 사방을 둘러보고 귀 기울이며 응시하고 묵상하다</u>'라고 적었다.「밀회」에도 '<u>자신은 앉아서 사방을 둘러보고</u>

<u>그리고 귀를 기울였다</u>'고 쓰여 있다. 이 '<u>귀를 기울여 듣는다</u>'고 하는 것이 얼마나 가을 끝부터 겨울에 걸쳐 지금의 이 무사시노武蔵野의 마음에 딱 들어맞는 것이랴. 가을이면 숲속에서 생기는 소리, 겨울이면 숲 저 멀리 반항하는 소리.

　自分は十月二十六日の記に、林の奥に座して四顧し、傾聴し、睇視し、黙想すと書た。「あひびき」にも、自分は座して、四顧して、そして耳を傾けたとある。此耳を傾けて聞くといふことがどんなに秋の末から冬へかけての、今の武蔵野の心に適つてゐるだらう。秋ならば林のうちより起る音、冬ならば林の彼方遠く響く音。

—『武蔵野』 제3장, 12쪽

　자신의 작품 속에 투르게네프의 문장을 직접 인용하면서 스스로 '무사시노 숲속에 앉아' 가을에서 겨울까지, 그리고 초봄과 여름 등 계절 따라 변화하는 풍경을 보며 '귀를 기울여' 자연의 소리를 듣고 내면을 응시하게 된다. 이렇게 돗포는 자연과 인생(생활)의 접점을 찾고,[12] 전 감각을 동원한 자연 계절 묘사의 새로운 방식을 일본 근대문학에 도입하였다.

　『무사시노』의 문장은 명사를 많이 사용하고 보고 듣는 것을 그대로 사생写生하며 단문을 나열하여 여운을 남긴다. 작가 자신은 『무사시노』에 대해 다음과 같이 말한다.

---

12 아래 돗포独歩의 시 「먼 바다 작은 섬沖の小島」을 보면, 돗포가 자연과 인생을 떼어놓을 수 없는 불가분의 것으로 생각하고 있었다는 사실을 확인하게 된다.
'먼 바다 작은 섬에 종달새가 날아오른다 / 종달새가 살면 밭이 있다 /
밭이 있으면 사람이 산다 / 사람이 살면 사랑이 있다'
沖の小島に雲雀があがる / 雲雀がすむなら畑がある /
畑があるなら人がすむ / 人がすむなら恋がある
「돗포 읊다独歩吟」, 위의 책, 173쪽.

『무사시노』 등도 문장은 서툰지도 모르지만 느낀 것을 그대로 직접 서술한 것은 사실이다. 그건 무사시노에 있으면서 늘 머릿속에 자연이 넘쳐나고 스스로 지우려 해도 지워 지지 않을 정도로 분명하게 비친 자연을 그대로 서술했던 것이다. 자연으로부터 감득感得한 바 그대로이니까 한편으로 말하면 자신의 마음을 쳐 박은 자연에 의탁하여 쓴 것이라고 할 수 있다. 자연을 빌려 자연에서 받은 느낌을 쓴 서정시이다.[13]

여기서 돗포는 주관(마음)과 객관(사생)의 융합을 말하고 있다. '자신의 마음을 쳐 박은 자연에 의탁하여' '분명하게 비친 자연을 그대로 직접 서술한 것'이 바로 『무사시노』라는 것이다. 무사시노의 생활에 의해 그 자신의 내부에 무사시노를 집어넣어 융합한다. 자연을 바라보는 자신과 보여 지고 있는 자연을 일치시킨다. 사람과 자연을 늘 동일선상의 것으로 인식하려고 하였으며, 하나의 생명으로서 수평적으로 인식하였다. 돗포는 「잊히지 않는 사람들」에서도 사람과 자연의 조화로운 이상향을 표현하고 있다.[14] 무인도처럼 보이는 작은 섬 해변에서 보일 듯 말 듯 조개를 줍는 어부와 같이 대자연 속에 한 점 풍경으로 녹아 있는 '소민小民'을 그림으로써 자연과 인간의 융화를 추구하고 있는 것이다.

근대 일본문학에서 자연 풍경과 계절의 변화를 묘사함으로써 인생의 의미를 청량감 있게 음미하게 하는 글은, 투르게네프 작 후타바테이 역 「밀회」와 워즈워스의 낭만시 수용 등에서 원류를 찾을 수 있고, 돗포의

---

13 「자연을 사생하는 문장自然を写す文章」, 『新声』, 1906.10 초출.
14 山中千春, 「〈自然〉と〈人〉－初期国木田独歩文学を中心に」, 『芸文攷』 第10号, 日本大学大学院芸術学研究科文芸学専攻, 2005.2, 41쪽.

산문『무사시노』에 잘 투영되어 있다는 것을 확인하였다. 이후 이러한 근대적 자연 계절의 발견과 그 묘사는 도쿠토미 로카의 수필『자연과 인생』이나 시마자키 도손의 사생寫生문집『치쿠마가와의 스케치』등으로 이어진다.

3. 도쿠토미 로카德冨盧花의 『자연과 인생』의 관계

도쿠토미 로카德冨盧花(1868~1927)는 자연의 아름다움을 참신한 낭만적 문체로 묘사한 명문장『자연과 인생自然と人生』(1900)을 발표하여 이름을 떨쳤다. 이 산문집은 단편소설「재灰燼」와 자연스케치「자연에 대하는 5분간」, 인생스케치「사생첩寫生帖」, 자연관찰일기「쇼오난湘南잡필」, 그리고 평전「풍경화가 코로Corot」등이 포함되어 있는데, 「자연에 대하는 5분간」에는 로카가 즐겨 찾은 군마현群馬県 이카호伊香保의 자연을 묘사한 소품들이 들어 있다.

『자연과 인생』은 돗포의「무사시노」와 함께 의고전주의擬古典主義의 틀에 박힌 자연관으로부터 벗어난 새로운 낭만적인 자연의 발견이라고 평가받고 있다. 이 작품에 대해 로카는 '자연을 주인으로 삼고 인간을 손님으로 하는 소품으로, 눈으로 보고 귀로 듣고 마음으로 느껴 손이 가는대로 직접 묘사한 자연 및 인생의 사생첩일 뿐'이라고 말한 바와 같이 '자연과 인생'에 대하여 보고 듣고 느낀 것을 '직사直寫'한 글이다. 먼저 로카의 자연 계절 묘사를 보자.

　　그러나 물은 바닥의 돌을 씻고 단풍잎 수책水柵을 빠져나가 노래하면서 흘러간다. 돌에 걸터앉아 듣고 있노라면 그 소리! 솔바람, 사람 없이 울리는 가야금소리, 뭐에 비유해야 좋을지? 몸은 바위 위에 앉아있으면서 물의 흐름의 행방을 좇아 멀리 멀리 — 아아 아직 희미하게 들린다.

　　지금이라도 심야 꿈이 깨어 마음이 맑은 때때로는 어딘가 멀리멀리 이 소리가 들린다.

　　併し水は底の石を流い、紅葉の柵を潜つて、歌ひながら流れて行く。石に腰かけて、聞いて居ると、其音!　松風、人無くして鳴る琴の音、何に譬へて宜からう?　身は石上に座しながら、流水の行方を追つて、遠く、遠く－ああまだ仄かに聞える。

　　今でも半夜夢醒めて、心澄む折々は、何処かに遠く遠く此の音が聞える。

—「공산유수空山流水」, 『자연과 인생自然と人生』

　　숲속의 돌 위에 걸터앉아 물 흐르는 소리와 소나무 바람소리에 귀를 기울이고 있는 모습은 후타바테이가 번역한 투르게네프의 「밀회」나 돗포의 「무사시노」와 유사하다. 스스로 자연 속에 있으면서 직접 자연의 소리를 듣는가 하면 꿈이 깬 한밤중에도 귓전에 들린다며 자연과 동화된 작가를 발견한다.

　　자연은 봄에 분명 자모慈母(자애로운 어머니－인용자)이다. 인간은 자연과 녹아서 하나가 되고 자연의 품에 안겨 유한한 인생을 애달파하며 끝없는

영원을 사모한다. 즉 자모의 품에 안겨 일종의 응석부리듯 비애를 느끼는 것
이다.

自然は春においてまさしく慈母なり。人は自然と解け合い、自然の懐に
いだかれて、限りある人生を哀しみ、限りなき永遠を慕う。すなわち慈母
の懐にいだかれて、一種甘えるごとき悲哀を感ずるなり。

―「봄의 비애春の悲哀」, 『지렁이의 잠꼬대みみずのたわごと』

무한한 자연의 품에서 애수에 잠겨 유한한 인생을 애달파하며 영원을
사모한다는 위 문장에서 인간과 자연의 융합을 생각하는 로카의 의식을
읽을 수 있다.
또한, 로카는 무사시노武蔵野의 계절의 추이에 대해, 겨울의 잡목림의
앙상한 벌거숭이 가지에서 봄에 어린잎이 나고, 여름에 파란 잎으로 자
라, 가을에 오채색 아름다운 단풍으로, 나날이 변화무쌍한 풍광의 정취
를 자연의 색채로 묘사한다.

그들이 도쿄에서 이사 왔을 때 보리는 아직 예닐곱 치, 종달새 소리도 시
원찮고 적나라한 잡목림의 가지로 부터 새하얀 후지富士를 보고 있던 무사시
노는 벌거숭이에서 어린잎, 어린잎에서 파란 잎, 파란 잎에서 오채색 아름다
운 가을 비단이 되어, 변화해가는 자연의 그림자는 그날그날 그달그달의 정
취를 비로소 정착한 시골에 사는 그들의 눈앞에 두루마리그림처럼 펼쳐보
였다.

彼等が東京から越して来た時、麦はまだ六七寸、雲雀の歌も渋りがち
で、赤裸な雑木林の梢から真白な富士を見て居た武蔵野は、裸から若葉、

若葉から青葉、青葉から五彩美しい秋の綿となり、移り変る自然の面影
は、其日ゝゝ其月ゝゝの趣を、初めて落着いた田舎に住む彼等の眼の前に
巻物の如くのべて見せた。[15]

— 「추억의 가지가지憶ひ出の数々」, 『지렁이의 잠꼬대』

각 계절의 변화하는 풍광을 흰 눈 덮인 후지산과 청보리, 나뭇잎의 색
깔의 변화 등 정착한 시골에서 관찰한대로 표현했다.

로카의 수필 「자연에 대하는 5분간」에는 구름과 하늘, 산에 관한 표
현이 많고 세세하다. 특히 이들에 대한 색채표현은 현란하리만치 여러
종류의 색채어가 등장하고 있는데, 여기 사용된 색채어는 73종에 이른
다는 통계가 있을 정도.[16] 봄은 만물이 태동하는 신록의 계절이므로
연녹색이나 알록달록한 밝은 색이 주종을 이루는데, 로카는 「신록의 나
무新樹」에서 봄의 표현으로 어떠한 색을 사용하고 있는지 알아보자.

　　가만히 보니 온 정원의 신록의 나무新樹가 햇빛을 받아 빛을 투과하며 금
록색으로 빛나, 마치 온 하늘의 일광日光을 온 정원에 모은 느낌이다. 그 가지
가지마다 잎 하나하나에는 물 같은 벽색의 하늘이 비치고 땅에는 각각 보랏
빛 그림자를 떨어뜨리는 것을 보라.

　　벚나무는 잎이 돋았는데 아직 드물게 한 두 송이 남아 있는 꽃이 잎 사이
에 숨었다가, 때때로 나비가 나는 듯 하늘하늘 떨어진다. 나무 아래는 낙화

---

15 德冨蘆花, 『德冨蘆花・木下尚江集』(現代日本文学大系 第9卷), 筑摩書房, 1977, 210쪽.
16 布川純子, 「德冨蘆花 『自然と人生』の「自然に対する五分時」について」, 『成蹊人文研究』第3
　号, 成蹊大学文学部, 1995.3 재인용.

와 붉은 꽃받침이 여기저기 그림자와 함께 땅에 붙는다. 하얀 닭 한 마리, 몸에 얼룩얼룩 어린잎의 그림자를 드리운 채 낙화를 쫀다.

　가지와 가지 사이에 걸린 거미줄이 초록으로 노랑으로 빨강으로 반짝거리는 것을 보라.

　静かに観れば、一庭の新樹日を受けて日を透し、金緑色に栄えて、さながら一天の日光を庭中に集たるの感あり。其の枝々葉々上には水の如き碧の空に映り、地にはおのおの紫の影を落とせるを見よ。

　櫻は葉となりたれど、猶稀に一點二點の残花を葉がくれにとどめ、時々蝶の飛ぶが如くひらひらと舞い落つ。木の下は落花と紅萼と點々として影と共に地に貼せり。白き鷄一羽、身に斑々たる若葉の影を帯びつつ、落花を啄む。

　枝と枝の間に、かけ渡したる蛛糸の、碧に黄に、紅に閃くを見よ。[17]

이 인용문은 봄날 정원의 풍경을 묘사한 부분으로 금록색・벽색(짙푸른색)・보라・붉은색・하양・초록・노랑 등 다양한 색상이 나열되어 있다. 나뭇잎이 햇살을 받아 빛나는 모습과 그 나뭇잎에 하늘이 비치는 모습, 땅에 그림자가 지는 모습을 각각의 색깔을 사용하여 효과적으로 묘사하고 있다. 또한 땅에 떨어진 붉은 벚꽃 잎을 쫀는 흰 닭에 햇살 받은 어린잎의 그림자 얼룩이 어른거리는 모양도 동영상을 보듯 참신하다. 거미줄이 초록, 노랑, 빨강 등 여러 가지 색으로 반짝인다는 부분 역시 인상적이다. 가네코 타카요시金子孝吉는 모든 사물에 고유의 색은 본래 존

17　德冨蘆花,「新樹」,『自然と人生』, 岩波書店, 2011, 179쪽.

재하지 않으며, 모든 색은 빛의 작용에 의해 생겨난다고 설명하면서 구름은 항상 회백색인 것이 아니라, 하양에서 검정으로, 빨강에서 파랑이나 보라로, 노랑에서 금색, 은색으로까지 상황에 따라 다채롭게 변화한다는 예를 들었다.[18] 따라서 보통은 흰색으로 생각하기 마련인 거미줄도 주변의 나무 잎과 꽃의 빛을 반사해 노랑, 빨강 등 여러 가지 색으로 보일 수 있는 것이다. 이러한 표현은 이전까지 보기 어려웠던 것으로 근대적 색감 표현이다.

수채화를 배우고 회화에 관심이 많았던 로카는 색채 감각을 발휘하여 다양한 색상을 자연 묘사에 도입하였다. 특히 여러 가지 초록색이 등장하는 봄에 가장 많은 종류의 색상이 사용되고 있는데, 그의 색채 묘사의 특징은 한 가지의 사물이 빛을 반사하여 시시각각 다양한 색으로 나타나는 것을 포착하여 서술한 점이며,[19] 원색을 주로 사용하여 강렬한 색채 대비를 했다는 것도 두드러진 특징이다.

이렇게 로카는 색채와 빛의 표현에 관심을 갖고 있었는데, 특히 강렬한 태양의 일출이나 일몰 묘사에서 극명하게 잘 나타냈다.[20] 가네코金子가 모든 색은 빛의 작용에 의해 생성되며, 또한 그때의 수증기의 양에도 크게 영향을 받아 인간의 눈에 비쳐진다고 말한 것처럼, 로카는 그 다이

---

18 金子孝吉, 「德冨蘆花による伊香保の自然描写について─『自然と人生』「自然に対する五分時」を中心に」, 『滋賀大学経済学部研究年報』第12卷, 滋賀大学経済学部, 2005.12, 142쪽 참조.

19 평전『풍경화가 코로』를 쓴 로카는 프랑스 화가 까미유 코로Camille Corot(1796~1875)의 풍경화의 특징을 잘 이해하고 있었다. C. 코로는 자연 풍경에서 시간의 흐름과 빛의 관계를 세밀히 관찰하여 같은 색으로 빛의 농담의 차이를 표현하면서 인상파의 출발을 알린 화가다. 특히, 구름의 빛깔이나 계절에 따른 초록색의 변화 등이 자세하다.

20 「대해의 일출大海の出日」, 「사가미나다의 낙조相模灘の落日」, 「사가미나다의 저녁놀相模灘の夕焼」 등.

나믹하고 미묘한 변화를 놓치지 않고 순간적으로 색조를 변화시켜가는 구름과 하늘, 산의 모습을 끈기 있게 응시하고 정묘한 색채어를 풍부하게 사용하여 잘 묘사했다. 이러한 색채 표현의 성공은 그가 수채화로 풍경을 스케치하는데 열중하여 회화표현의 기술을 얼마간 습득한데서 기인한다. 또한, 영국의 미술평론가 존 러스킨John Ruskin(1819~1900)의 『근대화가론Modern Painters』(1843~1860)을 읽은 로카는, '러스킨은 말한다. 산은 풍경의 시작이자 풍경의 끝이다'라는 말을 에세이「산과 바다」(1898)에서 하고 있는 바와 같이, 러스킨의 산악미에 대한 열렬한 지지자가 되었으며 만년의 자서전 일부를 번역하기도 했다. 로카는 이러한 회화론을 참고로 시시각각 변화무쌍한 구름에 대해 세밀하게 묘사하는데도 성공하였다.[21]

　　그리고 워즈워스 등 서구 낭만주의의 자연의 '숭고함'이라는 미적 개념이 로카의 자연묘사에 영향을 주었고, 지리학자 시가 시게타카志賀重昻의 『일본풍경론日本風景論』(1894)도 근대 일본인의 경관景觀의식에 큰 자극을 주었다는 것을 간과할 수 없다.[22]

　　로카의 수상집 『신춘新春』(1918)은 7편의 에세이를 싣고 있는데,「봄소식春信」「봄의 산으로부터春の山から」「봄은 가까이春は近い」 등의 각 제목에서도 알 수 있듯이, 로카는 언론인 정치가인 형 소호蘇峰와의 결별

21　존 러스킨은 『근대화가론』 제1권의 PART II, SECTION III(OF TRUTH OF SKIES)의 제 2, 3, 4장에서 「구름의 진실에 대하여of Truth of Clouds」 '구름의 상층부 새털구름'과 '구름의 중앙부', '비구름의 영역'으로 나누어 구름의 성격, 모양, 색깔의 다양성 등에 대해 상술하고 있다. JOHN RUSKIN, 『*MODERN PAINTERS*』 Volume I(Elibron Classics series), Adamant Media Corporation, 2005, pp.229~281.

22　金子孝吉, 앞의 글, 6~7쪽.

등 개인사도 있었던 때여서, 계절로서의 봄에서 생명과 재생의 봄, '새로운 출발'의 봄이라는 의미 부여를 스스로에게 다짐했던 것이다.[23] 도쿠토미 로카德富蘆花의 문장을 통해 자연과 인간이 융합하는 자연관과 시각적인 사계절 묘사의 특징을 확인하였다.

4. 시마자키 도손島崎藤村의 사생写生문집 『치쿠마가와千曲川의 스케치』

시마자키 도손島崎藤村(1872~1943)은 산문 「구름雲」(1901)에서 존 러스킨의 『근대화가론』을 읽은 내용을 바탕에 두고 다양한 구름의 색깔과 모양의 변화를 과학적으로 극명하게 관찰했다. 또한, 이 에세이에 고향 고모로小諸가 '치쿠마강에 인접한 기타사쿠北佐久군에 있어서 구름을 보는데 다섯 가지 이득이 있다'라고 적었다.

초여름의 구름은 하늘의 어린잎이다. 한여름은 양기陽氣가 극에 이를 때로 만물화육의 절정, 해는 가깝고 열이 많으며 지상으로부터 증발하는 수분이 풍부하고 직사하는 빛의 힘이 있는 천지는 실로 분투와 열심과 활동의 무대

23 布川純子, 「德富蘆花『新春』, 新しい出発」, 『解釈』 一・二月号(第五十七卷), 解釈学会, 2011.1, 32쪽.

이며 생식과 경쟁의 세계이다. 그러므로 울창한 녹음에 방황하여 푸른 하늘 저편에 걸린 구름층의 웅대함을 바라볼 때는 이 녹음과 저 큰 구름과 그 색이 예리하며 그 그림자가 깊어 강성한 기세, 맹렬한 표정, 서로 꼭 맞는다는 것을 알아야 한다.

初夏の雲は天の若葉なり。盛夏は陽気のきはまれる時にして万物化育の絶頂、日近く、熱多く、地上より蒸発する水分の豊かにして直射する光の力ある、天地はまさに奮闘と鋭意と活動との舞台なり、生殖と競争との世界なり。されば欝蒼たる緑陰に彷徨して青空のかなたにかゝれる雲層の雄大なるを望む時は、この緑陰とかの大雲と、其色の鋭く其影の深くして、強盛なる調子、猛烈なる表情、互に相協ふことを知るべし。[24]

로카와 도손은 동시기에 러스킨의 회화론에 영향을 받으면서, 우연히도 아사마浅間산을 사이에 두고 구름의 형태와 색채, 그 변화를 세세히 관찰하고 일기와 에세이로 기록하고 있었던 셈이다. 위 문장 「구름」에서도 '초여름의 구름은 하늘의 어린잎'이라며 '울창한 녹음에 방황하여 푸른 하늘 저편에 걸린 구름층의 웅대함'과 '그 색을 예리하게' 보고, 구름의 음영과 기세, 표정 등을 자세히 묘사한다. 특히, 도손은 『치쿠마가와의 스케치千曲川のスケッチ』에서 계절을 사생写生하듯이 표현한다.

나는 진한 청보리 향기를 맡으며 밖으로 나갔다. 오른쪽에도 왼쪽에도 보리밭이 있다. 바람이 불면 녹색의 파도처럼 요동한다. 그 사이로는 보리 이

---

24 島崎藤村, 「雲」『落梅集』,『島崎藤村全集』第1巻(筑摩全集類聚), 筑摩書房, 1986, 196~197쪽.

삭이 하얗게 빛나는 것이 보인다. 이런 시골길을 걸어가면서 깊은 계곡 아래쪽에서 나는 개구리 소리를 들으면 묘하게 나는 짓눌릴 것 같은 기분이 든다. 무서운 번식의 소리. 알 수 없는 이상한 생물의 세계는 활기찬 감각을 통해 때때로 우리 마음에 전해진다.

> 私は盛んな青麦の香を嗅ぎながら出掛けて行つた。右にも左にも麦畠がある。風が來ると、緑の波のやうに動揺する。その間には、麦の穂の白く光るのが見える。斯ういふ田舎道を歩いて行きながら、深い谷底の方で起る蛙の声を聞くと、妙に私は圧しつけられるやうな心地に成る。可怖しい繁殖の声。知らない不思議な生物の世界は、活気づいた感覚を通して、時々私達の心へ伝はつて來る。[25]

이 문장은 시각적이며 후각과 청각을 동원하여 감각적인 표현 효과를 키운다. 전반부에서는 '청보리 향기'를 맡으며 밭길을 거닐고, 보리밭이 바람에 '녹색의 파도처럼' 요동치는 사이로 '보리 이삭이 하얗게 빛나는 것'까지 보고 그대로 사생하듯이 묘사한다.

이렇게 후각과 시각을 표현한 뒤에 이 글의 후반부에서는 대조적으로 청각에 이끌리어 계곡 아래서 나는 개구리 울음소리를 듣게 되는데, 이 소리를 '묘하게 짓눌릴 것 같은 기분'으로 '무서운 번식의 소리'라고 표현한다. 그리고 이 '알 수 없는 이상한 생물의 세계'의 소리가 '활기찬 감각'을 통해 '우리 마음에 전달된다'고 한다. 개구리 소리에 대한 이와 같은 표현은 고전문학에서는 찾아보기 어렵다. 주지하는 바와 같이, 마

---

25 島崎藤村,「学生の家」『千曲川のスケッチ』, 위의 책, 261쪽.

쓰오 바쇼松尾芭蕉의 하이카이俳諧 '오래된 연못 개구리 뛰어드네 물 소리 古池やかわず飛び込む水の音'의 '고적함' 속에 물 소리를 내는 개구리와 같은 이미지 묘사와는 전혀 이질적인 표현이라는 점이다.

수많은 개구리들이 서로 경쟁하듯 한꺼번에 울어대는 소리를 듣고, '짓눌릴 듯 무서운 번식의 소리'라며 '미지의 불가사의한 생물의 세계'를 생각하는 근대인을 마주하게 된다. 개구리 소리에서 번식과 생물의 세계를 연상하는 것은 아마도 진화론이나 자연에 대한 과학적 탐구정신이 본격화된 근대적 사고에서 비롯된 표현이라고 할 수 있다.

「합본 도손시집合本藤村詩集」의 서장에서, '나는 예술을 제2의 인생이라 본다. 또 제2의 자연이라고도 본다'라고 서술[26]한 바와 같이, 자연과 예술과 인생을 상호연결하며 포괄적으로 생각하려는 태도는 문인으로서 도손의 생애를 관통한 원칙이었다. 일찍이 루소Jean-Jacques Rousseau(1712~1778)에 의해 근대적 자아에 눈뜬 도손은 과학자 다윈Charles R. Darwin (1809~1882)의 『종의 기원』(1859)을 통해 근대정신을 섭렵하며 전근대적 자연관에서 벗어나 객관적 자연관에 눈을 뜨고, 자연의 객관적 인식에 따라 자기 자신을 새롭게 주체적으로 인식하게 된다. 그의 과학적 비판정신에 입각한 리얼리즘은 「치쿠마가와의 스케치」를 통해 빛을 발한다. 수필의 기본적 특징인 자조성은 전면에 드러내지 않으면서 수상隨想이라는 측면에서 자연현상을 표현할 때, 사생적 객관묘사를 추구하면서 표현하고자 하는 자연물 속에 자신의 감정을 투입하며 의인화하는 방식을 취하여 자연 풍경의 계절감을 배가시킨다.

---

26 伊東一夫, 『島崎藤村硏究』, 明治書院, 1970, 122쪽 재인용.

다음 문장에서, 들리는 소리와 보이는 자연 경물에 대해, '쾌활하게' '고마운' '적적하고 따스한' '왠지 봄이 다가오고 있다'라고 형용함으로 써 작가의 감상과 생각이 적절히 배어나는 효과를 거둔다.

물 흐르는 소리, 참새 울음소리도 왠지 쾌활하게 들려온다. 뽕밭의 뽕나무 뿌리까지도 적실 듯한 비다. 이 질퍽거림과 눈 녹음과 겨울의 와해 속에서, 고마운 것은 조금 자란 버드나무 가지다. 이 가지를 통해 해질녘에는 노란 빛 을 띤 잿빛 남쪽 하늘을 바라다보았다.

밤이 되어 적적하고 따스한 낙숫물 소리를 듣고 있노라면, 왠지 봄이 다가 오고 있다는 생각이 든다.

流れの音、すずめの声もなんとなく陽気に聞こえて來る。桑畑の桑の根 元までもぬらすような雨だ。このぬかるみと雪解と冬の瓦解の中で、うれ しいものは少し延びた柳の枝だ。その枝を通して、夕方には黄ばんだ灰色 の南の空を望んだ。

夜に入って、さびしく暖かい雨だれの音を聞いていると、なんとなく春 の近づくことを思わせる。[27]

여기서도 알 수 있듯이, 짧은 문장 안에서 참새소리와 봄비와 버드나 무 가지와 해 질 녘 노란빛을 띤 잿빛 구름과 낙숫물 소리 등을 담담히 묘사하는 가운데 따스한 느낌의 초봄의 정경이 잡힐 듯 다가온다. 이렇 게 도손 수필은 소재를 적절히 구사하며 서정미 넘치는 자연 계절 묘사

---

27 島崎藤村, 「暖かい雨」, 『千曲川のスケッチ』, 岩波文庫, 1990, 197쪽.

로서 시적인 산문이 되었다.

　'춘하추동 사계, 1년 12개월을 배경으로 한 풍경 표상을 생각하는 재료로서 시마자키 도손의『치쿠마가와의 스케치』의 묘사는 좋은 자료'[28]가 된다. 이 가운데 가을을 표현한「낙엽1」「낙엽2」「낙엽3」 등에서 '어느 날 아침'이라는 묘사에 애매한 듯하지만 실은 시간의 무게, 경험의 무게가 간결한 묘사에 응축되어「낙엽1」,「낙엽2」,「낙엽3」으로 조직화되어가는 양상을 볼 수 있다.[29]

　또한,『치쿠마가와의 스케치』각 장의 시작 부분에 이 책 장정을 그린 화가 아리시마有島生馬의 삽화 컷이 12장 실려 있는데, 사계절 산촌의 풍물을 간결하게 전하는 것으로 독자들에게 친숙하게 받아들여진다. 이렇게 사계의 풍경 표상을 시각 영상화하는데도 힘을 쏟은 도손의 면모를 확인할 수 있다.

　근대 초기 시집『새싹집若菜集』(1897)에서 봄과 가을 등 계절을 소재로 청신한 서정을 노래한 도손藤村은, 이와 같이 시적 산문인 수필에서도 고향의 각 계절의 정경을 돋보이게 사생写生하였다. 시마자키 도손島崎藤村은 시각의 사생 묘사를 주로하며 여기에 후각과 청각 등을 곁들여 일본문학에 근대적 자연 계절 표현의 영역을 확대시켜갔다.

28　中島国彦,「近代文学にみる〈秋〉の風景表象―島崎藤村『千曲川のスケッチ』を中心に」,『国士館大学地理学報告』No.16, 国士館大学地理学会, 2008.3, 6쪽.

29　위의 글, 9쪽.

5. 와카야마 보쿠스이若山牧水 여행과
계절의 단가短歌

와카야마 보쿠스이若山牧水(1885~1928)는 여행과 음주를 즐기며 감상 적인 노래를 읊은 일본 근대의 대표적인 단가短歌[30] 시인으로서 자연에 인생을 대입하여 곧잘 묘사했다. 단가잡지『창작創作』(1910.3)을 주재하 고, 가집歌集으로『바다 소리海の声』(1908)『이별別離』(1910.4)『죽음이냐 예술이냐死か芸術か』『산벚나무의 노래山桜の歌』(1911.6) 등이 있다.[31]

보쿠스이牧水와 여행을 생각할 때 맨 먼저 떠오르는 것은 다음 단가다. 인생 미지의 험로를 가는 고독한 청춘의 현실과 상념, 미래에 대한 불안 과 기대가 교차하는 기분을 여행에 비유한다.

> 얼마나 많은 산하 넘어 가며는 외로움이
>
> 　　다할 땅이런가 오늘도 나그네길 떠나네
>
> 幾山河越えさり行かば寂しさのはてなむ国ぞ今日も旅ゆく

이 단가는 보쿠스이 20대 초 여름, 귀향의 여정 중에 읊은 것으로 알 려져 있다. 마치 근세의 방랑 시인 마쓰오 바쇼松尾芭蕉 하이카이俳諧의 근대적 해석인 것 같다. 단가시인 무카와 츄이치武川忠一가「와카야마 보

30　단가短歌 : 5・7・5・7・7 음수율인 와카和歌와 같은 정형 단시로 근대 시가의 한 명칭 이다.

31　大岡 信,『若山牧水─流浪する魂の歌』, 中央公論社, 1984, 25~27・120쪽.

쿠스이의 매력」에 대해, "바다의 소리(자연)의 '무한'을 말하는 보쿠스이는 「『홀로 노래하다独り歌へる』서문序」에서, '나는 늘 생각하고 있다. 인생은 여행이다. 우리는 홀연히 무궁으로부터 태어나 홀연히 무궁 속으로 가버린다. (…중략…) 나는 나의 노래로써 내 여행의 그 한발 한발의 울림이라고 생각한다. 바꾸어 말하면 내 노래는 그때그때의 나의 생명의 파편이다'라고 쓴다. 돗포独歩의 『무사시노武蔵野』를 애독하고, 워즈워스적 자연관에 영향을 받은 보쿠스이다"라고 설명하면서, "여행은 '외로움이 다할 땅'에 대한 동경에 자기를 해방하는 밝음이 있다"[32]라고, 위 단가를 해석하는 것은 적절하다. 물론 여기에 방랑 시인의 애수가 자연스레 배어난다.

> 흰 새는 외롭지 않은가 하늘의 파랑
> > 바다의 파랑에도 물들지 않고 떠다니네
> > 白鳥はかなしからずや空の青海のあをにも染まずただよふ

보쿠스이의 대표적인 단가로 알려져 있는데, 흰 새는 시인 자신의 표상으로서 홀로 외롭게 떠다닌다. 파란 하늘, 대자연 속에 살아가면서 고독한 하얀 영혼처럼, '존재의 애달픔, 그러나 그러한 생명에의 동경. 그것들이 자연과 융합하는 활달함이 있다'[33]고 할만하다.

「추억의 기록おもひでの記」에서 보쿠스이는, "여름은 계곡에 모이는데,

---

32 武川忠一, 「若山牧水の魅力」(特集 : 若山牧水の世界), 『国文学—解釈と鑑賞』, 至文堂, 1997.2, 12쪽.
33 위의 글, 13쪽.

136   일본문학 속의 사계

사계를 통해서 우리는 산이나 숲에 친숙했다. 아무렇지도 않게 거의 늘 산 속에 들어가 있었던 것 같다. 겨울부터 봄에 걸쳐서는 여러 가지 덫을 놓아 새나 짐승을 잡는다. 고사리, 고비를 뜯는다. 표고버섯을 줍는다"라고 기록하고 있다. 고향 규슈九州 동남부 미야자키현宮崎県은 조엽수림대로 유명하다. 자주 어머니와 둘이서 울창한 산을 벗 삼아 지낸 어린 시절을 생생하게 기억한다. 일찍이 10대에 붙였다는 보쿠스이牧水라는 호는 어머니 이름 '마키牧'에서 따왔다고 한다.[34] 부친 사후에 상경한 보쿠스이에게 있어서 다시 소생한 '동경憧憬'은, '30대 중반부터 그 대상이 계곡을 갖는 산이라는 자연이다. 바다는 물론 산도 보쿠스이로서는 물이었다. "물은 진정 자연 사이를 흐르는 혈관이다"(「짚신이야기 여행이야기草鞋の話旅の話」)라고 쓰고 있듯이, 보쿠스이牧水는 이름 그대로 물을 사랑했다.[35]

돌 넘는 물의 둥그스름함을 바라보며

마음 애닯구나 가을 날 계곡에

石越ゆる水のまろみを眺めつつこころかなしき秋の渓間に

—『渓谷集』

이 단가는 물과 애수를 노래한 여러 노래 중 하나로, 단풍 물든 '계곡의 돌을 넘어 흐르는 물의 둥그스름함'을, 아마도 낙엽도 떠있을 물의 흐름을 하염없이 바라보면서 애상에 잠기는 시인의 풍모가 가을이라는 계절

---

34 伊藤一彦, 「牧水と自然―若い時代を中心に」(特集 : 若山牧水の世界), 『国文学―解釈と鑑賞』, 至文堂, 1997.2, 24쪽.
35 위의 글, 27쪽.

속에서 잘 표현되었다.

> 묵묵히 달리아 꽃을 들여다보노라면
> 　마음이 잠시 동안 맑아지는 구나
> 黙然とダリアの花に見入りぬればこころしばらく晴れてゐにけり

달리아는 계절어로서는 여름이지만, 여기서는 가을날 우뚝 색깔이 선명하게 피어 있는 모습에서 오히려 권태와 우울, 애수를 느끼는 것이 보통인 가운데, 담담하게 달리아를 한동안 바라보면서 잠시나마 시름을 잊고 마음을 가다듬는 시인 자신을 노래한다.

보쿠스이는 수필 「자연의 입김, 자연의 소리自然の息, 自然の声」에서 다음과 같이 말한다.

> 나는 자주 산 걷기를 한다.
> 　그것도 가을에서 겨울로 옮겨갈 무렵의 마침 단풍이 지나고 이윽고 주위가 드러나려고 하는 낙엽 질 무렵의 산을 좋아한다.

이는 「짚신 이야기, 여행 이야기」에서도 말하고 있듯이, 여행하기 가장 좋은 계절이 만추에서 겨울로 이행하는 시기로, '자연의 영위 속의 생명의 윤회로서의 수목과 새와 짐승을 보고 있는 것 같다. 계절의 추이 속의 가을에서 겨울의 간결에의 변화와 강인한 낙엽수에 대한 상념을 담아 보쿠스이의 눈은 쏠려 있는 듯이 보인다'[36]고 평한 세키구치関口의 말은 일리가 있다.

한편, 와카야마 보쿠스이若山牧水는 말년(1927)에 단가잡지 발행 기금 마련을 위한 소위 '휘호揮毫여행'차 부인과 함께 '조선'을 방문했을 때(5월 4일~7월 11일), 진해에서 백로를 읊고 금강산의 작약 등을 읊은 적이 있다.[37] 이러한 단가에서 우리나라의 자연과 계절을 보고 느낀 대로 표현하였다.

6. 가와바타 야스나리川端康成 문학과 사계[38]

1) 가와바타川端 문학과 계절季節의 관계

일본 근대작가 중에서도 '신감각파'로 등장한 가와바타 야스나리川端 康成의 문학에는 자연과 계절 표현이 풍부하고, 특히 사계절을 묘사한 작품이 많다. 초기 대표작인 『이즈의 춤추는 소녀伊豆の踊子』(1926)에서 부터 『온천장温泉宿』『설국雪国』『목가牧歌』『산 소리山の音』 그리고 1962

---

36 関口昌男, 「牧水の随筆」(特集 : 若山牧水の世界), 『国文学―解釈と鑑賞』, 至文堂, 1997.2, 153~154쪽.

37 崔在喆, 「日本近代文学者の韓国観の変化過程」, 『日本学報』, 韓国日本学會, 2002.12, 550~ 551쪽 참조.
   보쿠스이는 '금강산 내 장안사에서, 「장안사 뜰의 작약 한창이구나 / 다가가보니 들리네 꽃 향내가,'라는 단가를 읊고, 여행 중 밭 가장자리 작은 언덕에 흰 빨래 너는 모습을 보고 계 절감을 느끼며 『만엽집』의 노래를 연상하는 등, 유유자적 '조선'의 자연풍경을 묘사하였다 (若山牧水, 「朝鮮紀行」(1927), 『若山牧水全集』 第13卷, 増進会出版社, 1993, 242~278쪽).

38 최재철, 「일본 근대문학과 사계四季―『고도古都』의 계절묘사를 통해 본 가와바타川端문 학의 특징」, 『외국문학연구』 제41호, 한국외대 외국문학연구소, 2011.2, 531~553쪽 (이 절은 이 글을 가필 수정한 것임).

년 작품『고도古都』등에 이르기까지 계절묘사가 두드러진다.『온천장』의 경우 각장의 제목에 계절명을 넣어 이야기를 전개시키고,『천우학千羽鶴』과『산 소리』,『고도』등 대표적인 작품도 사계를 축으로 하여 소설이 전개된다. 예를 들면,『산 소리』는 각 장의 제목이「겨울 벚꽃」「봄의 종」,「가을 물고기」등 계절의 변화를 기저로 한다.[39]

『고도古都』는 내용 전개상 '교토京都의 연중행사 두루마리 그림絵巻' 또는 '교토의 세시기歳時記'라고 불릴 정도로[40] 각종 마쓰리祭 등 연중행사를 배경으로 하고, 목차에도 계절 명칭을 넣어 사계의 추이와 등장인물인 쌍둥이 자매의 삶을 엮어 효과적으로 계절감을 표현했다. 사계의 변화와 더불어 인생의 순환이라는 의미로 해석할 수 있다. 여기서는 초기작『온천장』등의 사계묘사와『고도』에 나타난 계절묘사, 특히 '봄'의 표현을 중심으로 가와바타川端 문학다운 특징을 살펴봄으로써 일본 근대문학과 사계의 밀접한 관련 양상을 고찰하고자 한다.

2) 초기작『온천장温泉宿』등의 사계 묘사

가와바타川端 문학과 사계의 밀접한 관계는 구체적으로 어느 정도인지를 살펴보자. 먼저, 초기 작품『온천장』(1929)을 보면 계절감을 잘 드러냈다. 다음 인용에서 볼 수 있듯이『온천장』은 각 장의 제목에「여름

---

39 최재철,「일본문학의 특수성과 국제성─카와바타川端와 오오에大江 문학의 세계화 과정」,『일어일문학연구』제36집, 한국일어일문학회, 2000.6, 213~214쪽 참조.
40 山本健吉,「解説」(1968),『古都』, 新潮文庫, 1995, 246쪽.

가고夏逝き」「가을 깊어秋深き」「겨울 오도다冬來たり」 등 계절명을 넣었고,
온천장에서 일하는 여인들의 이야기를 계절 변화에 맞추어 전개시킨다.

'가을이네'

'정말 가을바람이야. 초가을 피서지의 쓸쓸함이란 배 떠나버린 항구와 같
이……'라며 온천탕에서 오유키お雪가 요염하게, 이쪽도 연인을 동반한 도회
지 여자의 말투를 흉내 냈다. (…중략…)

'이러면, 어때? – 초가을 피서지의 쓸쓸함이란 세 번 소박맞은 여자와 같
이, 라는 건'라고 말하며 오유키는 냇가로 달려갔다.

(…중략…)

물가에는 은빛 철새 무리가 빠질 듯 달빛이 흐드러지게 빛나고 있었다. 바
위의 하얀색이 맞은편 삼나무 숲 가을벌레 소리와 하나가 되어 그녀의 나신
에 다가갔다. (…중략…)

폭죽은 젖어있었다.

'오유키, 젖은 폭죽 같아, 그래. 가을은 말이야'라고, 두 번째엔 15, 6개 성
냥을 거칠게 긋자 폭음을 내며 불똥이 벚나무 가지를 관통했다.

—「여름 가고」

물레방아의 고드름이 달빛에 빛나고 있었다. 얼어붙은 다리 판자바닥은
말발굽으로 금속과 같은 소리를 내었다.

산들의 새카만 윤곽이 예리한 날붙이처럼 차가운 겨울이었다.[41]

—「겨울 오도다」

앞의 인용에서처럼, '여름 가고' 가을바람이 불기 시작하는 초가을 피서지의 쓸쓸함을, '배 떠나버린 항구와 같이'라든지, '세 번 소박맞은 여자와 같이'라고 묘사하며, 또한, 여름은 가고 이제 쓸모없어진 물건, '눅눅해진 폭죽'이나 '여기저기 나뒹구는 여름 손님의 유실물인 부채' 등 소도구를 등장시켜 초가을의 스산함을 비유적으로 부각시키고 있다.

「겨울 오도다」 또한, '달빛에 빛나는 고드름'이라든지 '말발굽에 쇠붙이 소리를 내는 얼어붙은 다리 판자', '예리한 날붙이처럼 보이는 산들의 새카만 윤곽' 등과 같이 모진 겨울의 추위 묘사를 통하여 혹독한 여인의 운명을 연상시킨다.

이렇게 사계절 묘사를 적절히 배치하면서 계절의 변화에 따른 여인들의 인생을 잘 접목하여 표현했다. 그리고 보면, 가와바타는 「산문가의 계절 散文家の季節」(1939.9)이라는 짧은 문장에서, 경치나 계절은 작중인물의 배경으로서의 인상 없이는 쓸 수 없기 때문에 경치와 계절은 작중인물과 밀접한 연관이 있으며, 그래서 독자에게 감명을 주는데, 점차 편하게 지나쳐버리는 경향에 대해 아쉬움을 표하면서, 작가 스스로가 자신의 작품 속의 계절이 작중인물의 배경으로 인물과 밀접한 연관이 있다고 설명한다.[42] 또한, 가와바타는 이 계절 묘사와 관련하여 다음과 같이 주의를 환기시킨다.

소설가 중에서는 나 정도가 경치나 계절을 쓰는 것을 좋아하는 편인지도 모르겠는데 小説家のうちでは、私など、景色や季節を書くのが好きな方かもしれないが 실제

---

41 川端康成, 「温泉宿」, 『川端康成全集』 第3巻, 新潮社, 1980, 131～134쪽.
42 川端康成, 「散文家の季節」, 『川端康成全集』 第27巻, 新潮社, 1982, 272쪽.

로 사생한 것이 아니면 확실하다는 자신을 갖지 못하는 버릇이 있다. 나는 자주 여행을 하기 때문에 오히려 그렇게 됐는지도 모르겠다. (…중략…) 대체로 산문가의 자연묘사는 진보하고 있다고는 보이지 않는다는 것이 나의 반성이다.[43]

가와바타는 시가문학이 여러 가지 방면의 새바람을 찾고 있는데 비해 산문은 구태에 집착한다고 반성을 하면서, 문학의 상징의 맛의 토대인 경치나 계절 묘사를 소홀히 하는 것에 대해 의아해하며 반문한다.

일찍이 가와바타는 「가을에서 겨울로秋より冬へ」(1927)라는 단상斷想 중에, 이즈伊豆 유가시마湯ヶ島 온천에서 겨울을 지내며 친우들 이야기를 떠올리는 심상 풍경을 그렸다.[44] 또한, 「여중문학감旅中文学感」(1935)에서, '나는 에치고 유자와越後湯沢 온천에 한 달쯤 체재하는 동안, 가을이 깊어 가는 모양을 자세히 바라보고 있었는데'[45]라고 말하면서, 현대소설이 자연에서 멀어져 있는 점을 우려하고, 자연을 과거의 습관적 표현과 다른 오늘날의 언어로 묘사해 보고자 하는 고심을 피력했다. 그리고 「초추4경初秋四景」(1931)에서, 때로는 자연을 거역하며 사는 인간이 여타 동식물보다도 가장 계절감에 좌우되고 있다는 점과, 인공적인 계절감보다는 자연 그 자체의 계절을 보고자 하는 뜻을 나타냈다.[46] 이와 같이 가와바타는 이른 시기부터 계절감에 대해 인식을 분명히 갖고 있었다.[47]

---

43 위의 글, 272~273쪽.
44 川端康成, 「秋より冬へ」, 『川端康成全集』 第26卷, 新潮社, 1983, 108쪽.
45 川端康成, 「旅中文学感」, 『川端康成全集』 第31卷, 新潮社, 1982, 371쪽.
46 川端康成, 「初秋四景」, 『川端康成全集』 第26卷, 新潮社, 1983, 439쪽.
47 최재철, 「일본문학의 특수성과 국제성―카와바타川端와 오오에大江 문학의 세계화 과정」,

3) 가와바타의 사계 표현과 교토京都

가와바타는 노벨문학상 수상연설 「아름다운 일본의 나美しい日本の私」 (1968.12)의 서두에서 일본고전 와카和歌 중에서 사계의 시를 인용하고 있다.

봄은 꽃 여름 두견새 가을은 달
　　겨울 눈 쌀쌀해져 차가웁구나
春は花夏ほととぎす秋は月冬雪さえて冷しかりけり

도겐 선사道元禪師(1200~51)의 「본래의 면목本來ノ面目」이라 제목 붙인 이 노래와,[48]

그리고 다음과 같이 덧붙인다. "'눈 달 꽃雪月花'이라고 하는 사계의 추이 그때그때의 미를 나타내는 말은 일본에서는 산천초목, 삼라만상 자연 전체, 그리고 인간 감정도 포함해서 미를 나타내는 말이라고 하는 것이 전통"이라고 설명한다. 이 도겐의 시는 사계의 미를 노래한 것으로서, "옛 부터 일본인이 봄春, 여름夏 가을秋 겨울冬에 가장 좋아하는 자연 경물의 대표 네 가지를 단순히 나열했을 따름인, 상투적이고 평범하기 이를 데 없어 시가 아니라고 할 수도 있다"라고 하면서도, 또 이번에는 료칸良寬의 계절의 노래를 예시한다.

앞의 책, 218~219쪽.
48　川端康成, 「美しい日本の私」, 『川端康成全集』第28巻, 新潮社, 1982, 345쪽.

다른 고인의 닮은 노래 하나, 스님 료칸良寬(1758~1831)의 만년의 사세구,

유품으로 무얼 남기랴 봄은 꽃
　　산 두견새 가을은 단풍잎
形見とて何か残さん春は花山ほととぎす秋はもみぢ葉

이것도 도겐의 노래와 같이 흔한 사물과 흔한 말을 망설임도 없이, 라고 하기보다도 새삼스럽게 굳이 나열하여 중복하면서 일본의 진수를 전했던 것입니다. 하물며 료칸의 노래는 사세辭世의 구입니다.

이와 같은 일본의 고전을 인용하면서, 산수山水와 다도茶道, 선禪, 무無 등 일본적 미의 본질에 관해 설명하고 있다. 위 선승禪僧 료칸이 세상을 하직하며 지은 노래는 도겐의 사계의 노래 '본래의 면목'과 같이 좋아하는 각 계절의 자연 경물을 단지 새삼스럽게 나열하여 유품으로 남기겠다는 사세구辭世句로서, 상투와 평범을 뛰어넘어 오히려 그 소탈함과 단순 명쾌, 참신함으로 그야말로 선적禪的인 경지를 대변하고 있다. 그리고 가와바타는 이글의 마지막에, "도겐의 사계의 노래도 '본래의 면목'이라고 제목이 붙여져 있습니다만, 사계의 아름다움을 노래하면서 실은 강하게 선에 통했던 것이겠지요"[49]라고, 계절감을 표현한 사계의 시와 선의 만남을 부각시킨다.

그리고 간사이関西 출신인 가와바타는 자연과 계절에 대한 관심이

『겐지이야기源氏物語』나 『고금와카집古今和歌集』 등 일본 고전과 교우 관계 등을 통해 깊어졌다. 예를 들면, 가와바타와 친분이 있었던[50] 작가 오사라기 지로大佛次郎(1897~1973)는 「교토의 유혹京都の誘惑」(1961)에서 다음과 같이 말한다.

> 교토를 둘러싼 산들은 나무 색깔이 다채롭고 풍부하다. 게다가 일본인의 심정에 통하는 유현한 깊이細み와 정돈整頓을 특징으로 하고 있다. 여기에 사계의 색채 변화가 있고 꽃 필 때와 단풍철이 있다. (…중략…)
>
> 마루야마円山의 늘어진 벚꽃(枝垂れ桜; 사경벚꽃) 같이, 츠바키데라椿寺의 동백같이, 또한 헤이안신궁平安神宮 외원外苑의 벚꽃같이, 야마구니무라山国村 마차 돌리는 곳車返し의 벚꽃 같이, 계절마다 사람을 모으는 이름난 나무名木가 적지 않다. 단 한 그루의 나무에도 사람이 모이는 것이다. 신사나 사찰의 여러 제례祭禮 외에 자연의 수목이 축제의 반열에 가담하는 것은 일본만의 것일 것이며 교토에 그것이 특히 많은 것이다. 꽃 소식, 단풍 소식이 교토에서는 도시생활의 화제가 되고 있는 것이다.[51]

오사라기는 이렇게 교토의 자연과 사계의 아름다움, 그를 향유하는 일본인의 특성에 대해 말하고 있다. 가와바타는 『고도』에서 치에코千重子의 입을 통해, 오사라기의 명문 「교토의 유혹」을 되풀이 읽은 적이 있다며 다음과 같이 떠올린다.

---

50 가와바타는 오사라기와 부부동반으로 교토를 함께 여행하는 등 교우관계가 긴밀했다(예, 「이바라기시에서茨木市で」, 1968.12 참조).

51 大佛次郎, 「京都の誘惑」, 京都市 編, 『京都』, 淡交新社, 1961, 11~13쪽.

'기타야마 통나무北山丸太를 만드는 삼나무 식림이 층구름처럼 파란 가지 끝을 겹친 것과 적송 줄기를 섬세하게 밝게 늘어놓은 산 전체가 음악과도 같이 나무들의 노래 소리를 들려주고 있다……'라는, 그 문장의 한 단락이 머리에 떠올랐다.[52]

고향 간사이関西에 대한 관심과 평소 계절 묘사에 친숙한 가와바타는 교토의 사계의 멋을 표현한 오사라기大佛의 이러한 문장에 신선한 자극을 받았다. 또한, 뒤에 기술하는 바와 같이 가와바타는 다니자키 준이치로谷崎潤一郎(1886~1965)의 『세설細雪』(1946~1948)의 계절묘사를 참고하여 한 줄을 인용했다. 이러한 선행문헌을 참고하고, 가와바타 자신도 경치나 계절 묘사를 좋아하여 그의 작품에는 자연이나 계절의 추이가 치밀하게 표현되어 있는 작품이 상당히 많다. 이와 관련하여 여기서 몇몇 연구자들의 의견을 들어본다.

다무라田村充正는 『고도』의 구성상의 특징에 대하여, 변화하는 사계四季, 식물의 풍부함, 제례祭礼의 중시를 들고 그 저류에 관해, '시간이라는 것은 순환하는 것이라는 의식이다. 원래 시간이 순환한다고 하는 의식은 자연계를 모델로 하여 생긴 것이며 춘하추동春夏秋冬이라는 계절의 주기적 교체, 식물의 생과 재생의 되풀이, 주야昼夜의 반복 등의 경험에 의해 배양되어 형성되었다고 생각할 수 있다'[53]고 말한다. 이러한 순환하는 계절과 생, 재생의 되풀이라는 해석은 타당하다.

52 川端康成, 『古都』, 『川端康成全集』第18巻, 新潮社, 1980, 339쪽.
53 田村充正, 「作品『古都』のダイナミズム」, 『人文論集』46-1, 静岡大学人文学部, 1995, 31쪽.

하토리 테쓰야羽鳥徹哉도 「가와바타 야스나리와 자연川端康成と自然」에서 '배경으로서의 자연 계절의 의미'를 논하는 가운데, 다무라田村의 "배경으로서의 사계四季는 '순환적 시간의식'과 함께, '직선적 시간의식'도 은근히 흐르고 있다"라는 견해를 인정하면서,[54] "계절감이나 사계는 가와바타문학의 배경이 되고 틀이 되어 있더라도, 운명을 수용하고 그것에 따르려고 하는 정신보다 운명을 넘어 그것과 싸워 통렬하게 살려고 하는 정신 쪽을 가와바타는 보다 많이 표현하려고 했다"라고 주장한다.[55]

그리고 신예숙은 「계절관季節観」에서, 가와바타의 계절관에 대한 선행연구를 조사해보니 두 가지 관점이 있다고 본다. '하나는 자연묘사, 사계의 추이가 어떻게 작품내용과 깊이 관련이 있는가를 지적하는 것이고, 다른 하나는 이 자연과 작품의 연결 취향이 고래古来의 일본문학의 전통적인 흐름을 이어받고 있다고 지적하는 것'이라고 한다. 또한, 사계 표현이 두드러진 작품을 두 부류로 나눈다. '사계四季의 한 순환一循環을 주기周期'로 한 작품군(1949~1958)에, 1951년 작품 「무지개 몇 번이나虹いくたび」부터 「해도 달도日も月も」, 「천우학千羽鶴」, 「파도 물떼새波千鳥」, 「강이 있는 서민의 거리 이야기川のある下町の話」, 「산 소리山の音」, 「도쿄 사람東京の人」, 「여자라는 것女であること」, 「바람이 있는 길風のある道」, 「고도古都」 등을 들고 있으며,[56] 일본 고전에 심취한 가와바타가 전통적인 고도 교토를 무대로 하여 1년 또는 사계의 한 순환을 의식적으로 한 작품에

---

54 羽鳥徹哉, 「川端康成と自然」, 『成蹊国文』 第30号, 成蹊大学日本文学科, 1997, 31쪽.
55 최재철, 「일본문학의 특수성과 국제성—카와바타川端와 오오에大江 문학의 세계화 과정」, 앞의 책, 224~225쪽.
56 申礼淑, 「季節観」, 田村充正・馬場重行・原善 編, 『川端文学の世界5—その思想』, 勉誠出版, 1999, 27~31쪽.

담은 의의를 강조한다.

그러고 보면, 「교토행・유자와행京都行・湯沢行」(1958.1)에서, '제야의 종소리를 교토로 들으러 가 정월초하루에 하토(비둘기호)로 돌아왔다. 교토의 종 중에서는 역시 치온인知恩院의 종이라고 해서 치온인 종루 가까이에 자리를 잡았다. (…중략…) 그 분주했던 해를 보내는데 교토에 혼자 온 건 좋았다'라고 적고 있는 바와 같이, 작가 후반기『고도』집필 전부터 가와바타는 제야의 종을 혼자 들으러 갈 정도로 '일본인의 고향' 교토에 특별한 애정과 관심을 갖고 있었다.

이로써 가와바타가 자연 계절 묘사를 좋아했고 사계 표현을 즐겨한 작품이 다수라는 점과 그 특성을 알게 되었는데, 작가 전반기에는 이즈伊豆, 에치고 유자와越後湯沢의 온천이나 설국 등의 자연 계절 묘사를 주로 하였다면, 특히 고전으로의 회기를 생각한 작가 후반기에는 일본의 고도 교토의 자연과 사계절에 더 관심을 갖고 친숙하고자 했다. 이제 교토를 배경으로 전개되는 소설『고도』의 사계 표현에 대해 알아보자.

4)『고도古都』속의 사계四季 표현

『고도古都』(『朝日新聞』연재, 1961.10.8~1962.1.27) 속의 사계에 대해 보다 구체적으로 살펴보기 위해 먼저 작가의 말부터 들어보자면, 가와바타는 「신춘수상－고도 등新春随想－古都など」(1960.1)에서 다음과 같이 말한다.

나는 교토 사람에게도 말했다. (…중략…) 교토는 (전쟁 때─인용자) 불타지 않았으니까, 지금의 번화가 등의 뒤범벅, 혼잡은 (…중략…) 그러한 묘한 향수를 느끼게도 했다. 교토와 오사카 사이의 농촌에서 자란 나는 교토도 오사카도 잘 모르는 시골사람이지만, 동해도선東海道線을 교토에 가까이 감에 따라 산천풍물에 부드러운 고향을 느낀다. (…중략…) 고도다운 거리가 아직 있는 동안에 나는 교토를 더 봐두고 싶다고 새삼스레 생각한다.[57]

작품『고도』집필 전에 작가가 자신이 고도古都 교토京都에 대한 소회를 피력한 말이다. 고향에 대한 묘한 향수나 고향의 산천풍물에 부드러움을 느끼는 것은 인간 속성상 자연스러운 것으로, 왠지 끌린다는 점과 고도 교토를 더 봐두고 싶다는 의식적 노력이 적극적 행위로 이어지고 있다는 점, 서양문학이나 시대의 새로운 움직임을 좇는 것이 새롭다고 생각하지 않기 때문에 일본의 전통 도시 교토의 옛 거리를 마음대로 걷고 싶고, 그러한 의식과 노력의 기저에 저절로 고도 교토를 새롭게 보고자 하는 방침과 방향이 잡혀 작품『고도』를 집필하고자 한다는 분명한 의지가 표명되어 있다.

이는 본래적인 자기 것에 대한 향수로서 일본 전통을 추구하고 거기로 회귀하려는 것인데, 가와바타는 교토에 가까운 오사카大阪 이바라기시茨木市가 고향이며, 가와바타가 일찍이 친숙한 교토는 일본 고전의 고향이기도 하다. 「『고도』작자의 말『古都』作者の言葉」(1961.10)에서, 일본의 고향을 찾는 소설을 써보고 싶다고 말한다.

---

57 川端康成, 「新春随想─古都など」, 『川端康成全集』第28卷, 新潮社, 1982, 114쪽.

'고도'란 물론 교토를 말합니다. 요즘 한동안 나는 일본의 '고향'을 찾는 그런 소설을 써보고 싶다고 생각하고 있습니다. 역사소설도 있고 현대소설도 있습니다만, 『고도』는 현대소설입니다. 그러나 현대소설이라고 말할 수 없는 그런 고풍스런 소설이 될지도 모르겠습니다. 그런 것을 작자는 전혀 개의치 않고 있습니다. 여하튼 교토와 그 주변을 써 보겠습니다. 인물이나 이야기보다도 풍물이 主人物や物語よりも風物が主가 될지도 모르겠습니다.[58]

교토와 그 주변을 쓰되 인물이나 이야기보다 풍물風物, 즉 자연이 주가 되어 결국 계절 표현으로 이어지게 될 것이라는 예고를 한 셈이다.

그러면, 지금부터 작품 『고도古都』를 살펴보기로 하자. 이 작품은 태어나자마자 헤어져서 각각 전혀 다른 인생을 사는 치에코千重子와 나에코苗子 쌍둥이 자매의 이야기로, 그 배경이 되는 교토의 각종 연중행사를 거의 모두 소개한다. 그런 가운데 순환하는 계절의 추이와 더불어 두 자매의 우연한 만남과 헤어짐을 애틋하게 그린다. 『고도』의 각 장의 차례는 「봄 꽃」 「기온 축제祇園祭」(여름) 「가을 색秋の色」 「깊어가는 가을의 자매秋深い姉妹」 「겨울 꽃冬の花」 등 계절 명칭을 넣어 지었는데 먼저 서두의 봄의 정경을 보자.

단풍나무 고목의 줄기에 제비꽃이 핀 것을 치에코는 발견했다.
'아아, 올해도 피었다'라며, 치에코는 봄의 부드러움을 만났다.
그 단풍나무는 시내의 좁은 정원으로서는 정말 큰 나무여서 줄기는 치에

---

58 川端康成, 「『古都』作者の言葉」, 『川端康成全集』第33卷, 新潮社, 1982, 175쪽.

코 허리둘레보다도 굵다. 하긴, 헐고 거친 껍질이 푸르게 이끼 낀 줄기를 치에코의 싱싱한 몸과 비교할 수 있는 것이 아니지만…….

もみじの古木の幹に、すみれの花がひらいたのを、千重子は見つけた。

「ああ、今年も咲いた」と、千重子は春のやさしさに出会つた。

そのもみじは、町なかの狭い庭にしては、ほんとうに大木であつて、幹は千重子の腰まわりよりも太い。もつとも、古びてあらい膚が、青くこけむしている幹を、千重子の初々しいからだとくらべられるものではないが……。[59]

—「봄 꽃春の花」 첫머리

이「봄 꽃」첫머리에는, 다음 5)에서 따로 설명하는 바와 같이 계절묘사 즉, 봄의 표현이 밀집되어 있다. 단풍나무 고목에 핀 자그마한 두 포기 제비꽃을 마주하는 젊고 우아한 주인공 치에코의 등장 장면은 부드러운 봄날의 서정적 분위기와 잘 어울린다. 또한, 앞으로 전개될 작품 내용상의 암시와 상징이라는 측면에서도 의미 있는 도입부다.

그리고 각각 떨어져 핀 제비꽃 같던 쌍둥이 자매가 여름 '기온 축제'에서 우연히 만난 이후, '깊어가는 가을의 자매' 이야기로 심화되며 전개되는 가운데 만추의 계절을 묘사한다.

치에코는 안쪽 거실 난로에 숯불을 가지런히 하면서 주위를 둘러보았다. 좁은 정원도 바라보았다. 단풍나무 거목 이끼는 아직 푸릇푸릇한데, 줄기에

---

59 川端康成,『古都』,『川端康成全集』第18卷, 新潮社, 1980, 231쪽(이하, 이 텍스트 인용문은 끝에 쪽수를 기입한다).

자란 두 포기 제비꽃 잎은 노래져 있었다.

그리스도 등롱 아래의 산다화 작은 나무가 빨간 꽃을 피우고 있다. 실로 선명한 빨간 색으로 보인다. 빨간 장미 따위보다도 치에코의 마음에 와 닿는다.

—「깊어가는 가을의 자매」, 『古都』, 400쪽

이제는 거실 난로에 숯불을 지피는 늦가을이 되어 제비꽃잎도 노랗게 빛이 바래고 산다화의 빨강이 장미보다 치에코의 마음을 더 움직이는 것은 뭔가의 암시처럼 보인다. 그러면서 깊어가는 가을날 쌍둥이 자매 이야기도 애상을 더해간다.

가와바타의 「『고도 애상』에 답하며『古都愛賞』にこたへて」(1962.1)는 작품 신문연재 중에 독자인 언어학자 신무라 이즈루新村出의 감상평 『고도 애상』에 답하는 형식의 글인데, 작품 창작 배경과 내용을 소개하는 작가 해설과 같은 문장이다. 처음부터 작품 구상을 확고히 하지 않아 애당초 연인의 상징으로 생각했던 두 포기 제비꽃이 쌍둥이 자매의 상징으로 되어 난감하다는 고백을 하면서도, 추위를 잘 타는 작가로서는 교토의 겨울은 추워서 괴롭지만 교토를 좋아하는데 눈 덮인 에이산叡山이나 구라마鞍馬, 겨울비 내리는 기타야마北山, 한적한 한겨울의 아라시야마嵐山도 역시 좋은 곳이라는 등,[60] 겨울에 찾아볼만한 교토의 명소 소개를 놓치지 않는다. 다음에 인용하는 「『고도』를 쓰고 나서『古都』を書き終へて」(1962.1)는 『고도』 집필 후기다.

60 川端康成, 「『古都愛賞』にこたへて」, 『川端康成全集』第33卷, 新潮社, 1982, 177~178쪽.

나의 『고도』는 봄 꽃철에 시작하여 겨울비, 진눈깨비春の花時にはじまり、冬の
しぐれ、みぞれ 올 때에 끝날 예정입니다. 이것만큼은 예정대로 됐다. 봄 벚꽃
하면 헤이안신궁平安神宮 신원神苑의 분홍사앵(늘어진)벚꽃 군락만한 것은
없다. 그러나 이것은 다니자키 쥰이치로谷崎潤一郎 씨가 『세설細雪』에 쓰셨기
때문에 나는 상당히 망설였다. 그러나 몇 번인가 본 나는 달리 떠오르는 것
이 없어서 거듭 쓰는 것을 양해 받았다. '실로 여기의 벚꽃을 제쳐두고 교토
의 봄을 대표하는 것은 없다고 말해도 좋다'라고 한 것은, 다니자키 쥰이치
로 씨의 『세설』 속의 말이다. 그 밖에는 문학작품 속에서 의식적으로 빌린
장면은 없다. (…중략…) 기타야마삼나무北山杉의 아름다움을 쓴 것은 의외
의 반향이 있었다.[61]

『고도』는 봄 꽃 필 때 시작하여 겨울 진눈깨비 올 때까지 사계절을 한
바퀴 돌아 예정대로 끝났고, 쌍둥이 자매 이야기가 계속되었더라면 난
맥상을 드러낸 작품이 됐을지도 모르겠는데 암시 정도로 마무리 한 것은
다행이었다고 집필 소감을 피력하고 있다. 여기서, 가와바타의 『고도』의
계절, 봄의 표현 중 헤이안신궁의 벚꽃 묘사가 다니자키谷崎의 『세설』을
참고한 것과 관련하여, 『고도』와 『세설』 양쪽의 공통적인 것으로서 빼놓
을 수 없는 것은 '봄'의 표현 중 꽃구경お花見, '벚꽃' 이야기이다.

다음 인용에서 알 수 있듯이 가와바타는 다니자키의 『세설』의 한 문
장을 그대로 답습하면서 이야기를 전개한다. 먼저 『세설』을 보자.

61　川端康成, 「『古都』を書き終へて」, 위의 책, 183~185쪽.

그녀들이 늘 헤인안신궁 가는 것을 맨 마지막 날로 남겨두는 것은 이 신원神苑의 벚꽃이 교토에서 가장 아름다운 가장 훌륭한 꽃이기 때문으로 마루야마공원円山公園의 사앵벚꽃이 이미 나이 들어 해마다 색이 퇴색해가는 요즘에는, **실로 여기의 벚꽃을 제쳐두고 교토의 봄을 대표하는 것은 없다고 해도 좋다.**

彼女たちがいつも平安神宮行きを最後の日に残して置くのは、此の神苑の花が洛中に於ける最も美しい、最も見事な花であるからで、円山公園の枝垂桜が既に年老い、年々に色褪せて行く今日では、**まことに此処の花を措いて京洛の春を代表するものはないと云つてよい。** [62](강조—인용자, 이하 같음)

『세설』의 주인공 자매들은 매년 봄이 오면 꼭 교토에서 제일 아름답다는 이 헤이안신궁 외원의 분홍사앵벚꽃을 맨 마지막 날 찾는 것으로 봄꽃구경을 마무리하곤 한다는 이야기이다. 위『세설』의 강조된 부분을 다음과 같이『고도』에서 그대로 인용하고 있다.

멋진 것은 신원神苑(헤이안신궁의 외원—인용자)을 채색하는 분홍사앵벚꽃 군락이다. 지금은 '**실로 여기의 벚꽃을 제쳐두고 교토의 봄을 대표하는 것은 없다고 해도 좋다.**'

치에코千重子는 신원의 입구를 들어서자마자, 흐드러지게 핀 분홍사앵벚꽃 색깔이 가슴 밑바닥까지 꽉 차, '아아, 올해도 교토의 봄을 만났다'며 그대로 멈춰 서서 바라보았다.

62　谷崎潤一郎, 「『細雪』上卷」, 『谷崎潤一郎全集』第15卷, 中央公論社, 1968, 139쪽.

みごとなのは神苑をいろどる、紅しだれ桜の群れである。今は「まこと
に、ここの花をおいて、京洛の春を代表するものはないと言つてよい。」

千重子は神苑の入り口をはいるなり、咲き満ちた紅しだれ桜の花の色が、胸
の底にまで咲き満ちて、「ああ、今年も京の春に会つた」と、立ちつくしてなが
めた。

―「봄 꽃春の花」, 『古都』, 237쪽, 인용부호―작자

위 두 작품의 묘사 중 공통점은, 헤이안신궁 외원의 분홍사앵벚꽃이
가장 멋진 벚꽃이며 이 벚꽃이 교토의 벚꽃을 대표한다는 표현이다. 그런
데, 『고도』에서는 '아아, 올해도 교토의 봄을 만났다'라는 감탄사로 간결
하게 이어간다. 그 다음은, 세밀하게 벚꽃 군락의 느낌과 벚꽃 자체가 핀
모양에 대해서 묘사한다.

서쪽 회랑 입구에 서면, 분홍사앵벚나무 꽃무리가 홀연히 사람들을 봄이
되게 한다. 이거야말로 봄이다. 줄줄이 늘어진 사앵벚나무 가는 가지마다 끄
트머리까지 분홍팔겹 벚꽃이 잇달아 피어있다. 그러한 꽃나무 무리, 나무가
꽃을 달고 있다기보다도 꽃들을 지탱하는 가지이다.

西の回廊の入り口に立つと、紅しだれ桜たちの花むらが、たちまち、人
を春にする。これこそ春だ。垂れしだれに、細い枝々のさきまで紅の八重
の花か咲きつらなつてゐる。そんな花の木の群れ、木が花をつけたといふ
よりも、花々をささへる枝である。

―『古都』, 239쪽

꽃들을 지탱하는 가는 가지 끝까지 흐드러지게 핀 벚꽃 무리가 '홀연히 사람을 봄이 되게 한다', '이거야 말로 봄이다'라는 묘사에서 『고도』의 봄의 표현은 절정을 이룬다. 이 이상의 벚꽃에 대한 감탄과 봄에 대한 묘사는 아마 없지 않나 싶다. 이러한 구절에서 가와바타다운 서정적 문장을 접하게 된다.

다음으로, 소설 『고도』는 발표 직후 영화화 되었는데, 가와바타는 영화 〈고도〉 제작과정을 지켜보면서 고도 교토를 다시 생각한다.

> 교토에 살며 교토를 걷고, 교토京都・간사이関西 음식을 먹으며 교토를 찬찬히 쓰고 싶다는 염원은 해마다 간절해지는데 생전에 해낼 수 있을까. 아니면, 교토에 이사와 살면 교토의 교토다움이 망가져가는 것을 보고 한탄하며 마음아파하고 고통만 느낄 뿐일지도 모르겠다.[63]

나카무라中村登 감독의 영화 〈고도〉는 교토를 교토 내부에서 보았고, 나루시마成島東市郎의 촬영으로 아름다운 화면이 되어 외국인도 아름답다고 할 것이라고 평한다. 한편, 교토에 대한 적절한 관심과 애정을 표하면서 교토의 교토다움이 훼손되는 것을 마음 아파하며, 전통적인 교토 보존에 나라나 국민 모두가 힘써야 한다는 메시지를 전하고 있는데, 소설 『고도』는 이러한 작가의 고도 교토에 대한 애정과 우려의 소산이다.

가와바타는 「이바라기시에서茨木市で」(1968.12)라는 단상에서, "교토는 일본의 고향이지만, 나의 고향이기도 하다京都は日本のふるさとだが, 私の

---

63 川端康成, 「古都」, 『川端康成全集』第28卷, 新潮社, 1982, 188쪽.

ふるさととでもある。 나는 교토의 왕조문학을 '요람'으로 한 것과 동시에 교토의 자연의 섬세함을 '요람'으로 해서 자랐던 것이다. (…중략…) 도쿄에서 기차가 오우미로近江路[64]에 들어서면, 아아, 고향에 돌아왔다, 일본에 돌아왔다, 라고 피부로 그리움의 기쁨이 절절해 지는 것이었다(「我が文学の揺籃期」, 초출-인용자)"[65]라고, 스스로 토로한다. 즉 가와바타는 향수를 갖게 하는 고도, 사계절이 아름다운 교토를 자신의 고향이자 일본의 고향으로 보고, 거기서 일본다움과 일본 전통미의 본질을 추구하고 소위 '아름다운 일본 속의 나'로 회귀하는 것이다.

5) '봄'의 표현을 중심으로 본 『고도』의 특징

이제 『고도』의 첫머리에 묘사한 '봄'의 표현과 그 전개상의 의미는 무엇인가를 살펴보고 마무리하기로 한다. 『고도』의 첫 장 「봄 꽃」 첫머리 본문을 다시 보자.

> 단풍나무 고목의 줄기에 제비꽃이 핀 것을 치에코千重子는 **발견했다**.
>
> '아아, 올해도 피었다'라며, 치에코는 봄의 부드러움을 만났다.
>
> 그 단풍나무는 시내의 좁은 정원으로서는 정말 큰 나무여서 줄기는 치에코 허리둘레보다도 굵다. 하긴, 헐고 거친 껍질이 푸르게 이끼 낀 줄기를 치에코의

---

64 오우미近江 : 이 책 제1장 6절, 바쇼芭蕉의 하이카이, '가는 봄날을 / 오우미 사람과 함께 / 아쉬워하네行く春を近江の人とをしみけり'의 해석 부분 참조바람.
65 川端康成, 「茨木市で」, 위의 책, 342~343쪽.

싱싱한 **몸**과 비교할 수 있는 것이 아니지만…….

—「봄 꽃」, 『古都』, 231쪽

이 첫머리에서부터 '봄'이라는 계절을 알려주는 어휘들이 다수 동원되었다. 즉, 짧은 문장 속에, '제비꽃이 핀' '올해도 피었다' '봄의 부드러움' 등의 말들을 넣어 봄의 정경을 두드러지게 한다. 또한, '싱싱한 몸'이라는 말에서, 고목나무 줄기에 비해 젊은 여성의 허리를 강조하여 생명의 봄을 돋보이게 하고 인생의 봄까지 연상시키는 효과를 내고 있다.

또한, '핀(열린)' '피었다' '발견했다' '만났다'라는 동사들도 각각 '열림' '개시' '출발'의 의미와 '발견', '만남' 등 모두 새로움과 통하여 봄이 연상되고 봄이 의미하는 바와 밀접한 어휘들이다. 그리고 '부드러움(상냥함)' '싱싱한'이라는 형용사도 적절히 봄의 분위기를 자연스레 돋우는 기능을 하는 어휘다. 이렇게 『고도』의 짧은 서너 줄의 서두에서부터 봄의 서정성을 짙게 느끼게 하는 가와바타의 문장 표현의 특징을 보여준다. 가와바타는 「봄春」(1955.3)이라는 단상에서, '신록이 아름다운 산을 꿈꾼다'고 말한다.

매년, 봄이 다가오는 꿈을 꾼다.

산이나 들에 여러 가지 초목이 싹 트고 여러 가지 꽃을 피운다. 나무들의 싹이 트는데도 순서가 있고, 또 새 잎의 색이나 모양은 나무에 따라 다르다. 신록의 색이 초록만이 아니라는 것은 말할 필요도 없다. (…중략…) 일본의 작가이기 때문일 것이다. 그리하여 꿈속의 나에게는 나무들의 꽃이나 신록이 아름다운 산이 보인다. (…중략…) 이상적인 고향의 봄을 꿈꾸고 있는 것이다.[66]

초목의 싹이 트고 꽃을 피우는 봄, 다양한 신록의 색깔을 볼 수 있는 봄을 좋아하는 작가는 매년 봄이 오는 꿈, 고향의 봄을 꿈꾼다고 토로한다. 이어서 『고도』 첫 부분의 다음 문장을 통하여 가와바타 문학의 특징을 파악해 보기로 한다.

크게 휜 조금 아래쯤, 줄기에 작은 우묵한 곳이 두 개 있는 듯, 그 우묵한 곳 각각에 제비꽃이 자라고 있다. 그리고 봄마다 꽃을 피우는 것이다. 치에코가 철들 무렵부터 이 나무 위 두 포기의 제비꽃은 있었다.

위의 제비꽃과 아래 제비꽃은 한 자 정도 떨어져 있다. 적령기가 된 치에코는, '위의 제비꽃과 아래 제비꽃은 만나는 일이 있는지 몰라. 서로 알고 있는지 몰라'라고 생각해보기도 한다. 제비꽃이 '만나다'라든지 '알다'라든지는 어떠한 것인가.

꽃은 셋, 많아야 다섯 송이, 매년 봄 대개 그 정도였다. 그런데도 나무 위의 작은 우묵한 곳에서 매년 봄, 싹을 틔우고 꽃을 피운다. 치에코는 복도에서 바라보기도 하고, 줄기 밑뿌리에서 올려다보기도 하며, 나무 위 제비꽃의 '생명'에 감동할 때도 있는가 하면, '고독'이 사무쳐 올 때도 있다.

'이런 데서 태어나, 계속 살아간다……'

상점에 오는 손님들은 단풍나무의 훌륭함을 칭찬해도, 거기 제비꽃이 피어있는 것을 눈치 채는 사람은 거의 없다. 노령의 알통이 든 굵은 줄기가 푸른 이끼를 높은 데까지 달고 여전히 위엄과 아취를 더하고 있다. 거기 깃든 자그마한 제비꽃 따위 눈에 띄지 않는 것이다.

—『古都』, 231~232쪽

66 川端康成, 「春」, 『川端康成全集』第27卷, 新潮社, 1982, 541쪽.

위 문장 속의 강조한 어휘를 헤쳐서 다시 모아 글을 새로 풀어써보면 다음과 같이 정리할 수 있다.

생명生命이 있어, 매년 봄, 싹을 틔우고, 꽃을 피우며, 태어나, 계속 살아가는(生命 / 毎春 / 芽を出して / 花をつける / 生まれ / 生きつづける) 자연 계절季節 속에, 감동하고, 사무치는(打たれる / しみる) 서정抒情을 느끼며, 작고, 많아야, 그 정도, 따위, 이런데(우묵한 곳)에서, 자그마한(ちいさい / 多くて / それくらい / こんなところ(くぼみ) / ささやかな) 제비꽃 같은 인생人生을, 눈치 채는 사람은 거의 없이, 각각, 눈에 띄지 않고(気がつく人はほとんどない / それぞれ / 目につかぬ) 고독孤独하게 살아가지만, 서로 알며, 만나는(知る / 会う) 인연因縁이 있고, 매년 봄, 봄마다(毎春 / 春ごとに) 계절(季節)도 생명(生命)도 순환循環한다.

이렇게 텍스트를 다시 풀어써보니, 그야말로 자연 계절의 생명과 서정성, 인생과 인연의 상징성, 고독과 허무, 순환하는 삶 등 가와바타 문학의 성향과 일치하는 주제들이 거의 다 이『고도』의 서두 부분에 모아져 있다는 것을 발견할 수 있다. 가와바타와 그 문학을 설명하고 이해하는데 아주 적절한 문장이다.

이를 이야기 내용 속으로 들어가 재구성해보면 이렇게 될 것이다.

"단풍나무 고목 줄기 구멍 속에 각각 깃들어 치에코 외에는 아무도 알아주지 않는 자그마한 제비꽃처럼, 도저히 못 만날 것 같던 쌍둥이 두 자매도 인연이 있어 서로 알아보고 만나게 되고, 매년 봄 새싹을 틔우며 애틋하게 살아가며 계절과 더불어 생명이 순환되듯이, 두 자매로 상징되는 우리 인생도 이와 같다"라고, 가와바타는 보여주고 있다.

또한, 이 서두의 계절 '봄'의 묘사가 작품 전체의 흐름을 암시하고 작품 전개에 영향을 주는 주요 부분이라고 본다.

하나 더 가와바타 문학의 서정적 경향을 확인할 수 있는 『고도』 서두 부분의 문장을 제시하면서 본론을 맺기로 한다.

그러나, 나비는 알고 있다. 치에코가 제비꽃을 발견했을 때 정원을 낮게 날고 있었다. 작고 흰나비 무리가 단풍나무 줄기에서 제비꽃 가까이에 춤추며 왔다. 단풍나무도 약간 빨갛고 작은 새싹을 틔우려고 하는 참으로 나비들 춤의 하양은 선명했다. 두 포기 제비꽃의 잎과 꽃도 단풍나무 줄기의 새로운 청색 이끼에 희미한 그림자를 드리우고 있었다.

벚꽃 필 무렵의 흐린 부드러운 봄날이었다.

흰나비들이 춤추며 날아간 뒤까지 치에코는 복도에 앉아 단풍나무 줄기 위의 제비꽃을 보고 있었다.

'올해도, 그런 데서, 잘 피어주었네'라고, 속삭여주고 싶은 모양이다.

―『古都』, 232쪽

여기에 더 부연 설명할 필요 없이, 위의 문장 자체가 앞에서 인용한 「봄」에서 작가가 보고 느낀, '새 잎의 색이나 모양은 나무에 따라 다르며, 신록의 색이 초록만이 아니다'는 것을 그대로 그려보이는듯 하다. 춤추는 흰 나비들의 선명한 하양이 보라색 제비꽃과 잎에, 약간 빨갛고 작은 새싹을 틔우려는 단풍나무 줄기와 새 청색 이끼에 희미한 그림자를 드리우고 있다고, 다양한 색채 묘사로 봄의 정경과 봄의 서정을 유감없이 표현한 가와바타다운 시적 산문이다.

6) 사계 묘사를 통해본 가와바타川端 문학의 성향

일본문학은 전통적으로 자연 계절 묘사의 뿌리가 깊다. 일본 근대문학에서도 구니키다 돗포国木田独歩, 도쿠토미 로카德富蘆花, 시마자키 도손島崎藤村 등 낭만주의·자연주의 계열의 작가들이 대개 자연 계절묘사에 친숙하였다. 근대 작가 중에서 특히 가와바타 야스나리川端康成 작품은 일본문학의 오랜 전통에 따라 초기작『온천장』에서부터 후기작『산 소리』,『고도』 등에 이르기까지 사계절 묘사가 풍부하다는 점을 확인하고, 그 중에서 후반기에 고도古都 교토京都의 사계四季 표현을 즐겨하였다는 점에 착안하여 그 실제를 살펴보고 그 의미를 고찰하였다.

가와바타川端의 소설『고도古都』의 사계와 봄의 표현을 중심으로 가와바타 문학다운 특징, 즉 자연 계절 묘사의 서정성을 비롯하여 고독과 허무의 표현, 상징성, 전통 지향, 순환하는 삶 등을 여실히 반영하고 있다는 것을 확인할 수 있었다.『고도』의 서두는, 부드러운 봄날의 서정에 감동하는 자그마한 인생, 그러나 매년 봄이면 눈에 잘 띄지 않는 커다란 고목줄기에서도 각각 고독하게 생명의 싹을 틔우고 예쁜 꽃을 피우며 계속 살아가는 작은 제비꽃처럼 계절도 인생도 순환하며 인연을 끊임없이 이어간다는 것을 잘 보여준다. 여기서, 커다랗고 눈에 잘 띄며 위엄과 아치를 풍기는 단풍나무 고목 이끼 낀 줄기는 일본(고도古都 교토京都)의 전통을 연상시키고, 거기 각각 깃든 자그맣고 눈에 잘 띄지 않는 제비꽃은 각각의 인생人生을 말하고 있는 것이다. 이러한 서두 묘사가 작품 전체 흐름을 암시하고 등장인물의 삶과 작품 전개에 영향을 주고 있다.

일본인은 예부터 눈 달 꽃雪月花, 화조풍월花鳥風月의 표현을 즐겨, 특

히 꽃구경お花見 풍습과 그 문화, 예술화는 문예와 회화 등 각 분야에서 넘쳐날 정도다. 실제 꽃구경은 일상생활의 중요한 행사가 되어 그 인파는 수를 헤아릴 수 없이 많고 그들을 맞이하는 측도 준비에 만전을 기한다. 또한, 「꽃의 명소」 「단풍의 명소」 등 여행안내서는 친절하고 상세하다. 일본문학의 전통과 개인적 성향이 맞물린 결과, 가와바타의 『고도』도 이러한 일본인의 취향의 연장선에서 작품화되었다고 볼 수 있다.

이상의 내용을 통해 일본 근현대문학, 특히 가와바타의 『고도』의 봄의 표현을 중심으로 문예 작품의 전개에 영향을 미치는 사계의 표현과 그 의미를 추구하여 일본인의 기호와 일본문예의 특징을 알 수 있었다.

7. 근현대 시가詩歌의 사계

일본 근현대의 대표적인 시인의 시가詩歌를 각 계절별로 소개한다.

봄의 노래

먼저, 근대시 분야에서 일본 낭만주의의 예술적 개화를 알리는 시마자키 도손島崎藤村(1872~1943)의 청신한 7・5조(『만엽집』 이래 1100여 년간 이어져온 정형운율 5・7・5조의 타파)의 시 「파도소리潮音」(『새싹집若菜集』, 1897)를 들어보자.

숏구쳐 흘러가는
수많은 파도
거기에 넘실대는
바다 가야금

곡조도 깊고지고
온갖 강들의
많고 많은 파도를
불러 모아서

때가 다 차오르면
청명하게도
멀리서 들려오는
봄날의 파도 소리

わきてながるゝ
やほじほの
そこにいざよふ
うみの琴

しらべもふかし
もゝかはの
よろづのなみを

よびあつめ

ときみちくれば
うらゝかに
とほくきこゆる
はるのしほのね[67]

다음, 근대 단가와 하이쿠俳句를 혁신한 마사오카 시키正岡子規(1967~1902)는 사생寫生의 구에서, 서경敍景의 시각적 효과로 봄의 서정을 읊는다.

어린 은어가 두 줄로 나란히 올라가누나
若鮎の二手になりて上りけり[68]

— 시키子規, 『한산낙목寒山落木』(1896)

『시와 시론詩と試論』 동인으로서 산문시운동을 전개한 안자이 후유에安西冬衛(1898~1965)는 신선한 1행시 「봄春」(『군함 마리軍艦茉莉』, 1921)에서 '특이한 상징세계'를 노래한다.

---

67 島崎藤村, 「潮音」(『若菜集』), 『島崎藤村全集』 第1巻(筑摩全集類聚), 筑摩書房, 1986, 17쪽.
참고로, 이 '파도소리'는 우에다 빈上田敏(1874~1916)의 번역시집 『해조음海潮音』(1905)의 '파도소리'로 이어졌고, 이는 일본 상징시 운동의 계기가 되었다.
한국의 경우, 최남선崔南善의 신체시 「海에게서 少年에게」(『少年』 창간호, 1908.11)에서는, 각 연의 후렴구에 '파도 소리'를 직접 "텨…ㄹ썩, 텨…ㄹ썩, 텩, 튜르릉, 콱"(『육당최남선전집』 제5권·시가 외, 현암사, 1973, 312~313쪽) 하고 되풀이 힘차게 들려준다. '새 시대의 청년들이여 어서 청신한 해외의 소리에 귀를 기울이라'는 메시지로 들린다.
68 正岡子規, 「寒山落木(抄)」, 『正岡子規集』(日本近代文学大系 16), 角川書店, 1972, 39쪽.

나비가 한 마리 타타르韃靼해협[69]을 건너갔다.

てふてふが一匹韃靼海峡を渡つて行つた。[70]

서정의 순수성을 내세운 시 잡지『사계四季』동인으로 '산뜻한 서정과 고전적 격조'가 두드러진[71] 미요시 타쓰지三好達治(1900~1964)는 처녀시집『측량선測量船』(1930)의 권두시「봄의 곶春の岬」에서 이미 여정의 끝을 감지한다.

봄의 곶 여행 끝에 갈매기

　　떠 있으면서 멀어져 가는구나

春の岬 旅のをはりの鷗どり

　　浮きつつ遠くなりにけるかも[72]

시집『봄 소녀에게春 少女に』(1978), 평론집『기노 쓰라유키紀貫之』등, 현대의 시인, 평론가로서 다채로운 활동을 한 오오카 마코토大岡 信(1931~)의「봄을 위하여春のために」(『기억과 현재記憶と現在』, 1956)는 청춘青春의 찬가다.

모래사장에 조는 봄을 파내어

---

69 타타르韃靼 : 달단, 일본음은 '닷탄'. '타타르해협韃靼海峽'은 러시아의 시베리아와 사하린 사이의 좁은 해협.

70 安西冬衛,「春」, 竹中 郁 他,『現代詩集』(現代日本文学大系 93), 筑摩書房, 1974, 21쪽.

71 吉田煕生,「第9章 詩歌の〈現代〉」, 三好行雄 編,『近代日本文学史』(有斐閣双書), 有斐閣, 1978, 166~167쪽.

72 三好達治,「春の岬」,『三好達治』(日本の詩歌22), 中央公論社, 1967, 7쪽.
　　米倉巖,『「四季」派詩人の詩想と様式』, おうふう, 1997, 11~12쪽.

너는 그걸로 머리카락을 장식한다   너는 웃는다

파문처럼 하늘로 흩어지는 웃음의 포말이 일고

바다는 조용히 초록색 태양을 데우고 있다 (제1연)

우리들 어깨에 싹트는 새 눈

우리들 시야의 중심에

물보라를 일으키며 회전하는 금빛 태양

우리들   호수며 나무고

잔디 위의 나무사이 새는 햇살이며

나무사이 새는 햇살이 춤추는 네 머리까락의 단구段丘인

우리들 (제3연)

새로운 바람 속에 도어가 열리고

녹색 그림자와 우리들을 부르는 굉장히 많은 손

길은 부드러운 땅 거죽 위에 생생하게

샘 속에 너의 어깨는 빛나고 있다

그리고 우리들의 눈썹 아래에는 태양을 쐬며

조용히 성숙하기 시작하는

바다와 과실 (제4연)

　　砂浜にまどろむ春を掘り起こし

　　おまえはそれで髪を飾る　おまえは笑う

　　波紋のように空に散る笑いの泡立ち

海は静かに草色の陽を温めている

ぼくらの腕に萌え出る新芽

ぼくらの視野の中心に

しぶきをあげて廻転する金の太陽

ぼくら　湖であり樹木であり

芝生の上の木洩れ日であり

木洩れ日のおどるおまえの髪の段丘である

ぼくら

あたらしい風の中でドアが開かれ

緑の影とぼくらとを呼ぶ夥しい手

道は柔らかい土の肌の上になまなましく

泉の中でおまえの

睫毛の下には陽を浴びて

静かに成熟しはじめる

海と果実[73]

『20억 광년의 고독二十億光年の孤独』(1952)으로 등단하여, 『역정歷程』

---

73 大岡 信, 「春のために」, 竹中 郁 他, 『現代詩集』(現代日本文学大系 93), 筑摩書房, 1974,
249쪽.
'청춘의 암울과 비통한 번민, 상실감 속에 시인 스스로 "전기가 되었다"는 작품이다.' (八
木忠栄, 「解説」, 大岡 信 編, 『現代詩の鑑賞101』, 新書館, 2001, 129~130쪽 참조)

등의 동인으로 참가하고, 시집 『62의 소네트六十二のソネット』(1953), 『낙수 99落首 九九』(1972)를 비롯하여 동화, 희곡, 번역 등 다양한 분야에서 활약하는 현대의 대표적 시인 다니카와 슌타로谷川俊太郎(1931~)는 「3월의 노래三月のうた」(『谷川俊太郎詩集 続』 수록, 1993)에서 '꽃'과 '길'과 '시'보다도 '사랑'을 앞세운다.

나는 꽃을 버리고 간다
만물이 움트는
3월에

나는 길을 버리고 간다
아이들이 달리기 시작하는
3월에

나는 노래를 버리고 간다
종달새 지저귀는
3월에

나는 사랑만을 품고 간다
괴로움과 두려움과
너——

네가 웃는

3월에

　　私は花を捨てて行く

　　ものみな芽吹く

　　三月に

　　私は道を捨てて行く

　　子等の馳け出す

　　三月に

　　私は歌を捨てて行く

　　雲雀さえずる

　　三月に

　　私は愛だけを抱いて行く

　　苦しみと怖れと

　　おまえ──

　　おまえの笑う

　　三月に[74]

74　谷川俊太郎, 「三月のうた」(『祈らなくていいのか』─未刊詩集), 『谷川俊太郎詩集 続』, 思潮
　　社, 1993, 510~511쪽.

초기 구집句集 『엽상기獵常記』(1983) 이래 『메트로폴리틱』(1985), 『낙랑樂浪』(1992), 『지구 순례』(1998) 등 지구촌을 누비며 활약하는 현대 하이쿠俳句 시인 나쓰이시 반야夏石番矢(1955~)의 '자선백구自選百句' 중 73번째의 구(『미로의 빌니우스』, 2009 수록)를 보자.

민들레는 술이 되고 새는 사람을 부르네
たんぽぽは酒となり鳥人を呼ぶ[75]

여름의 노래

근대 일본의 대표적 계몽 지식인 작가 모리 오가이森鴎外(1862~1922)의 시 「사라나무沙羅の木」(『문예계文藝界』, 1906.9. 시가집 『沙羅の木』 수록, 1915)는 색깔의 대비와 발견의 즐거움이 전달된다.

암청색 네부카와석根府川石에
하얀 꽃 폭 떨어졌네,
있다고 해도 푸른 잎에 가려
보이지 않던 사라나무 꽃.

褐色の根府川石に
白き花はたと落ちたり、
ありとしも青葉がくれに

---

75 夏石番矢, 『夏石番矢自選百句』, 沖積舍, 2015, 73쪽.

見えざりしさらの木の花。[76]

다음은 메이지明治 시대 말, 궁핍한 시절의 명민한 단가 시인 이시카와
타쿠보쿠石川啄木(1886~1912)의 단가집短歌集『한줌의 모래一握の砂』(1908)
중, 「나를 사랑하는 노래我を愛する歌」의 맨 앞에 실린 여름의 노래다.

동쪽바다 작은 섬 해변의 백사장에

나 눈물에 젖어

게와 노닐다

東海の小島の磯の白砂に

われ泣きぬれて

蟹とたはむる[77]

『서정소곡집抒情小曲集』(1918) 등의 참신한 표현과 그 중에 망향의 시

---

76 森 林太郎, 「沙羅の木」, 『鷗外全集』第19卷(全38卷), 岩波書店, 1973, 417쪽.
이 시와 관련하여 분도分銅惇作는, '기노시타 모쿠타료木下杢太郎가 "테베 백문의 대도テェ
ベス百門の大都"라고 평한 오가이鷗外의 다재다능으로 볼 때, (…중략…) 「사라나무沙羅の
木」를 편찬한 오가이의 시혼詩魂은 일테면 푸른 잎에 가린 꽃과 같이 그윽한 것이었다'라
고 평가한다(分銅惇作, 「近代詩 七月」, 三好行雄 他, 『詞華集 日本の美意識』第二, 東京大学
出版会, 1991, 228~229쪽).

77 石川啄木, 「一握の砂」, 『啄木全集』第1卷・歌集, 筑摩書房, 1969, 7쪽.
이 단가를 보면, 바닷가에서 게와 물고기와 노니는 「다섯 어린이」(1950년대), 「파란 게
와 어린이」, 「그리운 제주도 풍경」, 「물고기와 동자」(1952) 등 이중섭의 그림이 연상된
다. 단지, 다쿠보쿠는 홀로 눈물에 젖어 있고, 이중섭의 아이들은 그렇지 않다는 점이 다
르다(이중섭, 박재삼 역, 『이중섭 1916-1956 편지와 그림들』, 다빈치, 2013, 131~190
쪽. '이중섭, 백년의 신화' 전시회, 국립현대미술관 덕수궁관, 2016.8).

「소경이정小景異情」(その二)으로 잘 알려진 무로 사이세이室生犀星(1889~1962)의 아래 하이쿠俳句에서는, 늦여름 대나무에 반짝이는 햇살을 가만히 들여다보고 있는 애수의 시인을 마주하게 된다.

대나무 줄기 가을 가까운 햇살 미끄러지네
竹の幹秋近き日ざしゝゝりけり[78]

이번에는 프랑스의 상징시를 배워 『산양의 노래山羊の歌』(1934), 『지난날의 노래在りし日の歌』(1938년 출간) 등에서 근대의 권태와 고독을 읊은 나카하라 츄야中原中也(1907~1937)의 「여름夏」(1929)이다.

피를 토하는 듯한　권태로움, 나른함
오늘 하루도 밭에 태양은 비치고, 보리에 태양은 비치고
떨어지는 듯한 슬픔에, 하늘을 멀리
피를 토하는 듯한 권태로움, 나른함 (제1연)

태풍과 같은 마음의 역사는
끝나버린 것처럼
거기로부터 끌어당길 수 있는 하나의 실마리도 없는 것처럼
타는 해 저편으로 떨어진다. (제3연)

---

78 三好行雄 他, 『詞華集 日本の美意識』第二, 東京大学出版会, 1991, 204쪽.

나는 남는다, 유해로서——

피를 토하는 듯한 처절함 서글픔 (제4연)

　　血を吐くやうな　倦うさ、たゆけさ

　　今日の日も畑に陽は照り、麦に陽は照り

　　垂るがやうな悲しさに、み空をとほく

　　血を吐くやうな倦うさ

　　嵐のやうな心の歴史は

　　終焉つてしまつたもののやうに

　　そこから繰れる一つの緒もないもののやうに

　　燃ゆる日の彼方に垂る

　　私は残る、亡骸として——

　　血を吐くやうなせつなさかなしさ[79]

　다카야나기高柳重信(1922~1983)의 『백작령伯爵領』(1952)에 수록된 아래 구는 이교도들의 의식의 환상적 광경을 묘사하고 있다. 원문은 나방이 날개를 펼친 모양으로 활자를 배치하여 시각적 효과를 내고 있으며, 불나방의 죽음엔 부정적 가치 평가를 하지 않고 오히려 '사디즘의 쾌감

79　中原中也,「夏」(『山羊の歌』),『新編 中原中也全集』第一巻(詩Ⅰ・本文篇), 角川書店, 2000, 73~74쪽. 栗津則雄,「秋と夏ー中原中也ー」,『詩歌のたのしみ』, 角川書店, 1979, 33~41쪽.

이나 자기멸각自己滅却의 기쁨'[80]을 보여준다.

숲 속 심야 배화拜火의 미사에 몸을 태우는 채색나방

森の夜更けの拜火の彌撒に身を焼く彩蛾[81]

가을의 노래

시마자키 도손의 「가을바람의 노래秋風の歌」(『若菜集』, 1897)는 각 4행씩 총 11연의 7・5조 형식이다. 영국의 서정시인 셸리P. B. Shelley(1792~1822)의 '「서풍의 노래Ode To The West Wind」(1820)에서 힌트를 얻고 한시漢詩의 대구對句 표현과 와카和歌적 어법을 효과적으로 이용하여 수사修辭의 기교를 응축시킨'[82] 근대시로 슬픈 가을悲秋을 읊는다.

조용하게 불어온 가을바람이

서쪽 바다에서 바람 일어

춤추며 술렁대는 하얀 구름이

날아서 가는 곳도 보이는가 (제1연)

엊저녁 서풍 불어와

아침 가을 이파리 창문에 들고

---

80 夏石番矢 編, 『高柳重信』(蝸牛俳句文庫 13), 蝸牛社, 1994, 24쪽. 杉田英明, 『葡萄樹の見える回廊』, 岩波書店, 2002, 216쪽 재인용.

81 飯田龍太 他 編, 「寝墓の森より」, 『高柳重信全集』第1卷, 立風書房, 1985, 89쪽. 위의 책, 216쪽 재인용.

82 大岡 信, 「壺のうちなる秋の日」, 『日本詩歌紀行』, 新潮社, 1979, 290~291쪽.

아침 가을바람 불어와

엊저녁 메추라기 둥지에 숨네 (제3연)

사람은 검을 휘두르지만

실로 헤아려보면 끝이 있네

혀는 시대를 큰소리치지만

목소리는 금방 사라지는도다 (제9연)

아아 서글프구나 천지가

항아리 안에 있는 가을날이여

낙엽과 함께 나부끼는

바람의 행방을 누가 알리 (제11연)

　　しづかにきたる秋風の

　　西の海より吹き起り

　　舞ひたちさわぐ白雲の

　　飛びて行くへも見ゆるかな

　　ゆふべ西風吹き落ちて

　　あさ秋の葉の窓に入り

　　あさ秋風の吹き寄せて

　　ゆふべの鶉巣に隠る

人は利剣を振るへども

げにかぞふればかぎりあり

舌は時世をのゝしるも

声はたちまち滅ふめり

ああうらさびし天地の

壺の中なる秋の日や

落葉と共に飄る

風の行衛を誰か知る[83]

　근대 초기 대표적 여류 단가시인으로, '젊은 여성의 거리낌 없는 청춘의 찬가와 자아 해방'[84]을 구가한 요사노 아키코与謝野晶子(1878~1942)의 첫 가집 『흐트러진 머리까락みだれ髪』(1901)의 첫 장 「연지 보라臙脂 紫」에 실린 정열의 노래 98수의 단가 중 한 수를 맛보기로 한다. 연인이 기

83　島崎藤村, 「秋風の歌」(『若菜集』), 『島崎藤村』(日本の詩歌 1), 中央公論社, 1974, 129~132쪽. 제9연에서 도손은 바람과 대비시켜 인간의 무력을 노래한다고 본 스도須藤松雄는, 셸리의 「서풍의 노래」(각 연 14행, 5연) 총 70행 중에 마지막 행 '겨울이 오면 봄은 멀지 않으리If winter comes can spring be far behind?'만 보고 사계의 추이에 기대어 감상적 영탄으로 해석하려는 독자를 경계한다. 스도는 「서풍의 노래」에 대해, 겨울의 맹렬한 서풍이 나뭇잎을 날려버리기도 하고 씨앗을 묻어주기도 함으로써 봄의 새로운 생명의 싹이 트는 것도 가능한 것이라는 사상적 정열이 이 장편 역작의 골격이며, 그 결론풍의 1행이 마지막 행이라고 말한다. 또한, 도손의 「가을바람의 노래」 제11연의 의미를 해석하면서, '동양적 우주의 심연으로 돌아가는 뒷모습'으로서 '인간력人間力의 덧없음'을 노래한다고 보고, '인간보다 자연 쪽이 근원적인 일본문학의 세계에서는, 인간을 근원적인 자연에 비유하는 것이 발달되었다'며, '자연보다 어디까지나 인간 쪽을 근원으로 하는 서양풍의 정신풍토'와 대비된다고 한다(須藤松雄, 「藤村の『秋風の歌』の自然」, 『日本文学の自然』, 笠間書院, 1977, 145~155쪽).

84　新間進一・三好行雄, 「鑑賞」, 与謝野晶子, 「みだれ髪」, 『与謝野晶子 他』(日本の詩歌 4), 中央公論社, 1979, 107~108쪽.

다릴 거라는 처녀의 기대감과 자신감에, 꽃이 만발한 가을 들녘, 저녁
어스름, 하늘에는 휘영청 밝은 달, 더할 나위 없는 가을 저녁의 정취와
정경 묘사다.

> 왠지 그대가 기다리는 느낌이 들어
> 　나가보니 가을꽃 만발한 들녘의 저녁 달이여
> なにとなく君に待たるるここちして出でし花野の夕月夜かな[85]

　일본 근대문학사에서 오가이鷗外와 더불어 쌍벽을 이룬 작가 나쓰메
소세키夏目漱石(1867~1916)가 1909년 한국 여행 중에 지은 가을의 하이
쿠다. 파란 하늘 아래 흰 두루마기와 검은 갓 끝에 부는 가을바람을 잘
포착했다.

> 한국 사람의 갓 끝에 부는구나 가을 바람
> 高麗人の冠を吹くや秋の風[86]

　다음은 짧은 생애 동안 섬세하고 청순한 서정시를 발표한 야기 쥬키
치八木重吉(1898~1927)의 가을 「벌레虫」(『가난한 신도貧しき信徒』, 1928)의
울음이다. 이 시를 보면, 마쓰오 바쇼의 하이쿠와 박영근의 「절정」 등

85　与謝野晶子, 「みだれ髪」, 위의 책, 114쪽.
86　夏目漱石, 「日記及斷片(中)」(1909.10.7), 『漱石全集』第25卷, 岩波書店, 1979, 144쪽.
　　최재철, 「일본 근대문학자가 본 한국」, 『일본문학의 이해』, 민음사, 1995, 306~313쪽
　　참조.

여름 매미 소재의 시가 떠오른다(이 책 제4장 4절 참조).

　　벌레가 울고 있다
　　지금　울어두지 않으면
　　이젠 끝이라는 듯이 울고 있다
　　자연히
　　눈물이 난다

　　　虫が鳴いてる
　　　いま　ないておかなければ
　　　もう駄目だというふうに鳴いてる
　　　しぜんと
　　　涙をさそわれる[87]

『사계四季』 동인으로서 '청순하고 전아한 서정'을 노래한 다치하라 미
치조立原道造(1914~1939)의 시 「나중 생각에のちのおもひに」(『四季』, 1936.11.
시집 『원추리에 빗대다萱草に寄す』 수록, 1937)는 망향望郷의 노래로, '영원에의
갈망과 추억'[88]을 담고 있다.

　　꿈은 언제나 돌아갔다 산기슭 쓸쓸한 마을에

87　八木重吉 (外), 「虫」, 『中原中也・伊藤静雄・八木重吉』(日本の詩歌 23), 中央公論社, 1987,
　　348쪽.
88　宇佐美斉, 『立原道造』(近代日本詩人選 17), 筑摩書房, 1990, 177~178쪽.

이삭여뀌에 바람 일고

풀종다리 노래 끊임없는

정적에 잠긴 오후의 임도林道를 (제1연)

꿈은　한겨울의 추억 속에 얼어붙겠지 (제4연 2절)

　　夢はいつもかへつて行つた 山の麓のさびしい村に

　　水引草に風が立ち

　　草ひばりのうたひやまない

　　しづまりかへつた午さがりの林道を

　　夢は　真冬の追憶のうちに凍るであらう[89]

　강렬한 주관으로 장중한 하이쿠를 지은 이이다 다코쓰飯田蛇笏(1885~1962)가 춘・하・추・동 사계별로 편집한 『산로집山廬集』(1932) 중에 가을 반딧불이를 읊은 구다.

　혼이란 예를 들면 가을날 반딧불이런가

　たましひのたとへば秋のほたるかな[90]

89　立原道造, 「のちのおもひに」, 『丸山 薫, 立原道造 他』(日本の詩歌24), 中央公論社, 1987, 182~183쪽.
90　飯田蛇笏, 窪田空穂 他, 『昭和詩歌集』(昭和文学全集 35), 小学館, 1990, 279쪽. 이 하이쿠 앞에, '아쿠타가와 류노스케씨의 영면을 깊이 애도하다芥川龍之介氏の長逝を深悼す'라는 설명이 붙어 있다.

겨울의 노래

마사오카 시키正岡子規의 뒤를 이어 문예지 『호토토기스ホトトギス』를 주재하고, 화조풍영花鳥諷詠[91]의 객관사생客觀寫生을 주장한 하이쿠 시인俳人 다카하마 쿄시高浜虚子(1874~1959)의 대표 구를 보자. 겨울 시냇물에 **빠르게** 흘러간 파란 무 잎사귀가 선명하게 각인된다.

떠내려가는 무 잎사귀 빠르기도 하구나
流れ行く大根の葉の早さかな[92]

시집 『봄과 수라春と修羅』[93](1924)에서 자연과 농민 생활에서 유래하

91　미요시 유키오三好行雄는 쿄시虚子의 '「화조풍영花鳥諷詠」의 론'(『ホトトギス』, 1929.2 발표 등)에 대해 다음과 같이 정리한다. '쿄시론의 골자는, ― 한마디로 말하면, "마음을 공허하게 하고 자연을 대해" 화조풍월花鳥風月을 응시하고 사생=묘사한다. 그리고 그리 함으로써 심상心象의 시詩를 생생하게 떠오르게 하는 데 있다. 마사오카 시키正岡子規의 사생설寫生設을 계승하면서 주관과 객관이 합일한 보다 고차원의 사생의 경지를 하이쿠에 추구했다.' 위의 인용 하이쿠는 1928년 초겨울에 지은 것으로 구집 『오백구五百句』에 수록했는데, '화조풍영설의 제창 시기와 겹쳐서, 그 이론을 실천한 구로 알려져 있다.' 구집 서문에서 쿄시는, '전원쵸후田園調布'의 '경취景趣를 맛보면서, 우연히 어느 작은 시내에 다다랐다. 다리 위에 서서 보고 있자니, 무 잎사귀가 대단히 빠르게 떠내려가고 있었다. 이걸 본 순간에 지금까지 쌓이고 쌓인 감흥이 비로소 초점을 얻어 구가 떠올랐던 것이다. …… 그 순간의 마음의 상태를 말하면, 달리 아무것도 없고 그저 물에 떠내려가는 무의 빠름이라는 것만이 있었다'라고 스스로 설명한다.

　미요시三好는, '마음에 아무것도 없고 단지 영상으로서의 무 잎사귀만이 있었다고 하는 설명은, 분명 화조풍영의 론과 낌새機微가 통한다'라고 받으면서 다음과 같이 맺는다. "떠내려간다"고 하는 첫 5음절의 동動은 '무 잎사귀'에 초점을 맞추는가했더니, 아래 5음절의 "빠름"의 감각이 그것을 영상의 그림자로 변화시켜버린다, 라고 하기보다는, 영상이 눈앞을 지나가는 시간과, 그것을 보고 있는 눈만이 여기에는 존재한다. 창작 주체를 한 개의 눈으로 바꿔 풍경의 내부에 존재시키는 것―그것이 화조풍영의 정수였는지도 모른다.' 三好行雄, 「俳句十二月」, 三好行雄 他, 『詞華集 日本の美意識』第二, 東京大学出版会, 1991, 134~135쪽.

92　高濱虚子, 「五百句」, 『定本 高濱虚子全集』第一卷・俳句集(一), 毎日新聞社, 1974, 74쪽.

93　宮沢賢治, 「春と修羅」, 『新校本 宮沢賢治全集』第二卷(詩[I] 本文編), 筑摩書房, 1995, 22~24쪽.

는 독특한 우주관과 종교적 인간애를 형상화하였고, 환상적 세계를 그린 동화 『은하철도의 밤銀河鉄道の夜』(1932) 등으로 알려진 미야자와 켄지宮沢賢治(1896~1933)가 스무 살 되던 겨울에 쓴 「가고歌稿[B]」(1916)의 3행시 형식의 단가다.

흘러드는 눈의 빛으로
녹는구나
밤기차를 채운 사과의 증기

流れ入る雪のあかりに
溶くるなり
夜汽車をこめし苹果の蒸気[94]

다음은 근대의 대표적 서정 시인 하기와라 사쿠타로萩原朔太郎(1886~1942)의 「방랑자의 노래漂泊者の歌」다. 이 시는 '생활에 악전고투하던 시인이 비장한 감정을 내던지듯 쓴 문어文語 시집'[95] 『빙도氷島』(1934)의

---

94 宮沢賢治, 「歌稿[B]-424번」, 『〈新〉校本 宮沢賢治全集』 第一巻(短歌・短唱[本文編]), 筑摩書房, 2009, 203쪽(*423번은 누락).
「歌稿[A]」는 단가를 1행으로 적었는데, 여기서 3행으로 나누어쓰기를 시도한 데에는 단가와 시, 동화의 영역을 자유자재로 구사하고자 한 켄지의 의욕이 보인다. 이 '밤기차'는 '동북본선東北本線'으로 추측되며, 한 겨울에 '선반 등 "밤기차 안에 가득 찬 사과 방향芳香이 눈의 빛에 녹는다"는 것인데, 기차 안 풍경이라는 사실寫實적 정취를 넘은 환상적 세계다. 이 환상의 발전이 「모리오카 정류장盛岡停車場」(『습유 시편拾遺詩篇』 II)이며, 습작 동화 「얼음과 후광氷と後光」이고, 시편 『아오모리 만가青森挽歌』(『봄과 수라』)라든지 『은하철도의 밤』과 같은 널리 알려진 작품에 "사과 환상"이 중요한 역할을 한다'는 것은 주지의 사실이다(野山嘉正, 「近代詩歌 二月」, 三好行雄 他, 『詞華集 日本の美意識』第二, 東京大学出版会, 1991, 192~193쪽 참조).

권두시다. 단절과 분노, 회의와 적막, 회한 속에 절규하는 시인의 모습[96]
이 보이는 듯하다.

> 해는 절벽 위에 떠오르고
> 우수는 육교 아래를 낮게 걷는다.
> 무한히 먼 하늘 저 멀리
> 계속되는 철로 목책 배후에
> 한 외로운 그림자는 떠다닌다. (제1연)

> 아아 악마보다도 고독하게
> 너는 수빙(樹氷)의 겨울에 견디었는가!
> 지난날 아무것도 믿는 일 없이
> 네가 믿는바 분노를 알았노라.
> 지난날 욕정의 부정을 모르고
> 너의 욕정하는 것을 탄핵했노라.

> 어떻게 하면 또한 우수에 지쳐
> 부드럽게 안기어 키스하는 자의 집에 돌아가리.
> 지난날 아무것도 너는 사랑하지 않았고
> 아무것도 또한 지난날 너를 사랑하지 않았노라. (제3연, 총 4연)

---

95 大岡 信, 『新 折々のうた』1(岩波新書・新赤版 357), 岩波書店, 2007, 182쪽.
96 萩原朔太郎, 「『氷島』の詩語について」, 伊藤信吉, 「鑑賞」, 『萩原朔太郎』(日本の詩歌 14), 中
    央公論社, 1968, 307~311쪽.

日は断崖の上に登り

憂ひは陸橋の下を低く歩めり。

無限に遠き空の彼方

続ける鉄路の柵の背後に

一つの寂しき影は漂ふ。

ああ 悪魔よりも孤独にして

汝は氷霜の冬に耐へたるかな!

かつて何物をも信ずることなく

汝の信ずるところに憤怒を知れり。

かつて欲情の否定を知らず

汝の欲情するものを弾劾せり。

いかなればまた愁ひつかれて

やさしく抱かれ接吻する者の家に帰らん。

かつて何物をも汝は愛せず

何物もまたかつて汝を愛せざるべし。(1931.2)[97]

　　마지막으로, 미요시 타쓰지의 단순 소박하며 정감 있는 2행시 「눈雪」
이다.

97　萩原朔太郎, 「漂泊者の歌」, 『萩原朔太郎全集』第2巻, 筑摩書房, 1986, 106～107쪽.

타로를 잠재우며, 타로네 지붕에 눈 쌓이네.

지로를 잠재우며, 지로네 지붕에 눈 쌓이네.

太郎を眠らせ、太郎の屋根に雪ふりつむ。

次郎を眠らせ、次郎の屋根に雪ふりつむ。 [98]

이상으로 근현대 일본 시가문학 속의 자연 계절 표현에 대해 대표적인 시인들의 시가詩歌를 사계절별로 분류 인용하면서 살펴보았다. 일본 최초의 서양 번역시집은 모리 오가이森鷗外가 펴낸 『그림자於母影』(1889)다. 이 번역시집 제목이 '원작의 그림자로서의 번역'이라는 발상이 그럴 듯하다. 괴테와 하이네, 바이런 등 서구 서정시를 전아한 리듬으로 번역하여 신체시의 문예적 수준을 제시함으로써 시마자키 도손 등의 근대시 창작에 영향을 주었다. 이렇게 근대 시가문학 분야에서도 서양 시의 자극을 받고 전통 와카의 자양분을 흡수하면서 고전 시가와 다른 새 시대의 서경적敍景的 서정시를 생성하기에 이른다.

예를 들면, 시마자키 도손은 근대 초창기 시집 『새싹집』의 「가을바람의 노래」 등에서, 서양의 서정시인 셸리의 「서풍의 노래」와 중국 한시의 대구 표현, 일본 고전 와카의 어법을 효과적으로 활용하고, 소위 '호중천壺中天'(이백의 시 등, 중국 고사의 항아리 속의 천지, 별세계)의 슬픈 가을悲秋의 이미지를 이어받으면서 일본 근대시로서 새롭게 전개시켰다.

오오카 마코토는, '도손은 이 시(「가을바람의 노래」)에서 과거 수백 년

---

98 三好達治, 「雪」, 『三好達治』(日本の詩歌22), 中央公論社, 1967, 9쪽.

의 전통 속에 배양된 "가을바람"의 이미지에 대해 한편으로는 그것을 이용하면서 과감히 도전하고, 적어도 어떤 새 맛을 내는데 성공했다. "시대를 큰소리치는 혀"가 금방 사라져갈 때도 가을바람은 멈추지 않는다, (…중략…) 라는 인식이, 그의 "가을바람"의 이미지를 단순한 "자연현상"에 머물지 않는 어떤 세계관의 표현에까지 고양시키고 있기 때문이다. (…중략…) 일본의 근대 이후의 시에서 사계四季 요소의 표현 방식이나, 그것이 전통적인 계절미감季節美感과 어떻게 관련되어 있는가 하는 문제는 대단히 깊이가 있는, 시사하는 바가 많은 문제'[99]라고 말한다. 그리고, 도손과 스스키다 큐우킨薄田泣菫, 기타하라 하쿠슈北原白秋, 미키 로후三木露風, 사쿠타로朔太郎 등의 계절감을 읊은 시 제목을 나열하고, 큐우킨泣菫의 두 작품(「망향의 노래望郷の歌」 포함) 등은 '그 자신의 대표작임과 동시에, 근대시가 세시기적歳時記的인 의미에서의 사계四季의 경물景物을 어떻게 새로운 숨을 불어넣어 소생시키려고 했는가에 관해 진정 좋은 본보기를 보여준다'라고 평가하고, 「망향의 노래」 제1연을 인용하고 있다.

「망향의 노래」(총4연)는 각 연별로 교토京都의 춘・하・추・동春夏秋冬 사계의 경물과 연중행사를 읊은 것인데, 제1연은 봄의 정경으로, 햇살 비추고 가모강賀茂川과 나뭇가지에 새 울며, 춘분법회 행사나 은어 잡기, 청주의 향내, 배 젓는 소리에 산 벚꽃놀이 돌아오는 젊은이들, 나무 그늘 아래 연인의 대화, 그리고 일본 전통극인 교겐狂言 가부키歌舞伎의 어린 배우 연기 흉내에 웃음을 터뜨리며 흥겨워하는 모습 등, 계절季節의

---

99 大岡 信, 「壺のうちなる秋の日」, 『日本詩歌紀行』, 新潮社, 1979, 291~292쪽.

경물에 절기별 행사를 엮어 고도古都 교토京都의 풍물風物을 눈에 선하게 노래한다.

이 시에 대해, 요시다 세이이치吉田精一는 '4연으로 나누어 각각 춘하추동의 정경을 그려, 교토와 근교의 풍속화風俗畵가, 큐우킨이 즐겨 쓴 고어古語를 자유자재로 사용하고 묘사되어, 전아한 두루마리그림絵巻物을 펼쳐 보인 감이 있다'라고 평한다.[100]

일본 근대시에서의 이러한 경향은, 근대 일본 소설의 경우, 서양의 소설에 영향을 받아 새로운 근대적 자연 계절을 발견하고, 고전을 자양분 삼아 일본의 고향 교토京都를 소재로 사계四季의 풍물을 세시기적으로 그린 가와바타川端의 소설 『고도古都』 등에서도 아주 유사하게 나타난다(이 책 제2장 6절 참조).

이와 같이 일본 근현대의 시가문학 속의 계절 표현은 고전의 소양과 서양문학의 자극, 새 시대의 내적인 발로와 모색으로, 자연 사계의 경물은 사생寫生이나 은유와 상징적 기법을 동원하여 시인의 심상을 투영하는 소재로서 다양하게 그려지고 있다.

---

100 吉田精一, 「4 薄田泣菫」, 『現代詩』(新版, 学燈文庫), 学燈社, 1971, 97쪽.

8. 일본 근현대문학의 사계 표현의 의의

이상으로 일본 근현대문학 속의 새로운 자연 계절 표현의 도입과 전개 과정과 그 내용에 대해 고찰하였다. 고전문학의 계절묘사의 전통을 이어받으면서 전개된 근대 일본문학에서 자연 계절에 대한 시각과 표현 방식의 새로운 발견은 내면의 자각을 일깨워 문학의 근대화에 기여했다.

후타바테이 시메이二葉亭四迷 역 투르게네프의 소설과 워즈워스의 낭만시 등 서양문학의 영향을 받아, 내면적 자연을 발견한 구니키다 돗포国木田独歩가 자연 계절에 대한 근대적 전감각적 표현을 도입한 이래로, 서양의 풍경화가 코로나 러스킨의 『근대화가론』 등에 자극받은, 도쿠토미 로카德富蘆花의 다양한 색채에 의한 시각적인 자연 묘사, 그리고 시마자키 도손島崎藤村의 자연 계절의 사생적 묘사와 근대 자연과학에 바탕을 둔 표현, 여행과 계절의 단가를 즐겨 읊은 와카야마 보쿠스이若山牧水와 서정의 순수성을 중시한 『사계四季』(1933~) 동인 등 근대 시인들의 자연・계절 묘사 등으로 전개되었으며, 일본 근현대문학에서 사계절 묘사는 가와바타 야스나리川端康成 문학에서 보다 의식적이고 본격적으로 극대화되었다.

일본인들은 전통적으로 '눈 달 꽃', 화조풍월 등 자연 풍경의 사계절별 변화에 민감하게 반응하여 각 시대별로 문학, 예술에 그 표현이 면면히 이어져 내려오고 있다. 자연 묘사는 사계절의 변화를 필수 요건으로 하며, 따라서 일본인의 자연관은 계절감의 표현으로 구체화 되었다. 일본인의 이러한 자연 관찰과 계절 묘사의 성향이 일본문학의 섬세함의 특징을 드러내는데 결정적인 요인이 되었다.

일본 근현대문학 속의 계절 표현을 소재로 일본인의 자연을 바라보는 시선과 그 특징을 알게 되었다. 일본인은 사계의 미세한 변화에 섬세하게 반응하고 세밀하게 묘사하며 자그마하고 불완전한 것에 관심을 보이고 덧없는 사계의 순환에 순응하며 융합하는 자연관을 갖고 있다고 하겠다. 어떻게 보면 일본인은 계절의 변화, 사계에 지나치리만치 민감하고 집착하는 것은 아닐까 라는 생각이 들 정도다. 그러나 오랜 세월 동안 많은 사람들에게 반복적으로 향유되어 양식화한 것을 '문화'라고 할 때, 사계 표현은 언어에 의한 일본 문화 전통의 주요한 하나라고 할 수 있다.

　이러한 일본인의 자연 계절에 대한 표현과 그 관점은, 예를 들어 맹사성의 「강호사시가」 등 한국인의 계절감에서 나타나는 유교적 발상이나 관념적이고 전체적인 것을 선호하는 측면과 구별된다. 이와 같은 한국문학 속의 자연 계절 표현의 특징과 그 비교는 다음 장에서 다루기로 한다.

한국문학 속의 사계

1. 한국문학 속의 자연과 계절 표현의 특징

한국문학 속의 자연 계절 묘사는 시대에 따라 다르다. 신라시대 향가는 불교의 영향이 짙고 소수의 계절 표현에서 봄보다 가을 묘사가 두드러지며, 고려가요는 남녀상열지사가 다수인가운데 월령체의 「동동動動」 등에서 세월의 흐름과 계절의 변화, 풍습을 바탕으로 남녀의 연정과 희로애락을 '화조풍월花鳥風月'의 자연물에 이입하여 표현한다.

조선시대 시조時調는 3장 구성의 논리적 성향을 보이고 자연과 계절 표현에서 유교의 영향이 짙게 나타난다. 예를 들면, '사시가四時歌'에 보이는 바와 같이 각 계절별 자연을 소재로 노래하면서 군은君恩이나 권농勸農, 교훈 등을 표현하는 특징이 있다.

한국 근현대문학 속의 사계 표현은 시가와 소설, 수필 등의 장르에서 각 시기별 특징을 나타내며 전개된다. 이 장에서 한국문학 속의 사계에 대해 고전시가문학과 근현대문학으로 나누어 살펴보기로 한다.

2. 한국 고전시가문학과 사계

1) 신라 향가와 고려 가요 속의 계절 묘사

신라 향가 속의 계절

'향가鄕歌'는 신라시대의 가악에서 불리어진 우리말 노래와 신라시대부터 고려 초기까지 향찰鄕札로 기록된 우리말 노래의 통칭이다.[1] 한자漢字의 음音과 훈訓을 빌어 우리말을 표기한 향찰로 지은 향가는 중국의 노래 '한시漢詩'에 대해 한국의 노래라는 주체성을 나타낸다.

향가는 현재 25수(『삼국유사』 14수, 『균여전』 11수)가 전해지고 있는데, 『균여전』에 수록된 고려 초기 균여대사均如大師의 향가는 모두 10구체의 불교 예찬가로 계절 표현과는 거리가 있다. 통일 신라 시대를 전후하여 등장하는 10구체는 향가 형식의 최종 완성 형태인데, 그 특징은 10구 중 제9구의 첫머리에 항상 '아으' 등의 감탄사가 있어, 9구와 10구의 시

---

1   김승찬, 『신라 향가론』, 부산대 출판부, 1999.

상을 압축하는 기능을 하고 있다.[2] 10구체 향가 중에「제망매가」와「찬기파랑가」는 표현 기교와 서정성이 뛰어나 향가의 백미로 꼽힌다.

향가는 불교의 영향이 짙었던 신라인들의 정서를 반영하여 계절적인 요소보다는 주술적, 불교적 내용이 주를 이루고 있다. 향가 중에서 직접적으로 계절을 언급하고 있는 것은「모죽지랑가慕竹旨郎歌」와「원가怨歌」,「제망매가祭亡妹歌」등이다. 이 중에서도「모죽지랑가」에는 '봄',「원가」와「제망매가」에는 '가을'이 등장한다.

화랑 득오곡得烏谷이 지은 '죽지랑을 사모하는 노래'「모죽지랑가慕竹旨郎歌」는 신라 효소왕 때(孝昭王 : 재위 692~702)의 향가로, 죽지랑 생전에 지은 것인지 그 사후 추모의 노래인지에 따라 해석의 차이가 있다.

「모죽지랑가慕竹旨郎歌」─득오곡得烏谷

『삼국유사』 표기 원문		해독 : 양주동
去隱春皆理米	거은춘개리미	간봄 그리매
毛冬居叱沙哭屋尸以憂音	모동거질사곡옥시이우음	모든 것사 우리 시름
阿冬音乃叱好支賜烏隱	아동음내질호지사오은	아름 나토샤온 즈싀
貌史年數就音墮支行齊	모사년수취음타지행제	살쯈 디니져
目煙廻於尸七史伊衣	목연회어시칠사이의	눈 돌칠 ᄉᆞ이예
逢烏支惡知作乎下是	봉오지악지작호하시	맛보옵디 지오리
郎也慕理尸心未 行乎尸道尸	낭야모리시심미행호시도시	郎이야 그릴 ᄆᆞᄉᆞ미 녀올 길
蓬次叱巷中宿尸夜音有叱下是	봉차질항중숙시야음유질하시	다봇 ᄆᆞᅀᆞ힐 잘 밤 이시리

양주동 역[3]	김완진 역[4]
간 봄 그리매 모든것사 설이 시름하는데 <div align="right">(젊음에의 회한)</div>	지나간 봄 돌아오지 못하니 살아계시지 못하여 우올 이 시롬 <div align="right">(사별에 대한 슬픔)</div>

2 나경수,『향가의 해부』, 민속원, 2004, 71쪽.

아름다움 나타내신 얼굴이 주름살을 지니려 하옵내다. 　　　　　　　　(늙음의 안타까움)	殿閣을 밝히 오신 모습이 해가 갈수록 헐어 가도다. 　　　　　　　　(살아생전의 임의 모습 회상)
눈 돌이킬 사이에나마 만나뵙도록(기회를) 지으리이다. 　　　　　　　　(그리움의 충동)	눈의 돌음 없이 저를 만나보기 어찌 이루리. 　　　　　　　　(재회에 대한 전망)
郎이여, 그릴 마음의 녀을 길이 다북쑥 우거진 마을에 잘 밤 있으리이까. 　　　　　　　　(만날 수 없음에 대한 탄식)	郎 그리는 마음의 모습이 가는 길 다복 굴형[5]에서 잘 밤 있으리 　　　　　　　　(재회의 확신)
정연찬 역[6]	최철 역[7]
지나간 봄이 거듭되매 그것을 거스르지 못하여 울어서 시름합니다. 아름다움을 나타내신 얼굴이 나이 마침(늙음)에 떨어지려 하는구나. 눈 깜짝할 사이에 만나 뵈옴을 짓고 싶습니다. 郎이여, 그리워하는 마음이 가는 길 헤메이다가 荒村에 잘 밤도 있습니다.	간 봄 그리워함에 모든 것이 서러워 시름하는데 아름다움을 나타내신 얼굴이 주름살을 지으려 하옵내다. 눈 돌이킬 사이에나마 만나 뵙도록 하리이다. 낭이여 그리운 마음의 가는 길이 다북쑥 우거진 마을에 잘 밤이 있으리이까.

현대어역
간 봄을 그리워함에
모든 것이 울어서 시름하는구나
아름다움 나타내신 얼굴이
주름살을 가지려 하는구나
눈 깜짝할 사이에
만나 뵙기를 짓고져
낭이여, 그리운 마음의 가는 길에
다북쑥 마을에 잘 밤인들 있으리오

3　양주동梁柱東(1903~1977) : 신라 향가鄕歌 연구 업적, 『조선고가연구朝鮮古歌硏究』(박문서관, 1942), 『국문학고전독본國文學古典讀本』 등.

4　김완진, 『향가해독법 연구』, 서울대 출판부, 1980.

5　다북쑥이 우거진 마을. 이 부분에 대해, 서철원은 '다봊의 골에 잘 밤 있을 것이'(양희철 역, 2000)와 '다북덕쑥 구렁에 잘 밤 있으오리'(류렬 역, 2003) 등을 인용하고, 「모죽지 랑가」 1행부터 8행까지를, "간봄─계시지 못한 시름─좋았던 과거의 모습─늘어가는 현재의 모습─눈을 돌이키는 나─만날 수 없음─님을 그리워하여 가는 길─다보줫 구 렁에 잘 밤"으로 정리하면서, "어휘의 극심한 차이에도 불구하고, 이들은 동일한 구성 원리를 띤 하나의 작품으로 이해될 수 있다. (…중략…) 향찰 문자의 해독 차이가 작품 론의 방향을 좌우하지 않는 경우가 더욱 많다"라고 한다.

「모죽지랑가」는 죽지랑에 대한 득오의 흠모의 정과 그리움을 동시에 느낄 수 있는 노래다. 고매한 인품의 소유자인 죽지랑에 대한 사모의 정과 인생무상의 정감이 주를 이루고 있는데 충담사의 「찬기파랑가」와 함께 화랑을 기리고 그리워하는 노래다. 내용 중에 계절어를 살펴보면, 첫 행에서는 '봄', 마지막 행에서는 '쑥'이 등장한다.

첫 행은 '지나간 봄'을 노래하고 있는데, 이것은 그동안의 죽지랑과 함께했던 소중한 시간들을 말한다. 그 지나간 시간 속에 있는, 신뢰와 사랑으로 가득 찼던 시간들이 덧없이 흘러 사라져가고 있는 것을 한탄하고 있는 것이다. 2행에서는 그러한 시간이 기약 없이 흘러가고 난 후의 밀려오는 슬픔을 노래하고 있다. 마지막 8행에서는 사모의 정과 애달픈 감정을 품고 헤매다가 '다북쑥'이 우거진 곳에서 잘 적도 있다고, 만나지 못하는 슬픔의 극치를 표현하며 마무리 짓는다.

이렇게 '지나간 봄'을 그리워함은 그때 함께 한 임이 지금 여기 이 세상에 없기 때문이며, 지나가는 길에 함께 했던 추억을 회고할 봄의 대표적 식물인 다북쑥이 우거진 마을에서 홀로 회포를 풀 수 있으려나 하는 아쉬움과 기대감을 표현한다.

이 노래에서 '지나간 봄'은, 「일본문학 속의 사계─마쓰오 바쇼松尾芭蕉 하이카이俳諧의 '시간의 흐름'」(이 책 제1장 6절)에서 다룬, '지나간 봄行〈春'을 연상시키며 공감을 갖게 한다. '지나간 시간' 그 시간의 흐름 속에서 만남과 헤어짐의 인생사를 노래하며, 자연(다북쑥 마을)은 변함없이

　　서철원, 『향가의 역사와 문화사』, 지식과교양, 2010, 126~129쪽 참조.
6　　정연찬, 『향가의 어문학적 연구』, 서강대, 1972, 103~104쪽.
7　　최철, 『향가의 문학적 해석』, 연세대 출판부, 1990.

유구한데 인생은 유한함에 대한 애석함이 내재되어 있다. 순환하는 사계절, 다시 돌아온 늦봄(가는 봄)에 다북쑥 마을에서 선인先人의 발자취를 더듬으며 인생의 애환을 곱씹고 있는 것이다.

다음은 '가을'을 배경으로 하는 신충信忠의 「원가怨歌」를 살펴보자.

「원가怨歌」－신충信忠[8]

향찰표기 원문	현대어역[9]
物叱乎支栢史 秋察尸不冬爾屋攴墮米 汝於多支行齊敎因隱 仰頓隱面矣改衣賜乎隱冬矣也 月羅理影支古理因淵之叱 行尸浪 阿叱沙矣以攴如攴 貌史沙叱望阿乃 世理都 之叱逸烏隱第也 (後句亡)	질 좋은 잣이 가을에 말라 떨어지지 아니하매, 너를 重히 여겨 가겠다 하신 것과는 달리 낯이 변해버리신 겨울에여. 달이 그림자 내린[10] 연못 갓 지나가는 물결에 대한 모래로다. 모습이야 바라보지만 세상 모든 것 여희여 버린 처지여. (이하 소실)

위 제1·2행의 어석은, '잣나무가 가을에도 이울어 떨어지지 않는다' 와 '잣나무가 가을도 아닌데 이울어진다'는 두 방향의 해석이 있다.[11]

---

8 신충信忠 : 신라 중대의 대신. 『삼국유사』에 의하면, 효성왕이 잠저潛邸(임금으로서 위에 오르기 전에 살던 궁)에 있을 때 신충과 함께 궁정의 잣나무 밑에서 바둑을 두면서 뒷날 그를 잊지 않겠다고 약속하였다. 그로부터 몇 달 뒤에 즉위한 효성왕이 공신에게 상을 줄 때 자신을 잊고 등급에 넣지 않아, 신충이 「원가怨歌」를 지어 잣나무에 붙이자 그 나무가 갑자기 말라버렸다고 한다. 이를 듣고 비로소 자신의 잘못을 깨달은 왕은 그에게 작록爵祿을 내려주었다.
신충은 739년(효성왕 3)에 중시中侍가 되어 효성왕을 보좌했으며, 후대 경덕왕 16년(757년)에 상대등上大等에 임명되어 763년까지 재임하다가 이후 관직에서 물러나 지리산 기슭 단속사斷俗寺에 은거한다. 이는 경덕왕의 한화정책漢化政策을 반대하던 귀족의 압력 때문일 터인데, 「원가」가 만년의 작품으로 여겨지는 이유이기도 하다. (『한국민족문화대백과사전』, 한국학중앙연구원 인터넷 온라인 서비스, 2016.4 참조)
9 김완진, 앞의 책.
10 변심한 왕의 모습 : 김성기, 「원가의 해석」, 『한국고전시가작품론』 1, 집문당, 1992, 118쪽.

양주동 역	김완진 역
궁정의 잣이 가을 아니 이울어 떨어지매 '너를 어찌 잊어'라고 말씀하옵신 우럴던 낯이 계시온데.	질 좋은 잣이 가을에 말라 떨어지지 아니하매, 너를 重히 여겨 가겠다 하신 것과는 달리 낯이 변해버리신 겨울에여.
김선기 역[12]	황패강 역
거꾸로 잣이 가을 아니 가서 지니 임이여 어찌 잊으셨나이까 웃어른 얼굴이 싸늘한 겨울이라.	질 좋은 잣나무는 가을에 아니 그릇 떨어지니 너 어찌 잊으랴 말씀하신 우럴던 낯은 변하셨도다.

신라인은 잣나무와 세한歲寒을 연결시켜 정절을 강조하는데,[13] 「원가」에서 '가을秋察'을 등장시킨 것은 신충이 승경(효성왕)과 궁중의 뜰에서 바둑을 둔 계절이 가을이었기 때문에 '질 좋은 잣이 / 가을에 아니 이울어 떨어지매'로 표현했을 것이므로, 이 노래 제3·4행의 문맥을 참고하여, '잣나무가 가을에도 이울어 떨어지지 않는다'고 해석하는 편이 자연스러울 것이다. 이 「원가怨歌」는 주술적·교훈적인 면을 내포하면서 임금을 가을의 잣나무에 비유한 서정시다운 면도 있다. 여하튼 이 향가에서 가을을 조락凋落의 계절로 표현하고 있다는 점엔 이론이 없다.

다음은 주술적인 의미가 담겨있는 월명사月明師의 「제망매가祭亡妹歌」를 통하여 '가을'의 의미를 살펴보기로 한다. 「제망매가」는 월명사가 누이동생의 죽음을 가을철에 떨어지는 나뭇잎에 비유하여 노래한 것으로, 무속과 불교가 습합된 양교의 사상을 드러낸다고 보는 것이 통설이다.[14]

---

11 김승찬, 앞의 책 참조.
12 김선기, 「다기마로 노래」, 『현대문학』 13-2, 1967.
13 정구복 외 감교, 「列傳 第七, 訥催」, 『개정증보 역주 삼국사기』 1(감교원문편), 한국학중앙연구원출판부, 2011, 605쪽.
14 나경수, 앞의 책 참조.

「제망매가祭亡妹歌」－월명사月明師[15]

향찰표기 원문	현대어역[16]
生死路隱	생사 길은
此矣有阿米次肹伊遣	예 있으매 머뭇거리고,
吾隱去內如辭叱都	나는 간다는 말도,
毛如云遣去內尼叱古	못다 이르고 어찌 갑니까.
於內秋察早隱風未	어느 가을 이른 바람에
此矣彼矣浮良落尸葉如	이에 저에 떨어질 잎처럼,
一等隱枝良出古	한 가지에 나고,
去奴隱處毛冬乎丁	가는 곳 모르온저.
阿也 彌陀刹良逢乎吾	아아, 미타찰에서 만날 나
道修良待是古如	도 닦아 기다리겠노라.

이 노래는 죽은 누이동생에 대한 안타까움과 그리움, 극락에서의 재회를 다짐하고 있다. 같은 핏줄인 남매를 한 나뭇가지에 달린 나뭇잎으로, 누이의 죽음을 가을철에 떨어지는 나뭇잎으로 비유한다. 누이를 그리워하며 미타찰彌陀刹(극락)에서 만날 날을 도를 닦으며 기다리겠다는, 슬픔을 승화시키는 불교의 수행과 윤회적 의미도 내포되어 있다. 「제망매가」에서도 가을 바람에 떨어지는 낙엽을 통해 조락과 인생무상, 죽음을 표현했다.

가을 낙엽이 인생의 조락과 방황, 정처 없음을 표현하는 것은 동서고금이 똑같다.[17]

김종우,『향가문학연구』, 이우출판사, 1983, 40쪽; 박노준,『신라가요의 연구』, 열화당, 1982, 164쪽; 윤영옥,『신라가요의 연구』, 형설출판사, 1982, 62쪽; 윤경수,『향가·여요의 현대성 연구』, 집문당, 1993, 128쪽; 최철,『향가의 문학적 해석』, 연세대 출판부, 1990, 97쪽; 조동일,『한국문학통사』, 지식산업사, 2008.

15 신라 경주 사천왕사의 승려. 달 밝은 밤에 피리를 불면 달이 길을 밝혀 주어 이름을 '월명사'라 불렸고, 「산화가散花歌」를 지었다고 전해진다.

16 김완진,『향가와 고려가요』, 서울대 출판부, 2000.

17 최재철, 「최재철교수의 한일문화칼럼 5－애수의 계절, 가을에 대하여」,『월간 한국인』,

그리고 충담사忠談師의 「찬기파랑가讚耆婆郎歌」는 달과 흰 구름, 냇가 조약돌을 등장시키며 '잣나무 가지가 높아 서리(눈) 모를' 화랑 기파랑의 기상을 추모하는 향가로서, 늦가을과 겨울의 잣나무를 화랑정신인 절개와 충성의 상징으로 노래한다. 이는 조선시대 선비들이 소나무를 군은에 대한 절개의 비유로 곧잘 노래하고 있는 점과 통한다.

　　이연숙은 「한일 고대 한시의 성격 비교」에서 자연소재의 형상화에 대해 다음과 같이 기술한다. 신라와 일본의 작가들의 동식물 소재를 보면, 신라 작가들은 자연 경물을 표현할 때 소재가 가진 동양적이고 공식적인 표현의 틀에 얽매이지 않고 자신의 입장에서 개성적으로 표현하고 있으며 회고적인 경향도 강하게 드러난다. 작가들의 특수한 환경이 오히려 자연 경물을 바라보는 시각을 자유롭게 하였고 따라서 개성을 다양하게 표현할 수 있었다고 본다.

　　반면에, 일본에서 가장 오래된 한시집漢詩集 『회풍조懷風藻』(8세기 중엽)에서는 공적인 장에서 동양적, 중국의 유교적 틀 속에서 자연을 바라보았으며, 따라서 표현도 상투적인 표현 방식을 따르고 있음이 특징이다. 일본의 경우는 군신관계를 다지는 연회와 같은 공식적인 창작의 장에서 지어진 만큼 자연 경물을 바라볼 때도 군왕의 덕과 번영, 신하의 충성을 다짐하는 내용이 될 수밖에 없고 따라서 자연 경물도 동양의 유교사상에 바탕한 도식적인 표현의 틀을 벗어날 수 없었다고 한다.

　　신라 작가들의 작품에는 '봄'보다 쓸쓸한 '가을'이 더 많이 표현되었지만, 『회풍조』에서는, 제목에 '봄'이 들어간 작품이 22작품이며, 제목

　　2015.10, 98~99쪽. 이 책 제4장 4절 참조.

에는 봄을 사용하지 않았지만 작품 속에서 봄을 말하고 있는 작품들도 많다. 제목에 가을이 들어간 작품은 17작품이다. 이와 같이 일본의 고대 한시에서는 가을보다는 봄을 많이 노래하고 있으며 봄의 새로움, 신선함 등 밝은 세계를 보다 지향했다.

신라 작가들은 주로 쓸쓸한 가을을 읊으면서 자신들의 외로움과 소외감을 표현하는 것이 특징이다. 그러나 일본 『회풍조』에서의 가을은, 종4위상치부경부왕從四位上治部卿部王의 작품 중 「추야 연산지 1수秋夜宴山池一首」(51)에서 보듯이 고독감이나 무상감, 비애가 느껴지는 가을이 아니고, 좋은 술과 음악으로 달을 기다리며 즐기는 풍류의 가을 밤이다. 여성적이며 내용은 연정의 정서가 전부인 것은 신라의 작품들과 비교해볼 때 대조적이다.[18]

현존하는 신라 향가의 계절 표현으로 볼 때, 「모죽지랑가」의 '봄'(다북쑥)보다는, 「원가」(잣나무의 조락)와 「제망매가」(가을바람, 낙엽), 「찬기파랑가」(서리, 잣나무) 등 '가을'의 표현이 보다 자주 등장한다. 추모의 정을 잘 나타내기 위해서는 역시 조락의 변화가 선명한 계절로서 가을이 적합했다고 보며 신라시대 불교의 영향도 있었을 것이다.

고려가요 속의 계절

고려시대의 가요 10여 종 중에, 「가시리」 「청산별곡靑山別曲」 「쌍화점雙花店」 「만전춘滿殿春」 「서경별곡西京別曲」 등은 주로 남녀상열지사男女相悅之詞를 노래한다. 고려가요 중에서 「동동動動」은 월령가月令歌 체제로서

---

18 이연숙, 『향가와 『萬葉集』 작품의 비교연구』, 제이앤씨, 2009, 288~304쪽.

각 월별 절기·계절을 배경으로 남녀의 연정을 읊은 대표적인 노래다.

德으란 곰빅예 받줍고
福으란 림빅예 받줍고
德이여 福이라 호늘
나슨라 오소이다
아으 動動다리

正月ㅅ 나릿 므른 아으
어져 녹져 ᄒᆞ논ᄃᆡ
누릿 가온ᄃᆡ 나곤
몸하 ᄒᆞ올로 녈셔
아으 動動다리

(…중략…)

三月 나며 開혼 아으
滿春 둘욋고지여
ᄂᆞ미 브롤 즈슬
디녀 나샷다
아으 動動다리

四月 아니 니저 아으

오실셔 곳고리새여
므슴다 綠事니믄
녯나를 닛고신뎌
아으 動動다리

五月 五日애 아으
수릿날 아츰 藥은
즈믄 힐 長存호샬
藥이라 받즙노이다
아으 動動다리

(…중략…)

八月ㅅ 보로믄 아으
嘉俳나리마른
니믈 뫼셔 녀곤
오늘낤 嘉俳샷다
아으 動動다리

九月 九日애 아으
藥이라 먹논 黃花
고지 안해 드니
새셔 가만호얘라

아으 動動다리[19]

(현대어역)

덕은 뒷배에 받잡고

복은 앞배에 받잡고

덕이라 복이라 하는 것들이여

드리러 오십시오.

정월의 냇물은,

아아, 얼고자 녹고자 하는데

세상 가운데 나서는

몸이여! 홀로 지내는구나.

삼월 나며 핀

늦봄의 진달래꽃이여!

남의 부러워할 모습을

지니고 나셨도다.

사월 아니 잊고

아으, 오시는구나 꾀꼬리새여

어찌하여 녹사님은

---

19 권두환 편, 『고전시가』(한국문학총서 1), 해냄, 1997, 103~106쪽.

옛 나를 잊으셨는가?

오월 오일에
아으, 단오날 아침 약은
천 년을 오래 사실
약이라 바치옵니다.

팔월 보름은
아으, 가배날이지만
(옛날에) 님을 모셔 지내곤
오늘날 (외로운) 한가위로다.

구월 구일에
아으, 약이라 먹는
국화꽃이 집안에 드니
띠집이 조용하구나.[20]

— 「동동動動」

　「동동動動」은 이와 같이 월령가月令歌 체제로 1년 열두 달 각 월별 계절
과 풍습을 배경으로 그 속에 남녀상열지사로서 여인의 연정을 담았다.
화조풍월花鳥風月 등 각각의 자연물을 의인화 하거나 희로애락의 감정을

20　이임수,『한국시가문학사』, 보고사, 2014, 183~185쪽.

이입하여 조화롭게 표현하면서, 세월의 흐름과 계절의 변화 속에서 그 순간순간의 감동을 후렴구 '아으 동동 다리'로 수렴하는 리듬의 묘를 보여준다.

계절감의 표현에 초점을 맞추어 음미해 보자면, 음력 정월에 냇가 얼음이 녹으려하는데 이 몸은 홀로 지낸다(아직 마음이 얼어붙어 있다)는 탄식을 노래함으로써 자연의 해동解冬에 빗대어, 반대로 마음은 여전히 겨울인 추위 속 외로움을 부각시킨다.

또한, 봄이 오면 어김없이 피는 진달래꽃을 부러워하고 잊지 않고 찾아오는 꾀꼬리를 시샘하는 것은 내 님이 나를 잊어버리고 찾아오지 않기 때문이다. 봄의 전령인 진달래꽃과 꾀꼬리花鳥를 소재로 계절을 나타내면서 늦봄의 나른하고 긴 기다림의 정서를 대비시켜 노래의 효과를 증폭시키고 있다.

여기서, '사월을 잊지 않고 아아 오는 구나 꾀꼬리새여 / 무엇 때문에 녹사祿事님은 나를 잊고 계시는가'는, 일본 고전 『겐지이야기』 속의 시가(와카)와 아주 유사하여 시선을 끈다.[21]

가을에는 노란 국화꽃이 집안에 피니 초가집이 고요하다고, 차분한 계절로서의 가을의 표상으로 국화꽃을 든다. 중양절(9월 9일)에 약으로 먹는 황국黃菊, 국화차菊花茶는 마음을 가다듬고 차분하게 가라앉히는 효능이 있다고 한다.

현대의 명시 서정주의 「국화 옆에서」에, '인생의 뒤안길에서 / 이제는 돌아와 선 / 내 누님 같은 꽃'이 바로 국화인 것을 보면, 시공간을 뛰어 넘

---

21 이 책 제1장 4절 참조.

어 국화의 차분하고 담담한 이미지를 공통의 감각으로 공유하는 셈이다.

이밖에, 고려가요 「만전춘滿殿春」에는 복숭아꽃桃花이 만발한 뜰이 나오고, 「청산별곡靑山別曲」에서는 '머루랑 다래랑 먹고' 등의 계절어가 등장한다.

한편, 고려시대 정지상鄭知常의 한시 「송인送人」의 첫 구에서 '비 개인 긴 둑에 풀빛 고운데雨歇長堤草色多'라고 봄비 내린 냇가 둑의 파란 풀의 정경을 묘사하고, 이어서 '임 보내는 남포에서 슬픈 노래 부르네送君南浦動悲歌'라며,[22] 임과 이별하는 슬픔과 정한을 긴 둑의 파란 풀빛과 대동강 푸른 물결로 시각화하여 효과적으로 표현한다. 비 개인 봄날의 선명한 파란 색조가 이별의 애절함을 매년 봄마다 더욱 쌓이게 할 것이다.

2) 조선시대 시조·가사의 사계 표현의 특징

시조는 고려 중엽에 생성되어 고려 말에 확립되었고 조선 시대에 융성한 우리나라 고유의 정형시로, 조선 중엽 이후 영조 때의 가객歌客인 이세춘李世春에 의해 '시절가조時節歌調'의 앞뒤 글자를 따서 시조時調로 불리게 된다. 정형 단가인 시조의 기본 형식은 평시조平時調로 한 행에 3

---

22 鄭知常 詩, 「252번」, 『靑丘永言』(六堂本), 京城帝国大学, 1930, 43쪽(영인본, 『靑丘永言』(異本3種), 弘文閣, 2002).
    안대회, 「고려인의 서정과 정지상鄭知常의 한시」, 『韓國 漢詩의 分析과 視角』, 연세대 출판부, 2000, 111~113쪽. 이 글에서, 정지상을 "다정다감한 청년시인"으로 지칭하며, 「대동강에서」 또는 「님을 보내며送人」라는 제목'으로 불리는 이 시는 '이별' 주제의 최고 작품으로 널리 알려져 있다고 한다.

·4조, 4·4조 음수율을 주로 하여 3장(3행), 총 45음절이며 종장(3번째 행)의 첫 구는 3음절로 정해져있고 두 번째 구는 대개 5음절이다. 조선 전기에는 사대부가 주로 지었으나 중기에는 기녀, 후기에는 평민들도 참여하였으며, 한문 문화 중심이던 시대에 우리말로 노래하여 민족의 주체성을 살렸다는 점에서 의의가 크다.[23] 그러면, 시조와 가사에 춘하추동 사계절이 어떻게 표현되었는지 알아보기로 한다.

「강호사시가江湖四時歌」의 유교적 발상

맹사성孟思誠(1360~1438)의 「강호사시가江湖四時歌」의 본문을 먼저 보자.

江湖(강호)에 봄이 드니 미친 興(흥)이 절로 난다
濁醪溪邊(탁료계변)에 錦鱗魚(금린어)ㅣ 안주로다
이 몸이 閑暇(한가)히옴도 亦君恩(역군은)이샷다

江湖에 녀름이 드니 草堂(초당)에 일이 업다
有信(유신)흔 江波(강파)는 보내느니 ㅂ람이다
이 몸이 서늘히옴도 亦君恩이샷다

---

23 이제까지 채록된 시조는, 정병욱 편, 『시조문학대사전時調文學事典』(신구문화사, 1966)에 2,376수, 심재완의 『교본 역대시조전서校本 歷代時調全書』(세종문화사, 1972)에 3,335수, 박을수 편, 『한국시조대사전韓國時調大事典』(上·下, 아세아문화사, 1992, 개화기 시조 포함)에 5,492수, 김흥규 외편 『고시조 대전古時調大全』(고려대 민족문화연구원, 2012)에 46,431수(이본 대조, 5,563유형)이다. 이렇게 방대한 시조를 수집 정리한 일은 대단한 실적이다. 이후에는 이 방대한 시조를 주제별, 시기별, 작가별 등으로 분류하여 분석하는 작업이 뒤따라야 할 것이다.

江湖에 ᄀᆞ을이 드니 고기마다 슬져잇다

小艇(소정)에 그믈 시러 흘리 ᄯᅴ여 더뎌 두고

이 몸이 消日(소일)ᄒᆞ옴도 亦君恩이샷다

江湖에 겨월이 드니 눈 기픠 자히 남다

삿갓 빗기 쓰고 누역으로 오슬 삼아

이 몸이 칩지 아니ᄒᆞ옴도 亦君恩이샷다[24]

　「강호사시가」는 조선 초기의 연시조聯詩調로서는 최초이고 자연을 노
래한 '강호가江湖歌' 계열 작품의 원류이며 '사시한정가四時閑情歌'라고도
불린다. 이는 사계절의 자연(강호)의 정취를 하나의 연시조에 담아낸 소
위 사시가계四時歌系 연시조의 대표적인 작품이다. 사계절을 각 한 수씩,
태평세월에 벼슬을 내려놓고 강호 자연에 묻혀 계절별 경관의 정취를
맛보면서 임금의 은덕에 감사한다는 내용으로 뜻풀이는 다음과 같다.

　강호 자연에 봄이 오니 / 흥이 저절로 나고

막걸리에 / 싱싱한 물고기로 안주 삼는

한가함도 임금님의 은덕이시며,

　여름 강바람의 / 서늘함도,

24　본문 출전은, 김천택金天澤 편, 『청구영언靑丘永言』(珍本), 1728(朝鮮珍書刊行會, 1948), 3〜
4쪽(九〜一二번)이다. 이후의 시조 본문 대조는, 김홍규 외편, 『고시조 대전古時調大全』(고
려대 민족문화연구원, 2012)을 참조한다(별도 주가 없는 경우, 시조 인용 이하 같음).

가을철 살 오른 물고기

낚시질로 소일함도,

겨울 눈 깊은데 / 도롱이를 입어도

춥지 않은 것도 / 또한 임금님의 은덕이시다.

각 연의 초장 첫 구를 모두 '江湖(강호)에'로 시작하고 종장을 모두 '亦
君恩(역군은)이샷다'로 마치는 공통점이 있다. 이는 먼저 강호 자연의 사
계절을 각각 한 번씩 똑같이 노래한다는 의식이 전제되었다는 것과, 이
사계절 강호 자연의 멋을 즐길 수 있는 것은 오로지 임금의 은덕이라는
점을 강조한다. 충군을 중시하는 유교적 세계관 속에 산 조선시대 사대
부의 발상을 그대로 보여주는 적절한 예다.

중국 고대의 한시나 일본의 고대 한시집 『회풍조懷風藻』, 중고시대
『고금와카和歌집』의 「경하의 노래賀の歌」 등에 자연의 정취를 '성은聖恩'
에 결부시키거나 경하하는 노래는 있지만, 「강호사시가」와 같이 사계절
모두를 동원하여 각 계절별로 태평세월의 멋과 여유로움을 표현하면서
이 모두가 군주의 은혜라고 노래하는 것은 드문 예라고 할 수 있다. 역시
유교의 영향이 강했던 조선시대 선비들의 몸에 밴 충정을 사계절의 정
취에 담아낸다는 자연관의 한 특징을 여실히 보여준다.

정병욱은 이 점과 관련하여 다음과 같이 말한다.

신흥왕권인 李氏王朝(이씨왕조)가 그 기초가 안정되고 모든 기구가 정제
됨에, 儒敎文化(유교문화)의 專有物(전유물)인 時調(시조)도 안정된 그들

의 정신적 자세를 표현하는 데에 적용되었다. 즉 한가하고도 평화로운 敍景詩(서경시)가 오늘날 전하는 古時調(고시조)의 殆半(태반)을 점유하고 있다는 사실은, 곧 시조문학의 본령을 이해하는 데에 충분하다고 본다. 바꾸어 말하여, 이같이 평화로운 삶을 누릴 수 있는 근원은 어디까지나 君主(군주)의 恩惠(은혜)에서 오는 것이기 때문에 自然(자연)을 閑寂(한적)하게 讚揚(찬양)할 수 있는 것은, 곧 그 어진 군주를 찬양하는 심정에서 우러나왔음을 뜻하는 것이다. 따라서 一見(일견) 自然詩(자연시)처럼 보이는 이들 一連(일련)의 시조의 내용은 어디까지나 儒敎的(유교적)인 忠義思想(충의사상)을 표현하는 데에는 변함이 없었다.[25]

또한, 시조의 간결한 정형성은 우리의 감정을 표현하는데 가장 적합한 호흡과 뉘앙스를 갖추고 있다고 하면서, 단시형 정형시가 유학도儒學徒들에 의해 선택되고 창조된 이유에 대해, 미학적美學的 견지에서 간결하고도 소박한 미적 감정을 존중하던 유학도들의 미의식美意識에서 시조형時調形의 장점을 이해할 수 있다고 본다. 그리고, 조형예술의 하나인 이조백자李朝白磁의 색조가 유학도들의 미의식에서 우러나온 색감色感인 것을 연상할 때에 심미안審美眼을 갖춘 그들의 서정성抒情性을 표현하는 데에는 시조가 가장 적합했다고 강조한다.[26]

이현자도 논문 「四時歌系(사시가계) 聯詩調(연시조)에 나타난 江湖自然(강호자연) 認識(인식)」에서 말하고 있는 바와 같이, 강호에서의 미적 감

---

25 정병욱, 「時調文學의 槪觀」, 정병욱 편, 『時調文學事典』, 신구문화사, 1966, 12쪽.
26 위의 글, 13~14쪽.

흥과 기쁨에는 임금에 대한 충정忠情이라는 유교적 이데올로기가 강하게 작용한다. 이러한 경향은 다음 이항복李恒福(1556~1618)의 단시조에서도 알 수 있다.

江湖에 期約(기약)을 두고 십년을 奔走(분주) 후니

그 모른 白鷗(백구)는 더듸 온다 후건마는

聖恩이 至重(지중) 후시매 갑고 가려 후노라

이와 거의 같은 시조가 정철鄭澈과 정술鄭述 등의 성은가聖恩歌에도 포함되어 있다. 작가들의 취향과 경험에 따라 사시가계 연시조에 나타나는 강호 자연은 각기 다른 모습으로 나타나는데, 대개 네 가지의 공간으로 분류해볼 수 있다. 즉, 심미의 대상으로서의 공간(맹사성의 「강호사시가」), 소비의 현장으로서의 공간(신계영辛啓榮의 「전원사시가田園四時歌」), 생산의 현장으로서의 공간(이휘일李徽逸의 「전가팔곡田家八曲」), 수양의 현장(이이李珥의 「고산구곡가高山九曲歌」)으로서의 공간 등이다.[27]

「강호사시가」는 '강호에 봄이 드니 밋친 흥이 절로 난다'라거나, '강호에 녀름이 드니 초당에 일이 업다' 등과 같이 휴식의 공간(심미의 대상)으로서 읊는 측면이 보인다. 여기에 나타난 강호는 임금에 대한 절대 충성의 다짐과 자연 친화가 이루어낸 사상적 공간이었으나, 16세기 말 이후의 강호는 현실 정치의 혼탁함으로부터 떠나 자연의 아름다움과 넉넉한 삶

---

27 이현자, 「四時歌系 聯詩調에 나타난 江湖自然 認識」, 『시조학논총』 vol.17, 2001, 259~285쪽.

을 누릴 수 있는 심미적 충족과 해방, 드높은 흥취의 공간으로 변한다.[28]

사계에 따라 강호 자연에서 유유자적하는 것은 퇴계 이황李滉(1501~
1570)이 만년에 지은 다음 「도산십이곡陶山十二曲」(1565)의 '사시가흥四時
佳興(사계절의 흥취)과 어약연비魚躍鳶飛(고기는 뛰어놀고 제비는 날며) 운영천
광雲影天光(구름의 그림자와 하늘의 빛)' 등 사계의 흥을 읊는 모습과 통한다.

煙霞(연하)로 집을 삼고 風月로 벗을 사마
太平聖代(태평성대)에 病(병)으로 늘거 가뇌
이 중에 브라는 일은 허믈이나 업고쟈 (제2곡)

春風에 花滿山(화만산) ᄒ고 秋夜(추야)에 月滿臺(월만대)라
四時佳興이 사름과 ᄒ가지라
ᄒ물며 魚躍鳶飛 雲影天光이야 어늬 그지 이시리 (제6곡)

위 시조의 '태평성대' '허물이나 없고자' 등에서 임금에 대한 그리움을
표현하고 유교적 세계관과의 연계를 확인할 수는 있으나, 「강호사시가」
의 '역군은'처럼 사계의 아름다움이나 한가로움을 '군은'에 직접 연결
짓지는 않았다는데 의의가 있다. 자연을 보는 시야의 확대를 의미한다.

「어부사시사漁父四時詞」의 일상과 사계의 융합

「어부사시사」(1651)는 고산孤山 윤선도尹善道(1587~1671)가 65세 때 유

---

28 이현자, 「조선조 연시조의 유형별 변이양상 연구」, 경희대 박사논문, 2002, 32~35쪽.

배지인 전남 보길도에서 지은 연시조로, 봄 노래春詞, 여름 노래夏詞, 가을 노래秋詞, 겨울 노래冬詞 사계절별로 각 10수, 계 40수의 연시조로 구성되어있다. 각 계절별 시조 10수(10연)의 초장과 중장사이의 후렴구는 각 연마다 다른 시어를 사용하여, 배 출항부터 귀항까지의 하루 일상을 순서대로 읊는다.

제1연 : 배 떠라(배를 띄움) → 제2연 : 닫 드르라(닻을 올림) → 제3연 : 돈 다라라(돛을 담) → 제4, 5연 : 이어라(노를 저음) → 제6연 : 돈 디여라(돛을 내림) → 제7연 : 배 세여라(배를 세움) → 제8연 : 배 매여라(배를 맴) → 제9연 : 닫 디여라(닻을 내림) → 제10연 : 배 붓터라(배를 뭍에 붙임) 등이다.

또한, 모든 연마다 중장과 종장 사이에 같은 후렴구인 "지국총至匊忽 지국총 어사와於思臥"라는 의성어(노 젓는 소리)를 여음으로 읊고 있다. 이러한 후렴구는 원래 이현보李賢輔(1467~1555)의 「어부사漁父詞」에서도 유사하게 쓰였는데 이현보의 「어부사」 역시 고려 시대부터 전해지던 작자 미상의 「어부가漁父歌」에서 유래한다.[29] 물론, 「어부가」의 연원을 거슬러 올라가면, 중국 고대 초楚나라의 시인 굴원屈原(B. C. 343~278년경)의 「어부사漁父詞」부터라고 한다. 이현보의 「어부사」에 비해 「어부사시사」는 윤선도 자신이 직접 어부의 생활을 체험하며 받은 감동을 노래했다는 점에 차이가 있다.

「어부사시사」의 사시四時란 본래 사계절을 의미하는데, 동시에 하루를 대개 아침, 낮, 저녁, 밤으로 나눈 하루 단위의 사시를 고려하여 아래와 같이 조직적으로 배열한 작품이다.[30]

---

29 최재호, 「윤고산의 「어부사시사」 연구」, 『동국대 국어국문학회 논문집』, 1964.7, 151쪽.

봄 노래(춘사)

아침 제1연 : 압개예 안개 것고 뒫뫼희 히 비췬다

낮   제5연 : 고운 볃티 쬐얀ᄂᆞᆫ듸 믉결이 기름 ᄀᆞᆺ다

저녁 제6연 : 셕양夕陽이 빗겨시니 그만하야 도라가쟈

밤   제10연 : 내일來日이 또 업스랴 봄밤이 몃딛새리

여름 노래(하사)

아침 제1연 : 연강첩장沿江疊嶂은 뉘라셔 그려낸고

낮   제2연 : 청약립靑蒻笠은 써잇노라

저녁 제7연 : 셕양夕陽이 됴타마는 황혼黃昏이 갓갑거다

밤   제9연 : 밤 사이 풍낭風浪을 미리 어이 짐쟉하리

가을 노래(추사)

저녁 제4연 : 셕양夕陽이 ᄇᆞ이니 쳔산天山이 금슈金繡 ㅣ 로다

밤   제7연 : 발근 달 도다온다

새벽 제10연 : 효월曉月을 보쟈 하니

겨울 노래(동사)

낮   제1연 : 구룸 거둔 후의 햏빋치 두텁거다

저녁 제6연 : 압길히 어두우니 모셜暮雪이 자자덛다

---

30 30 김신중, 「『어부사시사』의 공간과 시간」, 『국어국문학연구』 vol.19, 원광대 국어국문학과, 1997, 502쪽.

또한, 「어부사시사」는 각 계절별로 백색, 청색, 홍색의 세 가지 색깔별로 시어를 선택해 배열한 치밀한 구조를 보인다. 예를 들면, '紅樹淸江홍슈청강이 슬믜디도 아니ᄒᆞᆫ다'(추사6), '흰이슬 빈견ᄂᆞᆫᄃᆡ 불근ᄃᆞᆯ 도다 온다'(추사7) 등, 맑은 가을에 붉은색으로 물든 나무와 푸른 강물, 흰 이슬과 밝은 달 등 선명한 색감 대비가 돋보이는 장면으로 계절별 시상의 이미지 전달에 뛰어난 효과를 거두고 있다.

「겨울 노래冬詞」는 여기에 흑색을 더했는데 겨울이 갖는 을씨년스럽고 어두운 이미지를 표현하였다. 윤선도는 이러한 색깔별 배치와 각 계절어로 사계의 모습을 산수화 그리듯이 그려냈는데 변화무쌍한 자연 사계의 변화를 언어를 통해 시각적으로 그리는데도 성공하였다. 사계절별로 계절감을 나타내는 시어詩語는 다음과 같다.[31]

봄 노래 : 버들 숲, 뻐꾸기, 자규, 동풍, 정화

여름 노래 : 부들부채, 모기, 년 닙, 구즌 비

가을 노래 : 금슈, 로화, 녑 바람, 흰 이슬, 발근 달, 청광, 효월

겨울 노래 : 눈, 만경유리, 천텹옥산, 설월, 가는 눈

속세를 초탈하여 강호에서 고기잡이를 하며 유유자적 풍류를 즐기는 어옹漁翁의 일상이 사계의 계절감을 표현하는 시어들로 점철되어 있다. 사계절별 노래 중에서 각 계절의 정취가 두드러진 시조를 골라 읽어보기로 한다.

---

31 박경희, 「고산의 어부사시사연구」, 건국대 석사논문, 1994.2, 49쪽 참조.

앞개예 안개 것고 묏뫼희 히 비쵠다

빈떠라 빈떠라

밤믈은 거의 디고 낟믈이 미러온다

至菊悤(지국총) 至菊悤 於思臥(어사와)

江村(강촌) 온갖 고지 먼 빗치 더옥 됴타[32]

— 「봄 노래」 제1연(春詞1)

　'앞내에 안개가 걷히고 뒷산에 해가 비치는' 따사로운 봄날 아침에 하루 일과를 시작하려고 어부의 배가 떠나는 서곡序曲이다. 봄날 아침의 강 안개는 봄의 서정을 도드라지게 하는 배경으로서는 최상이다. 일본의 와카 등에서도 곧잘 '봄 안개春霞'를 계절어로 표현한다.

　거기에 후렴구 '배 띄워라 배 띄워라'라는 리듬으로 흥겨움을 살리면서, 다시 의성어 '至菊悤(지국총) 至菊悤 於思臥(어사와)'라는 노 젓는 소리로 음악성을 가미하며 시각적 효과와 청각에 호소하는 노래의 묘미를 극대화한다. 그러면서 종장은 '강촌의 온갖 꽃의 먼빛이 더욱 좋다'는 탄성으로 마무리한다.

　저만치 안개 사이로 강변과 야산에 햇빛을 받아 아롱대는 갖가지 꽃이 피어난 봄날에 이렇게 아름다운 강호 자연을 벗 삼아 이제 고기잡이를 떠나는 어부의 아침의 여유로운 정경을 묘사하는 봄노래 첫수로서 제격이다.

32　본문 출전은 윤선도의 『고산유고孤山遺稿』(1678년경 초간). 김흥규 외편, 앞의 책 참조. 「어부사시사」 인용, 이하 모두 같음.

최진원은 이 노래를, '超然(초연)된 거리를 둠으로써 꽃이라는 대상의 전체성을 본다. 고산의 작품은 동양화의 여백 같은 詩境(시경)을 느끼게 한다. 부분을 통해 전체를 보는 경지, 즉 전체를 보기 위해 부분에서 벗어난 경지가 餘白(여백)이다. 이 여백이 곧 超然인 것이다'라고 평하고 있다.[33]

우는 거시 벅구기가 프른 거시 버들숩가[34]
이어라 이어라
漁村(어촌) 두어 집이 닛 속의 나락들락
지국총 지국총 어사와
말가한 기픈 소희 온간 고기 뛰노ᄂ다

—「봄 노래」 제4연

위 「봄 노래」 제4연(춘사4)은 초장에서 우는 뻐꾸기와 푸른 버들 숲을 통해 청각과 시각적 봄의 정취를 나타낸다. 뻐꾸기가 울기 시작하는 늦봄 버드나무엔 열매가 달리기 시작한다. 푸른 잎이 무성한 버들 숲의 시각적 이미지에 뻐꾸기 울음소리라는 청각적 이미지가 합쳐져 봄의 분위기를 잘 끌어내고 있다.

---

33 최진원, 「江湖歌道의 硏究」, 『성대논문집』 제8집, 1963, 5쪽.
34 이 구절을 인용하면서 '고시조를 개작'한 개화기 시조 「죠션혼아」(작자미상, 『대한매일신보』, 1910.4.27)에 대해, '시조의 변모'의 한 예로서 보는 조동일은, 「죠션혼아」는 윤선도의 「어부사시사」의 한 대목을 가져와서 아름다운 조국산천에 근심이 서렸다는 것을 말했'다고 설명한다.
"우는 거슨 벅국이냐 푸른 거슨 버들숩가 / 목면산 져믄 날에 한량 업슨 회포로다 / 언제나 이내 ᄆ음 쾌할홀꼬 죠션혼아"(조동일, 『제2판 한국문학통사』 4, 지식산업사, 1991, 278~280쪽)

먼저 뻐꾸기 울음소리에 촉발 되어 버드나무 우거진 데가 보이고,[35]
다시 가만히 보니 안개에 싸인 '어촌 두어 집이 먼빛에 보일 듯 말 듯 한
그곳으로 노를 저어 가니, 맑고 깊은 웅덩이 속에 온갖 물고기들이 뛰어
논다'는 중장과 종장에 봄노래의 시상이 점점 초점을 향해 좁혀져 간다.
어스름한 봄안개를 헤치고 가서 그 안에 온갖 물고기들이 뛰어노는 모
습을 목격하는 점진적 장면을 통해 약동하는 봄날의 감동을 표현한다.

> 고운 볕티 쬐얀ᄂᆞᆫᄃᆡ 믉결이 기름 ᄀᆞᆺ다
>
> 이어라 이어라
>
> 그믈을 주어 두랴 낙시ᄅᆞᆯ 노흘 일가
>
> 지국총 지국총 어사와
>
> 濯瓔歌(탁영가)의 興(흥)이 나니 고기도 니즐로다
>
> —「봄 노래」 제5연

'고운 볕과 기름 같은 물결'의 봄의 정취에 취해, 중국 굴원屈原의 「어
부사漁父辭」에 나오는 '갓 끈을 씻는다는 노래濯瓔歌'[36]의 흥興이 나서 고
기 잡는 것도 잊으리로다'라며, 몰아의 세계로 들어간 시인의 심상을 표
현한다. 봄의 정취에 도취되어 옛 노래를 떠올리며 시인은 한발 더 봄날

---

35 한국 한시漢詩의 소재로서 제일 빈도수가 많은 초목은 우리 생활공간 가까이 있고 친근
   한 버드나무라고 한다. 버드나무는 봄날의 서정을 촉진시키고 이별과 재회의 염원을 비
   유하고 있기 때문이며, 봄날의 서정이나 이별을 주제로 한 작품이 가장 많다는 점과 통한
   다(최신형, 「대동강변의 사랑—〈송인送人〉〈서경별곡〉에서 〈강이 풀리면〉까지」, 블로그
   '꽃구름', 2016.2.14, 한국네티즌본부 참조).
36 屈原, 장기근·하정옥 역, 「漁父(詞) 제3단(5-6)」, 『新譯 屈原』(중국고전한시인선 5),
   명문당, 2015, 289~292쪽.

의 정경 속으로 들어가 고기 낚는 일 조차 잊어버린다. 봄날의 자연과 시인이 하나로 동화된 순간을 읊는다.

이와 같이 자연미를 발견하고 강호가도를 노래하는 자연애호문학은 비단 고산에게만 국한된 것이 아니라 조선시대 문학의 큰 흐름이었는데,[37] 고산은 벼슬한 기간보다는 유배와 은둔생활의 기간이 길어 자연과 밀접한 관련을 맺게 되었고, 그의 자연관은 현실 도피적 귀거래歸去來의 성격이 있으며, 자연을 단순한 감상의 대상이 아닌 현실적 인간고뇌를 구제해 주는 안식처로 인식했다. 고산은 무위無爲의 세계 속에서 자연과 인간을 일체화하면서 이를 시적 차원으로 승화시켰으며, 이러한 무위자연의 세계가 바로 대표작 「어부사시사」라고 하겠다.

고산은 시작의 창의성과 리듬, 율격을 중시하여 문학과 음악을 조화시킨 시작 태도로, 정감의 표출로서의 문학을 긍정한 점도 특기할 만하다.[38]

「어부사시사」의 문체상의 특징으로 표현 기법상 대구법(예 : '압개예 안개 것고 / 뒫뫼희 히 비췬다' – 춘사1)을 사용하고, 의문형(예 : 無心무심흔 白鷗백구는 내 좃는가 제 좃는가 – 하사2)과 색채의 이미지를 잘 활용한다. 한적한 생활을 나타내는 '무심한'과 '백구'가 결합되어 자연 친화적인 어부의 삶의 세계를 보여준다.

「여름 노래」(夏詞 10首)에서도 강호 속에서 여유와 풍류를 즐기는 어옹의 흥겨움과 한가로움을 표현한다.

---

37 최진원, 앞의 글, 5쪽.
38 허범자, 「孤山 時調文學의 生成背景硏究」, 『국어교육연구』 제43집, 서울대 사범대 국어교육연구회, 1991.2, 61쪽.

구즌비 머저 가고 시냇믈이 묽아 온다

배떠라 배떠라

낫대를 두러메니 기픈 興(흥)을 禁(금) 못홀 돠

지국총 지국총 어사와

沿江疊嶂(연강첩쟝)은 뉘라셔 그려낸고

　　(여름 장마 궂은비가 멎고 시냇물이 맑아져

　　낚싯대를 둘러매니 깊은 흥을 금치 못하는데

　　강변과 첩첩 봉우리는 누가 그린 그림인가)

　　　　　　　　　　　　　　　　　—「여름 노래」 제1연(하사1)

　오랜 장맛비가 그치자 맑은 하늘 아래 산수화를 보는듯한 강과 산이
선명하게 보여 흥이 나고 아름답다는 감탄을 노래한 장면이다. 여름의
풍경화 속에 한 획처럼 동화된 어부 시인의 면모가 역력하다. 참고로 '장
맛비'는 일본의 시가문학(하이카이)에서도 여름의 계절어('五月雨; 사미다
레')로서 사용 빈도수가 높은 어휘에 속한다.

　제2연(하사2)의 종장에서 '무심無心한 백구白鷗는 내 좃는가 제 좃는가'
라며, 갈매기가 내 가는 곳마다 쫓아다녀 내가 좇는지 갈매기가 날 따르
는 건지 그저 무심한 물아 일체의 경지를 노래한다. 제3연의 중장과 종
장에서도, 낚시 배를 여름 바람 부는 대로 맡겨두자며 유유자적 무심한
경지를 표현한다.

　녀름 브람 뎡홀소냐 가는 대로 비 시겨라

　北浦南江(북포 남강)이 어듸 아니 됴흘리니

(여름 바람이 일정할 리 없으니 배 가는대로 두어라

북포든 남강이든 어디든 좋지 않겠는가)

그런데, 제4연에서 중국 고사에 빗대어, 오강吳江에서는 '천년노도千年怒濤'(중국 춘추시대 오자서의 원한과 복수)가 슬프고, 초강楚江에서는 '어복충혼漁腹忠混'(충신을 먹은 물고기)을 낚을까 두렵다며, 인생무상의 허무함과 두려움을 나타낸다. 이제 여름 바람이 이끄는 대로 맡길 뿐 세상과 맞서지 않겠노라는 어부 시인의 심상을 표현한다.

한가로움 가운데에서도 한편으로 「여름 노래」 제6연에서 보듯이 흥에 겨워 긴 여름날 하루가 저무는 줄 미처 모르다가, '뱃노래 소리에 배어 있는(欸乃聲中 : 애내성중) 옛사람의 마음(萬古心 : 만고심), 즉 선비로서 할 일(충과 효)에 대한 우수憂愁를 갖고 있음을 드러낸다.

「가을 노래」 제1연(추사1)의 종장에서는 '사시흥四時興이 한가지나 츄강秋江이 은듬이라'라며, 사계절의 흥취가 다 비슷하지만 그 중에서도 가을 강의 흥겨움이 제일이라고 강조한다.

그 이유는 이 제1연의 종장이 다음 제2연(추사2)의 초장과 연결되어 있다는 데서 찾아볼 수 있다.

水國(수국)의 가을이 드니 고기마다 살져 읻다

닫드러라 닫드러라

萬頃澄波(만경징파)의 슬ᄏ지 容與(용여)ᄒᆞ쟈

지국총 지국총 어사와

人間(인간)을 도라보니 머도록 더욱 됴타

사계절 중에 가을 강의 흥취가 제일인 이유는 바로 '강촌에 가을이 드니 고기마다 살이 올라있기' 때문이다. 강호 자연 속에서 살면서 자연의 소산을 접하는 흥겨움이 나타나 있다. 그리고는 종장에서 '인간 세상을 돌아다보니 멀리 있을수록 더 좋다'고 한다. 자연 속에 동화되어 살아가는 어부 시인의 마음 한편에는 실제 인간 세상을 멀리 하고자 하는 심정이 내재하고 있었다는 내면의 토로로 읽힌다. 벼슬길에서 자의반 타의반으로 낙향하여 은둔하는 고산의 여유로움과 외로움이 중첩된 표현이다.

여기서 고산은 자연과 속세를 2원적 대립적인 속성으로 보는 것인가. 고정희는, 세속을 벗어나려는 내면의 갈망을 엄격한 도덕성으로 억제시키려는 윤선도의 관념은 우수적 색채를 띠면서 존재와 당위의 상징적 결합이 더 이상 불가능하다는 비극적 정서를 낳고 있다고 말한다. 「어부사시사」에서 자연과 세상은 대립하고 충돌하며, 시를 통해 정적과 세속을 비판하고, 자신은 탈속의 삶을 긍정하려는 의도라고 본다.[39]

하지만, 자연 속에서 속세의 '홍진'을 떨치고자 한 은둔자들은 한편으로 옛 시절에 대한 회한과 그리움의 반대급부로서 기억 속의 인간 세상을 부정적 세속으로 간주하고 멀리 할수록 좋다고 치부하는 편이 현재의 풍류에 심리적 지장을 받지 않게 될 터이다. 그러므로 고산은 탈속의 경지로 더욱 침잠하여 자연이 주는 무상의 수확에 기쁨을 만끽함으로써 '세상'에 대한 '은자'로서의 보상을 누리고 있다고 하겠다.

---

39 고정희, 「알레고리 시학으로 본 「어부사시사」」, 『한국 고전시가의 서정시 탐구』, 월인, 2009, 71쪽.

「가을 노래」 제4연에서도, 낚시질하는 흥취에 **빠져** 기러기 뜬 저 멀리 못 보던 산에 석양이 비치자 천산이 붉게 물든 단풍으로 수놓은 비단 같다고 탄성을 지른다.

기러기 떳는 밧긔 못 보던 뫼 뵈ᄂᆞ고야

이어라 이어라

낙시질도 ᄒᆞ려니와 取(취)ᄒᆞᆫ 거시 이 興(흥)이라

지국총 지국총 어사와

夕陽(석양)이 ᄇᆞ이니 天山(천산)이 金繡(금수) ㅣ 로다

―「가을 노래」 제4연

「가을 노래」 제5연에서는 낚싯배 위의 한가로움을 노래하면서, '銀脣玉尺(은순옥척; 은빛 나는 살진 물고기)을 蘆花(노화; 갈대)에 불 지펴 익히고 질병(질그릇 술병) 기울여 박구기(박잔)에 한잔하는' 소박한 가을의 풍류를 표현하고 있다.

이밖에 '녑 바람, 홍수紅樹 청강淸江'(제6연), '흰 이슬, 밝은 달'(제7연), '서리'(제9연), '공산낙엽空山落葉'(제10연) 등의 계절어를 잇달아 배치하여 가을의 서정을 증폭시킨다.

다음 「겨울 노래」 제4연에서 천지의 설경을 환상적으로 묘사한다.

간밤의 눈 갠 後(후)에 景物(경물)이 달랃고야

이어라 이어라

압희ᄂᆞᆫ 萬頃琉璃(만경유리) 뒤희ᄂᆞᆫ 千疊玉山(천첩옥산)

지국총 지국총 어사와

仙界(선계)ㄴ가 佛界(불계)ㄴ가 人間(인간)이 아니로다

—「겨울 노래」 제4연

지난밤의 눈이 개어 싹 달라진 아침 경치를 보고 "앞에는 유리처럼 맑고 깨끗한 넓은 바다 / 위에는 수없이 겹쳐진 눈 덮인 산 / 선경인가 정토인가 인간세계가 아니로다"라고 설경에 감탄한다.

자연을 이렇게 환상적으로 묘사하는 것은 인간 속세의 반대편으로서 자연계에 몰입함으로써, 현실 세상에서 동떨어져 있는 공허한 심리를 보상받으려 한 데서 나왔다고 할 수 있다. 즉, '이 작품에서의 자연은 자기 위안의 대상으로 인식'[40]하였으며, 신선경의 이상세계로서 동경의 대상으로까지 고양되고 있는 것이다.

자라 가는 **가마괴** 멷 낱치 디나거니

돋디여라 돋디여라

압길히 어두우니 **暮雪(모설)**이 자자뎓다

지국총 지국총 어사와

鵝鴨池(아압지)를 뉘 텨서 草木斬(초목참)을 싣돋던고

—「겨울 노래」 제6연

자러 가는 까마귀 몇 마리 지나갔느냐 / 앞길이 어두우니 저녁 눈暮雪

---

40 원용문, 「尹善道文學硏究」, 고려대 박사논문, 1988, 117쪽.

이 잦아졌다 / 아압지를 누가 쳐서 부끄러움을 씻을 것인가 / 라고, 검은 까마귀와 앞길의 어두움, 저녁 눈으로 불길함과 불안을 표상하고 있다.

선비들에게 까마귀는 백로와 곧잘 대비되는 소재로서 속세 간신의 대명사로 쓰인다. 고사를 활용하면서 낙향 은둔하는 자신의 현재 처지와 앞날의 불투명함으로 결백을 밝힐 기회가 있을 것인가 자문하는 듯한 내용이다.

그런데, 까마귀와 눈은 시와 그림에 종종 등장하는 소재이기도 하다. 일본의 경우 근세 시인 마쓰오 바쇼松尾芭蕉의 하이카이俳諧와 화가이자 하이카이 시인인 요사 부손与謝蕪村의 그림 등에서도 까마귀와 눈을 다루었다.[41] 바쇼는 평소에 까마귀를 싫어했다고 하는데, 아래 각주에 인용한 이 하이카이에서는, 눈이 하얗게 내린 아침에 까만 까마귀를 보고 풍취가 느껴져 그리 밉지만은 않다는 그 순간의 감회를 읊고 있다. 눈과 까마귀의 정경묘사로 심상을 투영하고는 있지만, 바쇼의 시나 부손의 그림에서는 시조와 같은 이데올로기적 해석을 할 여지가 없다는 점이다.

또한, 「겨울 노래」 제8연은, '믉가의 외로운 솔 혼자 어이 싁싁한고 / 머흔 구룸 한恨티 마라 셰샹世上을 가리온다'라고, 겨울 냇가에 홀로 청청한 소나무를 기리며, 세상을 가리는 먼 구름을 한탄하지 마라는 경구로서 충의와 절개를 상징적으로 표현한다.

「겨울 노래」 제10연에서는 '가는 눈 쁘린 길' 훙치며 걸어가서 '雪月(설월)이 西峰(서봉)의 넘도록 松窓(송창)을 비겨 잇쟈' 하며 눈과 달로 노

---

41 바쇼의 하이카이 「평소엔 미운 / 까마귀도 눈 내린 / 아침이로고日ごろにくき烏も雪の朝哉」 와 요사 부손(1716~1784)의 그림 〈연아도寒鴉図〉 등 참조.

래를 맺는다.

이상과 같이 고산 윤선도의 연시조 「어부사시사」는 배를 타고 고기잡
이하는 어부의 하루하루 일상과 사계절별 풍류를 전체적 시각으로 하나
의 논리적 체계 안에 종합한 온전한 작품이다. 생활인(어부)의 하루 사시
四時의 일상과 춘하추동 일 년 사계四季를 융합한 시가문학으로서 한국
문학사에서 특출한 작품 중 하나라고 하겠다.

그밖에, 조선시대의 물고기 잡으며 안빈낙도하는 선비의 삶을 읊은
시조 2수를 보자.

秋江에 밤이 드니 물결이 추노미라
낚시 드리치니 고기 아니 무노미라
무심흔 둘빗만 싯고 뷘 빅 저어 오노라

— 월산대군月山大君(『악부』, 나손본)

江湖(강호)에 비갠 後(후)ㅣ니 水天(수천)이 흔 빗친 제
小艇(소정)에 술을 싯고 낙대 메고 날여간이
蘆花(노화)에 누니는 白鷗(백구)는 날을 보고 반긴다

— 김우규金友奎(『청구가요』)

갈대꽃 핀 강호 자연에서 갈매기 보고 배 낚시하며 달과 술을 벗 삼아
유유자적하는 조선시대 사대부의 한가로운 모습과 풍류를 보게 된다.

이현자는 '사시가四時歌'에 대하여 다음과 같이 정리한다. '사시가'는
4계절과 하루의 시간 변화를 영원성과 순환성으로 나타내 주고 있다. 신

계영辛啓榮의 작품을 보면 일 년 사시와 하루 사시四時가 혼동되어 나타나며 이휘일李徽逸의 작품은 일 년 사시와 하루 사시가 서로 분리된 형식으로 구성되어 있다. 이이李珥의 「고산구곡가高山九曲歌」는 두 단위의 사시가 번갈아 등장하는 중간적 형태를 취한다. 이와 같이 자연에 대한 묘사와 시각 역시 시대적 배경, 작가의 경험과 인생에 따라 상이한 양상을 보여준다. 이휘일의 강호자연관은 갈고 가꾸고, 거두며 정리하는 농민들과의 전원 사시생활의 애민동락의 실천을 통해 바람직한 사회를 열어나가고자 하던 모습에서 찾아볼 수 있다. 이는 사시에 따른 자연변화의 피상적 묘사보다는 계절의 변화, 즉 시간의 변화에 따른 농사 행위에 대한 서술과 촉구에 그 근거가 있다. 이에 비해 신계영의 강호자연관은 생산의 근거지로서 전원을 보는 것이 아니라, 소비와 생활의 근거지라는 성격이 강하게 드러난다.

이렇듯이 '사시가'계 연시조는 다른 시가 형식보다도 개인의 경험과 인생관에 따라 그 내용과 형식에 많은 차이를 보이며 당시의 생활 풍속도를 보는듯한 생생한 현장감이 있다. 요컨대, '사시가'계 작품의 강호자연 인식이 관념에서 현실로 전환되었음을 확인할 수 있다. 사계의 순환에 따라 촉발되는 시인의 감정을 노래한 '사시가'계 연시조는 타 종류에 비해 시기별로 가장 빨리 등장해 연시조의 전형이 된다. 특히, '사시가' 계열에 속하는 작품들은 '연시조'라는 장르의 특성에 가장 충실하다.

'사시가'에서는 자연을 성리학적 이상을 실현시키는 매체로 인식하였음은 물론 조선 초기 작품들의 경향은 생활의 현실과는 달리 작가의 주관적인 눈에 비친 강호 자연을 그렸다는 특징이 있고 이때의 자연은 현실과 대립되는 개념이 아닌 만족스런 현실의 연장선상에 존재하는 것이었다. 그러나 후기의 '사시가' 작품으로 위백규魏伯珪의 「풍가豊歌」와 같은 것이 만들어져 내적 변화가 있었다는 것이 '사시가'계 작품 변이의 가장 중요한 면이다. 「풍가」는 구성면에 있어 이전 시대의 연시조의 특성을 보인다. 이는 위백규의 대표적 의식의 산물이라고 할 수 있다. 즉, 「풍가」는 아침에서 저녁, 여름에서 가을까지 시적 주인공인 농부의 이상적인 삶을 형상화한 작품으로 당시의 시대적 자화상을 잘 나타낸다. 한편 후기 작품들은 농사 현장을 다룬 것 이외에는 자연을 사랑하고 의도적으로 즐기려는 작품은 발견되지 않는다. 이는 대체적으로 자연에 대한 인식이 현실과 구별되는 관념적 세계가 아닌, 현실 속의 삶의 터전이라는 쪽으로 그 주제에 큰 변화가 있었음을 말해주는 것이라 볼 수 있다.

조선조 시가문학에 나타난 강호가도는 주로 당쟁에서 벗어나 강호에 귀거래 한 양반들의 가어옹假漁翁(어부인 양 지내는 사람)에 의하여 이룩된 문학으로 당시 귀거래는 조선 양반사회에 있어서 하나의 풍조였으며, 동양적 은둔사상과 관계가 깊고 당쟁이 심하던 조선의 정치여건이 그 배경이 된다. 정치현실에서 물러나 고향으로 돌아온 양반들이 이룩한 강호가도의 전형적인 형태인 '어부가漁父歌'는 오랜 세월에 걸쳐 전승되었다.[42]

이러한 조선시대 '사시가'계 '어부가'의 대표작인 고산 윤선도의 「어부사시사漁父四時詞」는 일상과 사계四季를 전체적 시각으로 조망하고 하나의 온전한 체계 안에 융합하여 노래한 걸작이다.

---

42 이현자, 「조선조 연시조의 유형별 변이양상 연구」, 경희대 박사논문, 2002, 170~178쪽.

「농가월령가農家月令歌」의 권농의 의의

「농가월령가」(1833년경)는 다산 정약용丁若鏞의 둘째 아들인 정학유丁學游(1786~1855)가 경기도 남양주시 조안면 능내리(다산 생가 유적지)에서 지은 월령체 한글 장편가사다. 내용은 농촌에서 행해진 월별 행사와 세시풍속을 제시하고 농사에 힘쓸 것을 권유하는 권농의 의의가 크다.[43] 그 가운데 사계절 절기의 변화에 따른 계절감과 월별로 농촌 자연의 정경을 눈에 보일 듯 사실적으로 묘사하고 있다.

「농가월령가」는 총 518행(4음보 1행), 1,000여 구(10월령은 146구로 최다)로 이루어졌으며, 서사序詞 본사本詞 결사結詞의 3단 완결구조로 되어 있다. '서사'(1장, 17행)는 일월성신의 원리에 따른 춘하추동과 24절기, 역법의 우수성을 언급하고, '본사'(12장, 477행)는 각 월령별 시간 순서(1월~12월령)에 따라 계절감을 드러내는 풍경의 변화와 월별 농사 풍속을 세세하게 노래하며, '결사'(1장, 24행)는 농업의 가치와 농사의 권면을 강조한다.

'본사' 부분은 다시 춘하추동의 네 부분으로 크게 나뉘어, '서사', '결사'와 함께 모두 6개의 의미 완결 단락을 가진 가사양식의 규범적 짜임새다. 여기에 매 계절을 각각 그 처음과 중간, 끝의 세 시기를 규칙적으로 구분하여 12부분으로 배열한 후, 결사로 마무리함으로써 본사 부분의 장형화에도 불구하고 균형감 있는 완결된 구조를 보여준다.[44]

---

43 이상원, 「고전시가의 문화론적 접근」, 『어문론총』 제60호, 한국문학언어학회, 2014.6, 178쪽.

44 김은희, 「「農家月令歌」의 짜임새와 그 意味」, 『語文研究』 第144號, 한국어문교육연구회, 2009.12, 216쪽.

春夏秋冬(춘하츄동) 往來(왕뢰)ᄒ야

自然(자년)이 成歲(셩셰)ᄒ니 /

堯舜(요슌) 갓치 착ᄒ 님군

曆法(역법)을 創開(창개)ᄒ샤 /

天時(텬시)을 밝혀ᄂᆡ여

萬民(만민)을 맛기시니 /

夏禹氏(하우씨) 五百年(오빅년)은

(…중략…)

寒署(한셔)溫凉(온량) 氣候(긔후)次例(ᄎ례)

四時(ᄉ시)에 맛가즈니 /

孔夫子(공부ᄌ)에 取(ᄎ)ᄒ시미

夏令(하령)을 行(행)ᄒ도다. /[45]

— 서사

이와 같이 '서사'는 일월성신의 원리에 따른 춘하추동과 24절기의 생
성을 설명하면서, 지금 쓰고 있는 역법이 하夏나라 역법과 같은 것으로
한서온량寒署溫凉 기후차례氣候次例가 사시四時에 맞는다며 역법의 우수성
을 강조한다.

「농가월령가」의 '본사'는 어려운 농촌 현실보다는 농촌 풍경의 아름
다움이나 농사짓는 즐거움이 주를 이루고, 변화해가는 계절 절기 속에

---

45 박성의 주해, 『月巖全集(6)－農家月令歌・漢陽歌』, 예그린출판사, 1978, 3~5쪽; 조성자
외, 『역주본 농가월령가・옥루연가』, 다운샘, 2000, 11~13쪽 참조. 각 월령의 일부분
을 인용하였다. 이하 같음.

구체적 체험들을 농사와 관련지어 사실적으로 서술한다.

봄은 시작과 소생의 생동감으로 전개되고, 여름은 분주함과 활기찬 기운과 급박한 율동감으로 형상화되었으며, 가을은 수확과 결실로 인한 충족감과 분주함 끝에 오는 쓸쓸함이 공존한다. 겨울은 한 해를 마무리하고 다음 해를 준비하는 계절로 농민이자 백성으로서 지켜야 할 명분과 도리를 당부한다.

월별로 각각의 절기를 소개한 후 규칙적으로 서술되는 계절감 부분에서는 대개 7행정도씩 자연의 정경과 계절의 변화를 구체적 사실적으로 표현한다.[46]

二月(이월)은 仲春(중춘)이라 경칩춘분 졀긔로다

쵸뉵일 졈상이눈 풍흉을 안다ㅎ되

슴으날 음쳥으로 대강은 짐죽누니

반갑다 봄바름이 의구이 문을녀니

말낫던 풀샐희눈 속납히 밍동흔다

개고리 우눈곳의 논물이 흘어도다

뫼비들기 쇼리누니 버들빗 새로왜라

— 2월령二月令

三月(삼월)은 暮春(모츈)이라 淸明(쳥명) 穀雨(곡우) 節氣(졀긔)로다

春日(츈일)이 재양(載陽)ㅎ햐 萬物(만물)이 和暢(화창)ㅎ니

46 김은희, 앞의 글, 223~224쪽.

百花(백화)는 爛漫(난만)ᄒ고 새쇼리 各色(각색)이라

堂前(당젼)의 쌍계비는 옛집을 ᄎᄌ오고

花間(화간)의 벌나뷔는 紛紛(분분)이 날고ᄀ니

微物(미물)도 得時(득시)ᄒ야 自樂(ᄌ락)함이 ᄉ랑홉다

寒食(한식)날 省墓(샹묘)ᄒ니 白楊(백양)나무 새닙는다

—3월령三月令

四月(ᄉ월)이라 孟夏(밍하)되니

立夏(닙하)小滿(쇼만) 節氣(졀긔)로다[47]

비온끗히 볏치ᄂ니 일긔도 쳥화ᄒ다

덥갈닙 퍼질때에 법궁시 자로울고

보리이삭 픠여나니 쇠고리 쇼리ᄒ다

농ᄉ도 흔창이오 잠농도 방쟝이라

남녀노쇼 골몰ᄒ야 집의잇실 틈이업셔

젹막흔 대ᄉ닙을 녹음의 다닷도다

—4월령四月令

五月(오월)이라 仲夏(즁하)되니

芒種(망죵)夏至(하지) 節氣(졀긔)로다

남풍은 때맛쵸아 믹추을 직쵹ᄒ니

보리밧 누른빗치 밤ᄉ이 나거고나

---

47 인용하는 원문의 한자는 일부만 한글 병기하고, 이후는 한글로 표기한다.

문압희 터을닥고 타믹쟝 ᄒ오리라

드ᄂᆞᆫ낫 빅여다가 단단이 헤쳐노코

도리ᄭᅵ 마죠셔셔 줏내여 두다리니

불고ᄠᆞᆫ듯 ᄒᆞ던 집안 졸연이 홍셩ᄒᆞ다

—5월령五月令

계절감을 드러내는 시각적 청각적 이미지를 주로 하면서 선명한 색감과 계절에 따라 변화하는 자연 풍경을 사실적 구체적으로 보여준다. '2월령'의 풀뿌리 속잎이 막 싹트는 모습, 개구리와 꾀비둘기 소리, 버들의 빛깔, '4월령'의 비 온 끝에 볕이 비추어 청화한 날씨, 법궁새(뻐꾸기) 꾀꼬리 소리와 녹음, '5월령'의 누런 보리밭, 도리깨 두드리는 소리 등이 그 예다.

그래서 '새로왜라' '청화ᄒᆞ다' '다닷도다' '홍셩ᄒᆞ다'와 같은 감탄 어조와 '반갑다' '亽랑홉다' 같은 정서 표현이 함께한다. 특히 '5월령'은 매우 사실적이고 구체적으로 보리타작하는 정경을 묘사하여, 마치 다산 정약용의 「타맥행打麥行」을 우리말로 읽는 듯한 생동감이 느껴지며 한 폭의 풍속화를 보는 듯 생생하다.[48]

이와 관련하여 「농가월령가」가 일반 농서와 다른 이유는 월령체라고 해도 단지 일목요연한 정보의 나열에 그치지 않고, 농서의 지침대로 일이 진행될 경우 누릴 수 있는 감성과 여유, 즐거움이 동반되는 내용 구성이다. 여유로운 유희와 휴식의 순간이 다양하게 배치됨으로써 더욱 흥취

---

48 위의 글, 224쪽.

를 불러일으킨다.[49] 5월에 보리타작이나 장맛비의 대비와 잠농을 하는 분주함 가운데서도 단오날 준비를 한다.

오월오일 단오늘의 물식이 싱신ᄒ다 (…중략…)
향촌의 아녀들아 추천은 말녀이와
청홍상 창포비녀 가졀을 허송마라 (…중략…)
아긔어멈 방아찌어 들바지 점심ᄒ소
보리밥과 츤국에 고초쟝 샹쳑쌈을
식구을 혜아리되 넉넉히 능을두쇼 (…중략…)
메ᄂ리 화답ᄒ니 격양가 아니런가 (…중략…)

위의 예는 할 일 많은 5월의 농가에서 휴식을 즐기는 모습을 보여준다. 단오의 물색이 생생한 가운데 아녀자들에게 붉고 푸른 치마저고리에 창포물에 머리 감고 아름다운 시절을 허송하지 말라고 하는 한편, 마지막에는 들에서 일할 때 식구수를 헤아려 점심을 넉넉히 준비하라 할새, 농가農歌 메나리로 화답하니 태평시에 부르는 격양가가 아니냐며 마무리 한다. 절기에 따라 분주하게 힘든 농사일을 독려하는 한편으로는 이처럼 농가農家의 세시풍속이나 풍류 요소를 삽입하여 여유를 갖게 하는 현명함이 보인다.

이런 면모는 '8월령'에서도 확인할 수 있다.[50]

---

49 권정은, 「조선시대 농서農書의 전통과 「농가월령가」의 구성 전략」, 『새국어교육』 97, 한국어교육학회, 2013, 467~468쪽.
50 위의 글, 469쪽.

빅셜ᄀ혼 면화송이 산호갓ᄒ 고쵸다리

쳠아의 너러시니 가을볏 명낭ᄒ다 (…중략…)

면화ᄯᄂ 다락기의 수수이삭 콩가지오 (…중략…)

아람모아 말니여라 쳘대야 ᄡ게ᄒ쇼 (…중략…)

명지틀 ᄉᆞᆫ허내여 추양의 마젼ᄒ고 (…중략…)

부모님 연만ᄒ니 슈의를 유의ᄒ고 (…중략…)

집우회 굿은박은 요긴ᄒᆫ 긔명이라

딥ᄉ리 뷔ᄅᆞᆯᄆᆡ아 마당질의 ᄡᅩ오리라

참ᄉᆡ들ᄉᆡ 거둔후의 즁오려 타작ᄒ고 (…중략…)

북어쾌 젓죠긔를 추셕명일 쇠아보셰 (…중략…)

며ᄂ리 말ᄆᆡ바다 본집의 근친갈졔 (…중략…)

쵸록쟝옷 반물치마 쟝쇽ᄒ고 다시보니

여름지에 지친얼골 쇼복이 되얏ᄂᆞ냐

즁추야 붉은달에 지긔펴고 놀고오쇼

―8월령八月令

바쁜 수확의 계절 가을이라 역시 여러 가지 일거리가 열거되어 있다. 고추말리기와 면화 따기, 밤 따서 말리기, 명주 표백하기, 수의 짓기, 싸리 빗자루 마련하기에 이어 참깨와 들깨의 수확까지 절기상 놓치지 말아야 할 모든 농사일들을 제시한다.

이어서 자연스럽게 추석 명절이 다가와 며느리가 말미 받아서 친정 나들이를 가게 된다는 내용을 빠뜨리지 않는다. 절기에 때맞추어, '여름에 지친 얼굴 중추야 밝은 달에 지기 펴고 놀고 오라'는 친절을 베푼다.

한편, 「농가월령가」에 대응하는 〈농가월령도〉나 〈세시풍속도〉가 19세기 중반 이후에 그려졌다. 그 중에 대표적인 것으로 박주연朴周演(1813~1872)에 의해 주문 제작된 송암松庵의 〈농가월령12곡병〉의 내용은 다음과 같다.[51]

　　　　제1폭(1월) : 나룻배 타고 노를 저어 물 건너기, 소를 몰고

　　　　　　　　　　보습을 지고 밭으로 향하기

　　　　제2폭(2월) : 밭 고르고 쟁기질하기, 텃밭 다듬고 향초 심기

　　　　제3폭(3월) : 뽕잎 따기, 가래질하기, 제방 손보기

　　　　제4폭(4월) : 논일하기, 풀 실어 나르기

　　　　제5폭(5월) : 써레질하기, 모심기, 새참 나르기

　　　　제6폭(6월) : 보리수확에 따른 도리깨질, 김매기(피 뽑기),

　　　　　　　　　　농주 마시며 쉬기

　　　　제7폭(7월) : 산길을 걸어가는 두 사내와 풀을 뜯는 소 두 마리, 베 짜기

　　　　제8폭(8월) : 참새 쫓기, 물놀이와 고기잡이, 집안일하기

　　　　제9폭(9월) : 쟁기질하고 씨 부리기, 고무래질하기, 길쌈하기,

　　　　　　　　　　빨래하기

　　　　제10폭(10월) : 타작하기, 부뚜질하기, 장포場圃 만들기

　　　　제11폭(11월) : 지붕 일 짚단 엮기, 땔감 장만하기

　　　　제12폭(12월) : 물레 잣기, 물 길어 나르기, 글 읽기

51　이상원, 앞의 글, 195쪽.

이러한 〈농가월령도〉는 「농가월령가」를 병풍 그림 등으로 그려, 각 월별 절기별 농사일과 사계절의 풍물을 시각적으로 보여줌으로써, 일상 속에서 1년 12개월 자연 사계의 순환과 생활의 일체화를 추구한다.

이렇게 자연 계절을 배경삼아 농사를 주제로 문학과 인생의 혼연일체 적 표현에 기여한다는 점에서 「농가월령가」의 의의는 크다.

① 자연, 사계, 절기의 질서

「농가월령가」에서 먼저 자연의 섭리를 이야기한 다음에, 각 월령의 도입부에서는 그 달에 해당하는 두 절기 이름을 소개한다. 정월령은 '정 월은 맹춘이라 입춘 우수 절기로다'로, 2월령은 '이월은 중춘이라 경칩 춘분 절기로다'로 각각 시작하여 12월령까지 같은 형식을 취한다. 이러 한 형식의 균일성도 자연의 규칙성을 드러내는 방법의 하나일 것이다. 자연 사계절이 규칙적으로 순환되는 것처럼 각 월령의 도입부도 동일한 형식을 취한 것이라고 할 수 있다. 이렇게 절기의 명칭을 제시한 다음에 는 각 달의 계절적 특징을 간명한 자연묘사로 소개한다.

정월령의 경우는, '山中(산중) 澗壑(간학)에 氷雪(빙설)은 남아스니 평교 광야에 운물이 변ㅎ도다'로, 이 부분은 겨울에서 봄으로 전환하는 첫 시 점의 산골짜기와 벌판의 경관을 묘사한 것이다. 자연 계절 묘사에 해당 하는 부분은 대부분의 월령에서 간략하게 압축적으로 제시되며 자연 묘 사가 빠지는 월령은 없다.[52] 농사는 자연의 질서를 따르는 것이기에 자

---

52 일본의 시가문학에서 『고금와카집』의 각 계절별 노래의 시작을, 봄에는 '입춘立つ'의 노래로, 가을에는 '입추秋來ぬ'의 노래로 계절의 권두가를 배치하는 것과 유사하다. 인생 의 표현인 문학이 거스를 수 없는 자연의 질서와 역법의 시행에 순응한다는 의미가 내포

연 사계절 절기 묘사를 **빼놓을** 수 없었을 것이다.

그 중 자연 계절에 대한 언급이 비교적 많은 월령은 위의 인용에서 보듯이 3월령과 8월령인데, 계절의 변화가 뚜렷하고 경색이 아름답기 때문에 다른 달보다 자연 묘사가 보다 구체적이다. 특히 음력 8월은 가을의 아름다움과 수확의 흥겨움을 함께 전해주기 위해 자연 계절 표현이 아주 자세하다. 12월령까지 계절에 대한 언급이 계속 이어지다가 '결사'에서는 농업의 중요성과 농사를 권면하면서 맺는다.

② 노동과 유희의 공간, 자연

각 월령의 본 내용은 각 시기에 행해야 할 농사일의 세목으로 가득 차 있다. 사소하게 넘기기 쉬운 작은 일 때문에 농사를 그르치는 일이 없도록 세심한 배려를 한 것인데, 이렇게 작은 일까지 철저하게 언급한 데에도 작가의 자연관이 작용했던 것으로 보인다. 즉 자연의 움직임이 한 치의 오차도 없이 질서 있게 돌아가는 것처럼 인간의 일도 거기 맞추어서 빈틈없이 움직여야 합당하다고 생각했을 것이다.

인간이 계속적으로 노동에 종사하기 위해서는 노동의 결과에서 보람을 얻을 수 있어야 하며 노동 다음에 사계절 절기에 따라 즐거운 유희의 시간을 가짐으로써 새로운 활력을 얻는 과정이 필요하다. 「농가월령가」는 이 점에 착안하여 각 월령마다 제시하는 농사일이 어떠한 의의를 지닌 것이며 그것이 어떠한 결과를 나타낼 것인지를 서술한다. 동시에 힘든 농사일 다음에 즐거운 세시풍속을 꼭 삽입하여 농촌에서의 삶이 단순한

되어 있다.

고단함만이 아니라 축제와 유희로 채워질 수 있음을 역설한다. 이것은 '농촌 사회의 풍요로움을 제시하는 기능을 함으로써 청자인 농부들로 하여금 더욱 견고하게 농사일에 밀착시키는 역할을 수행'[53]했던 것이다.

작가는 단조롭게 농사일을 열거하지 않고 노동과 유희를 사계절의 풍광 속에서 반복하여 서술함으로써 농촌의 생동하는 인간상을 그려낸다. 농사가 자연 계절 절기의 질서와 조화에 부합하는 일이듯이 농업에 종사하는 농민도 노동과 유희라는 인간의 중요한 두 측면을 자연스럽게 공유함으로써 자연의 질서에 합치된다는 점을 보여준다. 요컨대 노동의 성실함과 유희의 명랑함을 구비한 이상적 인간형을 자연 사계에 순응하며 사는 농민에게서 찾은 것이다.[54]

그러므로 「농가월령가」는 '농자천하지대본農者天下之大本'이라는 유교적 이념의 문학적 표현이라고 볼 수 있다. 절기에 따라 생활하는 농민들의 농사일을 주제로 하면서, 일상 노동과 연중행사, 휴식의 사이사이에 자연·계절 표현을 도입하여 생동감과 윤기를 더해주고 있는 것이다.

가사 「사미인곡思美人曲」의 충정과 사계

「사미인곡思美人曲」은 송강松江 정철鄭澈(1536~1593)이 1588년에 지은 가사이며 사계절 6연 구성으로 전체 126구(2음보 1구)이다. 음수율은 3·4조가 주조를 이루며, 『송강집松江集』『송강가사松江歌辭』『문청공유

---

53 김상욱, 「「농가월령가」의 교육적 수용을 위한 담론 분석」, 『고전문학 어떻게 가르칠 것인가』, 집문당, 1994, 461쪽.
54 이숭원, 「「농가월령가」에 나타난 자연·인간·사회」, 『국어국문학』 137, 국어국문학회, 2004.9, 132~135쪽.

사文淸公遺詞』 등에 실려 전한다.

송강은 1585년(50세) 당파싸움으로 인해 사헌부와 사간원의 논척을 받고 고향인 창평昌平에 은거하는데, 이때 임금을 사모하는 정을 한 여인이 남편을 생이별하고 연모하는 마음에 가탁하여, 자신의 충절과 연군의 정을 춘하추동春夏秋冬 사계의 순서에 따라 유려한 필치로 고백한 작품이 「사미인곡思美人曲」이다.

구성은 서사緖詞 · 춘원春怨 · 하원夏怨 · 추원秋怨 · 동원冬怨 · 결사結詞 등의 6연으로 짜여져 있다. '서사'에서는 조정에 있다가 창평으로 퇴거한 자신의 위치를 달에 있다는 상상 속의 궁전 광한전廣寒殿에서 하계下界로 내려온 것으로 비유한다. 전체 구성은 계절의 변화를 축으로 하는 사시가四時歌 형태인데, 4계절의 변화에 따라 임 생각의 간절함과 짙은 외로움을 토로한다.

'춘원'(봄의 원망)에서는 봄이 되어 매화가 피자 임금께 보내고 싶으나 임금의 심정 또한 어떤 것인지 의구하는 뜻을 읊고, '하원'에서는 화려한 규방을 묘사하며 이런 것들도 임께서 계시지 않으니 공허하다고 노래하였으며, '추원'에서는 맑고 서늘한 가을철을 묘사하고 그 중에서 청광淸光을 임금께 보내어 당쟁의 세상에 골고루 비치게 하고 싶다고 한다. '동원'에서는 기나긴 겨울밤에 독수공방하면서 꿈에나 임을 보고자 하여도 잠들 수 없는 원망을 표현한다.

'서사緖詞'에서, 먼저 '이몸 삼기실 제 님을 조차 삼기시니 / 혼싱 緣分(연분)이며 하늘 모롤 일이런가'라고 임에 대한 그리움과 시름을 말하면서, 인생은 유한한데 세월은 물 흐르듯 하고 염량炎凉(더위와 서늘함 / 여름과 가을)의 계절은 때맞추어 오고가니 보고 듣는 것에 감회가 아주 많다고 토로한다.

> 짓느니 한숨이요 떨어지느니 눈물이라
> 인생은 유한한데 시름도 끝이 없다
> 무심한 세월은 물 흐르듯 하는구나
> 염량炎涼이 때를 알아 가는 듯 다시 오니
> 듣거니 보거니 느낄 일도 많고 많다

— 서사緖詞

이렇게 '서사'에서 인생의 슬픔과 유한함, 시간의 흐름과 계절의 순환
을 전제하고 나서 임을 향한 '봄의 원망'(춘원)의 노래를 시작한다.

> 東風(동풍)이 건듯 부러 積雪(젹셜)을 헤텨 내니
> 窓(창) 밧긔 심근 梅花(미화) 두세 가지 피여셰라
> ᄀᆞ득 冷淡(닝담)흔듸 暗香(암향)은 므스 일고
> 黃昏(황혼)의 둘이조차 벼마틔 빗최니
> 늣기ᄂᆞᆫ 듯 반기ᄂᆞᆫ 듯 님이신가 아니신가
> 뎌 梅花 것거 내여 님 겨신듸 보내오져
> 님이 너를 보고 엇더타 너기실고[55]

---

55 정재호 · 장정수, 『송강가사』(100대 한글 문화유산 74), 신구문화사, 2006, 140쪽 참조.
권두환 편, 『고전시가』(한국문학총서 1), 해냄, 1997, 236~237쪽.

(봄바람 잠깐 불어 쌓인 눈을 헤쳐내니

창 밖에 심은 매화 두세 가지 피었구나

가뜩 냉담한데 암향暗香은 무슨 일인고

황혼에 달이 좇아 베개 맡에 비추니

느끼는 듯 반기는 듯 임이신가 아니신가

저 매화 꺾어 내어 임 계신 데 보내고자

임이 너를 보고 어떻다 여기실까)

— '춘원春怨', 「사미인곡」(『송강가사』)

　살짝 부는 봄바람이 쌓인 눈을 헤쳐내자 매화꽃이 피어 추위 속에서
도 은은한 향기가 가득하니 매화를 꺾어 임 계신 데 보낼까 한다는 내용
이다. 한 여인의 애틋한 연정에 빗대어 임금에 대한 사모의 마음을 담고
있다. 매화의 암향은 은거하는 선비의 절개와 충정을 상징하는 것으로서
아직 가뜩이나 냉담한 초봄에 눈 속에서 피므로 한층 곧은 충의의 마음
을 전하고자 하는 것이다. 계절로 보면 이른 봄, 설중매雪中梅의 은은한
향기 암향暗香으로 계절감과 내면의 의미를 잘 표현한 노래다.[56]

　이밖에도 「사미인곡」의 각 연에서 계절감을 효과적으로 묘사한다. 예
를 들면, '여름 노래夏怨'의 초장 '꽃 디고 새닙 나니 綠陰(녹음)이 실렷는
딕(꽃 지고 새 잎 나니 녹음이 깔렸는데)'라든지, '가을 노래秋怨'의 초장 '호
밤 서리김의 기러기 우러 녈 제', '겨울 노래冬怨'의 초장 '乾坤(건곤)이 閉

56　이른 봄, 백설白雪 속에 백매화白梅花가 핀 것을 은은한 향기 암향暗香으로 알게 된다는 노
　래다. 일본 고전시가집 『고금와카집』의 '봄노래春歌'에도 유사한 와카가 실려 있다(이 책
　제1장 3절 참조).

塞(폐식)흐야 白雪(빅셜)이 흔빗친 제' 등, 각 연의 시작 부분에 계절감을 전면에 제시하여 노래의 분위기를 끌어내는 역할을 톡톡히 한다.

'결사結詞'에서는 임을 그리워한 나머지 살아서는 임의 곁에 갈 수 없다고 생각하여 차라리 죽어서 벌이나 나비가 되어 꽃나무에 앉았다가 향기를 묻혀 임께 옮기겠노라고 읊는다. 임을 향한 그리움이 죽어서라도 벌 나비 되어 꽃향기 묻혀놓고 임이 몰라보더라도 따라다니겠다는 일편단심, 즉 '님이야 날인 줄 모르셔도 내 님 조츠려 흐노라'라고 끝맺는 데서 그야말로 「사미인곡」의 진수를 음미하게 된다.

「사미인곡」은 작품 전체가 한 여성의 독백형식으로, 여성적인 행위·정조情調·어투·어감 등을 봄·여름·가을·겨울 사계에 맞는 소재를 빌려 작자의 의도를 치밀하게 표현한다. 애절하면서도 속되지 않은 간결한 문체로 한국 시가문학의 가능성을 보여준 탁월한 작품으로서 사용된 시어나 정경의 묘사 또한 특별하다.[57]

이러한 조선시대의 '사계가'의 전통을 이어받아 근대문학 초창기의 선각자로서 최남선은 「태백산의 사시太白山의 四時」(1910.2)에서 개화기의 사계절을 계몽적으로 표현하였다. 근대 가사 형식으로 각 계절별로 대장부의 우뚝 솟는 기상을 부추기는 내용을 담아 '사계의 시'를 지었다는 것은 주목할 만하다.[58]

---

57 『한국민족문화대백과사전』, 한국학중앙연구원 인터넷 온라인 서비스, 2016.4 참조.
58 최남선, 「태백산의 사시太白山의 四時」, 『六堂全集』 제5권, 현암사, 1973, 324~325쪽(이 책 제3장 3절의 '개화기의 계절 표현'항 참조).

3) 시조詩調에 나타난 사계 표현

고려 말에서 조선시대에 걸쳐 성행한 대표적 시조詩調에 나타난 계절 표현을 사계절별로 나누어 음미해보고자 한다.

봄을 노래함

먼저, 『가곡원류歌曲源流』(박효관·안민영 편, 1876)의 봄의 시조를 보기로 한다.

歲月(세월)이 流水(유수)ㅣ로다 어느 듯에 쏘 봄일세

舊圃(구포)에 新菜(신채) 나고 古木(고목)에 名花(명화)ㅣ로다

兒孀(아희)야 새 술 만이 두엇스라 새봄노리하리라[59]

세월이 유수로다 어느 사이에 또 봄일세

묵은 밭에 새 나물 나고 고목에 아름다운 꽃이로다

아이야 새 술 많이 두어라 새봄놀이 하리라

— 박효관朴孝寬

---

[59] 박효관·안민영 / 咸和鎭 編, 『增補 歌曲源流』(全), 鍾路印文社, 1943(民俗苑, 2002, 영인본), 44쪽.
정병욱(『시조문학사전』, 1966)에 의하면, 시조작가 수는 267명에 1,200여 수를 이름이 알려진 작가의 작품 총수로 본다. 대표적인 작가들의 작품 수는 김수장이 122수, 송강 정철 93수, 이정보 78수, 윤선도 77수, 김천택 74수, 박인로 72수, 신흠 31수, 안민영 28수, 박효관은 15수 등이다(앞의 글, 18쪽).
김흥규 외편, 『고시조 대전』(2012)에서 시조 유형별로 보면 안민영이 190수, 김수장 132수 등 통계 숫자에 변화가 보인다.

나물 캐고 아름다운 꽃 핀 봄날에 새 술 준비하여 새봄놀이 하겠노라는 초봄의 풍류를 읊고 있다. 경물 이름을 구체적으로 제시하지 않은 것은 아쉽다.

다음 시조에서 '낙화'한 꽃은 '춘창' '동문洞門'(동굴 입구) '仙源(선원)'으로 미루어 복숭아꽃桃花일 것이다.

<blockquote>
춘창에 느지 닐어 緩步(완보)ㅎ여 나가 보니

洞門(동문)流水에 落花(낙화) ㄱ득 떠 이셰라

져 곳아 仙源을 눔 알니라 써나가지 마롸라⁶⁰
</blockquote>

— 김천택金天澤⁶¹

'도화桃花'는 전통적으로 '무릉도원武陵桃源'의 이상향理想鄉을 추구하는 중국 사상의 영향에 따라 예부터 봄의 꽃으로 즐겨 읊는 소재다. 다음 두 수도 복숭아꽃桃花을 노래한다. 먼저, 조식의 시조부터 보자.

<blockquote>
頭流山(두류산) 兩端水(양단수)를 녜 듯고 이제 보니

桃花 뜬 물근 물에 山影(산영)조차 줌겨셰라

아히야 武陵이 어듸오 나는 옌가 ㅎ노라
</blockquote>

— 조식曹植⁶²(『해동가요』 박씨본)

---

60 『해동가요海東歌謠』(박씨본) 수록. 김흥규 외편, 앞의 책 참조.
61 김천택 : 최초의 시조집 『청구영언靑丘永言』(1728년, 진본 기준 580수 수록)의 편찬자. 단시조 작가로 『청구영언』과 『해동가요海東歌謠』(김수장, 1754년 편찬) 등에 약 80수 수록. 김수장 다음으로 많은 시조를 남긴 가객이며, 내용은 강호산수를 읊은 것이 가장 많고 교훈적인 것, 체념과 한탄 등의 소재가 많으며 사대부 시조를 답습하고 있다(『한국민족문화대백과사전』, 한국학중앙연구원 인터넷 온라인 서비스, 2016.4 참조).

초장 첫 구와 둘째 구에서 '頭流山 兩端水'는 조식의 한시漢詩[63]에도 유사한 표현이 보이는데, 시조 초장 맨 앞에 자연 계절의 기본인 산수山水를 대구적으로 배치하여 시조 전체의 배경으로서의 분위기를 끌어내는 역할을 한다.[64]

그리고 '도화 뜬 물'과 '산 그림자'는 앞의 김천택 시조에서, '洞門(동문)流水에 낙화가 떠 있다'는 표현과 거의 유사한데, 이는 한 어부가 떠내려 오는 도화를 보고 무릉도원을 발견한다는 전래이야기에 따른 것이다.

'도화 뜬 맑은 물에 산 그림자조차 잠겼으니' '여기가 바로 무릉도원이라'고 읊는데서 고사故事못지 않은 판타지를 마주할 수 있다.

桃花는 훗날니고 綠陰은 퍼져 온다

쇠ㅅ고리시 노리는 煙雨(연우)에 구을거다

마초아 盞(잔) 드러 勸(권)하랼제 澹粧佳人(담장가인) 오더라

— 안민영安玟英(『금옥총부』)

---

62 조식曹植(1501~1572) : 조선 중기의 유학자. 호는 남명南冥, 자는 건중楗仲, 시호는 문정文貞. 저서 『남명집南冥集』(1604) 『파한잡기破閑雜記』, 대표 작품 「남명가」 등이 전한다 (조식・오이환 역, 『남명집』, 지만지, 2008 참조).

63 조식의 한시 「和大谷兼示賢佐」(남명이 '대곡(호는 성운成運)과 시로 화답하고 현좌(최흥림崔興霖의 字, 호는 계당溪堂)에게 보여드리다' 중에, '금화서원溪堂 있는 금적산 답파하니 / 원류 제일 깊으네(踏破金華積 源頭第一流) / 땅은 높고 뭇 산은 아래인데 / 정신이 고원하니 조각 혼은 우수로다(地高羣下衆 神遠片魂愁)'(최흥림, 『계당유고溪堂遺稿』, 서울대규장각도서 奎5283번, 한국학종합DB 『한국역대문집총서』 194, 종실 소장본 등 참조)라고, 산山과 수水가 첫 두 구에 배치되어 있다(추가 사항은 이 책 「후기」 참조).

64 "한시에서 많이 쓰인 먼저 사물이나 경치를 묘사하고 난 뒤 정서나 생각을 나타내는 '선경후정先景後情; 또는 前景後情'의 작시 방식이 시조에서도 적지 않게 쓰였다" (성호경, 『시조문학』(서강학술총서 069), 서강대 출판부, 2014, 134쪽).

흩날리는 복숭아꽃에 퍼져가는 녹음과 꾀꼬리 지저귀는 소리, 안개처럼 이슬비 오는 초봄의 정경이 짧은 시조 안에 모두 담겨있다. 거기 한 잔 술에 때마침 산뜻하게 단장한 아름다운 여인까지 다가오니, 더할 나위 없는 초봄의 풍류를 만끽하며 노래한다.

군이 복숭아꽃을 무릉도원의 꽃으로 직접 언급하지 않으면서도 선경仙境을 현출하고 있는 것이다. 스승 박효관朴孝寬과 함께 『가곡원류歌曲源流』(1876)의 공동 편자로서 안민영의 역량을 보여주는 시조라고 할만하다.

> 梨花(이화)에 月白(월백)ᄒ고 銀漢(은한)이 三更(삼경)인 졔
> 一枝春心(일지춘심)을 子規(자규)야 알아마ᄂ
> 多情(다정)도 病(병)인양 ᄒ야 잠 못 드러 ᄒ노라[65]

— 이조년李兆年

달 밝은 봄밤의 배꽃은 신비롭기까지 한데, 하늘에는 온통 하얀 은하수가 흐르고, 지상에는 달빛 받은 흰 배꽃 천지, 거기 두견새 우는 소리 들리면 임 생각에 잠 못 이루는 것은 당연하다. 배꽃 가지에 담긴 한 가닥 봄의 마음, 춘정을 아마 두견새가 알 리 없건마는 아는 듯 구슬피 울어대니 더 그리움만 쌓이고 잠을 못 이룬다는 것이다. 시각과 청각적 시어로 효과를 거두고 있다.

『청구영언靑丘永言』[66]을 비롯한 수많은 시조집 이본(70여 종)에 수록된

---

65 『靑丘永言』(六堂本), 京城帝国大学, 1930, 7쪽. 36번 시조(영인본, 『靑丘永言』(異本3種), 弘文閣, 2002).
66 1728년(영조4)에 김천택金天澤이 역대 시조를 수집하여 펴낸 최초의 시조집으로, 시조 999

이조년李兆年[67]의 수작 시조로, 읊을 당시 자신의 일지춘심을 몰라주는 임(충렬왕 또는 충혜왕)에 대한 충정을 읊고 있다고 볼 수도 있다.

> 西山에 日暮(일모)ᄒ니 天地에 가이 업다
>
> 梨花月白ᄒ니 님 싱각이 식로왜라
>
> 杜鵑(두견)아 너는 눌을 그려 밤싀도록 우ᄂ니

— 이명한李明漢(『청구영언』육당본)

앞 시조와 같이 배꽃과 두견새를 소재로, 봄날 저녁 해는 서산에 기울고 흰 배꽃에 달빛은 교교皎皎하게 밝게 비치는데 두견새가 구슬피 우니 임 생각이 새록새록 그리움이 더욱 증폭되어 밤잠을 못 이룬다고 노래한다.

우리나라 시가문학에서 두견새는 보통 봄노래의 소재인데, 일본의 경우는 고대가요 『만엽집万葉集』이래로 여름노래의 소재로서 가장 많이 읊는 계절어로, 위 시조의 '임을 그리는 두견새 울음소리'와 유사한 노래가 포함되어 있다.[68] 한국과 일본의 두견새 노래가 봄과 여름으로 갈리는 이유는, 동아시아에 분포하는 두견새는 봄부터 여름에 걸쳐 야산 숲속에서 울고 지역과 기후, 계절에 따라 접하는 시기가 약간씩 차이가 나기 때문일 것이다.

수와 가사 16편(최남선崔南善이 소장한 육당본六堂本 수록 기준)을 곡조曲調에 따라 분류하고 정리하였으며, 이후의 『해동가요海東歌謠』, 『가곡원류』와 함께 3대 시조집으로 불린다.

67 이조년(1269~1343) : 고려 말의 문인으로, 유배와 복권 후 대제학大提學의 벼슬에 오르나 낙향하여 은둔한 강직한 성품의 소유자로 알려져 있다.

68 이 책 제4장 4절 참조.

綠楊(녹양)이 千萬絲(천만사)ᅵᄂᆞᆯ 가는 春風 미여 두며

探花蜂蝶(탐화봉접)인들 지는 곳 어이ᄒᆞ리

아모리 사랑이 重(중)ᄒᆞᆫ들 가는 님을 어이ᄒᆞ리

— 이원익李元翼(『청구영언』 육당본)

푸른 버드나무 가지가 천만 갈래라 해도 지나가는 봄바람을 잡아매어 두지 못하고 꽃 찾아 날아드는 벌 나비조차 지는 꽃은 어이 할 수 없듯이 아무리 사랑을 깊게 한다고 해도 헤어져 가는 임은 잡을 수 없다는 체념과 달관의 마음가짐을 보여준다. 앞의 시조와 같이 연정을 솔직하게 토로한 노래로서 드문 경우다. 봄의 소재를 잘 구사하여 계절감을 살리면서 만남과 헤어짐의 인생사에 잘 연결시킨 시조다.

다음 시조는 은거자와 세상과의 관계를 생각해볼만한 내용이다.

柴扉(시비)예 개 즛는다 이 山村의 그 뉘 오리

댓닙 푸른 듸 봄ㅅ 새 울 소리로다

아히야 날 推尋(추심) 오나든 採薇(채미) 가다 ᄒᆞ여라

　　(사립문에 개 짖는다 이 산촌에 그 누가 오리

　　대나무 잎 푸른 곳에 봄 새 우는 소리로다

　　아이야 날 찾아오거든 고사리 캐러 갔다 하여라)

— 강익姜翼, 『개암집介庵集』

한가로운 봄날, 산촌에 은거하는 산림처사의 시조로, 이 산골짜기까지 누가 찾아 올 리가 없는데 사립문 쪽에서 개가 짖는 것은 아마 푸른

대숲에서 봄새가 울기 때문이리라. 아이야, 혹 누군가가 날 찾아오면 고사리 캐러 갔다고 둘러 대거라, 라는 뜻으로 풀이된다.

이미 인간 세상 벼슬길을 등지고 산중에서 유유자적 살아온 세월이 그 얼마던가, 찾아올 사람도 없지만 설령 찾아오더라도 만나지 않겠다는 의지를 표시하는 것으로 우선 읽힌다. 그런데, 짐짓 만나지 않겠다는 것은 시늉에 불과하고, 내심 만날 것을 예상하고 있는 것은 아닐까. 고사리를 캐러 갔다 한들 그리 멀지않을 것이며, 이 산촌까지 찾아온 손님이라면 기다려보지도 않고 쉽사리 그냥 바로 돌아가지는 않으리라는 것쯤 자명하다 할 것이기 때문이다.

아니면, 사립문에 개 짖는 소리와 봄새 소리를 집안에서 듣고 나서, 집을 나서면서 아이에게 '나 이제부터 고사리 캐러 가니, 누가 혹 오거든 그리 말하라'고 일러두는 장면은 아닐까?

여하튼 대나무 푸른 숲에서 봄새 울고 봄나물 고사리 캐는 봄날의 전원 풍경 속에서 안빈낙도하는 낙향한 선비에게 세상 소식은 일단 현재의 자신과 동떨어진 무관한 것이지만, 그 무심함 가운데 때로 반갑거나 잠시 자극제가 되는 세상 돌아가는 이야기를 들을 경우도 있을 수 있고, 한 발 더 나아가 혹 그 찾아온 손님의 전갈이 다시 임금의 부름을 받게 됐다는 교지인지도 모를 일이다. 그래서 이 산촌에 '누가 찾아 올 리 없다'고 생각하는 한편으로 평소에 개 짖는 소리에 귀 기울이기도 하며 지내왔고, 동자에게 '누가 찾아오거든'이라는 전제 하에 행선지를 확인시켜놓는 종장의 말은, 계절감으로서의 봄날의 서정 전체와 맞먹는 의미를 갖고 있다고 볼 수도 있다. 사계절의 한가로움과 서늘함, 아름다움도 '또한 임금의 은덕'이라고 노래하던 시대였기 때문에, 조선 사대부들의

'임 향한 일편단심'은 일종의 신앙이었다고 해야 할 것이다.

하지만, 그리 깊게 들어갈 것 없이, 애당초 단순히 문맥에 드러난 대로, 여전히 세상과의 소통을 끊고 한가롭게 자연 계절 속에 묻혀 봄나물이나 캐려한다는 뜻으로 읽는 것이 일반적이리라.[69]

그래도 또 어떤 이는 사립문에서 짖는 개와 절개의 상징인 대나무 푸른 숲에 우는 봄새를 대칭 개념으로 보려고 할지도 모를 일이다. 아무튼 문학 작품의 해석은 다양하고 그 묘미는 끝이 없다. 이 시조를 눈 쌓인 겨울 산촌을 배경으로 한 닮은 소재의 신흠의 시조 「산촌에 눈이 오니」와 대비해볼 수도 있다(뒤의 '겨울을 노래함' 참조).

여름을 노래함

먼저, 위백규의 「농가農歌」 한 수를 보자.

> ᄯᆞᆷ은 든ᄂᆞᆫ 대로 듯고 볏슨 쬘 대로 쬔다
> 淸風(청풍)의 옷깃 열고 긴 파람 흘리 불 제
> 어ᄃᆡ셔 길가ᄂᆞᆫ 소님 ᄂᆡ 아ᄂᆞᆫ ᄃᆞ시 머무ᄂᆞᆫ고
>
> (땀은 떨어질 대로 떨어지고 볕은 쬘 대로 쬔다
> 맑은 바람에 옷깃 열고 긴 휘파람 흘려 불 때

---

69 이 시조의 '종장'과 관련하여 하나 연상되는 것은, 일본 근대 시인이자 동화작가 미야자와 켄지宮沢賢治(1896~1933)가 남긴 구절이다. 동북지방 이와테현岩手縣의 자연과 더불어 농사일을 하던 켄지는, 밭일 나갈 때, "아래 / 밭에 / 있습니다 / 켄지(下ノ / 畑ニ / 居りマス / 賢治)"라고 3행시처럼 분필로 쓴 작은 칠판을 현관에 걸어두곤 했다. 이 글씨가 사진으로 전해지고 있는데, 단순 소박한 생활이 그대로 전달된다.
참고로 켄지의 대표작은 시집 『봄과 수라春の修羅』(1924)와 애니메이션 〈은하철도 999〉의 원작 동화 『은하철도의 밤銀河鐵道の夜』(1932) 등이다.

어디서 길 가는 손님네 아는 듯이 머무는고)[70]

　　연시조 「농가 9장農歌九章」의 제4장(제4연) '午憩'(오게; 한낮의 휴식)인
데, '농가'는 계절에 따른 농촌 생활의 하루 일과를 시간 순서대로 노래
한 작품으로 밝고 생동감이 있으며, 농사일의 고단함 가운데서도 소박
한 풍취와 여유로운 휴식, 즐거움이 듬뿍 묻어나는 사실적 표현이 돋보
이는 시조다.

　　위의 「농가」 제4장은, 뙤약볕과 흐르는 땀도 아랑곳할 새 없이 분주
하게 일하는 농부의 고된 노동의 모습을 먼저 초장에서 보여주고, 중장
에서 시원한 바람에 옷깃을 열어 땀을 식히고 긴 휘파람을 불며 한낮에
잠시 여유로운 휴식을 취할 적에, 종장에서는 어디서 갑자기 나타난 길
손들이 아는 듯이 발길을 멈추는고, 라며 맺고 있다.

　　이 시조에서 '길손'은 누구인가 라는 물음이 있을 수 있다. 그냥 '바
람'인가, 농사일과 무관한 '양반네'인가, 아니면 주경야독하던 '선비'인
가, 주제를 드러낸다는 종장의 '어디서, 손님네, 아는 듯, 머무는고?'라
는 강조 형식의 의문형 마침에서 이러저러한 천착을 해본다. 뙤약볕 아
래 땀 흘려 일하다가 맑은 바람 쐬는 잠시 동안의 '휴게'에 끼어든 길손
의 간섭이 신경 쓰이기 때문이다.

　　조선 후기에 위백규처럼 생계형 양반 농사꾼이 늘어났다고 하니,[71] 길

70　신연우, 『가려 뽑은 우리 시조』, 현암사, 2004, 150쪽.
71　위의 책, 같은 쪽 참조.

손은 지난 세월에 같이 과거 준비할 때 친분이 있었던 양반일지도 모른다. 아니면, 단순히 '길 가던 나그네'가 우연히 마주친 농사짓는 농부의 애환을 아는 듯 그저 한마디 인사를 나눌 참으로 잠시 발길을 멈추었을 수도 있다. 여름 한낮 뙤약볕 아래 땀 흘려 일하던 농부가 때마침 불어온 시원한 바람에 잠시 땀을 식히는 순간의 정경을 잘 포착한 시조다.

다음은 작자 미상의 해학적이며 교훈적인 사설시조를 한 수 살펴보도록 하자.

두터비 프리를 물고 두험 우희 치드라 안자

것넌 山 브라보니 白松骨(백송골)이 써 잇거늘

가슴이 금즉ᄒ여 풀덕 쮜여 내드다가 두험 아래 잣바지거고

모쳐라 늘낸 낼싀만졍 에헐질번 ᄒ괘라(『청구영언』 진본)

    (두꺼비 파리를 물고 두엄 위에 치달려 앉아

    건너 산 바라보니 흰 송골매가 떠 있거늘

    가슴이 끔찍하여 풀떡 뛰어 내달리다가 두엄 아래 자빠졌구나

    모쳐라! 날쌘 나이니 망정이지 피멍들 뻔 하여라)[72]

두꺼비의 모습을 아주 희화화하여 우스꽝스럽게 묘사하는 것이 특이

---

[72] 김진영 외, 『한국시조감상』, 보고사, 2011 참조.
『靑丘永言』(「육당본」 690번), 京城帝國大學, 1930, 109~110쪽(異本3種, 弘文閣, 2002)에는 아래와 같다.
두텁이던파리몰고두엄우희치다라셔〃
건넌山바라보니白松骨이써잇거늘
가슴이아조금즉ᄒ여펄적쮜여닉닷다가꺼ᄒ야그아릭도로업드러지니
마츰에날닐셰만졍힝혀鈍者ㅣ런들瘀血(어혈)질번ᄒ괘라

하다. 두꺼비는 파리 한 마리 잡아 입에 물고 여유 있게 먹을 양으로 더러운 두엄 위에 올랐다가 건너편 산위에 흰 송골매가 떠 있는 것을 보고 잡아먹힐까봐 혼비백산이 되어 서둘러 뛰어내리다가 두엄 위에 자빠지고 만다. 그리고는 아주 능청맞게 '날쌘 나니까 망정이지'라고 우쭐대고 있는 것이다.

이렇게 이 시조는 익살스러우면서도 풍자적인 내용으로, 조선 후기에 백성을 괴롭히던 중간 관리들의 횡포가 더 큰 세력가를 만나 혼쭐이 나는 모습을 그린 것이라는 주장은 설득력이 있다.[73]

그러면, 파리는 힘없는 백성이고 두꺼비는 탐관오리인 지방 관리, 산위의 흰 송골매는 저 높고 도도한 중앙의 세도가 정도의 비유가 되며, 두엄은 부정으로 썩은 냄새나는 속세를 풍자한다고 볼 수 있다. 그러니 이 더러운 거름더미 위에서 파리를 물고 앉아 있는 걸쭉한 두꺼비의 모습이야말로 먹이사슬의 중간층인 타락한 탐관오리의 비유로서는 참 제격이다. 그러면서도 스스로 날쌔다고 교만한 마음을 드러내는 두꺼비의 모습에서 우리 인간들에게 주는 교훈과 경종을 읽을 수 있다.

이번에는 겨우 간신히 그냥 넘어갔지만 언제 다시 송골매에게 잡아먹힐 운명에 처할지, 더러운 두엄에 빠져 헤어 나오지 못하게 될지, 한순간조차 지척도 분간하지 못한다는 데서 적자생존의 우리 인생사를 돌아보게 하는 시조다.

여름철, 두꺼비와 귀찮은 파리를 소재로 재미난 사설시조가 탄생한 셈인데, 이미 앞(이 책 제1장 6절)에서 소개한 바와 같이 일본 근세에 파리를

---

73 신연우, 앞의 책, 158쪽.

소재로 한 해학적인 고바야시 잇사小林一茶의 하이카이俳諧가 떠오른다.

어 죽이지 마, 라며 파리가 손을 비비네 발을 비비네

파리채로 막 파리를 잡으려고 하는 순간, 가만히 보니까 파리가 손과 발을 싹싹 비비고 있는 듯이 보인다는 하이카이로, 시의 소재인 관찰 대상의 입장에 서 본다는, 한 순간의 새로운 발견이 이 하이카이의 묘미다.

그런데, 이 하이카이에 대해, 파리의 이유 있는 평소 동작을 어떻게 사람처럼 살려달라고 애원한다고 보는지, 이것은 이기적 인간 중심의 사고라고 비판하는 이들이 있었다. 일테면 동물애호가들의 애교 섞인 항변이라고도 하겠는데, 당사자들은 의외로 진지한 주장이었던 것 같다.

같은 파리 소재라도 한 쪽은 탐관오리의 먹잇감인 유약한 백성으로 그려 교훈이 가미된 해학을, 다른 쪽은 애원하는 약한 미물로 희화화한 단순 해학으로 서로 달리 묘사하는 점이 흥미롭다.

다음은 위 사설시조의 연상으로, 두꺼비가 등장하는 조선시대 여름의 한시 한 수를 소개한다.

개구리도 맹꽁이도 풀섶에서 잠잠하고
달 밝은 뜨락에는 홑옷을 다리는데
하늘에서 이슬 내려 이렇듯이 시원할 때
희디흰 봉숭아꽃 함초롬히 젖어 있네

날 저물자 박쥐란 놈 헛간을 돌아 날고

비 그쳐 젖은 뜰을 두꺼비 이사 가네

담 모퉁이 무너져서 달빛은 쏟아지고

박꽃은 새하얗게 가지런히 피어 있네[74]

— 유득공柳得恭(1748~1807), 「여름밤夏夜」

비 그친 여름밤, 흰 봉숭아꽃 핀 뜰을 가로질러 유유히 지나가는 두꺼비와 그 두꺼비가 향하는 허물어진 담 모퉁이에는 달빛이 쏟아지고, 거기 또 새하얀 박꽃이 두꺼비 일행을 맞이하듯 가지런히 도열해 피어있다는 이야기를 담고 있는 한시다. 흰 봉숭아꽃과 밝은 달빛 받은 하얀 박꽃의 시각적 서정과 그 무대 배경인 뜰 한 가운데를 주인공인 두꺼비의 움직임으로 채워 농가의 여름밤의 한 순간을 눈에 보는 듯 사실적으로 묘사한다.

여기서 두꺼비는 해학이나 교훈의 대상과는 거리가 먼 것으로 그저 자연의 일부로 여름밤이라는 계절의 한 순간을 누리는 하나의 생명체로서 시인은 애정 어린 시선으로 바라보고 있다. 그것은 비 그친 뒤에 달빛 흠뻑 받으며 뜰을 가로 질러 여유롭게 이동하는 두꺼비의 모습에서 확연하다.

---

74 유득공柳得恭, 안대회 역, 「여름밤夏夜」(「가슴으로 읽는 한시」), 『조선일보』, 2012.8.21. 이 한시는 「夏夜 5首」 중 제4, 5수로, 송준호는 이 시에 대해, "어느 시골 村家의 여름 밤 풍경을 읊은 實景이다. 印象的으로 集約된 여름밤 풍경의 단면들을 이 이상 어떻게 典型的으로 묘사할 수 있을까 싶도록 逼眞(박진)의 묘를 다한 작품"이라고 평하면서, 제5수도 "작자의 사물 관찰 시각은 뛰어나" "立體的 표현이 나온 것이며, 또한 結句는 읽는 이로 하여금 너무나도 淸楚(청초)하여 감탄을 금할 수 없게 한다"고 맺는다.
참고로, 이 글에서는 '두꺼비 이사 가네'를 그냥 '두꺼비 기어간다'라고 번역하였고, '입체적 표현'의 예시는 다음 제5수 원문의 밑줄 친 부분임. "昏飛蝙蝠遶虛廳 / 晴徙蟾蜍過濕庭 / 破敗墻邊多月色 / 匏花齊發素亭亭"
송준호, 『柳得恭의 시문학 연구』, 태학사, 1985, 85~87쪽.

가을을 노래함

가을 노래는 앞에서도 인용한 월산대군의 시조부터 보자.

秋江의 밤니 드니 물결니 츠노미라

낙시 드리오니 고기 아니 무노미라

無心흔 둘빗만 싯고 뷘 비만 저어 도라오드라

— 월산대군月山大君

위 시조는 가을 달 밝은 밤에 낚시 드리우고 자연에 묻혀 살며 세월을 낚는 선비의 모습이다. '빈 배 가득 무심한 달빛만 싣고 돌아온다'는 표현 내용은 현실 정치를 떠나 무욕과 물아일체物我一體의 자연 속에 은둔하던 조선시대 사대부의 모습으로, 강위에 달빛 받는 빈 배와 어부, 적적한 가을밤의 정경을 선禪적으로 표현한다.

梨花雨(이화우) 훗샐릴 제 울며 잡고 離別(이별)흔 님

秋風落葉(추풍낙엽)에 져도 날 生覺(생각)는가

千里(천리)에 외로온 꿈만 오락가락 ᄒ노라(『동가선東歌選』)

— 매창梅窓[75]

---

[75] 매창梅窓(1573~1610) : 부안扶安의 명기名妓로 노래와 거문고에 능하고 한시漢詩를 잘 지었다. 성은 이李, 호는 계랑桂娘, 계생桂生. 중인 출신 문장가 촌은村隱 유희경劉希慶(1545~1636)과 시를 주고받으며 사귀어 정이 깊었는데, 상경한 뒤 소식이 없자 이 노래를 짓고 수절하였다고 한다(김진영 외, 앞의 책 참조).
『촌은집村隱集』을 남긴 유희경은 임진왜란이 발발하자 의병을 일으켜 왜적과 싸우느라 여념이 없었다고 한다.

배꽃에 봄비 내리던 날에 이별한 임이 바람 불고 낙엽 지는 가을이 되었는데 소식 하나 없고, 나를 생각하고 있는지 잊었는지 천리 멀리 떨어져 있는 임에 대한 거리감으로 그리움만 오락가락 더욱 깊어진다는 여인의 솔직한 연모의 정을 읊고 있다.

사대부들의 유교적 교훈이나 이념과는 무관한 이런 솔직 담백한 연모의 정과 남녀 간의 사랑 표현은 이 시대 여인들의 시조에서 종종 찾아볼 수 있다. '추풍낙엽'의 계절에 연인에 대한 그리움을 솔직하게 토로한 이 시조의 작가 매창梅窓 계랑桂娘은 사연이 있는 명기名妓였다.

> 菊花(국화)는 무슴 일로 三月東風 다 본애고
> 落木寒天(낙목한천)에 네 혼자 픠엿나니
> 아마도 傲霜孤節(오상고절)은 너섇인가 ᄒᆞ노라(『해동가요』주씨본)
>
> —이정보李鼎輔

위와 다음 시조의 낙엽지고 추운 서리 속에 외롭게 핀 국화 소재는 자주 회자되는 가을의 계절어로 강직한 선비의 절개와 임금 향한 일편단심을 노래한다.

> 風霜(풍상)이 섯거 친 날에 ᄀᆞᆺ 픠온 黃菊花(황국화)를
> 金盆(금분)에 ᄀᆞᆺ득 담아 玉堂(옥당)에 보내오니
> 桃李(도리)야 곳이온 양 마라 님의 쯧을 알괘라(『해동가요』주씨본)
>
> —송순宋純

송순(1493~1582)은 호남 제일의 '면앙정 가단歌壇'의 창설자이며 강호가도의 선구자로 알려져 있다. 담양 제월봉 아래 면앙정에서 바라본 사계절의 풍광을 노래한 가사 「면앙정가俛仰亭歌」(6연)의 본사(4연)에서 사계를 각 1연씩 계절의 시어를 동원하여 읊었다. 「면앙정가」는 이전 이후의 사계가四季歌와 연관이 깊고, 계절의 풍취를 읊고 나서 마지막 종장에서 맹사성의 「강호사시가」와 유사하게 '이 몸이 이렁 굼도 亦君恩(역군은)이샷다'로 맺는다.

> 大棗(대쵸) 볼 불근 골에 밤은 어이 쓰드르며
> 벼 뷘 그르헤 게는 어이 느리는고
> 술 닉쟈 체쟝수 도라가니 아니 먹고 어이리(『가조별람』)
>
>   (대추 볼 붉은 골에 밤은 어이 떨어지며
>   벼 벤 그루에 게는 어이 다니는고
>   술 익자 체 장사 돌아가니 아니 먹고 어이리)
>
>   — 황희黃喜[76]

통통하게 익은 빨간 대추와 영글어서 떨어지는 밤송이에서 튀어나오는 알밤, 거기에 벼 수확한 논에 기어 다니는 살찐 게 안주에다, 때마침 체 장사 다녀가니 익은 술 걸러 마시자는, 가을 농촌의 풍요로움과 정겨움을 노래한다.

---

[76] 황희黃喜(1363~1452) : 호는 방촌尨村, 원칙과 소신을 견지하면서도 인품이 원만하고 청렴한 조선조 최장수 명재상으로, 시문에 뛰어나 『방촌집尨村集』 등을 남겼다.

대추, 밤, 추수한 벼, 참게, 새로 빚은 술 등 결실의 가을 이런저런 먹거리로 여유로움을 담아 흐뭇함이 절로 배어나는 시조다. 소신 있고 청렴한 재상이 태평성대에 소박하지만 넉넉한 농민의 삶을 담담히 지켜보는 가을의 시조로 수확의 계절감을 잘 표현하였다.

겨울을 노래함

겨울 노래는 신흠의 시조부터 읽어보기로 하자.

> 山村에 눈이 오니 돌길이 무쳐셰라
> 柴扉(시비)를 여지 마라 날 츠즈 리 뉘 이시리
> 밤중만 一片 明月(일편 명월)이 긔 벗인가 ㅎ노라
>
> —신흠申欽

이 시조는 '봄의 시조'에서 소개한 강익의 「柴扉(시비)예 개 즞는다 이 山村의 긔 뉘 오리」와 내용이 비슷하다. 그런데 '찾아 올 이가 없으니, 사립문을 열지마라'는 구체적 이유가 산촌에 눈이 내려 길이 묻혔기 때문이라고 초장에 명시 되어 있다는 점은 다르다.[77]

길이 눈 속에 묻혔으므로 누가 찾아 올 리도 없고 '고사리 캐러 갔다'는 둥 둘러댈 빌미도 없다. 눈 속에 갇혀 그저 오로지 한 조각 명월을 벗 삼아 밤중 내내 쳐다볼 따름이다. 산중엔 온통 백설이고 하늘에는 밝은

---

77 일본 『고금와카집』 322번 노래, '우리 집은 눈이 쌓여 길도 없도다 / 눈길 헤치며 찾아오는 이도 없으니'(이 책 제1장 3절 참조)와 유사하면서도, 시조의 종장에서 다른 맛을 낸다.

달, 눈 덮인 초가에는 시인 홀로 달을 친구 삼아 춥고 외로운 겨울밤을 나는 정경을 담백하게 읊는다.

다음 시조는 꼭 겨울의 시조라고 볼 수는 없더라도 위의 시조와 내용이 유사하여 여기에 인용한다.

> 대 심거 울을 삼고 솔 갓고와 정자亭子ㅣ로다
> 白雲 덥힌 곳에 날 잇는 줄 졔 뉘 알니
> 庭畔(정반)에 鶴(학)徘徊(배회)ᄒ니 긔 벗인가 ᄒ노라(『병와가곡집』)
>
> ― 김장생金長生

대나무와 소나무, 백운, 백학白鶴 등의 어휘를 배치하여 자연을 벗 삼아 그 속에 살며 절개와 고고함, 순백의 의미를 부여한다. 그러한 소박하고 탈속의 자연 속에 파묻혀 있다는 점을 부각시키고 나서, 그런 '나를 그 누가 알리'라고 할 때, 오히려 마치 누군가가 알아주기를 바라는 기대감이 마음 한편에 자리하고 있는 것은 아닌가.

아니면, 사시사철 푸른 대와 솔은 은거하는 군자의 상징으로, 속세를 떠나 그저 유유히 뜰 가를 거니는 고고한 학을 벗 삼겠노라는 종장에 중심을 두고 읽는 편이 단순하고 알기 쉽다.

보다 확연히 대나무를 기리는 시조는 뒤에 소개하기로 한다.

> 白雪이 ᄌᆞ자진 골에 구루미 머흐레라
> 반가온 梅花는 어늬 곳에 픠엿는고
> 夕陽에 홀로 셔 이셔 갈 곳 몰라 ᄒ노라

(흰 눈이 녹은 골짜기에 구름이 머무는구나

반가운 매화는 어느 곳에 피었는고

석양에 홀로 서 있어 갈 곳 몰라 하노라)

— 이색李穡[78]

　백설이 녹아 없어진 골짜기에 잿빛 구름만 험하게 머물고, 기다리는
매화는 어디에 피었는지 알 길이 없구나. 석양에 홀로 서서 갈 곳을 모르
겠다는 이 시조는 겨울의 계절어인 백설, 설중매를 소재로 하여 그 속뜻
에 초점이 있다.

　기우는 고려 왕조의 황혼녘('석양')을 배경으로 '백설'(충신)은 점점 없
어지고 '잿빛 구름'(간신, 역성 신흥세력)이 골짜기(궁궐, 속세)에 뭉게뭉게
무리지어 머물러 있는데, '반가운 매화'(지조 있는 우국지사, 희망)는 어디
있는지 찾아볼 수조차 없고, 저무는 '석양'(고려 말기)의 이 역사 전환의
중대 순간에 나는 홀로 외로이 어디로 가야 할지 갈 곳 몰라 참 난감한
지경이라는 화자 자신의 착잡한 심경을 겨울의 경물에 빗대어 고스란히
피력한 시조다.

　어디로 가야할지 모르는 선택의 기로에 서 있다고는 하지만, 실제 작
가 이색은 백설과 매화 편에 속한 '석양'(고려 말)의 충신으로서 고려 왕
조와 운명을 함께 한다. 짐짓 계절의 서정을 노래한 것처럼 보이는 이 시

78　이색李穡(1328~1396) : 고려 말의 충신이자 유학자로, 호는 목은牧隱이며 시호는 문정
　　이다. 성리학을 고려에 소개하고 새로운 사회 개혁의 지향점으로 삼았다. 그의 문하에
　　서 배출된 문인들이 조선 성리학의 주류를 이루었고, 그들은 다시 역성 혁명파와 절의파
　　로 나뉜다. 고려 삼은三隱의 한 사람으로 포은圃隱 정몽주, 정도전, 야은冶隱 길재의 스승
　　이었으며 저서로 『목은집牧隱集』이 전한다.

조가 역사적 운명의 한순간을 겸허하게 산 한 인간의 심상 풍경을 그대로 기록한 서사적 내용을 담고 있다는 점은 특별하다. 이러한 시조의 계절은 역시 추운 겨울이 제격이다.

> 눈 마주 휘여진 되를 뉘라서 굽다턴고
> 구블 節(절)이면 눈 속의 프를소냐
> 아마도 歲寒孤節(세한고절)은 너 쑨인가 ᄒ노라(『병와가곡집』)
> (눈 맞아 휘어진 대를 누가 굽었다 하는가
> 굽을 절개라면 눈 속에서 푸를소냐
> 아마도 세한고절은 너 뿐인가 하노라)
>
> — 원천석元天錫

눈을 맞아서 그 무게로 휘어진 대나무를 누가 굽었다고 하던가, 굽힐 절개라면 찬 눈 속에서도 푸를 수가 있겠는가, 아마 엄동설한에도 변하지 않고 언제나 한결같은 곧은 절개는 오직 대나무 너뿐인가 하노라 라고, 사군자四君子의 하나인 대나무를 절개의 상징으로 노래한다. 새 권력에 굽히지 않는 강직한 마음으로 일관한 고려 말의 충신인 작자 자신의 충정을 겨울 눈을 맞아도 끄떡없는 늘 푸른 대나무를 통해 읊은 것이다.

> 花開洞(화개동) 北麓下(북록하)에 草菴(초암)을 얽어신니
> 바람 비 눈설이는 글렁졀렁 지닉여도
> 언어 제 다ᄉ흔 힉빗치야 쬐야 볼 쭐 잇시랴(『해동가요』 주씨본)
>
> — 김수장金壽長

북쪽 산록 한양 임금 향한 쪽 아래 초가 짓고 사는데, 한 겨울의 비바람 눈서리는 그럭저럭 견딜만하지만, '언제 다시 따스한 햇빛(임금님의 부르심)을 쬘 수 있을까를 고대하는 낙향한 사대부의 심상을 그대로 드러낸 시조다. 당 시대상으로 보아 솔직하다 못해 간절한 염원일 터이다.

시간적 배경을 겨울이라고 특정하기는 어렵지만, 달을 소재로 한 송강 정철의 시조에서도 임 향한 일편단심이 보인다.

> 내 ᄆᆞᆷ 버혀 내여 뎌 ᄃᆞᆯ을 ᄆᆡᆼ글고져
> 구만리 댱텬의 번ᄃᆞ시 걸려 이셔
> 고운 님 게신 고ᄃᆡ 가 비최여나 보리라
>
> — 정철鄭澈, 『송강가사』(이선본)

오히려 더 적극적으로 스스로의 마음을 베어 달이 되어 '고운 님'(임금) '계신 멀고 먼 곳'(궁궐)에 직접 '비치어보리다'라고, 처연한 사모의 마음을 전하고픈 애절함을 노래한다. 정철은 「사미인곡」(『송강가사』)의 시인으로서 사모의 정을 천상의 경물 달에 의탁하여 절절한 심상을 표현했다.

아래의 시조에서는 기다리는 대상이 특정되어 있지 않다.

> 雪月이 滿窓(만창)ᄒᆞᆫᄃᆡ ᄇᆞ람아 부지 마라
> 曳履聲(예리성) 아닌 줄을 판연(判然)히 알건마ᄂᆞᆫ
> 그립고 아쉬온 적이면 ᄒᆡᆼ혀 귄가 ᄒᆞ노라
>
> \   — 작자 미상

눈 내리고 밝은 달빛이 들창에 가득한 겨울밤, 문밖에 들리는 바람 소리를 '신발 끄는 소리曳履聲'로 착각하고 싶어지는, 그리움과 아쉬움을 잘 담았다. 신발 소리를 내며 찾아올지도 모른다며 고대하는 대상은 아마도 연인일 것이다. 교교한 설월雪月 밝은 창밖의 신발 소리를 기다리는 긴 겨울밤이라는 계절의 이미지가 살아있다. 다음에 실제 '긴 겨울밤'을 절절히 노래한 시조 한 수를 보자.

> 冬至(동지)ㅅ달 기나긴 밤을 한 허리를 버혀 내어
> 春風 니불 아레 서리서리[79] 너헛다가
> 어론님 오신 날 밤이여든 구뷔구뷔 펴리라
>
> > (동짓달 기나긴 밤의 한 허리를 베어 내어
> > 춘풍 이불 아래 서리서리 넣었다가
> > 정든 임 오신 날 밤이거든 굽이굽이 펴리라)
>
> — 황진이黃眞伊[80]

동짓달 길고긴 밤의 한 가운데를 베어내어 봄바람처럼 따뜻한 이불 속에 꼭꼭 서리어 넣어 두었다가 정든 임이 오시는 날 밤이 되면 굽이굽이 펴서 임과 함께 길게 오래도록 있고 싶다는 마음을 정감 있게 표현했다.

---

79 서리서리 : 긴 것을 동그랗게 포개어 여러 차례 감아 놓은 모양. 외로운 동짓달 기나긴 밤이라는 추상적인 시간을 구체적인 사물로 형상화하여 시각적으로 압축한 표현이다.

80 황진이黃眞伊 : 생몰연대 불명, 조선 중종 때의 명기名妓, 기명妓名은 명월明月, 미모에다 가창뿐만 아니라 서사書史에도 정통하고 시가에도 능했다고 한다. 당대의 석학 서경덕(1489~1546)을 유혹하려다 실패한 뒤에 사제관계를 맺었다는 이야기는 유명하다. 박연폭포朴淵瀑布・서경덕徐敬德・황진이를 송도삼절松都三絶이라 부른다(『한국민족문화대백과』, 한국학중앙연구원, 참조).

이렇게 추상적인 개념인 시간의 한 토막을 베어 낸다고 구체적 사물로 형상화시키며, '서리서리 너헛다가' '구뷔구뷔 펴리라'와 같이 생동감 있는 대구 표현을 통해 임을 오래도록 기다리는 여인의 절절한 마음을 효과적으로 나타냈다. 애틋한 그리움과 간절한 기다림이라는 심상을 보다 구체화하여 생생함을 불어 넣은 겨울의 시조로서 시서詩書에 능했던 기생 황진이의 수작이다.

앞 세대에서 관념적觀念的인 유교이념儒敎理念을 자연이란 소재를 빌어서 서정화해 낸 기교를 기녀妓女들은 위와 같이 애정의 세계에 까지 적용시키는데 성공하였다. 여기서 시조문학이 지닌 이원적 성격, 즉 관념적인 유교이념의 형상화와 구상적인 인간성의 서정적 형상화의 계승 전통을 확인할 수 있다. 황진이黃眞伊의 시조에서 객관적으로 묘사된 소재가 서정적으로 주관화되었을 때에 그 주관의 상징성을 뚜렷이 감득感得할 수 있다는 사실이다.[81]

다음에 선비의 충정과 절개를 노래한 겨울의 시조 3수를 현대어 표기로 인용한다.

유학자들의 서정적인 시조문학의 특징은, 낙향하거나 귀양살이를 하더라도 군주에 대한 충성심은 변함이 없었고, 체념과 허무 속에서 오히려 자기를 잃지 않고 낙관적인 관조 속에서 진실을 발견하려는 긍정적인 태도라고 할 수 있다.[82]

---

81 정병욱, 「時調文學의 槪觀」, 정병욱 편, 『時調文學事典』, 신구문화사, 1966, 13~14쪽.
82 위의 글, 12~13쪽.

늙고 病(병)든 몸이 北向(북향)하여 우니노라

님 向(향)한 마음을 뉘 아니 두리마는

달 밝고 밤 긴 적이면 나뿐인가 하노라

— 송시열宋時烈

심산(深山)에 밤이 드니 北風이 더욱 차다

玉樓高處(옥루고처)에도 이 바람 부는 게오

간밤에 추우신가 北斗(북두) 비겨 바라노라

— 박인로朴仁老, 『노계집蘆溪集』

이 몸이 죽어 가서 무엇이 될꼬 하니

蓬萊山(봉래산) 제일봉에 落落長松(낙락장송) 되어 있어

白雪(백설)이 滿乾坤(만건곤)할 제 獨也靑靑(독야청청)하리라

— 성삼문成三問

다음은 겨울 추위에도 아랑곳 하지 않는 장수의 기개를 노래한 시조다.

朔風(삭풍)은 나무 끝에 불고 明月은 눈 속에 찬데

萬里邊城(만리변성)에 一長劍(일장검) 짚고 서서

긴파람 큰 한소리에 거칠 것이 없어라

— 김종서金宗瑞

다음 시조는 계절을 꼭 겨울로 특정하기는 어렵지만, 장수의 우국충

정의 시름과 비장미를 제대로 음미하기 위해서는 배경을 쓸쓸한 늦가을 이후 추운 겨울 달이 밝게 비치는 바닷가 망루로 설정하는 편이 적절하다고 본다.

閑山(한산)섬 달 밝은 밤에 戍樓(수루)에 혼자 앉아

큰 칼 옆에 차고 깊은 시름 하는 적에

어디서 一聲胡笳(일성호가)는 남의 애를 끊나니

— 이순신李舜臣

이상으로 고려 말과 조선시대의 대표 시조를 춘하추동 사계절별로 나누어 각 계절 표현의 특징을 살펴보았다.

그런데, 시조(악)가 '풍속 교화에 일조'가 될 수 있다든지(『『청구영언』서序」), '음란함을 경계'(『『가곡원류』 서」)하고, '군자가 세상에 없으면 음란 방탕의 곡조가 있다'(『『대동풍아大東風雅』 서」)라며, '음란한 것을 배제'(『『화원악보花源樂譜』 서」)시키는 등,[83] 조선시대 대표적 시조집 대부분의 서문에서 유교적 도덕률과 교훈적 내용을 강조한다.

이것은, 전규태가 「동동動動」을 비롯한 고려가요론을 전개하는 가운데, "조선조 시가에서는 향가鄕歌의 시각적視覺的인 이미저리도, 여요麗謠의 청각적聽覺的인 이미저리도 찾아볼 수 없고, 다만 관념觀念의 세계만이 남는다"라고 주장하는 바와 관련이 깊다. 예를 들어, "같은 꽃이라 하

---

83 박을수 편, 「제4부 자료편」, 『한국시조대사전韓國時調大事典』(下), 아세아문화사, 1992, 1507~1517쪽.

더라도 여요의 「만전춘별사滿殿春別詞」에 그려져 있는 도화桃花는 요염한데 반해, 시조時調의 도화는 그런 육감적肉感的인 요소가 결여되어 있다"고 보는 것이다. 결론적으로, "문제는 대상의 이미지를 심미적審美的으로 파악하느냐 관념적觀念的으로 파악하느냐 하는 데 있는 것이고 그에 따라 한 시대의 문화의 성격을 부각시키는 중요한 역할을 하는 것이다."[84]

고려가요가 감각적인 데 비해 조선시대의 시조는 관념적이라는 점은 음미해볼만하다. 그럼에도 불구하고 앞에서 살펴본 바와 같이 사계절을 노래한 시조가 이렇게 많고 여러 사대부 시조 시인들에 의해 향유, 표현된 것을 보면, 유교의 규범과 질서 안에서 자연 계절을 읊는 서경적 서정 시조를 통해 심상을 은유하고 휴식과 한적함의 여유로움을 찾았다고 하겠다.

3. 한국 근현대문학 속의 사계 표현

한국 근현대문학 속의 사계 표현을 각 시기별, 장르별로 살펴보기로 한다. 시기 구분은 편의상 개화기(~1910), 일제강점기(1910~1945), 광복 이후(1945~)로 나누고, 소설, 수필, 시가 문학 등을 각 춘하추동 사계별로 분류하여 계절 표현을 고찰한다.

---

84 전규태, 「고려가요론」, 『한국시가연구韓國詩歌研究』, 고려원, 1986, 272쪽.

한국 근현대문학 속의 사계 표현에 대하여, 소재 선택의 기준은 지명
도가 있는 작가와 작품이나 각 시대별 장르별로 대표성이 있는 것 중에
서 자연 계절 표현이 두드러진 작품을 골랐다.

우선, 개화기 문학의 사계별 계절 표현을 보자.

1) 개화기(~1910) 문학의 계절 표현

봄의 표현

먼저, 이인직李人稙(1862~1916)의 개화기 소설 『귀의 성』(하)(『만세보』
연재, 1906~1907)[85]에 묘사된 봄의 표현이다.

기다리는 것이 있으면 세월이 더딘 듯하나 무심중에 지내면 꿈결 같은 것
은 세월이라. 철환보다 빨리 가는 속력速力으로 도루라미 돌아가듯 빙빙 도
는 지구地球는 백여도百餘度 자전自轉하는 동안에 적설이 길길이 쌓였던 산과
들에 비단을 깔아놓은 듯이 푸른 풀이 우거지고, 남산 밑 도동 근처는 복사꽃
천지러라. 춘천집이 어린 아이를 안고 마당으로 내려오며 점순이를 부른다.

"여보게 순돌 어멈, 이렇게 따뜻한 날에 방에 들어앉아 무엇 하나. 이리 나
와서 저 남산 밑의 복숭아꽃이나 좀 내다보게."[86]

---

85 『鬼의 聲』: 개화기 1900년대 초를 배경으로 본처와 첩의 질투와 갈등에서 비롯된 가정
    비극. 배경으로서의 신문물 소개와 양반에 대한 반발의식, 신분관계와 자유추구 등 신사
    조의 일단을 피력한 작품이다.
86 이인직, 「귀의 성」, 『은세계(외)』, 범우사, 2004, 179쪽.

겨울의 적설이 녹고 기온이 올라 풀이 돋고 복사꽃이 만개한 봄을 배경으로 그린다. 이와 같은 풍경 묘사는 근대 이전의 문학에서도 볼 수 있었다. 그런데, 단순한 계절묘사를 넘어 '철환보다 빨리 가는 속력으로' '지구가 백여 도 자전하는 동안에'와 같이 시간의 흐름과 변화하는 계절을 표현하는 방식이 근대적 자연과학의 지식을 바탕에 두고 묘사되었다는 점이 고전문학의 경우와 다르다. 개화기다운 시간과 계절 관련 표현임에 틀림없다.

다음은 공륙公六[87]의 개화기開化期 가사歌辭 「봄마지」(1910.4)를 보자.

봄이 한번 도라오니 눈에 가득 和氣(화기)로다

大冬風雪(대동풍설) 사나울 새 숨도 쉬지 못한 바ㅣ라

알괘라 무서운 건 「타임」(째)의 힘

九十春光(구십춘광) 자랑노라 園林處處(원림처처) 피운 꽃아

것모양만 繁榮(번영)하면 富貴氣象(부귀기상) 잇다 하랴

진실노 날 호리랴면 오즉 열매나무에 꼿 피움은

열매 맷기 爲(위)함이라 갓흔 陰門(음문) 갓흔 子宮자궁

動植物(동식물)이 一般(일반)이나 사람이 神靈(신령) 태도

꼿만 좃타 莘荑花(신이화) 피엿단 말 어제런 듯 들엇더니

어늬덧 萬山紅綠(만산홍록) 錦繡世界(금수세계) 되엿도다

놀납다 運氣(운기)에는 無往不服(무왕불복) 꼿이 한둘 아니어니

고은 것도 만흘지오 千萬(천만)가지 果實(과실)에는

---

87 公六(공륙) : 계몽사상가, 작가 최남선崔南善의 자字, 호號는 육당六堂이다.

단 것인들 적으랴마는 곳 좃코 열미 좃킨 桃花(도화)인가

斧斤(부근)이 온다 해도 怯(겁)낼 내가 아니어든

왼 아츰을 다 못 가난 여간ㅅ바람 두릴소냐

말 마라 내 열매는 튼튼 無窮(무궁)한 마음 바라기를

열매 맷자 피엿스니 目的(목적) 達(달)킨 一般(일반)이라

썰어지기 辭讓(사양)하랴 웃지타 그 사이에 웃고 울고[88]

4, 4조를 기본리듬으로 한자 댓구를 다용하는 등 이전 시대의 가사歌辭 형식을 답습하면서 한편으로는 '타임(때)' 등 근대적 어휘를 자연스럽게 도입한다. 타임(때)과 운기運氣가 무섭다며 계절의 변화와 자연의 운행의 대단함을 실감하면서, 한겨울에는 꿈도 못 꾼 봄의 도래를 감탄한다.

온갖 식물의 개화를 보고 고운 것도 좋지마는 열매나무가 진실로 좋은 것인데, 꽃 좋고 열매 좋긴 복숭아꽃이라고 강조한다. 이렇게 열매 맺기 위한 내실의 중요성을 역설하며 결실을 위하여 사회 구성원 모두가 부단히 노력하고 어떠한 역경에도 꺾이지 말 것을 노래한다. 역시 개화기 발전을 위한 계몽적 발상이며 계절과 자연의 이치를 소재로 교훈적 메시지를 전파한다.

여기서 중요한 것 또 하나는 복숭아꽃桃花이 고전문학에서는 아름다운 분홍빛 봄의 꽃으로 동양의 이상향인 무릉도원武陵桃源의 상징을 대변하고 있는 경우가 대부분이었는데, 위의 근대 시가에서는 꽃도 좋지

---

88 최남선, 「봄마지」(『소년, 1910.4), 신지연 외편, 『개화기 가사 자료집』 제6권(Ⅶ. 기행 Ⅷ. 기타, 자연), 보고사, 2011, 545~546쪽.

마는 열매를 맺는 내실이 있어 실제 인간을 이롭게 하여 좋다는 근대적 사고의 일단을 피력하고, 우리도 근대사회의 구성원으로서 결실을 위해 매진하자는 계몽사상가 최남선의 강한 의지를 담고 있다.

복숭아꽃은 이제 단순히 '상상 속의 무릉도원의 꽃'이 아니라 '실제 이 세상에 이상적 근대사회라는 결실을 맺어줄 꽃'으로 인식의 전환이 이뤄지고 있는 것이다. 개화기 가사의 주요한 특징을 이 작품에서 확인하게 된다.

여름 표현

최송설당崔松雪堂(1855~1939)[89]의 개화기 가사「희우喜雨」(20세기 초)를 만나보기로 한다.

비가 왓네 비가 왓네 큰 가뭄에 비가 왓네

구년지슈九年之水 흔恨을 마라 비가 와야 풍년豊年이라

반도강산半島江山 곳곳마다 쎅지 말고 나리소셔

亽야농형四野農形 흡죡洽足ᄒ게 닉릴 씨로 나리소셔

亽람 亽는 근본根本중에 물과 불이 웃씀이나

가물며는 불이 일고 비 오면은 물이 만타

이 리치理致로 보드릭도 비가 와야 더욱 죠코

병인病人으로 말ᄒ여도 슈승화강水升火降 스러나네

---

89 최송설당崔松雪堂 : 육영사업가, 본명 미상, 본관은 화순和順, 송설당松雪堂은 호, 송설학원 松雪學園 설립, 『최송설당문집崔松雪堂文集』 3권(1922)이 있다(한국민족문화대백과사전, 한국학중앙연구원 인터넷온라인서비스, 2016.4).

뎐곡화곡田穀禾穀 물론勿論ㅎ고 병病든 스람 흔 리치理致라

가뭄 고황膏肓 깁흔 병病이 비 안이면 풀일손야

그럼으로 하날 덕퇵德澤 우로지은雨露之恩 뎨일第一이라

한보지락 두보지락 오일일ㅊ五日一次 뎡한定限 삼어

우슌풍됴雨順風調 츅원祝願이라 깃부도다 깃부도다

금일今日 비가 깃부도다 즈금이후自今以後 태평강산泰平江山

격양가擊壤歌를 부르리라[90]

　여름 무더위와 오랜 가뭄 끝에 내린 단비를 기뻐하는 4, 4조 가사로, "하늘 덕퇵德澤에 비와 이슬의 은혜인 우로지은雨露之恩(본래의 '임금의 넓고 큰 은혜'라는 비유보다는 개화기답게 단순 자연현상의 은혜)이 제일이라"고 노래한다. 사람 사는 근본 중에 물과 불이 으뜸이니 반도강산 사방의 농경지에 비가 흡족하게 내려 풍년이 들라고 축원하며 태평세월을 노래하는 격양가를 부르리라고 맺는다.

　이는 개화기 신여성 육영사업가인 최송설당의 가사로 가뭄 끝에 내리는 여름비를 반기며 기뻐하는 내용이 물씬 전달된다. 뒤에 소개하는 겨울의 가사 「백설」과 더불어 개화기의 계절을 적절히 표현한 몇 안 되는 가사 중 하나다.

90 최송설당, 「희우喜雨」, 신지연 외편, 앞의 책, 662~663쪽. 崔松雪堂記念事業會 편, 『松雪堂集』(II), 명상, 2005, 112쪽, 원문은 402쪽 참조.

가을 표현

작자 미상의 개화기 가사 「秋(추)」(1906)를 소개한다.

① 셔늘ᄒ게 부는 바람 陰樹(음수) 속에 소래ᄒ네

　너푼 너푼 나는 입새 梧桐(오동)나무 먼져 안다

　못 가운데 고은 련ᄭ옷 반쯤 굽어 물에 젓네

　놉혼 가지 우ᄂᆞᆫ 맴이 번처례로 매암 매암

② 소래 업시 오ᄂᆞᆫ 이슬 말근 밤에 빗이 나네

　방울 방울 생긴 낫이 풀 닷마다 眞珠(진주)로다

　셤 돌 압헤 鳳仙花(봉선화)ᄂᆞᆫ 져진 연지 단장 곱소

　쉬지 안코 우ᄂᆞᆫ 蟋蟀(실솔) 추의 재촉 즉즉즉즉

③ 진애 업시 밝은 져 달 半空中(반공중)에 걸려 잇네

　둥글 둥글 뵈ᄂᆞᆫ 影子(영자) 수박덩이 疑心(의심) 업네

　江湖間(강호간)에 갈대꼿은 싸에 쌀녀 白雪(백설) 갓소

　구름 가에 가ᄂᆞᆫ 鴻雁(홍안) 동모 불너 기럭기럭[91]

서늘한 바람과 맑은 이슬, 떨어지는 오동나무 잎 새, 고운 봉선화 연
지단장, 밝은 달에 백설 같은 갈대꽃, 그리고 귀뚜라미 우는 소리와 구
름 따라 가는 기러기 소리 등, 역시 4, 4조의 리듬에 가을의 풍경을 운치
있게 담아냈다.

　기존 이미지인 가을의 쓸쓸함보다는 밝고 흥겨운 분위기를 자아낸다.

---

91 신지연 외편, 위의 책, 483~484쪽.

그 이유는 가을 묘사에 '서늘한 바람에, 맑은 달밤 이슬 빛나고, 기러기
는 동무를 부른다'는 등 가을의 계절 어구를 밝은 쪽으로 구사하고, 첩어
형태의 생동감 있는 의성어, 의태어로 리듬감을 가미하여 효과적으로 읊
기 때문이다. '애수의 계절 가을'에서 '밝고 생동감 있는 개화기의 가을'
로 계절감의 전환이 시도되었다.[92]

겨울 표현

이인직의 개화기 소설 「은세계銀世界」(1908)[93] 속의 겨울 표현을 읽어
보자.

겨울 추위 저녁 기운에 푸른 하늘이 새로이 취색하듯이 더욱 푸르렀는데,
해가 뚝 떨어지며 북서풍이 슬슬 불더니 먼 산 뒤에서 검은 구름 한 장이 올
라온다. 구름 뒤에 구름이 일어나고, 구름 옆에 구름이 일어나고, 구름 밑에
서 구름이 치받쳐 올라오더니, 삽시간에 그 구름이 하늘을 뒤덮어서 푸른 하
늘은 볼 수 없고 시커먼 구름 천지라. 해끗해끗한 눈발이 공중으로 회회 돌
아 내려오는데, 떨어지는 배꽃 같고 날아오는 버들가지같이 힘없이 떨어지
며 간 곳 없이 스러진다. 잦던 눈발이 굵어지고, 드물던 눈발이 아주 떨어지

92 개화기 가사의 이러한 계절감의 변화는 자연발생적인 계몽적 의도에서 비롯되었다고
   할 수 있다. 그런데, 개인적 이유이거나, 또는 근대화가 달성된 이후의 가을의 계절감은
   다시 원래대로 낙엽 지는 애수의 가을이라는 이미지가 강하고 일반적이다(최재철, 「최
   재철교수의 한일문화칼럼 5－애수의 계절, 가을에 대하여」, 『월간 한국인』, 2015.10,
   이 책 제4장 4절 참조).
93 은세계 : 전반부에는 부정부패로 백성을 수탈하는 관료에 대한 고발과 항거가, 후반부
   에는 유학을 통한 교육의 필요성을 주장하여 구체제에 대한 풍자와 저항 의식, 현세에의
   순응, 계몽의 필요성 등을 그린 신소설이다.

기 시작하며 공중에 가득차게 내려오는 것이 눈뿐이요 땅에 쌓이는 것이 하
얀 눈뿐이라. 쉴 새 없이 내리는데, 굵은 체 구멍으로 하얀 떡가루 쳐서 내려
오듯 솔솔 내리더니 하늘 밑에 땅덩어리는 하얀 흰무리 떡덩어리 같이 되었
더라.

　사람이 발 디디고 사는 땅덩어리가 참 떡덩어리가 되었을 지경이면 사람
들이 먹을 것 다툼 없이 평생에 떡만 먹고 조용히 살았을는지도 모를 일이
나, 눈구멍 얼음덩어리 속에서 꿈적거리는 사람은 다 구복口腹에 계관係關한
일이라.[94] 대체 이 세상에 허유許由같이 표주박만 걸어놓고[95] 욕심 없이 사
는 사람은 보두리 있다더라.[96]

　구름이 생성되는 여러 장면과 구름이라는 어휘를 반복하고, 눈 내리
는 다양한 모양을 되풀이 서술하면서 겨울 풍경을 사생적으로 묘사한
다. 강설의 모습을 '떨어지는 배꽃'이나 '날아오는 버들가지' '떡가루 쳐
서' '하얀 흰무리 떡덩어리같이' 등 회화적으로 그려 시각적 효과를 내
며 이런 어구를 반복하는 방식으로 산문 속에 음악적 효과까지 노린 표
현이다.

　지상에 내린 많은 눈이 '떡 덩어리가 되었으면 사람들이 먹을 것 다툼
없이 평생에 조용히 살았을지도 모를 일'이라는 대목에서는, 수탈당하

94 　'구복口腹'은 음식물을 섭취하는 입과 배로, 생계를 가리킴. '계관係關'은 관계, 관련. 즉,
　　'먹고 사는 생계와 관련된 일'이라는 의미.
95 　허유괘표許由掛瓢 : 허유가 나뭇가지에 표주박을 걸었다가 시끄러워서 떼었다는 말로, 속
　　세를 떠나 청빈하게 사는 모습을 가리킴. 허유許由는 요堯나라 사람으로 산에 은거하며
　　가난하게 살았는데 하루는 동네사람이 표주박 하나를 주었으나 쓰지 않고 나뭇가지에
　　걸었다는 말에서 유래한다.
96 　이인직, 앞의 책, 262~263쪽.

는 궁핍한 백성의 입장으로 보면 '눈이 떡이 되어' 투쟁이 불필요한 사회 건설의 간절한 염원을 담았다. 이전 시대의 문학에서와 같이 눈을 눈으로 보지 않고 음식인 떡으로 치환해보고자 하는 근대 사회의 실용적 시선을 마주하게 된다.

최송설당崔松雪堂의 개화기 가사 「빅셜白雪」(20세기 초)에서는 늦겨울의 설경과 초봄의 정경을, "창숑하蒼松下에 비겨 안져 셜경산쳔雪景山川 바라보니 / 쳔슈만슈千樹萬樹 가지가지 츈싀春色이 란만爛漫ᄒ고 / 이곳 져곳 곳곳마다 월광月光이 죠요照耀ᄒ다"라고 한자 성어와 고사를 인용하며 읊으면서 푸른 소나무를 추켜세운다.

> 변천시딕變遷時代 져러ᄒ고 / 문명세계文明世界 이러흔 듯
>
> 긔즁에其中 독립창숑獨立蒼松 / 더욱히 유싀有色ᄒ야
>
> 양츈陽春을 화답和答ᄒ니 / 만고불변萬古不變 숑셜松雪인가[97]

근대 개화기라는 변천시대가 저렇고 문명세계가 이렇게 빨리 변화하지만, 푸른 소나무가 우뚝 홀로 서있어 따뜻한 봄을 맞이하니 눈 속에서도 소나무의 멋은 만고불변하다고 칭송한다. 설경의 멋을 노래하면서 근대 문명사회의 빠른 변화에 비추어 송설松雪의 변하지 않는 의연함과 자연은 거기 그대로 있음을 찬탄하는 것이다.

고전 시가에서 소나무는 대나무와 더불어 변함없는 임금에 대한 사대

---

97 신지연 외편, 앞의 책, 619~620쪽. 崔松雪堂記念事業會 편, 앞의 책, 28~29쪽, 원문은 374~375쪽 참조.

부 선비들의 충정과 곧은 절개의 상징으로 곧잘 비유되었는데, 이제 근대 개화기가 되자 변하지 않는 푸른 소나무蒼松의 비교 대상이 변천시대의 문명세계로 치환되어 있다는 점이 새롭다. 이러한 새 시대의 문명 교육을 위해 육영사업가로 학교를 설립한 여장부 송설당松雪堂은 바야흐로 임금의 시대는 거去하고 근대 문명의 변천시대가 도래한 것을 '눈 속의 푸른 소나무'를 통하여 역설적으로 보여준다는 점에 주목할 만하다.

이제 개화기의 계절 표현을 '사계의 시'로 마무리 하려고 한다. 조선시대의 '사계가'를 이어받아 근대문학 초창기 선각자로서 육당 최남선崔南善(1890~1957)이 신체시 형식으로 '사계의 시'를 지은 데에 의미가 있다. 육당이 사계절을 한자리에 노래한 신체시 「태백산太白山의 사시四時」(1910.2)를 보자.

봄春

혼자 웃둑. / 모든山이 말큼 다 훗훗한바람에 降服(항복)하야, / 녹일것은 녹이고 풀닐것은 풀니고, / 아지랑이紛(분) 발은것을 자랑하도다. / 그만 如前하도다. / 흰눈의 冕旒冠(면류관)이나, 굿은얼음의 쯰나, / 어대까지던지 얼마만큼이던지 오직 「나」! / 나의 눈썹한줄, 코싹지한덩이라도 남의 손은 못대여! 우러러보니 霹靂(벽력)갓히 / 내귀를 싸린다 이 소래! / 싯업다 진달내한포그라도, / 「나는 산아희로라」.

하夏

火傘(화산)갓혼 여름ㅅ볏 —— 싯업난 벌판의 輻射熱(복사열) (…중략…) 印度洋節期風아 왜그리 더듸냐 (…중략…) 어서밧비 네 濕氣(습기)가져다가 내 이마에 부드쳐라 (…중략…) 生命의 비를 만들어 퍼부어주마. / 義를 爲하난 勇(용)을 앗기난 내가 아니로라. (…중략…) 희던것이 검고 성긔던 것이 쌕쌕한 구름. / 배로 허리로 억개로 今時今時에 왼몸을 휩싸도다. / 水分子는 連方(연방) 엉긔도다. / 쏫난다. 쏴아…… / 발서 이世界는 그의 것이다 말은대로 둠이나 충충하게 沼(소)를 만듬이나! / 「힘」! / 방울방울 썰어지난대로 이소래.

추秋

하날은 쌔…… 맛코, 휘 …… 언하고, 한一字. / 眼下(안하)에 남이 업난듯 儼全(엄전)하게 웃둑. / 씨룩소리는 四面 에서 나지만, / 그의 위에는 지나가난 기력이쎄가 업다. / 치웁다고 더웁다고 궁둥이를 요리조리하난기력이. / 아니 넘기나? 못넘나? / 한손은 南으로 내미러 필닙핀群島(군도)의 暴雨(폭우)를막고, 한손은 北으로 쌔쳐 시베리아 曠野(광야)의 烈風을 가리난 그 勇猛(용맹)스러운 相. / 「우리는 大丈夫(대장부)로라」! / 나리질닌 瀑布 —— 욱어진 丹楓(단풍) —— 굿세고 / —— 쌀갓코. / 우리 果斷性(과단성) 보아라하난듯한 칼날갓흔 바람은, / 千軍萬馬를 모난듯하게 無人之境(무인지경)으로 지치랴고 골마다 구렁마다 나와서 한데 合勢하난도다. / 「휘이익! 휘이익! 내가 가난곳에는 썰고降服하지 아니하난者 업지! 휘이익!」 / 그의 全體는 은제던지 쓰썩업시 웃둑

동冬

하얏케 덥히고 반들하게 피인눈. / 平均(평균)의 神! 泰平(태평)의 神! 天國의 表象(표상)이로다! / 그 속에는 멧 「어훙」이 감취엿노?[98]

태백산의 사계의 특색을 노래하면서, 봄의 '훗훗한 바람'과 여름의 '생명의 비' 가을의 '기러기 떼', 겨울의 '눈' 등을 소재로 각 계절의 기상을 표현하는 경물로서 각 연에서 개성적으로 묘사한다.

여름 부분에서 폭우를 만드는 단계로, 뜨거운 복사열기, 증기, 구름을 나열하면서, 이탈리아의 '베스비우스화산'을 거명하며 '한껏하여라' 지중해의 물이 끌어뒤집힐 만큼, 의분을 분출하라고 강조하고, 이어지는 가사에 무럭무럭 김이 나고 부걱부걱 거품이 지고 살그면 살그면 구름이 피어오르는 장면을 묘사하는데서 외국의 지명을 인용하고 의태어 등을 다용하고 있어 개화기 가사의 풋풋함과 부추김을 본다. 그리고 '生命의 비를 만들어 퍼부어 / 주마. / 의義를 위爲하난 용勇을 앗기난 내가 아니로라(의를 위하여 용기를 아끼는 내가 아니라)'라며 생명의 비를 추켜세운다.

가을의 기러기에 대해서, '우뚝' 높고 멀리 나는 '勇猛(용맹)스러운 相(상)' / 「우리는 大丈夫(대장부)로라」고 하며, 겨울의 하얗고 반들한 눈에 대해서는, '平均(평균)의 神(신)! 泰平(태평)의 神! 天國(천국)의 表象(표상)이로다!'라는 문맥에서 눈은 누구에게나 공평하고 흰색이 태평스러우며 설국의 별세계다운 정경을 연상시킨다. 눈을 '평균'적 시각으로 보는 것은 새롭고 근대적 인식의 한 가지로 볼 수 있다.

또한, 각 계절별 경물의 특징을 개성적으로 표현하면서, 한편으로 '봄春'에서는, '나의 눈썹 한줄, 코딱지 한 덩어리라도 남의 손은 못대여! 우러러보니 벽력 같이 내 귀를 때린다 이 소리!'라고 한 말이나, '여름夏'에서 '생명의 비를 만들어 퍼부어주마. 의를 위하는 용기를 아끼는 내가 아

---

98 최남선, 『六堂全集』 제5권, 현암사, 1973, 324~325쪽.

니로다. 「힘」!', '가을秋'에서 '그 용맹스러운 상, 「우리는 대장부로라」!
우리 과단성 보아라 하는 듯, 천군만마, 합세하는도다. 그의 전체는 언제
든지 끄떡없이 우뚝' 등의 어휘들의 나열과, '겨울冬'에서 '평균, 태평, 천
국의 표상' 등의 표현을 통하여, 일제 강점을 불과 몇 달 앞둔 시점에서
당 시대상과 선각자 최남선의 심상을 엿볼 수 있는 대목이다. 격동의 시
기에 1년 사계의 경물에 빗대어 나라의 명운을 우려하며 청년들에게 대
장부다운 의로운 용기를 북돋아주려고 한 개화기 지식인의 의지를 읽을
수 있다.

2) 일제강점기(1910~1945) 문학의 계절 표현

봄의 표현

먼저, 소설 속의 봄의 표현으로 김동인金東仁(1900~1951)의 「배따라
기」(1921)를 들 수 있는데, 이 작품은 간결한 문장의 3중 구조로[99] 아우
와 형수, 형 사이의 오해(의처증)로 인한 불행을 그린다. 운명적인 인간의
무력함과 회한의 감정이 바다를 배경삼아 서정적으로 전개되는데, 작품
서두 부분에는 봄의 계절 표현이 직접적으로 드러나 있다.

이날은 삼월 삼질, 대동강에 첫 뱃놀이하는 날이다. 까맣게 내려다보이는

---

99 「배따라기」의 3중 구조: 작품에서 많은 비중을 차지하고 있는 형이 방랑하는 계기와 형
의 방랑 과정, 화자의 서술 부분 등으로 나뉜다.

물 위에는, 결결이 반짝이는 물결을 푸른 놀잇배들이 타고 넘으며, 거기서는 봄 향기에 취한 형형색색의 선율이 우단보다도 부드러운 봄 공기를 흔들면서 날아온다. (…중략…)

모든 봄의 정다움과 끝까지 조화하지 않고는 안 두겠다는 듯이 대동강에 흐르는 시꺼먼 봄물, 청류벽에 돋아나는 푸르른 풀어음, 심지어 사람의 가슴속에 봄에 뛰노는 불붙는 핏줄기까지라도, 습기 많은 봄 공기를 다리 놓고 떨리지 않고는 두지 않는다.

봄이다. 봄이 왔다.

(…중략…)

구름은 자꾸 하늘을 날아다니는 모양이다. 그 밑 위에 비치었던 구름의 그림자는 그 구름과 함께 저편으로 물러가며, 거기는 세계를 아까 만들어 놓은 것 같은 새로운 녹빛이 퍼져 나간다. 바람이나 조금 부는 때는 그 잘 자란 밀들은 물결같이 누웠다 일어났다, 일록일청으로 춤을 춘다. 그리고 봄의 한가함을 찬송하는 솔개들은 높은 하늘에서 동그라미를 그리면서 더욱더 아름다운 봄에 향그러운 정취를 더한다.[100]

작품 중에 계절에 관한 묘사는 서두에 집중되었고 뱃놀이 풍경과 대지의 푸르름, 하늘에 떠다니는 구름의 모습을 통하여 초봄의 정경을 묘사한다. 대동강의 뱃놀이는 '기생들의 노래와 조선 아악', 시조 짓기 등 자연과 계절을 감상하며 풍류를 즐기는 전통이 조선시대 이래로 근대에까지 이어진 것이다.[101]

---

[100] 김동인, 『배따라기』(밀레니엄북스 35), 신원출판사, 2004, 9~11쪽.

봄날의 지상에는 녹색 '밀들'이 물결치듯 춤추는 모습과 하늘에는 원을 그리며 비행하는 '솔개'의 한가로움을 묘사하여, 봄의 자연과 계절에 운치를 더한다. 이러한 봄날의 서정적 표현이 뒤에 올 형제의 불행을 보다 애처롭게 하는 장치이기도 하다.

문장 서두에 '사람의 가슴 속에 봄에 뛰노는 불붙는 핏줄기'라는 구절이 있는데, 뒤에서 언급하는 윤동주의 시에 '봄이 혈관 속에 시내처럼 흘러'(「봄」, 1939)라는 첫 행과 유사한 표현이다.

수필 속의 봄으로, 이양하李敭河(1904~1963)의 「신록예찬」(1937)은 신록의 아름다운 모습을 통해 우리에게 주는 삶의 의미를 성찰하게 하는 작품이며, 간결하고 운율적인 문장을 바탕으로 직감적 통찰과 자연에 몰입하며 인생을 응시하는 관조적 자세를 취한다.

그러나 이러한 때 ― 푸른 하늘과 찬란한 태양이 있고, 황홀한 신록이 모든 산 모든 언덕을 덮는 이때 기쁨의 속삭임이 하늘과 땅, 나무와 나무, 풀잎과 풀잎 사이에 은밀히 수수授受되고, 그들의 기쁨의 노래가 금시에라도 우렁차게 터져나와, 산과 들을 흔들 듯한 이러한 때를 당하면 나는 곁에 비록 친한 동무가 있고 그의 재미있는 이야기가 있다 할지라도 이러한 자연에 곁눈을 팔지 아니 할 수 없으며, 그의 기쁨의 노래에 귀를 기울이지 아니할 수 없게 된다. (…중략…)

---

101 대동강의 뱃놀이 : 근대 일본 작가의 문장 속에도 유사한 장면이 등장한다. 다카하마 쿄시高浜虚子(1874~1959)가 1911년 4~5월 중 조선을 여행하며 체험한 견문을 적은 기행 소설 「조선朝鮮」(1912)의 후반부에, 화자 '나'와 일행이 대동강에 배를 띄워 기생들을 태우자는 장면이 나온다.
高濱 清, 『朝鮮』, 実業之日本社, 1912, 485~496쪽.

신록에 있어서도 가장 아름다운 것은 역시 이즈음과 같은 그의 청춘 시대
— 움 가운데 숨어 있던 잎의 하나하나가 모두 형태를 갖추어 완전한 잎이
되는 동시에 처음 태양의 세례를 받아 청신하고 발랄한 담록을 띠는 시절이
라 하겠다.[102]

모든 생명은 봄의 기운으로 상징되는 '기쁨의 속삭임'과 '봄바람'을
통해 도처에 전달되며 '새 움'과 '어린잎'이 돋아나오는 모습을 '기쁨의
노래' '신록의 유년'과 같이 자연과 인간을 교차하며 비유를 구사한다.
「신록예찬」 속에 나타난 계절은 대자연의 순리인 동시에 바람직한 삶을
자각하게 하는 생명의 봄으로 표현되어 있다.

피천득과 함께 자주 거론되는 이양하는 영문학자로서 찰스 램C. Lamb
과 프란시스 베이컨F. Bacon 등의 본격 수필을 도입하여 생활인의 사유
를 유려한 문장으로 표현한 수필가다. 자연·계절 속에서 인생의 의미
를 발견하는 「신록예찬」은 「나무」(1964), 「봄을 기다리는 마음」 등과 더
불어 그의 대표 수필이다.

문비실주인捫鼻室主人의 봄의 시 「제야말노」(1914)를 읽어보기로 한다.

兄弟야 記憶(기억)하난가 梅花笑香氣 나는 나라
二八少女의 아리싸운 뺨갓흔 紅桃花(홍도화) 피는 나라
저곳에는 四時가 分明한中 上帝(중상제)의 厚愛(후애)로
恒常(항상) 싸듯하고 바람이 가벼운듸

---

102 이양하, 『이양하 수필전집』, 현대문학, 2009, 85~87쪽.

金剛山一萬二千峰과大同江맑은물은

왼自然의美를다바다集中하야

永久의봄은빗나며또微笑(미소)하도다

運命이우리를逐出(축출)한此樂土(차낙토)[103]

유학생으로서 '금강산 일만이천봉과 대동강 맑은 물'이 아름다운 조국 한반도 강토에 대하여, '매화꽃 향기 나고' '홍도화 피는 나라', 사시四時 사계절이 분명하고 천제天帝 하늘의 도움으로 따스하고 가벼운 바람이 부는, 온 자연의 미를 다 받아 빛나며 미소 짓는다고, 조선의 영구永久의 봄을 찬탄한다.

조국의 아름다운 봄날의 대표적 경물을 망라하면서 한편으로는 이 낙토에서 쫓겨난 신세가 된 유학생이 지배국의 대도회 도쿄의 허름한 하숙방에서 '코를 어루만지며'(捫鼻室; 문비실) 운명을 한탄하고 있는 것이리라. 이러한 아름다운 봄날, '이 낙토에서 축출된 현재의 우리의 운명'을, 다시 '빛나며 미소 짓는 영구적 봄'으로 되돌려놓고자 하는 명제를 고뇌하는 일제강점기 초기 도쿄유학생의 심상을 반영하고 있다.

다음은 해난海難의 가사 「春(춘)의 노래」(1916)다.

아ㅡ아ㅡ봄아봄아, 너의소식반갑도다, 이天道가무심ㅎ며, 뎌化翁(화옹)이無信하랴, 뎌東皇(동황)의擧動(거동)이며, 게림들에枉駕(왕가)ㅎ샤, 서릿

---

103 문비실주인, 「제야말로」, 東京留學生會, 『學之光』 제3호(1914, 43쪽) 영인본 제1권, 태학사, 1978, 45쪽.

발에呻吟(신음)ᄒ고, 눈가운데辛苦(신고)ᄒ든 東陌上(동맥상)에好鳥들은, 烟霞中(연하중)에노리ᄒ고, 南園綠草蜂蝶(남원녹초봉접)들은, 雙〻(쌍쌍) 으로춤을친다, 布穀布穀(포곡포곡)우는시는, 農事일을廣告(광고)ᄒ야, 貧 (빈)ᄒ나라富케ᄒ며, 弱ᄒ나라強케ᄒ고歸蜀歸蜀(귀촉귀촉) 우는시는, 犧牲 曲(희생곡)을말ᄒ는듯, 피로써서노리ᄒ며, 피로써서生活ᄒ고, 풀국풀국우 는시는, 절노主唱ᄒ는모양, 밋친나라풀게ᄒ며, 밋친원슈풀게ᄒ고뎌 枝上 (지상)에 쇠고리는 大聲으로불어지뎌 봄의꿈을ᄭ게ᄒ며, 자는사람動케ᄒ 네, 시야시야논갓시야, 너의들이先覺(선각)인지, 비눈발모진下에, 업드럿든 뎌草木도 이곳뎌곳푸릇푸릇, 東園裏(동원리)에錦繡(금수)갓혼, 뎌桃李(도 리)의精神(정신)보게,[104]

엄동설한에 반가운 봄소식을 전하는 각종 새들의 울음을 통해 봄의 갈망을 표현하고 있다. '졀기 불멸ᄒ는 精神, 뉘가아니탄복ᄒ며, 뉘가아 니欽羨(흠선)ᄒ랴'라며 계절의 순환을 '불멸하는 정신으로' 탄복하고 흠 모 선망하는 이유는, 봄소식을 전하는 새들의 울음소리에 의미 부여를 하는데서 찾을 수 있다. 즉, "포곡포곡" 우는 새들의 소리가 가난한 나라 부하게 하고 약한 나라 강하게 하며, "풀국풀국" 울면서 절로 주창하는 모양이 '맺힌 나라 풀게 하고 맺힌 원수 풀게 한다(밋친나라 풀게ᄒ며, 밋친 원슈 풀게ᄒ고)'라고 들린다고 함으로써, 당시 시대상과 관련하여 민족이 처한 메시지를 대변한다.

---

104 해난, 「春의 노래」, 東京留學生會, 『學之光』(제3호, 1916, 80쪽) 영인본 제1권, 태학사, 1978, 494쪽.

'꾀꼬리도 큰 소리로 봄의 꿈을 깨게 하며 자는 사람 동(動)케 하네'라며 온갖 새들을 선각자로 느끼고, '엎드렸던 초목도 푸릇푸릇'하며 '비단 같은 복숭아와 오얏나무의 정신을 보라'고, 봄의 소재로 시대정신을 일깨우는 구절 등 식민지 초기 도쿄유학생회의 동인지 『학지광(學之光)』의 의의를 다시금 생각하게 하는 대목이다.

　　최남선의 가사 「봄의 압잡이(일은 봄의 비)」(1917)에 나타난 봄비 내린 초봄의 정경을 보자.

　　　　버드나무 눈트라고 가는비가 오는고야
　　　　개나리 진달네꼿 어서 퓌라 오는고야 /
　　　　보슬보슬 나려와서 축은축은 축여주매
　　　　질적질적 저즌흙이 유들유들 기름돈다 /
　　　　아츰나절 저녁나절 나무기슭 기슭마다
　　　　참새무리 들네임을 벌서부터 드럿스니 /
　　　　늙은제비 젊은제비 긴날개 번득이며
　　　　녯집차저 오는쏼도 이비뒤엔 보이렷다 /
　　　　이비는 방울마다 목숨의씨 품엇나니
　　　　나무거니 풀이거니 맛는놈은 싹이나며 /
　　　　이비는 오는족족 목숨의샘 부룻나니
　　　　사람이고 물건이고 더럭더럭 긔운나네 /
　　　　첫비에 일은꼿과 둘째비에 느즌꼿이
　　　　차례차례 입버리고 못내깃버 우슬적에 /
　　　　첫비에 속닙나고 둘째비에 것닙나온

썰기썰기 버드나무 푸른울을 싸흐렷다 /
골에숨은 쇠소리가 목청자랑 하고십어
비단소매 썰터리고 이속에와 부치렷다 /
훗훗이 볏쪼이고 산들산들 바람불새
목을노하 쇠꼴거려 깃붐의봄 읇흐렷다 /
아지랑이 쓰는곳에 종달새가 팔죽팔죽
햇빗바로 밧는곳엔 씨암탉이 뒷둥뒷둥 /
나물캐는 색시들의 바구니가 드북하고
어린아이 속곱상이 가지가지 질번질번 /
젊은이의 얼골에는 함박꼿치 픠려하고
늙은이의 굽은허리 조곰하면 필듯하다 /
업드렷든 모든것이 한꺼번에 닐어나며
쪼그렷든 모든것이 길길히 긔를펴네 /
오래든잠 문득깨어 구든 어름 깨터리고
지저괴며 흐르는물 소리소리 깃붐이오 /
살녀는힘 북바쳐서 쌍을트고 나오는움
한푼한치 커질스록 더욱쏠쏠 더욱씩씩 /
사나운 치위밋헤 몹시눌녀 잇슨만큼
째를맛나 쌧는힘이 무덕지고 어마어마 /
죽다살게 하는봄의 압잡이로 오시오니
슴찍해라 거룩해라 고마울사 이비로다 /
이비의 지난뒤엔 알는소리 사라지며
이비의 가는곳엔 느긋한빗 널녀지네 /

소리업시 잘게와서 큰존일을 하는그비

자작자작 써러짐을 얼이빠져 내가보네[105]

(부호 '/'는 각 연 나누기 표시임)

봄의 앞잡이로서의 봄비를 예찬하는 4·4조의 가사다. 정적인 자연에 생명을 부여하는 이른 봄비로 봄의 기운을 받는 자연과 그 속의 인간의 여러 모습을 적절히 배치하면서 계절의 풍부한 이미지를 여러 폭의 풍속화를 보는 것처럼 파노라마식으로 펼쳐 보인다.

그런데, 이 봄의 앞잡이인 봄비로, '엎드렸던 모든 것이 한꺼번에 일어나며 / 쪼그렸던 모든 것이 길길이 기를 펴고', '오래든 잠 깨어, 굳은 얼음을 깨뜨리며 / 저류에 흐르는 물소리는 기쁨이오' '살려는 힘이 북받쳐서 땅을 트고 나오는 움이 / 한푼 한치 커질수록 더욱 씩씩하고' '사나운 추위 밑에 몹시 눌려 있었던 만큼 / 때를 만나 뻗는 힘이 어마어마' 한, 이 비는 그저 단순한 봄의 소재 그 이상의 것 아닌가.

그러므로 '죽다 살게 하는 봄의 앞잡이'인 이 비는 '끔찍하고도 거룩한' 존재이므로, 이 비가 온 뒤에는 고통의 '잃는 소리가 사라지며 / 느긋한 빛이 널려지는' 봄다운 봄 '광복光復'의 때가 도래한다고 노래한다. 마지막에, 봄의 전령으로서 '소리 없이 잘게 와서 큰 좋은 일을 하는' 봄비를 시인은 '얼이 빠져' 보고 있는 것이다.

근대 계몽기의 대표적 지식인으로서 최남선의 위의 시는, 가사 형식으로 이 시기의 봄의 계절 표현의 한 전형을 보여주면서, 봄비에 빗대어

---

105 최남선, 앞의 책, 341~342쪽.

3·1운동 2년 전, 그 시대의 봄의 전령('앞잡이')으로서 봄비를 표상한다고 하는 점에서 그 의의가 크다.

민요조의 서정시인으로 친숙한 김소월金素月(1902~1934)은 「진달래꽃」「산유화山有花」「왕십리往十里」 등에서 평이한 어휘로 자연 계절을 노래했다. 각 4행씩 4연의 「산유화山有花」(『진달래꽃』, 1925)를 보자.

山에는 꼿픠네
꼿치픠네
갈 봄 녀름 업시
꼿치픠네 (제1연)

山에서우는 적은새요
꼿치죠아
山에서
사노라네[106] (제3연)

봄, 여름, 가을 구분 없이 꽃이 피고 지며 새가 지저귀는 산을 배경으로 자연 사계와 생명의 순환, 그리고 '꽃이 좋아 산에서 사는', 꽃과 새의 어울림의 조화를 읽을 수 있다.

이 시는 동양 전통적인 화조풍영花鳥諷詠(꽃과 새를 노래함)의 기본에 충

---

106 金廷湜, 「山有花」, 『진달내꼿』, 賣文社, 1925, 202~203쪽(복간본, 김소월, 『진달내꼿』 초판본 오리지널 디자인, 소와다리, 2015).

실한 근대시라는 점에서 다시 음미해볼만한 봄의 시다.

「왕십리」(1923)는 봄비를 소재로, 구름과 비와 실버들의 정취를 노래한다. 자꾸 내리는 봄비가 그렇게 싫은 느낌이 들지 않는 건, 어휘의 적절한 배치와 음악성을 가진 소월시의 강점 때문일 것이다. 시조율격을 중시하는 현대시인 이우걸은 '봄비'에 대해, '그것은 신의 나라로 / 열려 있는 음악 같은 것' '깊은 올의 현악기'(「봄비」)라고 했다.[107] 「왕십리」의 '천안에 삼거리 실버들도 / 촉촉히 젖어서 늘어졌다네'에서 비 내리는 봄날의 정경이 물씬 묻어난다.

그리고 「향수鄕愁」와 같이 토속적 서정 시어[108]의 구사에 뛰어난 정지용鄭芝溶(1902~1950)과 '청록파'의 자연 계절감의 표현도 뛰어나다. '정지용의 시의 참신성은 김기림金起林 같은 비평가에 의해 열렬히 받들어졌으며, 많은 동조 세력을 얻어 이른바 모더니즘이라는 유파를 형성하기에 이른다.' 정지용은 수사修辭에 능하여, "미나리 파릇한 새순 돋고 / 옴짓 아니긔던 고기입이 오믈거리는, // 꽃 피기 전 철 아닌 눈에 / 핫옷 벗고 도로 칩고 싶어라"(「춘설春雪」, 1939) 등과 같은 수사법은, 그가 발굴하여 키워낸 박목월朴木月(예 : '산수유꽃 노랗게 / 흐느끼는 봄마다', 「귀밑 사마귀」)과 조지훈趙芝薰(예 : '고사리 새순이 / 도르르 말린다', 「산방山房」) 등 '청록파'에 고스란히 이어졌다.[109]

---

107 이우걸, 『저녁 이미지』(동학시인선 5), 동학사, 1988, 93쪽.
108 '넓은 벌 동쪽 끝으로 / 옛 이야기 지줄대는 실개천이 회돌아 나가고, / 얼룩백이 황소가 / 해설피 금빛 게으른 울음을 우는 곳, ──그 곳이 참하 꿈엔들 잊힐리야. // 질화로에 재가 식어지면 / 뷔인 밭에 밤바람 소리 말을 달리고, / 엷은 조름에 겨운 늙으신 아버지가 / 짚벼개를 돋아 고이시는 곳 ──그 곳이 참하 꿈엔들 잊힐리야.'
(5연 중 제1, 2연) 정지용, 「鄕愁」, 『鄭芝溶 全集』 1 · 詩, 민음사, 1988, 44쪽.
109 김은전, 『한국 현대시 탐구』, 태학사, 1996, 92~93쪽.

윤동주尹東柱(1917~1945)의 시 「봄」(1942)[110]은 계절이 우리 몸으로 체화되어 더욱 절절하다.

봄이 血管(혈관)속에 시내처럼 흘러,

돌, 돌, 시내 가차운 언덕에

개나리, 진달래, 노오란 배추꽃,

三冬(삼동)을 참어온 나는

풀포기처럼 피어난다.

즐거운 종달새야

어느 이랑에서나 즐거웁게 솟쳐라.

푸르른 하늘은

아른아른 높기도한데 ……[111]

'봄이 혈관 속에 시내처럼 흘러, 시내 차가운 언덕에' 갖가지 봄꽃을 피우고, '삼동三冬을 참아 온 나는 풀포기처럼 피어나' '어느 이랑에서나

110 『尹東柱詩集－하늘과 바람과 별과 詩』, 正音社, 1955, 53~54쪽(복간본, 1955년 증보판 오리지널 디자인, 소와다리, 2016).
    윤동주, 「하늘과 바람과 별과 시」, 『하늘과 바람과 별과 시』(윤동주전집 1), 문학사상사, 1999, 127쪽(초판 참조).
111 尹東柱, 「봄」(「흰 그림자」 중), 『하늘과 바람과 별과 詩』, 正音社, 1948, 52쪽(1948년 초판본 오리지널 디자인, 소와다리, 2016 복간본).

종달새를 즐겁게 푸른 하늘 높이 솟구치게 한다'는 표현에서, '나'는 엄동설한을 인내하였고 그 결과로 봄날의 풀포기처럼 다시 재생하여 꽃 피운다는 자연의 이치로서 스스로의 결의를 다지는 것이다.

개나리, 진달래, 노란 배추꽃과 종달새가 구체적 봄의 경물로 계절감을 선명하게 하며, 삼동을 참아 '혈관 속에 시내처럼 흐른 봄'을 증거한다. 윤동주는 언제나 혈관 속에 봄이 흘러 삼동 같은 어둡고 힘겨운 시대를 살면서도 절망하지 않고 풀포기처럼 피어나는 희망과 어디서나 즐겁게 종달새처럼 푸르른 하늘 높이 솟구치는 열정을 간직하고 살았다고 할 수 있다.

여름 표현

소설 속의 여름 묘사로, 먼저 이광수李光洙(1892~1950)의 「무정無情」 (1917)을 보기로 한다. 근대 최초의 언문일치체 소설 『무정』을 발표한 이광수는 초기 단편과 수필 등에서 자연 계절 묘사를 도입하고 있다. 『무정』에서 계절 표현을 찾아보면 다음과 같은 여름 표현이 보인다.

六月中旬, 찌는 듯하는 太陽이 넘어가고 안개 같은 水蒸氣(수증기)가 萬物을 잠가, 山이며, 川이며, 家屋(가옥)이며, 모든 물건이 모두 半이나 녹는 듯 어두운 帳幕(장막)이 次次 次次 내림에 끓는 듯하던 空氣도 얼마큼 식어 가고, 서늘하고 부드러운 바람이 빽빽한 밤나무 잎을 가만가만히 흔들어서, 靜寂(정적)한 밤에 바삭바삭하는 소리가 난다.

處所(처소)는 博川松林(박천송림). 朦朧(몽롱)한 月色이 꿈같이 이 村落(촌락)에 비치었는데, 기와집에 舍廊門(사랑문) 열어놓은 生員任(생원님)들은 濛濛(몽몽)한 쑥내로 蚊群(문군)을 防備(방비)하며, 어두운 마루에서 긴 대 털며 쓸 데 없는 酬酢(수작)으로 時間을 보내나, 피땀을 죽죽 흘리면서 田畓(전답)에 김매던 가난한 農夫와 행랑 사람이며, 풀 뜯기와 잠자리 사냥에 疲困(피곤)한 兒童輩(아동배)는 벌써 世上을 모르고 昏睡(혼수)하는데,[112]

찌는 듯한 태양과 수증기, 끓는 듯 하는 공기 등 6월 중순의 무더운 여름철을 배경으로 이야기를 전개하면서, 기와집 사랑채에서 쓸 데 없는 수작으로 시간을 보내는 생원님들과 피땀 흘려 김매던 가난한 농부를 대비시키는데서 근대 초창기 문학의 비판정신의 일단을 접하게 된다. 그 사이사이에 쑥 내로 모기떼蚊群 방비하기, 전답에서 김매기, 잠자리 잡는 아이들 등 농촌의 여름 정취를 풍기는 계절 묘사로 소설의 분위기를 한결 자연스럽게 살린다. 『무정』은 이러한 자연 계절 표현과 시공간 배경 묘사, 지식인의 내면 심리, 언문일치체 문장 등에 의해 한국 근대소설문학사의 첫 장을 장식하였다.

다음으로, 김정한(1908~1996)의 「사하촌寺下村」(1936)은 사찰 소유의 논을 둘러싼 소작농들의 어려움을 그린 농민소설[113]로, 일제강점기 지주의 횡포와 가뭄을 겪으며 농민들이 연대하여 행동하는 과정을 그린다. 최서해가 「홍염」(1927)에서 '겨울' 중심의 상징적인 이미지로 핍박받는 민족의 모습을 표현하였다면, 「사하촌」에서는 여름과 가을을 배경으로

---

112 이광수, 「무정」, 『李光洙全集』 제1권, 三中堂, 1964, 527쪽.
113 농민소설 : 일제강점기 농촌을 배경으로 한 소설로, 농민의 교육과 부흥을 목적으로 하는 계몽적 작품과 순박한 농촌의 삶을 그린 작품, 모순된 농촌현실을 극복하고자 투쟁하는 모습을 그린 작품 등으로 나눌 수 있다.

하며 소작농의 현실을 보다 돋보이게 하기 위해 계절 묘사를 작품 곳곳에 배치하였다. 착취당하는 소작농의 모습을 여름 특유의 감각을 이용하여 사실적으로 계절을 표현한다.

'돌가루 바닥같이 딱딱하게 말라붙은 뜰'과 '흙고물 칠을 해 가지고 바둥바둥 거리다가 새까만 개미떼에게 물어뜯기는 지렁이'는 여름 가뭄 때 지주들의 횡포에 시달리는 소작농들을 암시하는 것 같다. 또한, '끓는 폭양'과 '암모니아 거름으로 논바닥에서 확확 솟아오르는 불길 같은 더운 김', '불볕' 가뭄 등 여름 표현은 농민들의 역경과 그들의 심상을 잘 반영한다.[114] 이밖에도 '비 한 방울 구경 못한 무서운 가뭄'이나 '쪄 내리는 팔월의 태양' 등과 같이 감내하기 어려운 열기로 물 부족의 가뭄을 겪는 여름이라는 계절의 특성을 강조한다.

가을이 되는 시기, 소작농들은 '들판에 익어가는 누런 곡식'을 기대했지만 '거친 들판을 지키는 허수아비'만이 있을 뿐 '서리 맞은 나뭇잎'이나 '무심한 가을비는 진종일 고서방이 지어두고 간 벼이삭과 차압 팻말을 휘두들겼다'와 같이 농민들의 생활의 궁핍함은 더해간다.

이와 대조적으로 일제에 협조적인 쇠다리 주사 댁 감나무에는 감이 주렁주렁 매달리고 지붕에 고추가 발갛게 널리는 모습은 가을 풍경을 빌어 농촌사회의 모순과 그에 따른 양극화를 보여준다. 「사하촌」에 나타난 여름과 가을의 이미지는 초목의 푸르름을 마주하는 흥취나 낙엽을 대하는 애수의 계절과는 달리 현실 고발을 위한 부정적인 이미지로 점철되어 있다.

다음엔 이육사李陸史(1904~1944)의 여름의 시 「청포도青葡萄」(1939)[115]

---

114 김정한, 「사하촌」, 『김정한·안수길』(20세기 한국소설 11), 창비, 2005, 75~94쪽.

를 맛보기로 하자.

내 고장 七月은
청포도가 익어 가는 시절

이 마을 전설이 주절이 주절이 열리고
먼 데 하늘이 꿈 꾸며 알알이 들어 와 박혀

하늘 밑 푸른 바다가 가슴을 열고
흰 돛 단 배가 곱게 밀려서 오면

내가 바라는 손님은 고닲은 몸으로
靑袍(청포)를 입고 찾아 온다고 했으니

내 그를 맞아 이 포도를 따 먹으면
두 손은 함뿍 적셔도 좋으련

아이야 우리 식탁엔 은쟁반에
하이얀 모시 수건을 마련해두렴[116]

---

115 이육사, 「청포도」, 『문장』(1939.8), 『광야에서 부르리라』(이육사 시전집), 시월, 2010, 67쪽.
116 李陸史, 『陸史詩集』, 凡潮社, 1956(복간본, 오리지널 초판본, 더스토리, 2016), 20쪽.

이 시에는 각 연마다 7월의 청포도와 관련된 이미지가 중첩되어 있다. 우선 첫 연에서, '청포도가 익어 가는 시절'이라며 한여름의 고향으로 상념을 유도하고는, 다음에 '주저리주저리 열리고' '하늘이 꿈꾸며 알알이 들어와 박혀' '하늘 밑 푸른 바다가' '청포를 입고' '이 포도를 따 먹으면' '두 손을 함뿍 적셔도' '우리 식탁엔 은쟁반에' '모시 수건을 마련해' 두길 바란다고, 각 연 각 행마다 온통 청포도가 익고, 열리고, 박히고, 따 먹고, 손을 적시면, 닦을 모시 수건을 마련해 두라는 이야기를 담았다.

물론 시의 리듬감을 위해 '주절이 주절이(주저리주저리)'나 '알알이', −열리고 −열고, −오면 −먹으면, −좋으련 −두렴 등을 적절한 위치에 배치하고, 청포도, 하늘, 푸른 바다, 청포 등 청색과 흰돛단배, 은쟁반, 하얀 모시수건 등 백색을 대비 시켜 시각적 이미지의 효과까지 충분히 내고 있다.

그런데, '이 마을 전설'과 '하늘의 꿈', '하늘 밑 푸른 바다'에 이어지는, '흰 돛단배'와 '내가 바라는 손님', '하얀 모시 수건'은 무슨 뜻인가? 곱게 흰 돛단배를 타고 고달픈 몸으로 청포를 입고 찾아오는 기다리던 귀한 손님을 맞아, 마을의 전설과 하늘의 꿈이 박힌 이 청포도를 함께 따 먹을 때는 반갑게 두 손을 적셔도 좋다마는, 젊은이여! 우리들의 초대 식탁엔 정결한 은쟁반이 놓이고 정갈한 하얀 모시 수건을 준비해두게나!라는 당부의 말로 맺고 있다는 데서 이 작품의 궁극적 메시지를 찾아야할 것이다.

'바라는 손님'은 '고닳은(고달픈) 몸'의 현실을 딛고 청포도가 익어가는 한여름에 소망의 '푸른 옷을 입고 찾아온다'고 했다는 신념으로 청년들은 광복光復의 잔치를 정결하게 준비하라는 은근한 명령이 내재한다고 볼 수 있다.

이 시인의 「광야」에도 '백마 타고 오는 초인'이 등장하는 등, 육사는 짧은 생애에 여러 차례 투옥된 저항 시인으로서, 자연 계절의 과실(청포도)과 역사적 현실을 소재로 이렇게 주옥같은 시를 남긴 것은 이 시인의 감성과 역경의 시대가 합작한 커다란 선물이다.

일본의 경우, 푸른 하늘과 바다, 그리고 흰 갈매기 등 청백색의 대조적 이미지로 자연과 인생의 의미를 읊은 시(예, 이 책 제2장 5절, 와카야마 보쿠스이의 단가 등)는 눈에 띄지만, 이 시대에 이렇게 빼어난 계절의 서정과 역사적 서사를 동시에 함축적으로 노래한 시는 찾아보기 어렵다.

노천명盧天命(1912~1957)의 여름의 시 「하일산중夏日山中」(1941)은 제목대로 여름날 어느 산속, 계절의 현장에서 직접 체험한 다양한 감각을 사실적으로 서술한다. 제1연 1~2행의 '보리 이삭들이 바람에 물결칠 때마다 / 어느 밭고랑에서 종다리가 포루룽 하늘로 오를 것 같다'라는 구절의 '바람에 물결치는 보리이삭'에 대한 묘사와 '밭고랑' '논두렁' '밭머리' 등을 소재로 계절과 자연 정경을 읊는 모양은[117] 일본문학에서도 유사한 표현이 눈에 띤다. 시인이자 소설가인 시마자키 도손島崎藤村의 수필 『치쿠마가와의 스케치千曲川のスケッチ』(1912)에서 '진한 청 보리 향기를 맡으며' '바람이 불면 녹색의 파도처럼 요동한다', '보리밭麦畠' '시골길田舎道' 등과 같은 초여름의 청 보리에 대한 묘사와 전원풍경, 계절감을 감각적으로 표현한 점[118] 등 두 작품은 닮은 점이 있다.

---

117 노천명, 『노천명전집 1 시―사슴』, 솔, 1997, 108~109쪽.
118 최재철, 「일본 근대문학의 자연・계절의 발견과 그 전개」, 『日語日文學研究』 제84호, 한국일어일문학회, 2013, 366쪽(이 책 제2장 4절 참조).

가을 표현

소설 속의 가을 표현을 보기로 한다. 이효석李孝石(1907~1942)의 「메밀꽃 필 무렵」(『조광』, 1936)에서 이야기 전개상 주요 부분으로 자연 계절 묘사가 어울려 분위기를 자아내는 장면을 읽어보자.

달은 지금 긴 산허리에 걸려 있다. 밤중을 지난 무렵인지 죽은 듯이 고요한 속에서, 짐승 같은 달의 숨소리가 손에 잡힐 듯이 들리며, 콩포기와 옥수수 잎새가 한층 달에 푸르게 젖었다. 산허리는 온통 메밀밭이어서 피기 시작한 꽃이 소금을 뿌린 듯이 흐뭇한 달빛에 숨이 막힐 지경이다. 붉은 대궁이 향기같이 애잔하고 나귀들의 걸음도 시원하다. 길이 좁은 까닭에 세 사람은 나귀를 타고 외줄로 들어섰다. 방울소리가 시원스럽게 딸랑딸랑 메밀밭께로 흘러간다. 앞장 선 허생원의 이야기 소리는 꽁무니에 선 동이에게는 확실히는 안 들렸으나, 그는 그대로 개운한 제멋에 적적하지는 않았다.

"장 선 꼭 이런 날 밤이었네. 객줏집 토방이란 무더워서 잠이 들어야지. 밤중은 돼서 혼자 일어나 개울가에 목욕하러 나갔지. 봉평은 지금이나 그제나 마찬가지지. 보이는 곳마다 메밀밭이어서 개울가가 어디 없이 하얀 꽃이야. 돌밭에 벗어도 좋을 것을 달이 너무나 밝은 까닭에, 옷을 벗으러 물방앗간으로 들어가지 않았나. 이상한 일도 많지. 거기서 난데없는 성 서방네 처녀와 마주쳤단 말이네. 봉평서야 제일가는 일색이었지 ─ 팔자에 있었나 부지."

아무렴 하고, 응답하면서 말머리를 아끼는 듯이 한참이나 담배를 빨 뿐이었다. 구수한 자줏빛 연기가 밤기운 속에 흘러서는 녹았다.[119]

---

119 이효석, 『메밀꽃 필 무렵』(베스트셀러 한국문학선 9), 소담출판사, 1995, 14~15쪽.

위 인용문 중 자연 계절 묘사 부분을 다시 보면, 먼저 넓은 시야, 우주 자연 공간의 천체로서의 달과 달이 비추는 지상에 대해 표현한다. 달 밝은 가을, 밤길을 가는 일행은 부드러운 달빛에 흐뭇한 감동을 느끼고, 달은 고개 넘고 개울 건너 벌판과 산길, 팔십 리 밤길을 비추며 따라오다가 지금은 긴 산허리에 걸려 있다. 여유로움 마저 느낄 수 있고 뭔가 좋은 예감을 갖게 하는 자연 공간 배경 묘사다.

'짐승 같은 달의 숨소리'라고 뭔가 암시하는 듯하고, 잎 새에 맺힌 이슬에 달빛이 반사되는 것을 '콩포기와 옥수수 잎 새가 한층 달에 푸르게 젖었다'라고 묘사하는 데에서 이 작가의 표현력을 읽을 수 있다. 이렇게 본 장면으로 들어갈 준비가 다 된 셈이다.

밭에 온통 핀 메밀꽃이 흰 소금을 뿌린 듯 고요하고, 거기 쏟아져 내리는 달빛에 숨이 막힐 만하다. 달빛을 투과시키는 붉은 메밀대가 마치 향기를 뿜는 것 같고 가느다랗게 하늘하늘 서있는 모습이 애처롭게 보였을 것이다. 초가을 강원도 산간의 달빛과 메밀꽃으로 천지가 온통 흰색의 향연을 펼치는 한 밤중의 한 순간을 숨 가쁘게 단숨에 이끌어오는 작가의 수완은 남다르다.

이효석의 「메밀꽃 필 무렵」은 보름을 조금 지난 초가을 밝은 달과 흰 메밀꽃 표현으로 자연 계절 묘사의 백미를 보여준다. 이러한 자연 계절 묘사를 통한 시공간 배경 표현의 성공으로 이효석은 한국 단편소설을 한 단계 높은 수준으로 끌어올렸다.

겨울 표현

소설 속의 겨울 묘사에 대해 횡보橫步 염상섭廉想涉(1897~1963)의 중편소설 「만세전萬歲前」(1922 · 1924 발표, 1948 개작)[120]을 보자.

　　온밤 새도록 쏟아진 눈은 한 자 길이는 쌓였을 거라. 인력거꾼은 낑낑 매
며 끄나 바퀴가 마음대로 돌지를 않는다. 북악산에서 내리지르는 바람은 타
고 앉았는 사람의 발끝 코끝을 쏙쏙 쑤시게 하고, 안경을 쓴 눈이 어른어른
하도록 눈물을 핑 돌게 한다. 남문 안 '신창'으로 나가는 술집 더부살이 같은
것이 굴뚝에서 기어나온 사람처럼 오동이 된 두루마기 위로 치룽을 짊어지
고 팔짱을 끼고 충충충 걸어가는 것이 가다가다 눈에 띌 뿐이요, 아직 거리
에는 사람 자취도 별로 없다. 불이 나가지 않은 문전의 외등外燈은 졸린 듯이
뽀얗게 김이 어리어 보인다. (…중략…)
　　그동안 청명한 겨울날이 계속하더니 오늘은 또 무에 좀 오려는지, 암상스
런 계집이 눈살을 잔뜩 찌푸린 것처럼 잿빛 구름이 축 처지고 하얗게 얼어붙
은 땅이 오후가 되어도 대그락거리었다.[121]

　눈이 한 자나 쌓인 거리의 인력거꾼을 묘사하는 장면에서 북악산의
매서운 바람이 '발끝 코끝을 쑤시게 한다'든지 '눈이 어른어른하도록 눈
물이 핑 돌게 한다'는 등 겨울 추위를 감각적으로 표현한다. 한편, '외등
은 졸린 듯이 뽀얗게 김이 어리어'라든지 '암상스런 계집이 눈살을 잔뜩
찌푸린 듯한 잿빛 구름' 등의 골계적 비유 표현을 구사하면서 겨울 추위
를 돋보이게 하는 기교가 보인다.

---

120 일제강점기 조선 지식인의 고뇌를 그린 작품이며, 주인공이 아내의 발병으로 일본과 한
　　반도를 오고가는 여정의 형식을 취하고 있다.
121 염상섭, 『염상섭 중·단편선−만세전』, 글누림, 2007, 133·161쪽.

「만세전」은 3·1운동 직전의 겨울을 시대 배경으로 하고, 도쿄東京유학생 화자 '나'가 아내의 위독 소식을 듣고 귀국하면서 일본과 '조선'에서 목격한 현장을 사실적으로 그린다. 원제목이 「묘지」였듯이 검색과 감시의 수모를 당하며 일제에 의한 경제적 침탈로 몰락하고 찌든 군상들과 사회 권력의 비리, 봉건적 가족 제도의 허울 등 일제강점기 조선의 현실을 고발하고, 지배국의 상황과 극명하게 대비시켜 그린 당대 리얼리즘 소설의 수작이다. 이러한 시대의 도시를 소묘할 경우, 배경으로서의 계절과 등장인물은 위의 인용문과 같이 을씨년스럽고 혹심한 추위와 눈이 쌓인 겨울, 거리의 인력거꾼이 제격이다.

이와 같이 추운 겨울 도시의 인력거꾼(화수분)을 소재로 한 전영택田榮澤(1894~1968)의 단편소설 「화수분」(『조선문단』, 1925.1)도 일제강점기 궁핍한 생활로 굶주리다가 죽어가는 한 가족의 비극적 삶을 그리는데, 이야기의 첫머리는 이렇게 시작된다.

첫 겨울 추운 밤은 고요히 깊어간다. 뒤뜰 창 밖에 지나가는 사람 소리도 끊어지고, 이따금 찬바람 부는 소리가 휘익 우수수하고 바깥의 춥고 쓸쓸한 것을 알리면서 사람을 위협하는 듯하다.

이 첫머리는 추운 겨울밤 사람 발길도 끊기고 찬바람 부는 춥고 쓸쓸한 분위기를 살리면서, 엄동의 계절 배경 묘사를 통해 앞으로 전개되는 등장인물이 추위와 굶주림에 시달려 목숨마저 빼앗기는 극한 상황을 예고한다.

같은 신경향파소설[122]로 최서해崔曙海(1901~1932)의 「홍염紅焰」(1927)

은 1920년대 겨울, 백두산 서간도에 있는 빼허(白河)를 배경으로 중국인 지주에게 착취당하는 조선인 소작농의 모습을 그린 작품이다. 「화수분」이 도시의 겨울을 배경으로 했다면, 「홍염」은 고단한 삶을 사는 가난한 소작농의 겨울을 배경으로 한다.

> 눈보래는 북국의 특색이라. '쌔허'의 겨을에도 그러한 특색이 잇다. 이것이 쌔허의 생령들을 괴롭게 하는 것이다.
> 오늘도 눈보래가 친다.
> 북극의 어름 세계나 거처 오는 듯한 차듸찬 바람이 우 — 하고 몰려오는 째면 산ㅅ봉오리와 엉성한가지 스테 싸혓든 눈들이 한꺼번에 휘날려서 이 조븐 산ㅅ골은 쌔연 눈안개ㅅ속에 들게 된다.
> (…중략…)
> 눈보래와 바람ㅅ소리에 쌔허의 조븐 골짝이는 터질 듯한 동요를 밧는다.[123]

작품 서두에 눈보라와 매서운 찬바람 등 겨울의 풍경묘사가 곳곳에 보이는데, 이는 빼허(마을)의 생명(주민)을 고립시키고 괴롭히는 장애 요소며 시야를 가리는 눈보라는 정상적인 인간의 활동을 저해한다.

> 이러케 눈ㅅ발이 날리고 바람이 우지지즈면 그 어설구즌 집속에 의지 업

---

122 신경향파문학 : 러시아혁명(1917)이래 일본을 통해 유입되었고 계급주의 사상을 중심으로 한 1920년대 한국문예사조. 소재를 노동자 농민들의 궁핍한 삶에서 찾고 고용주와 근로자간 대립을 소설 구도로 설정하는 등, 극단적 결말을 맺는 특징을 보이며, 일본의 프롤레타리아 문예사조와 밀접하다.
123 최서해, 「홍염」, 『최서해작품집』, 지식을만드는지식, 2008, 27쪽.

시 드러백인 넉시[124]들은 자기네로도 알 수 업는 공포에 몸을 부루루 썰게 된다.

　이러케 몹시 춥고 두려운 날[125]

겨울이 두려운 것은 비단 눈보라와 추위 탓만이 아니라 빈곤과 착취 때문이지만, 서간도의 겨울이라는 계절의 혹독함이 공포를 증폭시키는 역할을 한다.

　다음에, 김진섭金晋燮(1903~?)의 수필 「백설부白雪賦」(1939)는 눈에 대한 예찬으로 눈 내리는 풍경을 은유와 의인법 등 다양한 수사를 구사하여 낭만적 분위기를 기조로 자유분방하게 전개된다.

　　나는 겨울을 사랑한다. 겨울의 모진 바람 속에 태고의 음향을 찾아 듣기를 좋아하기 때문이 다. 그러나 무어라 해도 겨울이 겨울다운 서정시는 백설白雪, 이것이 정숙히 읊조리는 것이니, 겨울이 익어가면 최초의 강설降雪에 의해서 멀고 먼 동경의 나라는 비로소 도회에까지 고요히 고요히 들어오는 것인데, 눈이 와서 도회가 잠시 문명의 구각舊殼을 탈하고 현란한 백의를 갈아입을 때,[126]

「백설부」에 나타난 계절 표현은 백설과 추위가 더해지는 한겨울을 '때가 무르익어 간다'라든지, 눈에 뒤덮인 도시풍경을 '문명의 허물을

---

124 넉시 : 넋이 있는 존재, 즉 사람. 위의 책, 28쪽.
125 위의 책, 28쪽.
126 김진섭, 「백설부」, 『김진섭 선집』(한국문학의 재발견―작고문인선집), 현대문학, 2011, 179쪽.

벗고 흰옷으로 갈아입는' 모습으로 보거나, 눈 내리는 장면을 '백설이 경쾌한 윤무를 가지고 공중에서 편편히 지상에 내려올 때', '고공무용' 등으로 의인화한다. '눈' 그 자체를 살아있는 '흰 생명'으로 묘사하는 등 사실적 표현이라기보다 미적 감각으로 쓴 백설에 대한 작자의 해석을 읽게 된다.

이번에는, 푸른배(프른빗)의 겨울의 시 「참새소리(춤식소리)」(1915)를 들어보기로 한다.

> 宇宙(우주)의血脉(혈맥)이싣어진듯 / 大氣가졈졈식어간다 / 바람은산들
> 산들, 쇠, 나무, 물, 흙이모다산득ㅅㅅ / 뒷산에상수리, 압들에벽오동은 /닙
> 사귀누릇, ㅆ암히우수수ㅅㅅㅅ / 감자닙, 고추나무닙 다―쩌려져 / 이리ᄒ
> 가운듸소리업는悲哀의소리가쑤군거린다, / 半空(반공)에울고가노기럭이
> 쩨씨럭씨럭 / 南國으로避難(피난)간다―寂漠(적막)―冷却(냉각)― / 簷下
> (첨하)싯헤참싀ᄒ놈포르르― /『쌕쌕아―아, 겨울이왓네!겨울이왓네!』/
> 어느날앗츰서리를눈으로속앗더니…, / 어니덧白雪이펄―펄나려싸혀 / 뫼,
> 드을, 거리, 모쥬리素服(소복)을닙는다 / 이집져집참싀들이포르르포르르 /
> 『쌕쌕춤다춤다山으로!村으로!』/ 山골村에난더욱되윈겨울! / 찬바람이山
> ㅅ비타리, 논에벼그루에덥힌흰눈위로 / 휘―익, 휘―익 /
>
> (…중략…)
>
> 어린것 『老人(노인)이라니누구야?』/『老人!그老人으로말ᄒ션겨울大王
> 님인듸 / 그듸로보면그만죽고구만滅(멸)ᄒ고 마는것갓ᄒ누 / 實上(실상)
> 은봄이란太子(태자)를쏙안어保護(보호)ᄒ고잇노라고 / 자긔는죽을쌔까지
> 太子만위ᄒ야太子가클쌔까지 / 이이야가만잇써라그太子님이크기만ᄒ면 /

봄이된단다!』 / 얼엇든湖水(호수)는더욱쌍々어러져그위로안기가 / 무
역々々긴다 / 가막까지는푸드닥々々날기만ㅎ고울지는안흔다 / 宇宙는一自
然은쌈쌕잠든듯! 太陽볏까지그른듯십퍼 / 山野를홈박덥흔白雪은좀들을번
적거린다 / 겨울은아직도南方을물끄름이바라보고안잣다(完)[127]

겨울의 고목枯木과 적막寂寞, 냉각冷却의 분위기와 백설의 자연 풍경 속
에서 철새 기러기 떼의 이동을 점묘하고, 주로 참새소리를 의인화하여
유머를 담아 의성어를 동원하고 시각적 효과를 통해 한편의 이야기를 노
래로 표현하였다. 후반에서 어린 참새의 질문에 늙은 참새가 대답하는
대화 내용 중에, '노인인 겨울대왕님이 자기는 죽을 때까지 어린 태자만
을 꼭 끌어안고 보호하여 그 태자가 크기만 하면 봄이 된다'고 설명한다.
 역시 근대 초기 시가의 풋풋함이 묻어나는 동화풍의 내용과 형식인
데, 백설과 기러기, 참새소리 등은 개화기 가사에 자주 등장하는 제재이
며, 또한, 우주, 자연, 태양 등 거시적 시점도 삽입한다는 특징이 있다.
 한편, 근대 초에 시조의 개량과 혁신의 기운이 일어났는데,[128] 최남선
은 근대 최초의 창작 시조집 『백팔번뇌百八煩惱』(1926)를 출판하였고,
「고향생각」 등의 시조 가곡을 남긴 이은상李殷相(1903~1982)은 일찍이
『노산시조집鷺山時調集』(1932)을 간행하여 시조의 부흥 가능성을 재확인
시켰다.

---

127 프른빗, 「춤식소리」, 東京留學生會, 『學之光』(제4호, 學之光發行所, 1915, 52쪽) 영인본 제
  1권, 태학사, 1978, 114쪽.
128 시조부흥운동 : 시조의 현대화를 위한 시도는 최남선으로부터 비롯되었고, 1920년대
  프로문학파와 국민문학파 간 논쟁을 거쳐, 시조부흥론은 이론적으로 전개되어갔다.

국민문학파의 시조부흥운동에 참여한 정인보鄭寅普(1893~1950)는 토
속어나 옛말을 되살려 사모思慕의 정과 국권 회복의 의지 등을 표현하였
다. 한학과 국학, 시조, 역사학 등에 조예가 깊었던 정인보는『담원시조
집詹園時調集』(1948)을 간행한 바 있다. 정인보의 시조「자모사慈母思」[129]
(1923) 40수 중에 겨울을 노래한 한 수를 보자.

　　　　바릿밥 남주시고 잡숫느니 찬것이며
　　　　두둑키 다입히고 겨울이라 열분옷을
　　　　솜치마 조타시더니 보공[130]되고 말어라[131] （제12수）

　시조부흥운동의 과정에서 이병기李秉岐(1891~1968)는 창唱이 아닌 문
자 본위의 시조 수사학을 확립하였고 옛말 투의 용어를 바꾸었으며 격
조의 변화를 꾀하는 등 현대적인 방식과 내용을 담아 시조의 개량을 도
왔다.『가람시조집嘉藍時調集』(1939)을 펴낸 이병기의 시조「수선화水仙花」
(1939)는 추위 속에서 꿋꿋하게 피어난 수선화의 의연한 기품을 읊는다.

　　　　風紙(풍지)에 바람 일고 구들은 얼음이다
　　　　조고만 冊床(책상) 하나 무릎 앞에 놓아두고
　　　　그 우엔 한두 숭어리 피어나는 水仙花

129 정인보,『담원 정인보전집』1(시조·문학론 외), 연세대 출판부, 1983, 7~14쪽.
130 보공補空 : 송종送終 때 의복으로 관중공처棺中空處를 채우는 것.
131 정인보, 앞의 책, 7쪽.

투술한 전북 껍질 발 달아 등에 대고

따듯한 볕을 지고 누어 있는 蟹形(해형) 水仙

서리고 잠드든 닢도 굽이굽이 펴이네

燈(등)에 비친 모양 더욱이 연연하다

웃으며 수줍은 듯 고개 숙인 숭이숭이

하얀한 장지문 우에 그리나니 水墨畫(수묵화)를[132]

　첫 연에서, 찬바람으로 문풍지가 떨고 구들장은 얼음처럼 찬 냉방에 조그맣고 낮은 책상을 무릎 앞에 놓고 앉아 그저 그 위에 한두 송이 피어 나는 수선화를 바라보고 있다고, 시인이 처한 한겨울의 춥고 옹색한 방 안이라는 시공간의 배경을 먼저 보여준다. 그리고 화분에 놓인 게 모양 으로 누운 수선이 햇살을 받아 여유로운 모습을 묘사한다. 그리고 마지 막에 수줍은 듯 고개 숙인 수선화가 실내등에 비쳐서 하얀 장지문에 곱 고 또렷하게 수묵화를 그린다고 읊조린다.

　한겨울 열악한 환경에서도 꼿꼿하게 수선화를 피우고 지켜보는 시인 학자의 모습이 장지문에 비친 수선 수묵화와 합쳐져서 고졸古拙한 한 폭 의 동양화를 보는 듯하다.

　김윤식은 이 시조와 관련하여 문학예술에서 어떠한 특정 계절을 문제 삼을 경우, 먼저 그 계절의 속성이 무엇인지 파악할 필요가 있다고 보고, 수선화는 광음과 한기의 속성을 가지고 있다고 보며 시기상 2월은 광음

---

132 이병기, 『가람 시조집』, 지식을만드는지식, 2012, 26쪽.

의 징검다리요, 생명의 한기를 동반하고 있어 이 한기 속에 생명의 본질을 내포하고 있다고 말한다.[133]

윤동주尹東柱의 「눈 오는 지도地圖」(1939)는 그가 살았던 '눈 오는' 시대를 지도로 그려 보이고 있다. 우리는 그 지도를 어떻게 '독도讀圖' 할 수 있는가? 먼저 이 산문시 전문을 읽어보기로 한다.

순이順伊가 떠난다는 아침에 말 못할 마음으로 함박눈이 내려, 슬픈 것처럼 창窓 밖에 아득히 깔린 지도 위에 덮인다. 방房 안을 돌아다보아야 아무도 없다. 벽壁과 천정天井이 하얗다.

방안까지 눈이 내리는 것일까, 정말 너는 잃어버린 역사歷史처럼 홀홀히 가는 것이냐, 떠나기 전에 일러 둘 말이 있던 것을 편지에 써서도 네가 가는 곳을 몰라 어느 거리 어느 마을 어느 지붕밑, 너는 내 마음 속에만 남아 있는 것이냐, 네 조그만 발자욱을 눈이 자꾸 내려 덮여 따라 갈 수도 없다. 눈이 녹으면 남은 발자욱 자리마다 꽃이 피리니 꽃 사이로 발자욱을 찾아 나서면 1년 열두 달 하냥 내 마음에는 눈이 나리리라.(1941.3.12)[134]

이 시에서 '눈'은 연인(순이)이 떠나는데 '말 못할 마음'이 들게 하는 것, '슬픈 것처럼 아득히 깔린 지도를 덮는' 것이므로 아쉽고 슬픈 원망의 대상이다. 그리고 '순이'가 '가는 곳을 몰라 어느 거리 어느 마을 어느 집'인지, 주소도 모르는데, 유일하게 지도를 그려주는 눈길 위의 '발

---

133 김윤식, 『한국 근대문학의 이해』, 일지사, 1996, 270~271쪽.
134 尹東柱, 「눈 오는 지도」(「흰 그림자」 중), 『하늘과 바람과 별과 詩』, 正音社, 1948, 19쪽 (복간본 1948년 초판본 오리지널 디자인, 소와다리, 2016).

자욱을 눈이 자꾸 내려 덮여 따라 갈 수도 없다'고 체념하게 만드는 냉정한 존재다. 그런데, 그 방해물인 '눈'이 녹으면 임이 밟은 '발자욱마다 꽃이 피리니'라고 일시 희망을 갖고 기대해보지만, '꽃 사이로 발자욱을 찾아 나서면' 1년 내내 '마음에는 눈이 나리리라'고, 꽃이 피리라는 기대와 반신반의와는 달리 원망스런 '눈'은 결국 언제나 마음속에 내릴 것이라며 절망적 기분에 빠진다.

또한, '방안엔 아무도 없고, 하얗다'는 것은 허전함과 고독, 그리움의 다른 표현일 터이고, '방안까지 눈이 내린다'는 건 원망과 거부의 눈이 내면까지 잠식해 들어왔다는 것이며, '떠나기 전에 일러둘 말이 있던 것을 편지에 썼다'는 것은 떠나가는 임에게 못 다한 말에 대한 아쉬움의 표현일 것이다. 사랑하는 연인과 오랜 시간 많은 말을 나누었어도, 서로 헤어져 귀가하는 길에서도 수많은 메시지를 주고받고 핸드폰 통화를 수시로 해도 부족한 요즘 세대를 보아도 알 수 있는 바와 같이, 사랑하면서도 어쩔 수 없이 떠나보내야 하는 임에게 '일러둘 말'이 왜 없겠는가. 그렇게 '일러둘 말을 쓴 편지'를 전달할 길(주소, '지도')을 눈이 덮어버리고 마는 것이니, 안타까울 뿐이다.

본문에 대해 대체로 위와 같은 읽기가 가능하리라고 본다. 그런데, 이 시에서 가장 눈에 띄고 어려운 부분이, '정말 너는 잃어버린 역사(歷史)처럼 홀홀히 가는 것이냐'라고 할 수 있다. 특히 '역사'라는 어휘는 개인에게 보다는 큰 기관이나 나라, 시대에 어울리는 말이다. '너는 역사처럼'이므로, '떠난 임'='잃어버린 역사'라는 등식이 성립된다. 이와 관련하여 선행 연구자의 해석을 보자.

윤동주의 '눈 오는 지도'는 당시의 비극적인 민족적 상황을 시화한 것으로 보인다. 개인적 정서의 방출이나, 회포에만 안주安住하거나 몰입没入할 수 없었던 지은이의 역사에 대한 자각을 읽을 수 있다.[135]

이 시인의 관련 시구나 다른 연구자의 해석으로 논증을 덧붙이지 않더라도 일제 시대에 교토 동지사同志社대학 유학 중 투옥되어 젊은 나이에 비명에 간 민족시인의 시에 대한 합당한 설명이라고 본다. 여기서 '오는 눈이 덮어버린 지도', '잃어버린 역사'라는 것은 시인이 놓인 갈 길 모르는 암담한 시대와 빼앗긴 조국의 역사를 말한다고 보는 것은 지당하다. 내리는 눈을 소재로 하여 이런 시각으로 읊은 일본의 노래는 없을 것이므로, 이 점이 이 시기의 한일 간의 자연 계절 표현의 큰 차이 중 하나다.

3) 광복 이후(1945~) 문학의 계절 표현

봄의 시, 봄의 시조

다음은 이병기의 참신성이 돋보이는 봄의 시조 「냉이꽃」이다.

太陽이 그대로라면 地球는 어떨 건가

水素彈(수소탄) 原子彈(원자탄)은 아무리 만든다더라도

---

135 김은전, 앞의 책, 115쪽.

냉이꽃 한 잎에겐들 그 목숨을 뉘 넣을까[136] (제3연)

　제1, 2연에서 일상적인 것과 진달래와 꾀꼬리 등 계절 따라 변화하는 자연을 거론하다가, 제3연에서 돌연 거창한 태양과 지구와 원자탄에, 냉이꽃 한 잎을 대비하는데서 생명의 고귀함에 대한 시인의 시선을 읽을 수 있다. 일본 패전과 태평양전쟁을 종식시킨 원자탄의 위력을 목도한 이후의 봄의 시라는 위상을 확인할 수 있는 작품이다.

　평소 사군자 중 하나인 난초를 좋아했다는 시인이 자그마하고 서민적인 봄의 냉이꽃을 발견하고 큰 의미를 부여했다는 데에 의의가 있다.

　다음은 목련꽃을 노래한 박목월朴木月(1916~1978)의 「사월의 노래」 (1953)[137]로, 가곡으로도 널리 애송되는 명작이라 굳이 해설할 필요가 없겠다. 목련꽃 그늘에서 편지를 읽으며, 버들피리 불고, 클로버 피는 언덕에서 휘파람을 부는 봄, 사월은 생명의 계절이자 빛나는 꿈의 계절이면서, 또 한편으로는 순간순간 왠지 모르는 따뜻한 눈물이 어리기도 하는 서정의 무지개 계절이기도 하다.

　　목련꽃 그늘 아래서 베르테르의 편질 읽노라

　　구름꽃 피는 언덕에서 피리를 부노라

　　아 멀리 떠나와 이름 없는 항구에서 배를 타노라

　　목련꽃 그늘 아래서 긴 사연의 편질 쓰노라

---

136 이병기, 『가람文選』, 신구문화사, 1966, 69쪽.
137 박목월, 「사월의 노래」, 『김순애가곡집』, 국민음악연구회, 1953.

클로버 피는 언덕에서 휘파람 부노라

아 멀리 떠나와 깊은 산골 나무 아래서 별을 보노라

(후렴)

돌아온 사월은 생명의 등불을 밝혀 든다

빛나는 꿈의 계절아 눈물 어린 무지개 계절아

　평범한 봄의 일상을 구가하면서, 스스로 배를 타고 항해하기도 하고 방랑하며 깊은 산골에 가서 별을 쳐다보기도 하는, 광복光復 이후의 봄, '돌아온 사월은 생명의 등불을 밝혀든' 소망이 '빛나는 꿈의 계절'이자 순전한 행복의 '눈물 어린 무지개 계절'인 것이다.

　그리고 박지현(1943~)의 동시 「봄 나비」를 만나보자.

고 조그마한 노랑나비가

그 큰 봄을 데리고 왔네요.

눈 녹아 쫄쫄쫄

실개천으로

아롱아롱 아지랑이

산등성으로

고 조그마한 날갯짓으로

그 많은 봄바람을 몰고 왔네요.

한들한들 실버들
가지 사이로

살랑살랑
연초록 보리밭이랑 사이로[138]

조그만 노랑나비(날개)가 '큰 봄'과 '많은 봄바람'을 몰고 왔다는 발상이
동시답다. 봄바람은 불고, 눈 녹은 실개천 물 흐르는 소리의 청각적 효과
(쫄쫄쫄)에 아롱아롱(아지랑이), 한들한들(실버들) 등 첩어의 리듬감, 노랑
나비와 연초록 보리밭 등 다양한 시각적 배경을 담아 보여줌으로써 초봄
이라는 계절을 선명하게 부각시켜 사생화처럼 그린다. 동시의 성격상 첩
어로 된 의성어들이 많이 쓰인 점은 근대 초기의 가사를 연상시킨다.

이 「봄 나비」나 앞의 「냉이꽃」이나 봄을 표상하는 꽃과 나비라는 아주
작은 생명체를 노래한 것인데, 이러한 작은 생명에 대한 관심과 애착은
광복 이후 문학에 나타나는 시각의 변화로서 흥미 대상의 확대와 여유로
움의 한 반증이라고 본다.

그런데, 1970, 80년대의 산업화와 민주화의 시대를 산 시인들의 계
절을 소재로 한 시에서 그 시대의 분위기가 묻어나는 것 또한 자연스런

---

138 박지현, 「봄나비」, 『박지현 동시선집』(한국동시문학선집 040), 지식을만드는지식, 2015,
   105쪽.

현상이리라. 김창범(1947~)의 봄의 시 중에 「아지랑이」[139](『봄의 소리』, 1981)를 인용한다.

버들강아지만큼 작아지면 봄이 올까
솜털같이 하얗게 떨고 있으면
봄이 올까

겨우내 두 눈을 파먹혔으니
봄빛 지팡이 하나 들고

너울너울 춤추며 다니다가
두 손 흔들며 하늘 올라가자고

시린 개울을 건너
풀밭 보리밭에 언 몸을 녹이며
여윈 팔다리야 일어나 가자고

가물가물대는 고갯길을 넘으면
아 어지러워라 노랗게 돋아나는
눈물만한 꽃송이들.

---

139 김정환, 「80년대의 시─이종욱·김창범·하종오의 시세계」, 김윤수·백낙청·염무웅 편, 『한국문학의 현단계』(창비신서 36), 창작과비평사, 1982, 80쪽.

다음은 안도현(1961~)의 「3월에서 4월 사이」(1997)다. 매일매일 오고가는 길, 관사 앞이나 돌담, 뒷산과 뒤뜰, 울타리 너머, 길가 등 무심코 지나칠 수도 있는 그런 곳에 관찰의 시선을 고정한다.

산서고등학교 관사 앞에 매화꽃 핀 다음에는
산서주조장 돌담에 기대어 산수유꽃 피고
산서중학교 뒷산에 조팝나무꽃 핀 다음에는
산서우체국 뒤뜰에서는 목련꽃 피고
산서초등학교 울타리 너머 개나리꽃 핀 다음에는
산서정류소 가는 길가에 자주제비꽃 피고[140]

봄날 일상 다니는 길목 주변에서 '3월에서 4월 사이'에 피는 꽃을 순서대로 '꽃 핀 다음에는', '꽃 피고'를 반복하며 나열했을 뿐인데, 발견의 기쁨이 전달되어 공감대가 확산되며 봄날의 서정이 가슴에 와 닿는 시다.

여름의 시

나태주는 「여름방학 때 문득 찾아간」(1982) 시골 초등학교 운동장의 정취를 스케치한다.

여름방학 때 문득 찾아간 시골 초등학교

---

140 안도현, 『그리운 여우』(창비시선 163), 창비, 1999, 81쪽.

햇볕 따가운 운동장에 사람 그림자 없고

일직하는 여선생님의 풍금 소리

미루나무 이파리 되어 찰찰찰 하늘 오른다.[141]

시인은 '사람 그림자 하나 없는 햇볕 따가운 한 여름의 운동장에' 물끄러미 서서, 풍금소리를 들으며 미루나무 이파리가 하늘로 날아오르는 것, 또는 풍금소리가 '미루나무의 이파리 되어' 하늘로 울려 퍼지는 것을 한동안 쳐다보며 듣고 있다.

어린 시절의 향수와 추억에 잠기는 중년 시인의 모습에서 세월의 흐름과 계절의 정서가 묻어나 애틋한 공감을 부른다.

가을 표현

소설 속에서 가을 표현을 찾자면 황순원黃順元(1915~2000)의 「소나기」(1953)[142]를 빼놓을 수 없다.

단발머리를 나풀거리며 소녀가 막 달린다. 갈밭 사잇길로 들어섰다. 뒤에는 청량한 가을 햇살 아래 빛나는 갈꽃뿐.

이제 저쯤 갈밭머리로 소녀가 나타나리라. 꽤 오랜 시간이 지났다고 생각했다. 그런데도 소녀는 나타나지 않는다. 발돋움을 했다. 그러고도 상당한 시간이 지났다고 생각됐다.

---

141 나태주, 『나의 등불도 애달프다』(나태주시선집 Ⅱ), 토우, 2000, 297쪽.
142 「소나기」: 주인공인 농촌의 소년과 몰락 양반 집안인 윤초시댁 소녀와의 교감과 연정을 그린 단편소설이다.

저쪽 갈밭머리에 갈꽃이 한 움큼 움직였다. 소녀가 갈꽃을 안고 있었다. 그리고 이제는 천천한 걸음이었다. 유난히 맑은 가을 햇살이 소녀의 갈꽃머리에서 반짝거렸다. 소녀 아닌 갈꽃이 들길을 걸어가는 것만 같았다. (…중략…)

논 사잇길로 들어섰다. 벼 가을걷이하는 곁을 지났다. 허수아비가 서 있었다. 소년이 새끼줄을 흔들었다. 참새가 몇 마리 날아간다. 참 오늘은 일찍 집으로 돌아가 텃논의 참새를 봐야 할 걸 하는 생각이 든다. (…중략…)

"이게 들국화, 이게 싸리꽃, 이게 도라지꽃……."

"도라지꽃이 이렇게 예쁜 줄은 몰랐네. 난 보랏빛이 좋아! …… 근데 이 양산같이 생긴 노란 꽃이 머지?"

"마타리꽃."

소녀는 마타리꽃을 양산 받듯이 해 보인다. (…중략…)

따가운 가을 햇살만이 말라가는 풀냄새를 퍼뜨리고 있었다.[143]

여기서는 낙엽 지는 애수의 가을이 아닌, '청량한 가을 햇살'이 비추고 '갈꽃이 빛나는' 전원의 목가적 풍경 속에 소년과 소녀가 들길을 가며 가을 꽃 이름을 맞춰본다. '들국화, 싸리꽃, 도라지꽃……. 그리고 마타리꽃.'

갈밭 사잇길에, 유난히 맑은 가을 햇살과 빛나는 갈꽃뿐, 소녀는 갈꽃을 안고, 갈꽃머리로, 소녀 아닌 갈꽃이 들길을 걸어가는 것만 같았으며, 벼 가을걷이하는 곁에는 허수아비가 서 있고, 텃논의 참새를 봐야하는 소년, 가을 햇살만이 말라가는 풀냄새를 퍼뜨리고 있었다, 라고 온통 가을

---

143 황순원, 「소나기」, 『황순원작품집』, 지식을만드는지식, 2010, 66~71쪽.

의 계절어로 문장을 채워 간다. 이런 맑고 밝은 가을의 어휘로 채워진 시적 산문으로 인하여 소년과 소녀의 순진무구함은 더욱 빛을 발한다. 계절의 정경 묘사가 등장인물의 심상과 조화되어 독자도 청량한 가을 햇살 아래 작중인물들과 함께 호흡하는 듯한 착각을 일으키게 할 정도다.

그런데 이러한 맑고 밝은 가을 표현이 결국은 슬픈 가을悲秋로 맺는 이야기의 결말을 예비한 도입부라는 점에서 그 애틋함은 배가된다.

이번에는 수필 속의 가을에 대해, 정비석鄭飛石(1911~1991)의 「들국화」(1963)를 보자.

> 가을은 서글픈 계절이다. 시들어 가는 풀밭에 팔베개를 베고 누워서, 유리알처럼 파아랗게 개인 하늘을 고요히 우러러 보고 있노라면, 마음이 까닭없이 서글퍼지면서 눈시울이 눈물에 어리어지는 것은, 가을에만 느낄 수 있는 순수한 감정이다.
>
> 섬돌 밑에서 밤을 새워가며 안타까이 울어대는 귀뚜라미의 구슬픈 울음소리며 불을 끄고 누웠을 때에 창호지에 고요히 흘러 넘치는 푸른 달빛이며, 산들 바람이 문풍지를 울릴 때마다 우수수 나뭇잎 떨어지는 서글픈 소리며 ―가을 빛과 가을 소리치고 어느 하나 서글프고 애달프지 아니한 것이 없다. 가을을 흔히 「열매의 계절」이니 「수확의 계절」이니 하지마는, 가을은 역시 서글프고 애달픈 계절인 것이다.
>
> 깊은 밤에 귀뚜라미 소리에 놀라 잠을 깨었을 때, 그 무엇인지조차 모르는 것이 불현듯 그리워지기도 하고 가을볕이 포근히 내리 비치는 신작로만 바라보아도, 어디든지 정처 없는 먼 길을 떠나 보고 싶은 충동을 느끼게 되는 것도, 역시 가을이라는 계절이 무한이 외롭고 서글픈 때문이리라.[144]

가을은 '까닭 없이 서글퍼지는' 계절로, '시들어가는 풀밭'과 같이 생명의 기운이 점차 쇠잔해져가는 시기다. 이러한 이미지는 '귀뚜라미의 구슬픈 울음소리'나 '나뭇잎 떨어지는 서글픈 소리' 등으로 보다 구체화되어 열매나 수확의 계절이라는 이미지보다는 애달픈 가을悲秋의 계절감을 표현한다. 그런데, '유리알처럼 파랗게 개인하늘'이나 '가을볕이 포근히 내리 비치는 신작로'조차 서글픔으로 까닭 없이 눈물짓거나 정처 없이 먼 길을 떠나고픈 외로움을 느끼게 되는 것은, 오히려 '가을에만 느낄 수 있는 순수한 감정'이라고 하니, 감성적인 글로서 이해할 만하다.

그러고 보면, 일본 근대작가 요코미쓰 리이치橫光利一가 식민지 도시 '경성京城'(서울)에 와서 너무나도 청명한 가을 하늘을 보고, '허무적이며' 무기력하고, '뭐든 체념시키는' 하늘이라고 말한 적이 있다.[145] 물론 '신감각파'다운 문장 표현으로 치부置簿하고 그냥 위 수필과 똑같이 '순수한 감정'으로 보면 그뿐인지도 모르지만, 일제강점기에 지배국의 보수적 성향의 작가가 피지배 도시 경성의 하늘을 허무와 체념, 좌절과 연결시킨다는 것은 그 자체가 식민자로서의 의식이 내포된 말이라고 하지 않을 수 없다. 같은 계절 같은 하늘을 두고 엇비슷하게 한 표현일지라도 누가 언제 말했느냐에 따라 그 글의 마음은 확연히 달리 읽힐 수 있다는 점이다.

정비석은 가을에 '마음이 외롭고 서글퍼진다는 것은 그것이 곧 마음이 착해진다는 것'이기도 하고, '모든 감정 중에서 비애가 가장 순수한 감정이기 때문'이라며, 사시절 중에서 가을을 가장 사랑하고 꽃도 가을

---

144 정비석, 「들국화」, 『山情無限』, 휘문출판사, 1963, 356쪽.
145 橫光利一, 「旅行記」, 『定本 橫光利一全集』第13卷, 河出書房新社, 1982, 73쪽.

꽃을 좋아하며 '그 중에서도 들국화를 더 한층 사랑한다'고 고백한다.

가을을 배경으로 한 황순원의 「소나기」와 비교해보아도, 똑같은 계절에 같은 들녘 전원을 배경으로 하고, 같은 갈꽃을 제재로 하더라도 주제 방향에 따라 계절감은 달리 표현될 수 있다.

그리고 가을을 서글픈 계절로 인식한 정비석의 수필과 같은 경향은 가을을 슬픈 가을 '비추悲秋의 계절'로 노래한 동서고금의 시가문학에서도 공감대가 넓게 유포되어 있음을 확인할 수 있다.[146]

다음은 미당未堂 서정주徐廷柱(1915~2000)의 대표시 「菊花(국화) 옆에서」(1948)를 만나보자.

　　한송이의 국화꽃을 피우기위해

　　봄부터 솥작새는

　　그렇게 울었나보다

　　한송이의 국화꽃을 피우기위해

　　천둥은 먹구름속에서

　　또 그렇게 울었나보다

　　그립고 아쉬움에 가슴 조이든

　　머언 먼 젊음의 뒤안길에서

---

146 최재철, 「최재철교수의 한일문화칼럼 5-애수의 계절, 가을에 대하여」, 『월간 한국인』, 2015.10, 98~99쪽(이 책 제4장 4절 참조).

인제는 돌아와 거울앞에 선

내 누님같이 생긴 꽃이여

노오란 네 꽃닢이 필라고

간밤엔 무서리가 저리 내리고

내게는 잠도 오지 않았나보다[147]

이 시도 널리 알려져 있기 때문에 굳이 설명이 필요 없겠지만, 간단히 사족을 달고자 한다. 국화꽃을 피우기 위해서, '봄부터 소쩍새가 그렇게 울고, 여름의 천둥이 또 그렇게 울었으며, 간밤엔 무서리가 저리 내린' 이 가을이 되어야, 비로소 피는 국화꽃! 시간의 흐름과 계절의 변화, 꽃을 피우기 위한 그 긴 기다림의 세월, 머언 먼 젊음의 뒤안길을 방황하던 시절을 회상하는 듯 이제는 돌아와 차분히 스스로를 성찰하는 내 누님 같은 꽃. 기다림의 시간을 담아 소담하고 포근한 꽃, 화려하지는 않지만 차분하고 아름다운 꽃, 국화꽃에 대한 담백한 예찬禮讚이다.

앞에서 예를 든 정비석이 「들국화」에 대해 언급한 부분과 비교해보면, '봄, 여름을 다 지나고 나서, 찬 이슬 내리는 가을에야 피는 꽃'이라는 문장은 시간의 흐름과 계절의 변화를 순차적으로 표현한 것으로 위 미당의 시구를 그대로 산문으로 옮겨놓은 것 같다. 그리고 빛깔도 야단스럽지 않고 부드러우며 겸손하고 순결한 꽃, 청초淸楚하고 기품이 그윽한 꽃으로, '봄, 여름 다 지나, 찬 이슬 내리는 가을에 피는 그 기개氣槪가 그윽하고',

---

147 서정주, 『미당시전집』I (서정주 전집1), 민음사, 2001, 104쪽(초출, 『東國』, 1948.6).

'개성을 끝끝내 지켜 나가는 그 지조가 또한 귀여운 꽃'[148]이다. 이러한 기품과 지조가 국화를 가을을 대표하는 사군자四君子의 하나답게 한다.

겨울 표현

겨울의 시로, 거현巨峴(1952~)의 「추억追憶－고향故鄕의 겨울」(2015)을 소개하면서 계절 표현을 맺는다.

산촌山村의 들녘을 건너는 바람 소리에
흩날리는 눈보라와
문풍지 떠는 소리

노루가 제 집 찾아 발길 서두르는
故鄕의 겨울밤

화롯가에는 군밤 튀는 소리
샤벳보다 단 얼음박힌 홍시紅柿는
아랫목에서 녹아가고

노모老母와 아내는 두런두런 옛이야기 나누며
도란도란하던 아이들은
어느새 꿈나라…

---

148 정비석, 「들국화」, 앞의 책, 357~358쪽.

4. 한국문학의 사계 표현의 의의

　자연 계절은 인간 생활을 영위하는 시공간적 배경으로서 문학 속의 사계 묘사는 계절의 양상과 시간의 흐름을 시청각의 감각을 통해 주로 표현함으로써 작품의 분위기를 형성한다. 또한, 춘하추동 순환하는 사계절의 모습과 그 변화를 인생과 관련지어 생각하고 그 심상과 관념의 반영으로서의 자연 계절을 표현하는 데에서 사계 표현의 의의를 찾을 수 있다.

　한국문학의 사계 표현에 대해 고전문학과 근현대문학으로 나누어 살펴보았다. 고전시가문학에서 시대별로 양식의 변화가 있었고, 고려 말 이후 변화한 시대상과 더불어 자연 계절을 노래하면서 유교적 영향이 강하게 나타났으며, 근현대문학에서는 각 시기별 특징을 반영하는 다양한 자연 계절 표현의 분화가 생겼다.

　한국문학의 사계 표현은 시가문학 창작에 있어서 계절어의 제약 등의 규범성이 적어, 일본의 경우와 달리 계절별로 소재를 한정하지 않고 비교적 자유롭고 개방적이라고 할 수 있다. 그리고 각 계절가를 모아 사계별로 분류하여 시가집을 편찬한 예는 찾아보기 어렵다. 그런 면으로 보면 덜 조직적이라고 볼 수 있는 반면에, 한 시인이 한 작품 안에 사계절을 모두 읊은 전체적 시각의 연시조 「어부사시사」 등의 '사계가四季歌'가 고려시대 이래 조선시대에 다수 지어졌으며 근대 초까지 이어져왔다는 것은 이채로운 일이다.

　한편, 중국 한문학에도 조예가 깊었던 조선시대 여류시인 허난설헌許

蘭雪軒(1563~1589)의 한시漢詩 등에도 「사시사四時詞」가 있다.

자연 계절의 소재면에서 볼 때, 시조 가사에 매난국죽梅蘭菊竹 사군자四君子와 소나무, 백구, 눈 등을 선호하는 표현이 많은 것은, 선비들의 충절과 지조를 주제로 하는 데 치중했기 때문이다. 중국의 역법과 절기의 도입으로 농사와 관련하여 월령체月令體로 사계절 24절기를 노래하는 「농가월령가農家月令歌」 등의 권농과 자연친화적인 가사문학이 대두되었다는 점도 특기할만하다.

그리고 물고기와 낚시, 술이라는 소재가 많은 편인 것은 한국인의 자연 한거와 안빈낙도, 풍류를 즐겨 추구하는 성향을 반영하는 것이라고 볼 수 있다.

개화기 가사로서 봄을 소재로 한 경우에 생명의 봄기운과 더불어 근대 계몽적 내용을 담아 효과적으로 주제를 전달하고 있으며, '복숭아꽃'에 대해서도 고전 시가 속의 '무릉도원의 꽃'이라는 이미지보다는 열매 맺는 내실이 있어 인간을 이롭게 하듯이 결실을 위해 매진하자는 근대 계몽적 사고를 표현한다. 일제강점기의 경우, 여름의 시를 예로 들면, 이육사의 「청포도」에서 한여름의 '고달픈 몸'은 현실이며, '바라는 손님'은 소망의 상징으로, 청포도는 달고 푸른 희망의 과실로서 기능하고 있다.

황순원의 「소나기」의 경우는 '청량한 가을 햇살'이 비추고 '갈꽃이 빛나는' 전원의 목가적 풍경 속에 온통 가을의 계절어로 문장이 채워져 있다. 이런 맑고 밝은 가을의 어휘로 쓰인 시적 산문으로 인하여 소년과 소녀의 순진무구함은 더욱 빛을 발하고, 계절의 정경 묘사가 등장인물의 심상을 잘 반영하여 서정성이 돋보이는 작품이 되었다.

가을을 서글픈 계절로 인식한 정비석의 수필 「들국화」와 같이, 가을은 낙엽 지는 애수의 계절이라는 이미지가 일반적이고 동서고금의 시가 문학에서도 비추悲秋의 계절로 노래하여 공감대가 넓다. 그런데, 가을을 배경으로 한 황순원의 「소나기」와 비교해보면 같은 가을에 같은 들녘을 배경으로 하고, 같은 갈꽃을 제재로 하더라도 주제 방향에 따라 계절감은 달리 표현될 수 있다.

겨울의 눈白雪에 대해서는, 개화기 가사에서 '송설松雪'을 근대 문명 변천시대에 만고불변의 의연함과 꿋꿋함의 상징으로 칭송하기도 한다. 겨울 '소나무'를 고전 시조에서 선비들의 충의와 절개의 상징으로 노래하던 것과 대비되는 점이다. 일제강점기의 소설 속에서 한겨울의 혹심한 추위와 눈, 눈보라는 노동자 농민의 고달픈 삶과 연동되어 있거나, 힘겨운 식민지현실을 고발하기 위한 배경으로 곧잘 등장한다.

그런데, 광복 이후 한국문학의 계절 표현은 민주화와 산업화를 거쳐 자유롭게 개성을 발현하며 소박한 일상과 사계의 작은 변화에 관심을 갖고 자연 경물을 묘사하는 데 이르렀다.

이렇게 한국문학 속의 자연 사계절의 표현은 우리의 문학과 인생, 시대, 사회와 밀접하게 작용하는데, 계절 표현도 장르에 따라 표현 방식이 다르다. 소설은 자세한 사실적 묘사가 가능하고, 수필은 영탄적이거나 교양, 교훈적 내용 등 직접적으로 필자의 주장이 들어가며, 시는 상징과 비유, 응축된 표현으로 계절을 노래하면서 인생과 그 시대를 투영한다.

사계의 표현 방법이 사실적이든 비유든 암시든 간에 자연 계절 묘사가 작품의 분위기 조성과 배경으로서의 역할을 톡톡히 하고 있음을 보았다.

자연 계절의 무엇(어떤 것)을 어떻게 보고 느끼고 생각하고 어떻게 표현하느냐는 글쓴이의 개성에 따라 다르고 시대, 환경과 관점(가치관), 표현력에 따라 다르다는 것을 열거한 여러 예를 통해 확인하였다. 그러나 서로 다른 가운데서도 시대와 장르, 작가에 따라 계절감의 공통부분도 추출 가능하다.

한국문학의 사계 표현은 시조時調의 유교적 관념의 표현과 풍류, '사계가四季歌'의 자연과 사계절 속의 인생을 한 작품에서 전체로 읊는 시야, 개화기 작품의 계몽적 계절 묘사, 일제강점기 문학의 계절 표현 — 특히, 여름과 겨울 묘사 — 을 통한 암울한 시대의 고발과 광복에의 소망 제시, 광복 이후 문학의 개성적인 일상 속의 계절 묘사 등에서 그 의의를 찾을 수 있다.

제4장
한·일문학의 사계 표현의 특징 비교

1. 사계 표현의 공통점

　한국과 일본은 같은 몬순 기후 지역으로 사계절의 구분이 뚜렷하고 자연의 춘하추동 변화가 비슷하다. 그리고 한·일 문학 양쪽 다 중국 문화와 문학의 영향 아래 문자 생활을 영위하여 사계절별 경물의 표현에 공통점이 많은 편이다. 계절에 따라 산수전원山水田園을 읊고 화조풍월花鳥風月을 노래한다는 점에서 똑같다. 예를 들면 봄의 매화나 가을 단풍과 관련된 시가詩歌 문학의 표현 등 유사성이 크다.

　시대의 차이는 있어도, 신라시대 향가郷歌의 경우 「모죽지랑가慕竹旨郎歌」에서 '지나간 봄'은, 마쓰오 바쇼松尾芭蕉 하이카이俳諧의 '行く春(가는 봄, 늦봄)'[1]를 연상시키며 공감을 갖게 한다. '지나간 시간' 그 시간의 흐름

속에서 만남과 헤어짐의 인생사를 돌아보며, 자연은 변함없이 유구한데 인생은 유한함에 대한 애석함을 노래한다. 순환하는 사계절, 다시 돌아온 늦봄(가는 봄)에 선인先人의 발자취를 더듬으며 인생의 애환을 읊는다는 점에서 두 작품은 공통점이 있다.

일본의 『고금와카집古今和歌集』(10세기 초)에서 가을에 가장 많이 읊은 소재인 낙엽(단풍)은 한국 시조時調의 추풍낙엽秋風落葉의 경우와 유사하게 대개 쓸쓸한 가을悲秋을 표현한다.

또한, 고려가요 「동동動動」(사월四月)에서, '사월을 잊지 않고 아아 오는구나 꾀꼬리새여 / 무엇 때문에 녹사祿事님은 나를 잊고 계시는가'도, 일본 고전 『겐지이야기』 「환영幻」권에서 겐지가 무라사키노 우에를 추모하며 읊조리는 와카[2]와 아주 유사하여 시선을 끈다.

조선시대 윤선도의 「어부사시사漁父四時詞」 봄노래(춘사春詞)의 '봄날 아침의 강 안개'는 봄의 서정을 도드라지게 하는 배경으로서 최상이다. 일본의 와카 등에서도 곧잘 '春霞(봄 안개)'를 계절어로 표현한다.

색다르게 「어부사시사」 겨울노래(동사)에 등장하는 까마귀와 눈雪은 시와 그림에 공통적으로 종종 등장하는 소재이기도 하다. 일본의 경우 근세 시인 바쇼의 하이카이와 화가이자 하이카이 시인인 요사 부손与謝蕪村의 그림(〈鳶鴉図(연아도)〉) 등에서 까마귀와 눈을 다루고 있다는 것 등 공통점이 많다는 것을 확인하였다.

---

1 최재철, 「일본 근세 하이카이俳諧의 '계절어季語' 고찰—마쓰오 바쇼松尾芭蕉의 '시간의 흐름' 표현을 중심으로」, 『외국문학연구』 제57호, 한국외대 외국문학연구소, 2015.2, 564 ~567쪽(이 책 제1장 6절 참조).
2 '심어놓고 보던 매화꽃 주인도 없는 처소에 / 모르는 척하고 와서 우는 꾀꼬리'(이 책 제1장 4절 참조).

무엇보다 봄은 꽃, 가을은 낙엽, 겨울은 눈 등 똑같은 자연 계절의 경물 설·월·화雪月花, 공산유수空山流水, 음풍농월吟風弄月을 한국과 일본의 수많은 문학 작품에서 유사하게 다루고 있다는 것 자체가 가장 큰 공통점일 것이다. 자연 계절은 문학에서 가장 많이 다루는 주요 소재 중 하나다.

2. 사계 표현의 상이점

일본은 역사적으로 칙찬집(12대집 등)의 전통 아래 조직적으로 시가문학을 계승 발전시켜온 것이 사계절 표현을 체계화하는데 결정적이었다. 일본문학의 자연 계절 묘사는 우리의 표현 방식에 비하면 지나치리만치 자연에 대한 양식화한 의도적 접근이 느껴진다.

한국은 사계절을 한 시인이 한 자리에 모아 표현하고자 하는 '사계가四季歌'와, 시조의 경우 초·중·종장 3장 체제로 논리적 연계성을 찾는 측면이 짙어 보이는데 반해, 일본은 한 계절의 즉흥성과 미적 감성의 발현, 시각성 등이 강조되는 경향이 있다. 한국문학 속의 자연 계절 묘사는 시대에 따라 다르지만, 대개 유교의 영향이 짙게 나타나, '사시가' 등의 시조에 군은君恩이나 충절忠節, 권농勸農, 교훈 등을 표현하는 경우가 많다.

신라인들의 작품에는 봄보다 쓸쓸한 가을을 읊으면서 자신들의 외로움과 소외감을 표현하는 특징이 보인다. 일본의 고대 한시집漢詩集『회풍조懷風藻』(8세기 중엽)에서는 가을보다는 봄을 더 노래하며 봄의 새로움, 신선함 등 밝은 세계를 지향한다.

일본『고금와카집』의 와카를 사계절 소재별(동물, 식물, 자연현상)로 세분하여 조사한 '『고금와카집古今和歌集』사계四季별 노래 주요소재별 빈도순'(제1장 3절)을 보면 그 특징을 알 수 있는데, 이러한 경물의 표현이 이미 헤이안시대(8~12세기)에 정착되었다.

이 10세기 초의 시가집의 빈도수 통계로 알다시피 계절별로 선호하는 자연 경물은, 봄에는 벚꽃이 절대적으로 많고 꾀꼬리가 그 다음이며, 여름에는 두견새가 단연 1위다. 우리나라 시가문학에서 두견새는 보통 봄노래의 소재인데, 일본의 경우는 고대가요『만엽집』이래로 여름노래의 소재로서 가장 많이 읊었다. 동아시아에 분포하는 두견새는 봄부터 여름에 걸쳐 야산 숲속에서 울고 지역과 기후, 계절에 따라 접하는 시기가 약간씩 차이가 나기 때문이다.

가을은 낙엽(단풍 포함)이 가장 많고 가을바람, 이슬, 국화 기러기 마타리, 싸리 순인데, 마타리와 싸리를 읊은 빈도수가 많은 것은 우리나라와 다른 점이다. 겨울은 주로 눈이다.

한국의 '시조'와 일본『만엽집万葉集』의 자연 · 계절 표현 대조

선행연구의 조사를 참조하여 한 · 일 고전시가문학의 자연계절 묘사의 특징과 차이를 파악하기로 한다. 다음의 빈도수 조사 분류표[3]는 여러

---

3 임성철, 『한일 고시가의 자연관 비교연구』, 지식과교양, 2010, 30~61쪽.
   이 책에서 필자는『정본시조대전本時調大全』(심재완 편, 일조각, 1990)의 시조 3,335수와『国歌大観』, 「万葉集」(松下大三郎 外編, 角川書店, 1994)의 4,516수를 비교하였다. 상

모로 편리하다. 단지, 기준이나 항목의 재조정이 필요한 경우도 있다. 예를 들면 표에서 귤을 과실류에 모두 넣는 것보다는, 꽃(꽃향기)으로 읊는 경우가 많다는 점이다.

식물 소재 빈도수 5위 이상

시가\빈도	시조			『만엽집』		
	수목류	초류	과실류	수목류	초류	과실류
1	소나무 (118)	꽃 (240)	복숭아 (67)	싸리 (142)	풀 (138)	귤 (77)
2	버드나무 (93)	풀 (79)	배 (21)	매화 (120)	꽃 (100)	복숭아 (8)
3	대나무 (83)	국화 (32)	살구 (17)	단풍 (83)	범부채 (79)	배 (4)
4	나무 (76)	방초 (28)	외 (참외) (11)	나무 (81)	사초 (63)	밤 (3)
5	매화 (49)	낙엽 (21)	수박 (7)	소나무 (78)	갈대 (53)	자두 (2)

위 표에 의하면 우선 수목류의 경우, 시조에서는 소나무가 가장 많이 읊은 소재이고, 『만엽집』에서 가장 선호한 소재는 싸리이며 두 번째가 매화, 세 번째가 단풍, 그 다음이 소나무다. 과실류 중에 시조에서는 복숭아를 가장 선호하고, 버드나무는 『만엽집』에서는 순위에 들지 않는데 시조에서는 2위이며, 대나무도 『만엽집』에는 5순위에 없고, 시조에서는 3위다. 대나무는 곧은 절개의 상징으로 조선의 선비들에게 애용된 소재라는 증거다. 초류 중에 시조에서는 국화를 많이 읊고, 『만엽집』에서는

호 비교의 대상이 시대의 차이가 크다는 점을 지적할 수 있다. 또한, 이후 정리된 『한국 시조대사전』(1992) 5,492수나 『고시조 대전』(2012) 5,563유형의 시조를 소재·주제별로 분류하고 비교하는 작업은 앞으로의 과제다.

갈대가 순위에 들어있는 것도 특색이다. 그밖에 우리나라 시조에서는 '벼' 등의 곡류를, 섬나라 일본에서는 '말藻' 등의 해조류를 많이 읊었다.

동물 소재 빈도수 5위 이상

시가\빈도	시조					『만엽집』				
	조류	짐승류	곤충류	파충류	어패류	조류	짐승류	곤충류	파충류	어패류
1	기러기 (91)	말 (120)	나비 (49)	두꺼비 (4)	고기 (113)	두견새 (153)	말 (86)	쓰르라미 (9)	개구리 (20)	은어 (15)
2	갈매기 (87)	소 (51)	거미 (15)	개구리 (3)	게 (5)	새 (100)	사슴 (59)	귀뚜라미 (7)	거북 (2)	외껍질조개 (10)
3	새 (56)	개 (34)	벌 (11)	거북 (3)	새우 (4)	기러기 (66)	짐승 (19)	누에 (5)	두꺼비 (2)	전복 (8)
4	학 (55)	나귀 (27)	벌레 (9)	자라 (3)	쏘가리 (4)	휘파람새 (53)	고래 (12)	매미 (3)	뱀 (1)	조개 (7)
5	두견새 (46)	호랑이 (24)	귀뚜라미 (9)	뱀 (3)	준치 (4)	오리 (45)	소 (3)	모기 (3)		우렁이 (5)

　동물 소재로 본 시조의 특징은, 일본의 경우와 비교하여 기러기와 갈매기, 학의 빈도수가 높고, 소와 개, 호랑이를 자주 다루며, 곤충류 중에는 나비를, 어패류 중에는 물고기를 가장 많이 노래했다. 가을에 도래하는 철새 기러기는 계절감을 표현하는 소재로서 한·일 양쪽에서 선호한 소재다. 갈매기와 학은 선비들의 청렴과 안빈낙도, 고절 등의 상징으로, 물고기는 은거하며 낚시하는 선비들의 풍류와 전원생활을 읊은 소재로 특히 선호했다는 방증이다.

　일본의 『만엽집』에서 특징적인 동물 소재는, 두견새가 가장 많이 읊은 여름의 소재로서 이후의 『고금와카집』 등에도 그대로 계승된다. 그리고 휘파람새(꾀꼬리)와 사슴, 오리, 고래가 눈에 띄고, 매미와 개구리, 은어, 조개류가 고대가요의 소재로 다수 등장한다는 점은 시조와 차이가 난다. 풍토와 지역적 특성에 따른 생활 주변의 소재를 노래하기 때문일 것이다.

그리고, '자연현상 소재' 10위권은, 시조의 경우 산, 달, 바람, 하늘, 물, 강, 구름, 비, 해, 눈 순이고, 『만엽집』은 산, 강, 파도, 하늘, 구름, 바람, 달, 바다, 포구, 눈 순이다. 자연 현상 소재는 산과 하늘 등 대개 공통적인 소재를 많이 읊었는데, 이는 한국의 산악지역적 특성과 일본 고대 사회가 나라奈良와 교토京都 등 산이 가까운 지역에 근거지를 두고 있었다는 것과 관련이 깊다. 시조는 달을 많이 읊고, 해가 10위 안에 든 것은 조선의 사대부들이 임금의 상징으로 선호했기 때문이다. 『만엽집』의 소재로 파도와 바다, 포구가 다수인 것은 섬나라의 특성을 반영한다.

한편, 조선시대 맹사성의 '사계가' 「강호사시가江湖四時歌」에서 보듯 사계절을 한자리에 모아 각 계절의 특징을 동시에 연상하여 논리적으로 배치하고, 또 그 결론으로서 자연 사계절의 아름다움도 군은君恩의 덕을 칭송하는 데로 모아간다는 점이 조선 사대부의 계절감의 표현으로서 특이하다.

이러한 조선시대 '사계가'의 전통을 이어받아, 근대 개화기의 사계절 표현으로서 최남선이 가사 「태백산의 사시太白山의 四時」(1910.2)에 각 계절별로 대장부의 우뚝 솟는 기상을 담아 계몽적인 '사계의 시'를 지어 그 시대를 표상했다는 것도 특기할만하다.

한국문학과 다른 일본문학의 사계 표현의 가장 큰 특징 중 하나는 근세의 하이카이俳諧(근대 이후, 하이쿠俳句)다. 마쓰오 바쇼가 대성시킨 하이카이는 일본문학사에서 17음절의 짧은 정형시 성립의 필수 요건으로서

'계절어季語'가 정착된다. 바쇼의 대표 구로 자주 거론되는 '오래된 연못 /개구리 뛰어드네 / 물 소리'에서 '개구리'가 늦봄의 계절어다. 근대 하이쿠와 단가의 혁신을 꾀한 마사오카 시키正岡子規(1867~1902)의 하이쿠 '감을 먹으니 / 종소리 울리누나 / 법륭사에서'는 '감'이 가을의 계절어다. 이러한 '계절어'를 모아 『바쇼세시기芭蕉歳詩記』나 『근대하이쿠세시기』 등을 사전식으로 편찬하여 하이쿠를 지을 때 들고 다니며 참고한다.

또한, 조선시대 작자 미상의 '두터비 프리를 물고 두험 우희 치드라 안자'는 해학적이며 교훈적인 사설시조로, 여름철, 귀찮은 파리를 소재로 재미난 시조가 탄생하였는데, 일본 근세에 파리를 소재로 한 고바야시 잇사의 해학적인 하이카이, "어 치지 마, 라며 파리가 손을 비빈다 발을 비빈다"에서 보듯이, 같은 파리 소재라도 한 쪽은 탐관오리의 먹잇감인 유약한 백성으로 그려 교훈이 가미된 해학을, 다른 쪽은 애원하는 약한 미물로 희화화한 단순 해학으로 서로 달리 묘사하고 있다는 점이 흥미롭다. 한편, 같은 두꺼비 소재라도 조선시대 유득공의 한시 「여름밤夏夜」에서는 비개인 뒤 달 밝은 밤의 뜰을 여유롭게 거니는 모습으로 친근하게 그렸다.

그리고 한국의 근대시 중에, 여름을 노래한 이육사의 「청포도」(1936)는, '바라는 손님'은 '고달픈 몸'의 현실을 딛고 청포도가 익어가는 한여름에 소망의 '푸른 옷을 입고 찾아온다'고 했다는 신념으로 청년들은 광복光復의 잔치를 정결하게 준비하라는 은근한 바람이 내재하고 있다. 육사가 자연 계절의 과실과 역사적 현실을 소재로 하여 주옥같은 시를 남긴 것은 시인의 감성과 역경의 시대가 합작한 결과다.

일본의 경우, 푸른 하늘과 푸른 바다에 한 마리 흰 갈매기 등 청백색의 대조적 이미지로 자연과 인생의 의미를 읊은 시(예, 와카야마 보쿠스이의 단가 '흰 새는 슬프지 아니한가 하늘의 파랑 / 바다의 파랑에도 물들지 않고 떠다니네' 등)는 눈에 띄지만, 이 시대에 이렇게 계절의 서정과 역사적 서사를 동시에 노래한 시는 찾아보기 어렵다.

하나, 메이지 군국시대 말기의 「시대폐색의 현상」을 비판한 평론을 쓴 단가 시인 이시카와 타쿠보쿠石川啄木(1886~1912)의 단가 '지도 위 조선땅에 검디검게 / 먹을 칠하면서 가을 바람을 듣노라地圖の上朝鮮圖に黑々と / 墨をぬりつつ秋風を聞く'가 떠오른다.

근대소설 중에, 김정한의 「사하촌寺下村」(1936)에서 여름 가뭄으로 농민들의 궁핍함은 더해가고 있는데, 대조적으로 일제에 협조적인 쇠다리 주사 댁 감나무에는 감이 주렁주렁 달리고 지붕에 고추가 발갛게 널리는 모습은 가을 풍경을 빌어 농촌사회의 모순과 양극화를 보여준다. 「사하촌」에 나타난 여름과 가을의 이미지는 푸르름을 마주하는 흥취나 낙엽을 대하는 애수의 계절과는 달리 현실 고발을 위한 부정적 이미지로 점철되어 있다.

윤동주의 산문시 「눈 오는 지도」에서, '오는 눈이 덮어버린 발자욱 / 지도', '잃어버린 역사'라는 것은 시인이 놓인 암담한 시대와 빼앗긴 조국의 역사를 말한다고 볼 수 있는데, 내리는 눈을 소재로 하여 이런 식으로 읊은 일본의 근대시는 없을 것이므로, 이 점이 또한 한·일 간의 자연 계절 표현의 큰 차이 중 하나다.

현실과 정치에 가장 영향을 적게 받을 것 같은 자연 계절 표현이 실은 직 간접적으로 그 시대와 환경, 전통, 입장의 차이에 따라 많은 영향을 받고 실제 문학 작품에 상이하게 반영된다는 점도 확인할 수 있었다.

3. 한·일 문학의 사계 표현의 특징

한국문학은 자연 계절 묘사에 있어서 유교의 논리적 사상 체계의 영향과 더불어 시조의 초장·중장·종장 3장 체제의 구조라든지 '사계가' 등을 보면 사계절에 대한 전체적인 시야와 논리적인 체계를 중시하는 것 같다. 일본문학은 일반적으로 자연의 미세한 세부에 관심을 갖고 시간의 흐름과 계절 변화의 기미를 포착하여 즉흥적으로 표현하는 데에 특징이 있다. 일본문학의 표현이 미시적이라면, 한국문학은 거시적인 관점과 그 표현에 특징이 있다.

일본문학 특히 시가문학의 경우, 칙찬집(12대집 등)의 사계절별 편집의 전통을 조직적으로 계승한 것이 춘하추동 각각의 계절 표현을 양식화하는데 결정적이었다. 그래서 자연 친화적인 성향과 계절감의 표현의 심화가 진척되어 짧은 정형 단시 와카和歌에 여러 가지 창작 기법, 즉 '본가 인용本歌取り' '서사序詞' '베개 말枕詞' '연계어掛け詞(동음이의어)' '인연어縁語' 등의 수사법이 발전되었다. 그런 반면에 일본인의 자연 계절의 묘사와 표현은 한국 시가의 표현 방식에 비하면 지나치리만치 자연미를 정형화한 의도적 접근이 느껴지며 '계절어季語'의 고착화 등 사계의 표현에 관념적으로 과도하게 집착하는 감이 없지 않다. 예를 들면, 10세기 초 『고금와카집』 춘-하권의 와카 중에 75%인 50수를 벚꽃 노래가 차지하여 봄꽃의 대표로 고정하고자 하는 경향이 나타나며, 계절에 따른 경물의 조합 즉, '매화에 꾀꼬리'라든지 '단풍에 사슴' 등의 조합도 『고금와카집』의 와카가 기준이 되어 점차 고정되었다. 또한 귀족

사회인 이 시대에 쓸쓸한 계절로서의 가을 '비추悲秋'를 노래한 와카가 다수 지어졌다.

한국은 '사계가'에서 보이듯이 사계절을 한자리에 모아 표현하여 논리적 연계성을 찾는 측면이 강하게 나타나는데 반해, 일본은 계절의 즉흥성과 미적 감성의 발현 등이 강조 되는 경향이 짙다. 한국문학 속의 자연 계절 묘사는 시대에 따라 다르지만, 대개 유교의 영향이 짙게 나타나는 경우가 많다. 「강호사시가」와 「사미인곡」, 「농가월령가」, 「어부사시사」등의 '사시가四時歌'의 경우와 같이 군은君恩이나 권농勸農, 일상과 사계의 융합을 표현하는 경우 등이 특징적이다.

일본은 자연을 미적 감흥의 대상으로 보고 그 묘사에 보다 더 형식성과 전통을 존중한다. 일본문학의 계절 표현의 한 특징으로서, 일본 근세 시인 바쇼는 "가는 봄이여 새 울고 물고기 눈에는 눈물"과 "적막함이여 바위에 스며드는 매미 울음소리" 등의 하이카이에서 봄과 여름 등 시간의 흐름과 계절의 한 순간을 포착하여 고적감과 한적함의 현장을 즉석에서 읊고 계절감을 형상화하는데 특별한 미적 안목을 갖고 있었다.

자연 계절 표현 중에서 우리나라 개화기 가사의 한 특징으로, 고전문학에서는 동양의 이상향인 무릉도원武陵桃源을 상징하는 경우가 대부분이었던 봄의 복숭아꽃桃花이 공륙公六(육당)의 「봄마지」(1910)와 같은 근대 시가에서는 열매를 맺는 내실이 있어 좋다는 근대적 사고를 피력하면서, 개화기 근대사회의 구성원으로서 결실을 위해 매진하자는 강한 계몽적 교훈을 담고 있다. 봄의 복숭아꽃은 이제 상상 속의 무릉도원의 꽃이 아니라 이 세상에 이상적 근대사회라는 결실을 맺어줄 실질적인 꽃으로 인식의 전환이 이뤄지고 있는 것이다.

한편, 정비석의 「들국화」와 같이 가을은 '까닭 없이 서글퍼지는' 계절이고 '시들어가는 풀밭'과 같이 생명의 기운이 점차 쇠잔해져가는 시기로, 열매나 수확의 계절이라는 이미지보다는 들국화를 통해 애달픈 가을悲秋의 계절감을 표현한다. 이 점은 귀족사회였던 헤이안시대 이래의 일본인의 가을에 대한 감각과 다를 바가 없다. 더 나아가 '유리알처럼 파랗게 개인하늘'조차 서글픔으로 까닭 없이 눈물짓게 되는 것은, 오히려 '가을에만 느낄 수 있는 순수한 감정'이라고 한다.

그러고 보면, 일본 근대작가 요코미쓰 리이치横光利一가 식민지 도시 '경성京城'(서울)에 와서 청명한 가을 하늘을 보고, '무기력'과 '허무'를 느끼고 뭐든 '체념'하게 만드는 하늘이라고 말한 적이 있는데(「旅行記」), 개인적인 이유나 취향이라고 하더라도 이는 식민자로서의 의식이 내포된 말이라고 볼 수밖에 없을 것이다.

같은 계절, 같은 가을 하늘, 같은 자연 현상을 두고 한 표현도 누가 언제 어떻게 묘사했느냐에 따라 그 글의 마음(뜻과 글쓴이의 의도)은 확연히 달리 읽힐 수 있다. 이상으로 한·일문학의 사계 표현의 특징을 살펴보았다.

4. 한·중·일 문학의 사계 표현

1) 벚꽃과 한·일 간의 이야기[4]

예로부터 일본사람들의 벚꽃 사랑은 유별나다. 봄이 되면 어디 벚꽃이 몇 부 정도 피었나가 관심사이며 전국의 벚꽃 명승지는 인산인해를 이루고, 도쿄 우에노上野공원에서는 명당자리잡기 경쟁으로 새벽부터 진을 친다. 일본『만엽집万葉集』시대 고대인들에게 곡식의 풍요를 기원하는 대상이기도 했던 벚꽃은 과자와 음식, 의상(키모노)은 물론, 그림과 시의 소재로도 오랜 세월 친숙하다.

순식간에 활짝 피었다가 일제히 지는 데서 무사도武士道의 기질을 이은 일본인의 집단적 속성을 찾기도 한다. 벚꽃이 활짝 피어있을 때뿐만 아니라 눈처럼 바람에 흩날리며 지는 모양과 뜰이나 연못에 자욱이 떨어진 꽃잎을 보고도 인생의 애수를 노래한다.

일찍이 신라 향가鄕歌와 비슷한 시기의 일본 고대가요집『만엽집』(8세기)의 '계절가'를 모아 편집한 제8, 10권 등에 20수 정도의 벚꽃 노래가 실려 있다. 이즈음에는 중국 한시의 영향으로 봄에는 매화를 더 많이 읊던 때였다. 한 수 옮겨본다.

> 멀리 내다보니 카스가春日의 들녘에 봄 안개 일고

---

4   최재철, 「최재철교수의 한일문화칼럼 1─벚꽃과 한일 간의 이야기」, 『월간 코리아인』, 2015.5, 56~57쪽(일부 문장을 수정·가필하여 싣는다. 이하 같음).

화사하게 핀 것은 벚꽃桜花이로고

見渡せば春日の野辺に霞立ち / 咲きにほへるは桜花かも

見渡者 春日之野辺尓 霞立 / 開艶者 桜花鴨

—『万葉集』, 1872번

　이후, 교토京都 중심의 헤이안平安시대에 정형 단시 와카和歌(음수율, 575 77음)를 사계절별로 편집한『고금와카집』(905년)에서는 벚꽃이 '봄의 노래' 130여 수 중 과반수인 70여 수일 정도로 가장 많이 애창되는 꽃으로 정착하게 된다.

벚꽃이 빨리 진다고 생각지 않네

　　사람 마음이야말로 바람 불 새도 없어라

桜花とくちりぬとも思ほえず / 人の心ぞ風もふきあへぬ

　피었다 쉬 떨어지는 벚꽃보다도 빨리 바람도 불기 전에 변하는 사람 마음의 속절없음을 한탄하는 내용으로, 앞 노래『만엽집』의 자연(벚꽃)을 보고 느낀 그대로의 감동보다는,『고금와카집』에서는 꽃(벚꽃)을 인생과 결부시켜 노래하는 특징이 있다.

　근대 일본인들 예를 들면 단가 시인 요사노 텟칸 같은 우파 지식인은 식민지 조선에 일본 벚나무를 이식하는데 적극적인 동조자였다. 그는 "한국 산야에 벚나무를 심어 한인들에게 / 일본 대장부의 노래 부르게 하리"(1895)라고 식민지배자의 야심을 드러내는 단가를 읊었다. 그런 반면, 일제강점기 '경성제국대학'에서 서양철학을 15년 간 가르친 바 있는 아베 요시시게安倍能成(1883~1966) 교수는, "내지인(일본인)은 사는 곳 가는 데마다 벚나무를 심으려 한다"(1932)고 꼬집은 바 있다. 광복 후 벚나무는 일제의 잔재라며 청산의 대상이 된 적이 있었다.

실은, 일본의 대표적 벚꽃 품종 '소메이 요시노染井吉野'의 원산지가 제주도라는 사실은 1933년에 일본인 식물학자 고이즈미 겐이치小泉源一가 논문에서 밝혔고, 1908년 프랑스 에밀 타케 신부가 한라산 중턱에서 채집한 왕벚나무를 베를린대학 괴네 교수가 자생지로 확인한 바 있으며, 고려시대 팔만대장경 판목이 대개 산벚나무로 되어 있다는 사실도 이미 알려져 있다. 산림청에서 DNA 분석을 했고, 우리나라의 천연기념물로 지정된 왕벚나무다.

우리 시조에 벚꽃 노래가 눈에 띄지 않는 것은 아쉽다.[5] 조선의 선비들은 주로 복숭아꽃桃花과 사군자 매난국죽梅蘭菊竹, 소나무 등을 소재로 충절과 고고함을 노래했다. 최근엔 중국이 벚꽃 원산지라고 근거가 애매한 주장도 한다니, 현재의 동아시아 한·중·일 3국의 역학관계가 일테면 '벚꽃 삼국지'에도 나타나는 것 아닌가 하는 느낌마저 든다.

근세 일본의 대표적 방랑 하이카이시인 마쓰오 바쇼를 인용할 것도 없이, '꽃은 꽃으로 보고 달은 달로 보면' 되지 않는가? 한일 상호 이해와 공동 번영을 위해 벚꽃을 사랑하는 이웃의, 사실을 사실로 보는 양식을 기대한다. 벚꽃은 피고 지고 세월도 인걸도 흘러가지만, 아시아의 자연自然과 강산江山의 사계四季는 거기 그대로 여전하다.

---

5 박을수 편, 『韓國時調大事典』(上·下), 아세아문화사, 1992. 여기 실린 고시조 및 개화기 시조 5492수 중에 벚꽃 시조는 없다.

2) 여름의 노래−한시·시조·와카[6]

한시와 시조와 와카

전통적으로 중국에는 자연과 인생을 노래한 한시漢詩가 있고, 한국에는 향가鄕歌·시조時調, 일본에는 와카和歌가 있다. 향가와 와카는 각각 자국의 주체 의식을 드러내는 말이다. '한시'가 한나라 중국의 노래라는데 대하여, '향가'는 신라新羅 한국의 노래, '와카'는 야마토大和 일본의 노래라는 주체성을 반영한다. 그러므로 이미 고대 사회로부터 동아시아 3국은 각각의 언어로 자기들의 사상 감정을 노래하는 문화적 분화가 발생했다.

한국과 일본은 한자의 음音과 훈訓을 차용하여 표기한 신라 향가와 이와 닮은 방식으로 적은 고대 가요집 『만엽집萬葉集』(8세기 중엽)이 있다.

소동파蘇軾(1036~1101)는 풍월주風月主를 자처한 「적벽부赤壁賦」에서 '강상의 맑은 바람江上之淸風과 산간의 밝은 달山間之明月은 (…중략…) 조물주의 무진장無盡藏으로서 나와 그대가 더불어 먹는 자원'이라고 했다.[7] 당나라 왕유王維(701~761)는 산수 자연을 노래하면서 풍경의 일부로서 인간을 곧잘 묘사하였다.[8]

헤이안시대(8~12세기)의 일본 지식인들이 좋아한 도연명陶淵明(365~427)은 전원시인으로, 그가 지은 것으로 알려진 사계의 시 「사시四時」[9] 중,

---

6 최재철, 「최재철교수의 한일문화칼럼 4−여름의 노래−한시·시조·와카」, 『월간 한국인』, 2015.9, 100~101쪽.

7 심경호, 『한시의 성좌星座−중국 시인 열전』, 돌베개, 2014, 21쪽.

8 王維, 박삼수 역, 『왕유 시선王維詩選』, 지만지, 2008, 74~127쪽.

9 假3. 「4계절 四時(사시)」

'여름 구름은 기이한 봉우리 모양이 많다夏雲多奇峰'라는 구절 등은 근세 일본의 시인 마쓰오 바쇼松尾芭蕉(1644~1694)에게도 영향을 끼쳤다.[10]

일본인은 '두견새'를 좋아해

그런데, 일본은 『만엽집』(제8, 10권) 이래로 사계의 노래를 따로 모아 편찬하는 전통이 오랫동안 이어졌다. 『만엽집』의 「여름 노래夏歌」 90수 중에 가장 많이 읊은 소재는 두견새 노래로 7할(63수)을 차지한다. 여름 노래 중에서 두견새를 가장 선호하는 경향은 이후의 『고금와카집古今和歌集』[11](905~913년, 28수 / 34수중)과 『신고금와카집』(1205년, 37수 / 110수 중) 등에도 계승되었다.

四時01 봄철 물은 사방 못에 가득하고(春水滿四澤, 춘수만사택)
　　　　여름철 구름은 기이한 봉우리 많다(夏雲多奇峯, 하운다기봉).
四時02 가을철 달은 밝은 빛 드러내고(秋月揚明暉, 추월양명휘)
　　　　겨울철 재에는 외로운 소나무 빼어나 있다(冬嶺秀孤松, 동령수고송).
陶淵明, 차주환 역, 『한역 도연명전집韓訳 陶淵明全集』, 서울대 출판부, 2002, 182~183쪽
(여기서 '假3'은, '끼어든 남의 시 假作詩(가작시)'라는 설명이 앞 페이지 맨 위에 있고,
번호는 그 3번째의 첫 구와 두 번째 구라는 뜻이다ㅡ인용자).

10　山本健吉, 「雪の峰」, 水原秋櫻子 外 編, 『カラー図説 日本大歳時記』(夏), 講談社, 1982, 42
　　~43쪽.
　　마쓰오 바쇼의 관련 하이카이는, '구름 봉우리 몇 번이나 무너져 달의 산雲の峰幾つ崩れて月
　　の山'이다. '달의 산'은 실제 달의 명소 '月山(갓산)'을 가리키는 동시에, '달빛 비치는 산'
　　을 말한다(이 책 제1장 6절 참조).

11　이 시가집의 표기는 일본글자 가나仮名(히라가나와 가타카나)와 한자를 혼용했다.
　　최근에 일본의 문자 '가타카나カタカナ'가 신라 고문헌인 원효元曉(617~686) 대사의
　　「판비량론判批量論」(671) 등에 읽기 방식을 구결口訣로 표기한 '각필角筆'에서 유래한다
　　는 조사결과가 일본인 고바야시 요시노리小林芳規 교수에 의해 발표된 바 있다.
　　허윤희, 「신라 각필角筆, 日 가타카나의 기원」, 『조선일보』, 2016.4.20, 문화란 A21면 및
　　A1면 참조(2002년에 고바야시 교수의 기자회견으로 NHK, 『일본경제신문』 등 일본 언
　　론에 유사 내용이 발표된 바 있다).
　　또한, 「가타카나의 기원은 한반도 가능성」 뉴스보도, NHK, 2013.9.3.

어찌하여 이다지도 심히 그리울까 두견새 /

　　울음소리 들으니 그리움이 더 쌓이네

(나니시카모 코코다쿠코우루 호토토기스 /

なにしかも ここだく恋ふる ほととぎす /

何歌毛 幾許戀流 霍公鳥 /

　　나쿠코에키케바 코이코소마사레

　　鳴く聲聞けば 恋こそまされ

　　鳴音聞者 戀許曾益禮)

　　　　　　　　　　　　　　　　　　— 오토모노 사카노우에노이라쓰메, 『만엽집』

장마 내리는 하늘도 울릴 듯이 두견새는

　　무엇이 괴로워서 밤새 그저 우는가

　　　　　　　　　　　　　　　　　　　— 기노 쓰라유키, 『고금와카집』

두견새 한번 울고 가버린 밤은

　　어찌 사람이 잠을 편히 잘 수 있으랴

　　　　　　　　　　　　　　　　　　— 추나곤 야카모치, 『신고금와카집』

　이와 같이 일본고전 시가에서 여름의 노래로 가장 많이 읊어진 두견새는 그리움이나 괴로움을 표현하는 경우가 대부분이다.

　두견새는 '자규', '불여귀', '귀촉도' 등으로도 불리는데, 중국 촉蜀나라 망제望帝의 억울한 고사에서 '다시 황제로 복귀할 수 없다'는 '불여귀

不如歸'나 우리나라 서정주의 시 「귀촉도歸蜀途」('제 피에 취한 새가 귀촉도 운다'), 그리고 두견새가 울다 토한 피가 진달래(두견화杜鵑花)가 되었다는 등의 이야기가 전해지고 있다.

　이러한 시와 그 유래를 살피다보면, 같은 몬순기후 지역의 자연과 사계절을 공유하는 시공간 속에서 살아가는 동아시아 3국은 서로 감성의 공통분모를 많이 갖고 있는 셈이다.

매미의 노래-미美와 논리

　여름하면 친근하게 들을 수 있는 것은 매미 소리다. 중국 진나라 육운陸雲의 시 「한선부寒蟬賦」에서 유래했다는 매미의 5덕五德에 대해서는 이미 알려진 바와 같다. 선비의 모습을 연상하는 모양에서 문文, 이슬을 먹고 사니 청淸, 농민의 곡식을 먹지 않아 염치廉를 알고, 집을 짓지 않아 검소儉하며, 잊지 않고 계절을 지키는 신의信가 있다는 것이다. 조선시대 임금이 평상시 쓰는 모자 '익선관翼善(蟬)冠'에도 뒤편에 매미 날개 모양의 소각小角을 붙여 그 덕을 교훈으로 삼고자했다. 일본 근세의 대표적인 시인 마쓰오 바쇼의 매미 관련 하이카이(하이쿠)를 소개한다.

　　적막함이여 바위에 스며드는 매미울음소리

　이는 나그네의 발길이 바위산에 들어설 무렵 적막을 깨고 들리는 매미 울음소리가 마치 바위에 스며들 듯이 시인의 가슴도 적시며 파고 들어와 고적감이 더욱 증폭된 순간에 읊은 단시다. 이 하이카이의 묘미는 '소리가 바위에 스며든다'는 데에 있다.[12] 다음은 매미 관련 시조를 보자.

굼벙이 매암이 되야 ᄂ래 도쳐 ᄂ라 올라

노프나 노픈 남게 소릭ᄂ 죠커니와

그 우희 거믜줄 이시니 그를 조심ᄒ여라

— 작자 미상, 『청구영언靑丘永言』[13]

이 시조도 역시 조선시대 시조의 한 특징인 유교적 가르침이 드러나 있다. 매미가 날개 돋아 높디높은 나무위에서 (10일쯤) 소리 내는 것은 좋지마는 (7년여의) 애벌레 시절을 기억하고 그 위의 거미줄을 조심하라는 교훈을 담고 있다.

여름날 똑같이 매미 울음소리에서 촉발된 위 두 시의 표현 방식은 서로 다르다. 물론 방랑하는 시인과 정자나 대청에 머물러 있는 선비의 차이도 있겠지만, 한 쪽은 고적한 순간에 들은 소리에 즉시 반응하여 그 심상을 그대로 비춰서 '스며든다'고 읊은 반면에, 다른 쪽은 들은 소리에 '좋다'고 바로 심상을 드러내면서 또한 높이 올라갈 때를 '조심하라'는 가르침을 덧붙인다. 위의 두 시가 명징한 미의 세계와 논리적 사유의 세계의 차이를 각각 보여주는 것 같다.

'온 살을 부벼 누군가를 부르는 소리 (⋯중략⋯) 열흘쯤을 울고 어두움으로 돌아가는 것이라면 그대로 「절정」'[14](박영근)인 매미의 울음, '매

---

12 최재철, 「일본 근세 하이카이俳諧의 '계절어季語'고찰—마쓰오 바쇼松尾芭蕉의 '시간의 흐름' 표현을 중심으로」, 『외국문학연구』 제57호, 한국외대 외국문학연구소, 2015.2, 568 ~569쪽.

13 吳漢根 編, 『靑丘永言』, 朝鮮珍書発行會, 1948, 80~81쪽. 영인본 『靑丘永言』(異本3種), 弘文閣, 2002 참조.

14 박영근, 「절정」, 『저 꽃이 불편하다』(박영근 시집, 창비시선 221), 창작과비평사, 2002, 42쪽.

미가 울어서 여름이 뜨거운 것'이라는 안도현은 「사랑」이란, '이렇게 / 한사코 너의 옆에 붙어서 / 뜨겁게 우는 것임을 // 울지 않으면 보이지 않기 때문에 / 매미는 우는 것'[15]이란다.

> 마침내 죽을 기색은 보이지 않네 매미 울음소리

—바쇼

한여름 끈질긴 매미 울음소리를 가만히 듣고 있노라면 '이심전심'이나 '눈으로 말해요'라는 말이 무색하게 느껴지고, 정말이지 '절정'과 '대단원'을 향한 절절함이 배어오는 듯하다.

> 구름 봉우리 몇 번이나 무너져 달의 산

—바쇼

여름날 오후 적란운이 피어오르다 무너지길 몇 차례, 달의 산 '갓산月山'의 명월明月은 이제 밝게 떠오르리라.

절기로는 처서를 앞두고 매미 울음소리도 서서히 잦아드는 늦여름, 도회에 살아도 가로수 길이나 아파트단지 나무 있는 곳이면 매미 소리를 들을 수 있으니 그나마 다행이다. 베란다 철망에 붙어서 여름이 가는 것이 아쉬운 듯—내일 아니면 모레 이승을 떠나야할지도 모르는데—줄기차게 울어대는 수컷 매미의 '절정'을 향한 구애의 몸부림은 무상하

---

15 안도현, 「사랑」, 『그리운 여우』(창비시선 163), 창작과비평사, 1999, 30쪽.

고 처절하기까지 하다. 여름철 매미는 자연 사계四季의 이치인 생성과 사랑과 소멸의 순환을 체현한다.

3) 애수의 계절, 가을에 대하여[16]

변하는 것

'변하는 것'과 '변하지 않는 것'이 있다. '다른 것'과 '같은 것'이 있고, '되는 것'과 '안 되는 것'이 있으며, 여름이 가고 가을이 오듯 계절과 인생은 변화하고, 해와 달은 그대로 있다는 사실이다.

당나라 시인 두보杜甫(712~770)는 「높이 올라登高」[17]라는 시에서 가을의 쓸쓸함을 노래했다. 한 부분을 인용한다.

끝없이 낙엽은 우수수 떨어지고

끊일 줄 모르는 장강은 도도히 흐른다

만리 **슬픈 가을** 언제나 나그네 신세

無邊落木蕭蕭下,

不盡長江滾滾來.

萬里**悲秋**常作客,

---

16 최재철, 「최재철교수의 한일문화칼럼 5- 애수의 계절, 가을에 대하여」, 『월간 한국인』, 2015.10, 98~99쪽.

17 杜甫, 김의정 역, 『두보 시선杜甫 詩選』, 지만지, 2008, 168쪽 참조.

여기서 '슬픈 가을悲秋'이라는 말이 보이는데, 일본의 경우는 『고금와카집』(905) 이래로 가을은 슬픈 계절이라는 개념이 정착된다. 고대 농경 사회에서는 수확의 기쁨을 노래했다면, '애수哀愁의 가을'은 노동력에서 벗어난 귀족적 감각에서 기인한다고 볼 수 있다. 이 와카집에 당시의 노래가 '춘하추동' 사계절별로 모아져 있다는 특징이 있는데, 「가을 노래」로 가장 많이 다루어진 소재는 역시 낙엽 단풍이고, 그 다음으로는 가을 바람, 이슬, 국화 마타리 기러기, 싸리, 달, 사슴 순이다.

먼저, 「가을 노래(상)」편의 '권두가'를 보자.

> 가을이 왔다고 눈에는 확실히 보이진 않지만
> 　바람 소리에 놀라게 되는구나 - 169번

'바람 소리'로 가을이 도래하는 순간을 읊어, 시간의 추이와 계절의 변화 기미를 감지하는 시인의 센스를 읽을 수 있다. 여름의 끝자락 일상 속에서 해질녘에 귀뚜라미나 풀벌레 소리를 듣고 문득 가을이 온 걸 느낄 때가 있다(이 책 제1장 3절 참조).

낙엽을 노래하다

> 깊은 산중에 단풍 잎새 밟으며 우는 사슴
> 　소리 들을 때에 가을은 슬프구나 - 215번

> 가을바람에 흩날려 떨어지는 낙엽이여
> 　갈 곳 몰라 정처 없는 나도 슬퍼라 - 286번

위의 『고금와카집』 가을의 노래는, 푸르던 초목이 변하여 단풍이 들고 떨어져 흩날리는 낙엽처럼, 청춘靑春 시절을 보내고 만추晩秋가 되어 정처 없이 떠도는 나그네 같은 우리네 인생사를 곁들인다. 비애감을 자아내는 가을의 노래로서 계절도 인생도 변화한다는 자연의 이치를 담고 있다. 앞의 노래에서 '단풍에 사슴'의 조합은 일본 화투花札의 10월에 차용된 소재다.

우에다 빈上田敏은 번역시집 『해조음海潮音』(1905)에 프랑스의 폴 베를렌느 Paul-Marie Verlaine(1844~1896)의 시 「가을의 노래Chanson d'automme」[18] (1866)를 「낙엽」이라는 제목으로 바꾸어 번역했다. 마지막 제3연만 인용한다.

실로 나는 / 초라해져
여기저기 / 정처 없이
흩날리는 / 낙엽이런가

역자는 서양의 근대시를 일본에 소개할 때, 익숙한 위 고전의 가을 노래의 정취를 연상했을 것이다.(해설 및 원문은 이 책 제1장, 50~52쪽 참조)

---

18 김윤식은 이 시를 「가을의 노래」로 번역한 김억金億(1893~?)에 대해, '한국 근대시의 주춧돌을 놓은 것은 김억이 번역한 『오뇌의 무도』(1921)라는 프랑스 및 영국의 상징주의 시라 할 수 있다. (···중략···) 김억은 이 하나의 업적만으로도 문학사에 남을 수가 있다'고 평가하고, 프랑스어 원문과 에스페란토어 번역(M. Pagnier 역)을 인용했다. 그리고 「주석」에, 김억의 번역은 '원시와 매우 흡사하게 번역된 것이다. 일본의 上田敏의 번역과 극히 방불하다'고 하면서 각 연의 주제를 설명하고, 「역자 김억」 소개에 '에스페란토 회원'임을 부기했다(김윤식, 『한국 근대문학의 이해』, 일지사, 1978, 211~213쪽).

우리나라의 가을 노래

조선시대 여류시인 허난설헌許蘭雪軒(1563~1589)의 한시 「사시사四時詞」 중 '가을秋'을 읽어보자.

옥관玉關의 꿈 깨니 온통 쓸쓸해 (…중략…)

고요한 등잔불 어둔 벽 밝히네

눈물 머금고 편지 하나 쓰고 나니

　　玉關夢斷羅帷空 (…중략…)

　　悄悄蘭燈明暗壁

　　含啼寫得一封書[19]

사계 중에서 '가을'은 역시 다른 계절보다 슬프다.

매창梅窓(1513~1550)의 시조는 가을바람에 낙엽 지는 모습을 보고, 배꽃에 봄비 내리던 날 이별한 임을 꿈속에서 그리는 여인의 외로움을 애련하게 표현한다.

이화우梨花雨 흩뿌릴 제 울며 잡고 이별한 님

추풍낙엽秋風落葉에 저도 날 생각하는가

천리千里에 외로운 꿈만 오락가락 하노라

— 매창

---

19 김명회, 『허난설헌의 시문학』, 국학자료원, 2013, 65쪽.

이정보李鼎輔(1693~1766)는 사군자 중에서 늦가을 낙엽지고 찬 서리 속에 홀로 핀 국화를 절개의 상징으로 묘사하는데, 역시 조선시대 선비의 유교적 덕목을 드러내고 있다.

국화는 무슨일로 삼월동풍 다 보내고

낙목한천落木寒天에 네 홀로 피었는가

아마도 오상고절傲霜孤節은 너뿐인가 하노라

―이정보

최근 한국갤럽이 조사한 '가을 하면 생각나는 노래' 상위 곡, 「코스모스 피어 있는 길」(김상희)에 '단풍 같은 마음으로 노래합니다 / 길어진 한숨이 이슬에 맺혀서'라든지, 「가을이 오면」(이문세)에서도 '그대의 슬픈 미소가 아름다워요 (…중략…) / 떠나온 날의 그 추억이 / 아직도 내 마음을 슬프게 하네'라고 노래하듯이, '슬픈 가을'이라는 이미지가 일반화되어 있다. 가을은 조락凋落이라는 변화를 극명하게 보여주는 계절이기 때문인가. 고은은 「가을 편지」(김민기 곡)에서,

가을엔 편지를 하겠어요

누구라도 그대가 되어 받아주세요

낙엽이 흩어진 날

헤매인 여자가 아름다워요

라고, 낙엽처럼 흩어지며 갈길 몰라 이리저리 방황하는 마음 외로운 계

절로서 가을을 노래한다.

　이로써 가을이 애수의 계절이라는 점은 동서고금東西古今이 유사하다는 것을 알 수 있다.

4) 겨울은 눈[20]

'겨울' 하면 눈雪

　'겨울' 하면 우선 '눈'이다. 눈의 이미지는 담백 고결. 겨울의 꽃인 눈의 결정이 6각형이라는 사실을 발견한 사람은 일본인 물리학자 나카야 우키치로田谷宇吉郎인데, 그의 에세이『눈은 하늘에서 보낸 편지雪は天からの手紙』는 자연과학자의 산문집으로서 알려져 있다. 눈의 영롱한 결정체 모양은 모두 다 다르다고 한다. 그 다양한 아름다운 모양을 '종이접기(오리가미折り紙)'로 표현하는 일본인은 역시 섬세한 민족이다.

'눈'을 노래하다─중국과 일본

　'눈 달 꽃雪月花의 때에 그대를 생각한다'라는 백낙천白樂天의 말처럼[21] 겨울에는 눈 내릴 때 그대 생각을 하게 된다. 당나라의 자연시인 왕유王維(701~761)는「눈 내린 겨울밤 호거사胡居士의 집을 그리며」라는 시에서 우정을 생각하며, 빈한하면서도 고결한 후한後漢의 선비 원안袁安을 호거사에 빗대어 노래했다.

20　최재철,「최재철교수의 한일문화칼럼 6─겨울은 눈」,『월간 한국인』, 2015.12, 96~97쪽.
21　이 책 제1장 6절 참조.

심야 들창 밖 바람이 대나무를 놀래키고

새벽에 문을 여니 눈이 온산에 가득하네 開門雪滿山

눈발 흩날리는 하늘에 깊은 골목 고요하고

쌓인 눈에 넓은 뜰 한가롭네

궁금하다 가난한 원안의 집에는

태연히 이제껏 사립문을 닫아놓았는가

　원안은 가난했지만 이웃에 폐를 끼치고 싶지 않아 사립문을 닫은 채, 아침 늦도록 침상에서 배고픔을 참았다고 한다.[22]

　시간의 흐름과 공간 배경을 찍는 영화의 한 장면처럼, 눈 내릴 전조인 심야의 바람과 대나무 소리를 먼저 제시하고, 새벽 설경을 먼데 산에서부터 마을 골목길로, 그리고 아직 발자국 하나 찍히지 않고 눈 소복이 쌓여 횅하니 넓은 집안 뜰로 차츰 가까이 다가와 보여준다. 마침내 굶주림을 참으며 아침 내내 방안에 홀로 웅크리고 있을 주인공 선비에게 초점을 맞추어, 궁금증을 극대화시키며 걱정하는 마음을 효과적으로 표현했다.

　일본에도 이와 이미지가 유사한 요사 부손 与謝蕪村(1716~1783)의 겨울의 눈 소재 하이카이가 있다.

묻어둔 숯불이여 나 은둔하는 집도 눈 속이네

うづみ火や 我かくれ家も 雪の中

22　王維, 앞의 책, 106쪽 참조.

이 단시는 위 왕유의 시의 방향과는 반대로 가깝고 작은 것에서 시작하여 크고 먼 데로 공간 배경을 확장해간다.

눈 내리는 추운 겨울 날 한밤중에 시인은 화로 안 재 속에 묻어둔 숯불에 의지하여, 아마 화로를 껴안듯 하며, 이불을 뒤집어쓰고, 산촌의 작은 초가집에 은거하고 있는데, 눈이 지붕에, 그리고 산과 들에 쌓여, 온통 천지가 눈이다. 화로 안, 재 속에서 가물가물하는 화롯불이, 이불 안, 시인의 방 안에서, 지붕으로, 그리고 온 땅에 내리는 눈으로 이미지가 확대되며 우주를 품고 있는 셈이다. 또한 대자연 속에 융합된 인간의 화롯불 같은 소박한 삶의 한 순간을 읊고 있는 것이다.

일본 중세의 대표적인 시가집 『신고금와카집新古今和歌集』(1205년)에도 춘하추동 사계절 별로 노래가 실려 있는데, 겨울의 노래 156수 중에 눈을 소재로 한 것이 33수로 가장 많다.

이제야 들네 마음이란 흔적도 없는 거라는 것을
　　눈을 헤치며 님 생각 하고 있는데 - 665번

말 세우고 소맷자락 털 나무 그림자도 없네
　　사노佐野 **나루터** 눈 내리는 저녁 어스름 - 671번

겨울 풀은 마르고 헤어진 사람이 새삼스레
　　눈 헤치고 나타날 리 있으랴 - 681번

『신고금와카집』의 특징 중 '본가 인용本歌取り'과 '지명歌枕', 동음이의

同音異義의 '연계어掛け詞', '베개 말枕詞' 등의 기법이 동원된 바로 위의 두 와카는 이전 시대의 『만엽집』과 『고금와카집』에 각각 수록된 노래의 한 구절을 차용하면서 새롭게 이미지를 구축하고 있다.

이렇게 『신고금와카집』에 이르러서는 다양한 수사법을 사용하여 정형 단시인 와카和歌의 표현이 심화 확대되었다.[23]

근대시 중에 『사계四季』 동인인 미요시 타쓰지三好達治의 「눈」(『측량선測量船』, 1930)은 2행시로 간명하게 따뜻한 서정을 자장가처럼 노래한다.

> 타로太郎를 잠재우며, 타로네 지붕에 눈 쌓이네
> 지로次郎를 잠재우며, 지로네 지붕에 눈 쌓이네[24]

우리나라 시와 수필 속의 '눈'

윤선도의 「어부사시사漁父四時詞」(1651) '겨울 노래 제4연(冬詞4)'은 간밤에 내린 눈으로 달라진 바다와 설산의 경치를 보고 속세가 아닌 별세계를 마주하고 있는듯하다는 감탄을 읊는다(이 책 제3장 2절 참조).

> 간밤의 눈 갠 後(후)에 景物(경물)이 달랃고야
> 이어라 이어라
> 압희는 萬頃琉璃(만경유리) 뒤희는 千疊玉山(천첩옥산)
> 지국총 지국총 어사와

---

23 이 책 제1장 5절의 '『신고금와카집新古今和歌集』' 항 참조.
24 三好達治, 「雪」, 『三好達治』(日本の詩歌22), 中央公論社, 1967, 9쪽.

仙界(선계)ㄴ가 佛界(불계)ㄴ가 人間(인간)이 아니로다

　김진섭은 수필 「백설부白雪賦」(『조광朝光』, 1939, 『인생예찬』, 1947 수록)에서 순결무구한 눈에 대해, '천국의 아들이요, 경쾌한 족속이요, 바람의 희생자인 백설이여'라며, '우리의 마음을 열도록 긴장한 마음을 가지고 백설의 계시에 깊이 귀를 기울이지 않을 수 없는 것이다'라고 자연 계절, 겨울 눈의 신비를 예찬한다.

　윤동주도 간밤에 내린 「눈」을 노래하며 동시답게 추위를 덮어주는 이불로 푼다.

　　지난 밤에 / 눈이 소오복히 왔네

　　지붕이랑 / 길이랑 밭이랑

　　추워한다고 / 덮어주는 이불인가봐

　　그러기에 / 추운 겨울에만 내리지

'눈이 많이 오면 풍년이 든다('눈은 풍년의 징조', '눈은 오곡의 요정')'라고도 한다. '눈 녹 듯하다'는 말처럼 다툼과 반목과 이견과 증오가 눈 녹듯 녹아 사계절이 평화로운 지구촌이 되길 소망한다.

일본인과 한국인의 자연관의 차이

일본인들은 전통적으로 '눈 달 꽃雪月花', 화조풍월花鳥風月 등 자연 풍경의 사계절별 변화에 민감하게 반응하여 각 시대별로 문학, 예술에 그 세밀한 표현이 면면히 이어져 내려오고 있다. 일본문학에서 자연 묘사는 사계절의 변화를 필수 요건으로 하고 계절의 추이에 따라 인생을 투영해보는 것이며, 따라서 일본인의 자연관은 계절감의 표현으로 구체화되었다고 할 수 있다. 일본인의 이러한 자연 관찰과 계절 묘사의 성향이 일본문학의 섬세함의 특징을 드러내는데 결정적인 요인이 되었다.

일본의 경우는 『만엽집万葉集』(8세기)이래 자연 계절 그 자체를 노래하며 사계의 변화에 인생의 애수를 담아, 5 · 7 · 5 · 7 · 7음의 정형 운율에 맞추어 읊는 시가문학이 고대가요로부터 정형화되어 일본문학사를 관류한다. 일본문학 속의 계절 표현은 『고금와카집古今和歌集』과 『신고금와카집新古今和歌集』 등의 춘하추동 계절별 노래의 편찬과 『겐지이야기源氏物語』에서 육조원六條院 등의 사계 묘사, 『마쿠라노소시枕草子』의 사계 표현 등으로 전개되어 가다가 특히 근세에 이르러 하이카이俳諧의 '계절어季語'로 정착되어 현대 하이쿠俳句에 계승되었다.

또한, 『고사기古事記』(7세기 초)에 이미 춘추春秋 우열을 가리는 형제의 구혼이야기와 『만엽집』에 「춘추우열가」가 있었다는 사실은 계절에 대한 깊은 관심의 문학적 반영이라는 점에서 특기할 만하다.

일본문학에 비해 한국문학의 계절 표현은 덜 조직적이고 규범성이 적다고 할 수 있다. 특히 일본 시가문학의 경우에 정형 단시의 율격을 계속 고수하여 전통 존중의 보수적 경향이 강하고 왕조시대의 특성을 반영하는 칙찬와카집의 각 계절별 편집체제와 계절별 시어의 사용이 헤이안 시대에 이미 정착되기 시작하여 근세 하이카이에 이르러서는 '계절어'가 정형 단시의 필수 요건으로 고착된다는 점은 일본적이며 특수한 경우다.

일본 근대문학에서도 구니키다 돗포国木田独歩, 도쿠토미 로카徳冨蘆花, 시마자키 도손島崎藤村 등 낭만주의·자연주의 계열의 작가들이 대개 자연 계절묘사에 친숙하였다. 돗포独歩는 러시아 작가 투르게네프 작품의 후타바테이 시메이二葉亭四迷 번역과 워즈워스의 낭만시 등 서양문학의 영향을 받아 근대적 자연을 발견하고 자연 계절을 내면적으로 보는 표현 방식을 『무사시노武蔵野』에 도입하였다.

로카蘆花와 도손藤村은 영국 평론가이자 화가인 존 러스킨의 『근대화가론』과 까미유 코로의 풍경화 등에서 힌트를 얻어 '구름'을 면밀히 관찰하고 빛과 사물의 관계에 착안했다. 그리고 『자연과 인생』, 『치쿠마 가와의 스케치』 등의 수필에서 자연 계절을 '사생寫生'하는 과정을 통해 계절 묘사에 새로운 경지를 개척하였다.

이후, 근대 작가 중에서도 '신감각파'로 등장한 가와바타 야스나리川端康成의 문학에는 특히 자연과 계절 표현이 풍부하고 사계절을 하나의 소설의 장·절 명칭에 사용하는 등 작품의 전면에 제시하며 본격적으로 묘사한 작품(『고도古都』『산 소리山の音』 등)이 많다.

일본인은 예부터 눈 달 꽃, 화조풍월의 표현을 즐겨, 특히 꽃구경お花見(특히, 벚꽃)하는 풍습과 그 문화, 예술화는 문예와 회화 등 각 분야에서 넘쳐날 정도다. 실제 봄 벚꽃 구경은 일상생활의 중요한 행사가 되어 그 인파는 수를 헤아릴 수 없이 많고 그들을 맞이하는 측도 준비에 만전을 기한다. 또한, 「꽃의 명소」「단풍의 명소」 등 여행안내서는 친절하고 상세하다.

한국문학에서는 신라시대 향가 중 불교색이 농후한 「제망매가」나 「원가」에서는 가을의 쓸쓸함을 노래했으며, 「모죽지랑가」에서는 봄을 읊었고, 고려가요 중에서 「동동」은 월령체로 남녀상열지사를 1년 사계절과 관련지어 노래했다. 그리고 조선시대에는 '사계가四季歌'계 연시조인 「강호사시가」와 「어부사시사」, 그리고 장편가사 「농가월령가」「사미인곡」과 같이 사계절 또는 1년 12개월을 한 편의 작품으로 읊은 특기할만한 시가 문학이 있다. 또한, 조선시대의 시조나 가사에서 자연 계절의 멋과 한가함을 읊으면서, '임금의 은혜나 사모', 충절, 권농가다운 유교적 발상과 교훈을 드러내는 작품이 많다. 특히 「어부사시사」는 일상과 사계를 융합하면서 하나의 체계 안에 조직적으로 사계를 읊은 전체적 시각이 돋보이는 작품이다.

자연 계절 표현에서 고려가요가 보다 감각적인 데 비해 조선시대의 시조는 관념적이라고 할 수 있다. 그러나 앞에서 본 바와 같이 사계절을 노래한 시조를 다수의 사대부들이 향유, 표현함으로써, 유교의 세계관 안에서 자연 계절을 읊는 서경적 서정 시조를 통해 심상을 은유하고 한 적함의 여유를 찾았던 것이다.

그런데, 우리나라의 근대 개화기 작품, 예를 들면 최송설당崔松雪堂의 「빅셜白雪」에서는, 설경의 멋을 노래하면서 근대 문명사회의 빠른 변화 에 비추어 설송雪松의 변하지 않는 의연함을 찬탄한다. 고전 시가에서 소나무는 대나무와 더불어 변함없는 임금에 대한 사대부 선비들의 충정 과 곧은 절개의 상징으로 곧잘 비유되어 왔는데, 이제 근대 개화기가 되 자 변하지 않는 푸른 소나무蒼松의 비교 대상이 변천시대의 문명세계로 치환되어 있다는 점이 새롭다. 바야흐로 임금의 시대는 거去하고 근대의 변천시대가 도래한 것을 '푸른 소나무'를 통하여 역설적으로 보여주고 있으며, 고전적 가치에 대한 발상의 전환이 자연스럽게 이뤄지고 있다.

또한, 우리나라 개화기 작자 미상의 가사 「秋(추)」(1906)에서는, 기존 이미지인 가을의 쓸쓸함보다는 밝고 흥겨운 분위기를 자아낸다. 그 이 유는 가을의 계절 어구를 밝은 쪽으로 구사하고, 생동감 있는 첩어로 리 듬감을 살려 효과적으로 읊었기 때문이다. 일반적 전통적인 '애수의 계 절 가을'에서 '밝고 생동감 있는 개화기의 가을'로 계절감의 전환을 시 도하여 자연스럽게 문명개화라는 그 시대의 분위기를 반영한다.

계절의 경물 중, 우리나라 시가문학에서 두견새는 보통 봄노래의 소 재인데, 일본의 경우는 고대가요 이래로 여름노래의 소재로서 가장 많이 읊은 계절이다. 동아시아에 분포하는 두견새는 봄부터 여름에 걸쳐 지역과 기후, 계절에 따라 접하는 시기가 차이가 나기 때문이다.

이렇게 자연 계절을 보는 시각도 공통점과 상이점이 있으며, 나라와 시대, 환경, 작가, 장르, 개성에 따라 다르다는 것을 확인할 수 있다. 예를 들어, 일본의 근대 산문(도손藤村의 수필 등)에서 개구리에 대한 시선이 고전과 달리 유전학 등 자연과학이 도입된 근대적 관점(개구리 울음소리가 무서운 번식의 소리로 들림)이 반영된 것처럼, 근대 시가문학에서는 7·5조의 리듬을 탄생시키고, 단가短歌와 하이쿠俳句의 혁신이 이루어졌다. 그래서 고전 시대의 정형적 자연관에서 탈피하고 고정 관념에서 벗어나 근대인의 시선으로 새롭게 자연 계절을 표현하게 되었다.

한국의 근대 작가 염상섭이나 최서해, 전영택, 김정한 등의 소설에서 소시민, 노동자, 농민들의 궁핍한 삶이 여름의 불볕더위와 가뭄, 겨울의 혹심한 추위와 눈보라 속에서 보다 비극적으로 전개되는 것은 이러한 계절 묘사가 일제강점기의 사회고발과 비판의 기능을 담당하는 배경으로서의 역할을 하는 효과적인 장치이기 때문이다.

한편, 윤동주는 시 「봄」(1942)에서 "봄이 혈관 속에 시내처럼 흘러"라며, 계절을 시인의 몸으로 체화하여 절절함을 표현한다. 이육사의 여름 「청포도」의 싱그러운 소망처럼, 시인은 언제나 혈관 속에 봄이 흘러 삼동 같은 어둡고 힘겨운 시대를 살면서도 절망하지 않고 '풀포기처럼 피어나는' 희망과 어디서나 '종달새처럼 솟구치는' 열정을 간직하고 살았다고 할 수 있다. 윤동주는 "잎새에 이는 바람에도 괴로워 한" 진주와도 같은 존재이자, 일제강점기의 고통을 온몸으로 감내하며 계절감의 표현 속에 녹여 승화시킨 근대 한국의 대표적인 서사적 서정 시인이다.

사회현실과 정치에 가장 영향을 적게 받을 것 같은 자연 계절 표현이 실은 직 간접적으로 그 시대와 환경, 전통, 관점의 차이에 따라 다양한 영향을 받고 실제 문학 작품에 상이하게 반영된다는 점을 확인하였다.

사계의 표현 방식이 서로 다르더라도 자연계절 묘사가 문학작품의 시공간적 배경과 분위기 조성에 기여하고, 등장인물의 심상을 투영하며 작품의 주제까지도 나타내고, 경우에 따라서는 등장인물보다 자연계절이 주가 되는 예도 있다는 사실 등을 알 수 있었다.

일본과 한국의 자연 계절을 보는 시각을 생각해볼 때, 시대에 따라 차이는 있으나, 자연 계절이 단순히 미적 표현과 인식의 대상인가, 자연 계절을 교훈적이며 내실 있는 무엇과 결부시키고자 하는 의식이 강한가의 차이는 분명히 있어 보인다.

후기

　이 책의 "사계"는 평소 관심이 있었고 흥미로운 주제로 즐겁게 집필했다. 한국문학 부분은 임박해서 가필을 마무리 하게 되어, 마감에 쫓기면서 스스로도 놀랄 만치 집중한 편이다. 물론, 저술 지원 최종결과보고를 마친 입력 자료가 있긴 했으나, 한국문학 부분은 실제 원고가 미완성인 채로 남겨진 부분이 많아 거의 다 새로 썼다. 한국문학 전공이 아니어서 여전히 미진한 부분이 남아 시간을 더 투자했어야 하는 아쉬움은 있다.

　'후기'니까, 변명삼아 후일담을 하자면, 물론 여러 가지 힘든 역경은 있었으나 소망을 잃지 않았음이 중요했다. 고통을 통해 생각이 깊어지고 보는 시야가 조금 더 넓어진 듯하다. 결과보다 과정이 중요하다는 생각도 든다.

　예상 밖에 가족의 우환과 저자의 건강 체크 등으로 마지막이 바빴다. 내 딴에는 4월 초순까지 '저서 완성, 100일 작전'을 한다고 일정표에 적어놓고 있던 그때, 한참 본격적으로 보완 집필에 매진할 참이던 12월 말경부터 3월 중순경까지 원고 작성은 엄두도 못 내고 우환 있는 가족과 하루 종일 동고동락, 한밤중 새벽까지 시간을 함께 해야 했다. 그 와중에, 내 병치레도 해야 했고. 그러나 그 어느 때보다도 가족과 함께 한 시간이 많아서 좋았다.

　그간 너무 바삐 살아온 셈이다. 돌이켜보면 가족보다 학교와 동료들과 보낸 시간이 훨씬 더 많았던 것 같다. 이번에 저서 마무리 작업도 겸하여 온통 가족과 집에서 지낸 시간이 길었다. 그런 과정에서도 한시름 뒤로 하고 꿋꿋하게 원고 작성에 몰입하여 오히려 어려움이 지나가게 하는데 도움이 된 것 같다.

바쇼의 하이쿠 「마침내 죽을 기색도 없네 매미 울음소리」는 절정과 대단원을 생각하게 한다. 마감에 쫓기는 우리네 인생도 또한 그러하다고 말해주고 있는 듯하다.

이 책을 집필하는 동안, 조상 홍림興霖(1506~1581)의 시문집 『계당유고溪堂遺稿』의 역자를 물색하여 번역 간행할 준비도 했는데, 계당은 고향 금적산金積山 아래 금화서원金華書院 "계당溪堂"을 지어 산림처사로 은거할 때, 조선시대의 유학자 남명南冥 조식曹植과 대곡大谷 성운, 보은報恩현감 동주東洲 성제원 등과 교류하며 읊은 시문을 남겼다. 우리말로 접하게 될 날을 기다리며, 서로 화답한 한시(각 8구) 중에서 자연 계절을 노래한 부분 각 4구씩 서투나마 옮겨본다.

대곡大谷이, 「금적산 계당에서 건중(남명 조식의 字)과 헤어질 때 지은 시 金積溪堂別楗仲」

금적산 구름 깊은 곳
그대 보내니 두 줄기 눈물 흐르네
(…중략…)
소나무 빽빽하고 학이 숨기 마땅한 곳
파도가 거세니 배 대기 어렵도다

金積雲深處

送君雙涕流

(…중략…)

松密宜藏鶴

波驚不着舟

남명이, 「대곡과 시로 화답하고 현좌(계당 최홍림의 字)에게 보여드리다 和大谷兼示賢佐」(이 책 제3장 2절 '조식의 시조'항 참조)

금빛 나는 금적산 답파하니

원류 제일 깊으네

땅은 높고 뭇 산은 아래인데

정신이 고원하니 조각 혼은 우수로다

踏破金華積

源頭第一流

地高羣下衆

神遠片魂愁

계당이, 「남명 조식 건중에게 화답하다 和曹南冥植楗仲」

금화金華서원에서 헤어지니

산은 높고 물은 절로 흐르네

(…중략…)

첫 가을비 지나가자 나무는 더욱 푸르고

제대로 가을 만난 국화는 더욱 노랗구나

　　分手金華外

　　山巍水自流

　　(…중략…)

　　碧樹初經雨

　　黃花正得秋

　　금적산 아래 금화서원 계당溪堂 주위의 풍광은 400여 년 전이나 지금이나 별로 달라진 게 없는 듯싶다. 그 주변에서는 높은 편이고 산 아래 고향 마을에서 올려다보면 더 높아 보인다. 그래서 첫 구에서 산 높다는 묘사를 하고, 그 부근의 물의 발원지이니 물도 맑고 깊숙해 잘 흘러내린다. '학이 숨을' 만한 소나무가 많고 두루미가 하얗게 내려앉을 때도 많았다. 막 가을비를 맞아 윤기 나는 푸른 소나무와 노란 국화가 어우러져 가을 정취를 돋보이게 한다. 밤에는 밝은 달이 교교하게 비칠 것이다.

　　재야의 선비들이 고고한 학과도 같이 고향 산촌에 모여 지금도 그대로인 자연 계절로 마음을 주고받았다는 사실이 정겹다. 그런 풍광 속에서 어린 시절을 보냈기에 이 자연 사계의 주제에 관심이 생겼으리라.

　　이 책이 나올 때까지 여럿의 도움을 받았는데, 다시금 대학원생 이 군에게 고마움을 전한다. 자료 조사와 수업 발표, 자료 정리까지 참 성실한 청년이다. 그리고 연락하는데 게으른 아우에게 가끔씩 전화로 안부를 묻는 팔순의 형님께 감사한다. 원고 탈고를 위해 마지막 분발하느라 밤낮 구분 없이 책상에 앉아 있는 저자를 지켜보는 것도 힘겨웠을 아내에게 안쓰러움과 고마움을 전하며, 우리 아들이 이 땅의 사계의 아름다움을 그날그날 만끽하길 소망한다.

2016년 여름
도봉道峯서재에서 저자

참고문헌

제1장~제2장 ─────────────────────────────

1. 텍스트

倉野憲司 外 校注, 『古事記 祝詞』(日本古典文学大系1), 岩波書店, 1967.

山口佳紀・神野志隆光 校注, 『古事記』(新編日本古典文学全集1), 小学館, 2003.

秋本吉郎 校注, 『風土記』(日本古典文学大系2), 岩波書店, 1968.

高木市之助 外 校注, 『万葉集』卷一(『日本古典文学大系』4), 岩波書店, 1968.

佐竹昭広 外 校注, 『万葉集』一～四(新 日本古典文学大系1~4), 岩波書店, 1999, 2000.

小島憲之 外 校注・訳, 『万葉集』三～四(新編日本古典文学全集8~9), 小学館, 2004.

新編国歌大観編集委員会 編, 『新編 国歌大観』第一卷(勅撰集編 索引), 角川書店, 1985.

──────────────, 『新編 国歌大観』第二卷(私撰集編 歌集), 角川書店, 1986.

小沢正夫 外 校注・訳, 『古今和歌集』(新編日本古典文学全集11), 小学館, 2004.

阿部秋生 秋山虔 今井源衛 鈴木日出男 校注・訳, 『源氏物語』全6卷(新編日本古典文學
　　　　全集20-25), 小学館, 1994~1996.

渡辺 実 校注, 『枕草子』(新日本古典文学大系25), 岩波書店, 2003.

峰村文人 校注・訳, 『新古今和歌集』(新編日本古典文学全集43), 小学館, 2003.

中村俊定 校注, 『芭蕉七部集』(岩波文庫 黄206-4), 岩波書店, 1991.

掘切実 外 校注・訳, 「去来抄」, 『俳論集(外)』(新編日本古典文学全集88), 小学館, 2001.

──────────────, 『俳論集(外)』(新編日本古典文学全集88), 小学館, 2001.

井本農一 白石悌三 外 注解, 「全発句」, 『松尾芭蕉集』1(新編日本古典文学全集70), 小
　　　　学館, 2002.

井本農一 外 校注, 「笈の小文」, 『松尾芭蕉集』2(新編日本古典文学全集71), 小学館,
　　　　2003.

雲英末雄・山下一海 校注, 『近世俳句俳文集』(新編日本古典文学全集72), 小学館, 2001.

ツルゲーネフ 作・二葉亭四迷 訳, 安井亮平 注, 「あひびき」, 『二葉亭四迷集』(日本近代文学大系 第4巻), 角川書店, 1971.

国木田独歩, 「武蔵野」「忘れえぬ人々」「欺かざるの記」「独歩吟」, 『国木田独歩・田山花袋集』(現代日本文学大系 第11巻), 筑摩書房, 1977.

徳富蘆花, 『徳富蘆花・木下尚江集』(現代日本文学大系 第9巻), 筑摩書房, 1977.

_____, 「新樹」, 『自然と人生』, 岩波書店, 2011.

島崎藤村, 「雲」(『落梅集』), 「千曲川のスケッチ」『島崎藤村全集』第1巻(筑摩全集類聚), 筑摩書房, 1986.

_____, 「暖かい雨」, 『千曲川のスケッチ』, 岩波文庫, 1990.

若山牧水, 「朝鮮紀行」, 『若山牧水全集』第13巻, 増進会出版社, 1993.

川端康成, 『古都』, 『川端康成全集』第18巻, 新潮社, 1980.

_____, 「温泉宿」, 『川端康成全集』第3巻, 新潮社, 1980.

_____, 「秋より冬へ」, 「初秋四景」, 『川端康成全集』第26巻, 新潮社, 1983.

_____, 「旅中文学感」, 『川端康成全集』第31巻, 新潮社, 1982.

_____, 「散文家の季節」, 「春」, 『川端康成全集』第27巻, 新潮社, 1982.

_____, 「『古都』作者の言葉」, 「『古都』を書き終へて」, 「『古都愛賞』にこたへて」, 『川端康成全集』第33巻, 新潮社, 1982.

_____, 「新春随想－古都など」, 「古都」, 「美しい日本の私」, 「茨木市で」, 『川端康成全集』第28巻, 新潮社, 1982.

谷崎潤一郎, 『『細雪』上巻』, 『谷崎潤一郎全集』第15巻, 中央公論社, 1968.

大佛次郎, 「京都の誘惑」, 京都市 編, 『京都』, 淡交新社, 1961.

島崎藤村, 「潮音」(『若菜集』), 『島崎藤村全集』第1巻(筑摩全集類聚), 筑摩書房, 1986.

_____, 「秋風の歌」(『若菜集』), 『島崎藤村』(日本の詩歌 1), 中央公論社, 1974.

与謝野晶子, 「みだれ髪」, 『与謝野晶子 他』(日本の詩歌 4), 中央公論社, 1979.

正岡子規, 「寒山落木(抄)」, 『正岡子規集』(日本近代文学大系 16), 角川書店, 1972.

森 林太郎, 「沙羅の木」, 『鷗外全集』第19巻(全38巻), 岩波書店, 1973.

石川啄木, 「一握の砂」, 『啄木全集』第1巻・歌集, 筑摩書房, 1969.

_____, 『啄木歌集』(岩波文庫 緑54-1), 岩波書店, 1990.

夏目漱石, 「日記及断片(中)」, 『漱石全集』第25巻, 岩波書店, 1979.

高濱虚子, 「五百句」, 『定本 高濱虚子全集』第一巻・俳句集(一), 毎日新聞社, 1974.

宮沢賢治, 「歌稿[B]-424번」, 『〈新〉校本 宮沢賢治全集』 第一巻(短歌・短唱 [本文編]), 筑摩書房, 2009.

室生犀星 '俳句', 三好行雄 他, 『詞華集 日本の美意識』第二, 東京大学出版会, 1991.

安西冬衛, 「春」, 竹中 郁 他, 『現代詩集』(現代日本文学大系 93), 筑摩書房, 1974.

中原中也, 「夏」(『山羊の歌』), 『新編 中原中也全集』第一巻(詩Ⅰ・本文篇), 角川書店, 2000.

三好達治, 「春の岬」, 「雪」, 『三好達治』(日本の詩歌 22), 中央公論社, 1967.

萩原朔太郎, 「漂泊者の歌」, 『萩原朔太郎全集』第2巻, 筑摩書房, 1986.

_____, 「『氷島』の詩語について」, 伊藤信吉, 「鑑賞」, 『萩原朔太郎』(日本の詩歌 14), 中央公論社, 1968.

立原道造, 「のちのおもひに」, 『丸山 薫, 立原道造 他』(日本の詩歌 24), 中央公論社, 1987.

飯田蛇笏, 窪田空穂・他, 『昭和詩歌集』(昭和文学全集 35), 小学館, 1990.

大岡 信, 「春のために」, 『大岡信詩集 1945-1975』, 思潮社, 1977.

谷川俊太郎, 「三月のうた」(『祈らなくていいのか』-未刊詩集), 『谷川俊太郎詩集 続』, 思潮社, 1993.

高柳重信, 『伯爵領』, 杉田英明, 『葡萄樹の見える回廊』, 岩波書店, 2002.

夏石番矢, 『夏石番矢自選百句』, 沖積舎, 2015.

2. 논문·잡지

村田 昇, 「源氏物語の四季描写」, 『日本文芸学』第二号, 日本文芸学会, 1965.

三田博雄, 「自然観の類型とその意味」, 『文学』Vol.41, 岩波書店, 1973.6.

野口 進, 「古今集の自然観照-特に四季の歌を中心にして」, 『金城学院大学論集』通巻第65号, 国文学編 第18号, 金城学院大学, 1975.

高木市之助, 「万葉集の本質」, 『文芸読本 万葉集』, 河出書房新社, 1979.

中西 進, 「万葉集の生成」, 『文芸読本 万葉集』, 河出書房新社, 1979.

斎藤茂吉, 「万葉集と自然美」, 『文芸読本 万葉集』, 河出書房新社, 1979.

土屋文明, 「山上憶良」, 『文芸読本 万葉集』, 河出書房新社, 1979.

山本健吉, 「大伴家持」, 『文芸読本 万葉集』, 河出書房新社, 1979.

上原優子, 「『春秋判別歌』の論理性について」, 『古代研究』第十七号, 早稲田大学古代文学研究会, 1984.11.

毛利正守, 「額田王の心情表現-『秋山我れは』をめぐって」, 『文林』第二十号, 松陰女子

学院, 1985.12.

阿部寛子,「額田王－春秋判別歌と三輪山の歌から」,『セミナー古代文学'87－表現として
の〈作家〉－』, 古代文学会, 1988.

清水靖子,「額田王－春秋競憐歌について－」,『成蹊國文』第二十二号, 成蹊大学文学部日
本文学研究科, 1989.3.

菊地靖彦,「『新古今集』四季部における『古今集』歌人の歌について」,『国語と国文学』第
68巻 第7号, 東京大学国語国文学会, 1991.7.

川本皓嗣,「〈三夕〉の歌」,『日本詩歌の伝統－七と五の詩学』, 岩波書店, 1991.

白田久美子,「後撰集四季歌の特色－古今集との比較から－」,『語文論叢』第21号, 千葉大
学文学部国語国文学会, 1993.12.

大岡 信,「叙景歌の抒情性－日本詩歌の本質についての試論」, 川本皓嗣 編,『歌と詩の系
譜』(叢書 比較文学比較文化 5), 中央公論社, 1994.

入江恵美,「万葉集の季節観－夏の季を中心として－」,『日文大学院紀要』2, フェリス女学
院大学, 1994.7.

森朝 男,「古今集四季歌の位置－喩の観点から－」,『国語と国文学』第72巻 第5号, 東京大
学国語国文学会, 1995.5.

毛利正守,「額田王の春秋競憐歌」, 神野志隆光(外)編,『初期万葉の歌人たち』(セミナー
万葉の歌人と作品 第一巻), 和泉書院, 1999.

辻憲男,「万葉集－額田王の全歌を読む」,『神戸親和女子大学「生涯学習センター紀要」』
第4号, 神戸親和女子大学生涯学習センター, 2001.3.

土佐秀里,「春秋競憐判歌の発想－脱呪術性と恋の喩－」, 早稲田大学国文学会, 2001.

張利利,「額田王の春秋競憐歌(十六)の中日比較」,『国語国文学誌』第三十一号, 広島女
学院大学日本文学会, 2001.12.

梅谷記子,「萬葉集卷一・十六番、題詞試解－解釈のための問題提起－」,『皇學館論叢』
第三十五巻第四号, 皇學館大學人文學會, 2002.8.

山本直子,「額田王「春秋競憐歌」の一解釈」,『同志社国文学』, 同志社大学国文学会,
2008.3.

菊地靖彦,「『古今集』の四季部類をめぐって」, 日本文芸研究会 編,『伝統と変容』, ペリカ
ン社, 2000.

小野 寛,「万葉集の季節歌」,『四季の万葉集』(高岡市万葉歴史館論集12), 笠間書院,
2009.3.

広田二郎，「芭蕉における自然観」，『文学』Vol.41，岩波書店，1973.6.

芳賀徹，「与謝蕪村の小さな世界－十八世紀日本文化史のなかでの考察」，『近代日本の思想と芸術』Ⅰ，芳賀 徹 外 編，『講座 比較文学』第3巻(全8巻)，東京大学出版会，1973～1976.

ハルオ・シラネ，菅原克也・衣笠正晃 訳，「松尾芭蕉におけるパロディーと異言語混淆」，川本皓嗣 編，『歌と詩の系譜』(叢書 比較文学比較文化 5)，中央公論社，1994.

尾形 仂 編，「芭蕉俳論事典」，『芭蕉必携』，学燈社，1995.11.

中野沙恵，「蕪村的表現」，『国文学－解釈と教材の研究』(特集：蕪村の視界－画人として・俳人として)，学灯社，1996.12.

小堀桂一郎，「会津八一、長塚節の秋の歌－推移の感覚」，平川祐弘・亀井俊介・小堀桂一郎 編，『文章の解釈－本文分析の方法』，東京大学出版会，1977.

島内景二，「季節感の文学史－七月から九月まで」，『電気通信大学紀要』第14巻第2号(通巻28号)，2002.1.

野村亜住，「芭蕉連句の〈季の句〉－季語の推移と表現の変化」，『湘北紀要』第32号，湘北短期大学，2011.

韓玲姫 (外)，「小林一茶の虫の句にみる作品世界」，『図書館情報メディア研究』，図書館情報メディア研究編集委員会，2012.

武川忠一，「若山牧水の魅力」(特集：若山牧水の世界」)，『国文学－解釈と鑑賞』，至文堂，1997.2.

伊藤一彦，「牧水と自然－若い時代を中心に－」(特集：若山牧水の世界」)，『国文学－解釈と鑑賞』，至文堂，1997.2.

関口昌男，「牧水の随筆」(特集：若山牧水の世界」)，『国文学－解釈と鑑賞』，至文堂，1997.2.

山田薄光，「独歩の自然観・運命観」，『国文学 解釈と鑑賞』，至文堂，1991.2.

布川純子，「徳冨蘆花『自然と人生』の「自然に対する五分時」について」，『成蹊人文研究』第3号，成蹊大学文学部，1995.3.

芦谷信和，「独歩と外国文学－ワーヅワースの受容と感化」，『国文学 解釈と鑑賞』，第56巻 第2号，至文堂，1991.2.

山中千春，「〈自然〉と〈人〉－初期国木田独歩文学を中心に」，『芸文攷』第10号，日本大学大学院芸術学研究科文芸学専攻，2005.2.

金子孝吉，「徳冨蘆花による伊香保の自然描写について－『自然と人生』「自然に対する五

分時」を中心に」、『滋賀大学経済学部研究 年報』第12巻, 滋賀大学経済学部, 2005.12.

_____, 「德冨蘆花『新春』、新しい出発」、『解釈』一・二月号(第五十七巻), 解釈学会, 2011.1.

中島国彦, 「近代文学にみる〈秋〉の風景表象ー島崎藤村『千曲川のスケッチ』を中心に」, 『国士館大学地理学報告』No.16, 国士館大学地理学会, 2008.3.

山本健吉, 「解説」, 『古都』, 新潮文庫, 1995.

田村充正, 「作品『古都』のダイナミズム」, 『人文論集』46-1, 静岡大学人文学部, 1995.

羽鳥徹哉, 「川端康成と自然」, 『成蹊国文』第30号, 成蹊大学日本文学科, 1997.

亀井俊介, 「安西冬衛「春」ーエスプリ・ヌーボーと日本的伝統」, 平川祐弘・亀井俊介・小堀桂一郎 編, 『文章の解釈ー本文分析の方法』, 東京大学出版会, 1977.

小堀桂一郎, 「解説」, 森 林太郎, 『鷗外選集』第10巻(全21巻), 岩波書店, 1979.

吉本隆明, 「『若菜集』の評価ー日本近代詩の源流 四」, 三好行雄 編, 『島崎藤村全集』別巻(筑摩全集類聚), 筑摩書房, 1986.

菅原克也, 「〈邦語の制約〉と象徴詩の実験ー蒲原有明の難解さ」, 川本皓嗣 編, 『歌と詩の系譜』(叢書 比較文学比較文化 5), 中央公論社, 1994.

エリス俊子, 「伊東静雄の自然ー「わがひとに與ふる哀歌」から「春の雪」まで」, 川本皓嗣 編, 『歌と詩の系譜』(叢書 比較文学比較文化 5), 中央公論社, 1994.

夏石番矢, 「二十世紀日本俳句史の視座」, 川本皓嗣 編, 『歌と詩の系譜』(叢書 比較文学比較文化 5), 中央公論社, 1994.

김영, 「日本古代の四季の行事と文付枝」, 『일본언어문화』제9권, 한국일본언어문화학회, 2006.

김종덕, 「源氏物語의 美意識ー春秋優劣論争을 중심으로」, 『일어일문학연구』제48집 2권, 한국일어일문학회, 2004.

노선숙, 「삼대집(三代集) 계절가에 관한 小考ー가을과 봄의 노래를 중심으로」, 『일본어문학』제31집, 한국일본어문학회, 2006.

최광준, 「『万葉集』의 梅花ー巻5의 梅花歌群을 중심으로」, 『일어일문학연구』제77집 2권, 한국일어일문학회, 2011.5.

송인순, 「바쇼의 홋쿠에 나타난 비(雨)의 이미지」, 『일본연구』제19호, 한국외대 일본연구소, 2002.

_____, 『松尾芭蕉의 發句에 나타난 季語 연구』, 한국외대 박사논문, 2005.8.

유옥희, 「芭蕉의 俳諧에 나타난 계절관」, 『일어일문학연구』 제20집 1권, 한국일어일문학회, 1992.

이현영, 「하이쿠를 통해본 일본인의 생활양식과 의식구조의 변천에 관한 연구」, 『일본문화학보』 제21집, 한국일본문화학회, 2004.5.

최재철, 「일본문학의 특수성과 국제성－카와바타(川端)와 오오에(大江) 문학의 세계화과정」, 『일어일문학연구』 제36집, 한국일어일문학회, 2000.6.

_____, 「日本近代文学者の韓国観の変化過程」, 『日本学報』 第53輯, 韓国日本学会, 2002.12.

_____, 「近代日本人の韓国観の系譜－安倍能成の場合(外)」, 『アジア太平洋研究』 No.27, 成蹊大学アジア太平洋研究センター, 2004.7.

_____, 「일본 근대문학과 사계(四季)－『고도(古都)』의 계절묘사를 통해 본 가와바타(川端)문학의 특징」, 『외국문학연구』 제41호, 한국외대 외국문학연구소, 2011.2.

_____, 「일본근대문학의 자연·계절의 발견과 그 전개」, 『일어일문학연구』 제84집 2권, 한국일어일문학회, 2013.2.

_____, 「일본문학에 나타난 계절 표현의 유래」, 『일어일문학연구』 제88집 2권, 한국일어일문학회, 2014.2.

_____, 「일본 고전문학 속의 사계 표현－헤이안(平安)시대 작품별 특징과 추이」, 『외국문학연구』 제53호, 한국외대 외국문학연구소, 2014.2.

_____, 「일본 근세 하이카이(俳諧)의 계절어(季語) 고찰－마쓰오 바쇼(松尾芭蕉)의 '시간의 흐름'표현을 중심으로」, 『외국문학연구』 제57호, 한국외대 외국문학연구소, 2015.2.

3. 단행본

岡崎義恵, 「文芸にあらわれた日本の風光」, 『岡崎義恵著作集』 3, 宝文舘, 1961.

_____, 「季節の表現」, 『岡崎義恵著作集』 4, 宝文舘, 1961.

小尾郊一, 『中国文学に現われた自然と自然観』, 岩波書店, 1962.

小島憲之, 『上代日本文学と中国文学·下』, 塙書房, 1965.

津田左右吉, 「おもひだすまゝ」(十五) 秋の悲しき」, 『津田左右吉全集』 第21巻, 岩波書店,

1965.

秋山 虔,「源氏物語の自然と人間」,『王朝女流文学の世界』, 東京大学出版会, 1972.

芳賀 徹・平川祐弘・亀井俊介・小堀桂一郎 編,『講座 比較文学』(全8巻), 東京大学出版会, 1973～1976.

須藤松雄,『日本文学の自然』, 笠間書院, 1977.

西村 亨,『王朝びとの四季』, 講談社学術文庫, 1979.

和辻哲郎,『風土－人間学的考察』, 岩波文庫, 1979.

稲岡耕二 編,『万葉集必携』(別冊国文学・NO.3. '79春季号), 学燈社, 1979.

高木市之助 他,『文芸読本 万葉集』, 河出書房新社, 1979.

金田一春彦,『ことばの歳時記』(新潮文庫 草 215A), 新潮社, 1980.

安藤常次郎,『季節感と日本の文芸』, 校倉書房, 1981.

久保田 淳 編,『百人一首必携』(別冊国文学・NO.17), 学燈社, 1982(改装版, 1991.4).

坂本 昇,「紫上と花散里」,『中古文学』, 1984.

久保田淳 編,『古典和歌必携』(別冊国文学), 学燈社, 1986.7(改装版, 1999.12).

大岡 信,『四季の歌 恋の歌－古今集を読む』, 筑摩書房, 1987.

安藤隆夫,『日本の風土を伝えることわざ 季節』(ことばの民俗学 I), オンタイム出版創拓社, 1988.

入江泰吉・山崎しげ子,『万葉四季の花』, 佼成出版社, 1988.

篠原昭二,『絵本源氏物語』, 貴重本刊行会, 1988.

鈴木日出男,「悲秋の詩歌－漢詩と和歌」,『古代和歌史論』, 東京大學出版會, 1993.

管野洋一・仁平道明 編,『古今歌ことば辞典』(新潮選書), 新潮社, 1998.

川本皓嗣 編,『歌と詩の系譜』(叢書 比較文学比較文化 5), 中央公論社, 1994.

鈴木日出男,『源氏物語歳時記』, ちくま学芸文庫, 1995.

田中新一,「二元的四季観の発生と展開－古今集まで-」,『平安朝文学に見る二元的四季観』, 風間書房, 2000.

鈴木宏子,『古今和歌集表現論』, 笠間書院, 2000.

小川和佑,『桜と日本人』, 新潮社, 2005.

大浦誠士,『万葉のこころ 四季・恋・旅』, 中日新聞社, 2008.

日向一雅,『源氏物語の世界』, 岩波書店, 2009.

李美淑,「第二章 ＜春秋のあらそひ＞と六条院の＜春の上＞」,『源氏物語研究－女物語の方法と主題-』, 新典社, 2009.

村田右富実 監修,『よみがえる万葉のこころ－入江泰吉の万葉風景』, 入江泰吉記念奈良

市写真美術館, 2013.

加藤周一, 『日本文化における時間と空間』, 岩波書店, 2013.

安藤 宏・高田祐彦・渡部泰明, 『読解講義 日本文学の表現機構』, 岩波書店, 2014.

大磯義雄, 『与謝蕪村』(俳句シリーズ 人と作品 2), 桜楓社, 1969.

丸山一彦, 『小林一茶』(俳句シリーズ 人と作品 3), 桜楓社, 1969.

山本健吉, 『芭蕉名句集』(日本古典文庫 12), 河出書房新社, 1977.

牧岡 孝・阿部松夫, 『蕪村・一茶句集』, ポプラ社, 1977.

中村俊定 校注, 『芭蕉俳句集』(岩波文庫 黄206-3), 岩波書店, 1978.

水原秋櫻子 (外), 『カラー図説 日本大歳時記』(全5巻), 講談社, 1982.

富安風生 編, 『俳句歳時記』全五巻, 平凡社, 1980～1983.

井本農一, 『芭蕉と俳諧史の研究』, 角川書店, 1984.

萩原朔太郎, 『郷愁の詩人 与謝蕪村』(岩波文庫, 緑 62-2), 岩波書店, 1991.

秋山 虔 (他), 『詞華集 日本の美意識』第一, 東京大学出版会, 1991.

川口芳秋, 『文法全解 蕪村・一茶名句』(古典解釈シリーズ), 旺文社, 1991.

尾形 仂 編, 「芭蕉俳論事典」, 『芭蕉必携』, 学燈社, 1995.11.

復本市郎, 『芭蕉歳時記』, 講談社, 1997.

小堀桂一郎 (外), 『文章の解釈―本文分析の方法』, 東京大学出版会, 1997.

古井由吉 (外), 『与謝蕪村・小林一茶』(新潮古典文学アルバム21), 新潮社, 2001.

ハルオ シラネ 著・衣笠正晃 訳, 『芭蕉の風景 文化の記憶』, 角川書店, 2001.

大岡 信 監修, 『短歌俳句 植物表現辞典』, 遊子館, 2002.

片山由実子 (外), 『俳句の詩学・美学』(俳句教養講座 第二巻), 角川学芸出版, 2009.

内田泉之助, 『白氏文集』(中国古典新書), 明徳出版社, 1987.

田中克己, 『白楽天』(漢詩大系 12), 集英社, 1983.

伊東一夫, 『島崎藤村研究』, 明治書院, 1970.

三好行雄 編, 『近代日本文学史』(有斐閣双書), 有斐閣, 1978.

伊東一夫 外 編, 『島崎藤村―課題と展望』, 明治書院, 1979.

平野 謙 他, 『文芸読本 島崎藤村』, 河出書房新社, 1979.

柄谷行人, 「風景の発見」, 『日本近代文学の起源』, 講談社, 1980.

芦谷信和, 『国木田独歩―比較文学的研究』, 和泉書院, 1982.

大岡 信, 『若山牧水ー流浪す魂の歌』, 中公文庫, 1984.

志賀重昂, 『日本風景論』, 岩波文庫, 1997.

申礼淑, 「季節観」, 田村充正・馬場重行・原善 編, 『川端文学の世界ーその思想』, 勉誠出版, 1999.

松井利彦, 『正岡子規』(俳句シリーズ 人と作品 4), 桜楓社, 1966.

萩原朔太郎, 『萩原朔太郎』(日本の詩歌 14), 中央公論社, 1968.

吉田精一, 『現代詩』(新版, 学燈文庫), 学燈社, 1971.

竹中 郁 他, 『現代詩集』(現代日本文学大系 93), 筑摩書房, 1974.

寺田 透 他, 『文芸読本 萩原朔太郎』, 河出書房新社, 1978.

大岡 信, 『日本詩歌紀行』, 新潮社, 1979.

栗津則雄, 『詩歌のたのしみ』, 角川書店, 1979.

大岡 信, 『萩原朔太郎』(近代日本詩人選 10), 筑摩書房, 1981.

三好行雄 編, 『島崎藤村全集』別巻(筑摩全集類聚), 筑摩書房, 1986.

富岡多恵子, 『室生犀星』(近代日本詩人選 11), 筑摩書房, 1986.

小川武敏, 『石川啄木』, 武蔵野書房, 1989.

大岡 信, 『第五 折々のうた』(岩波新書・黄版333), 岩波書店, 1990.

和田繁樹, 『正岡子規』(新潮日本文学アルバム 21), 新潮社, 1990.

宮沢清六 他, 『新文芸読本 宮沢賢治』, 河出書房新社, 1990.

宇佐美斉, 『立原道造』(近代日本詩人選 17), 筑摩書房, 1990.

三好行雄 他, 『詞華集 日本の美意識』第二, 東京大学出版会, 1991.

秋山 駿, 『中原中也』(新潮日本文学アルバム 30), 新潮社, 1991.

伊藤 整 他, 『新文芸読本 石川啄木』, 河出書房新社, 1991.

小海永二, 『日本の名詩』, 大和書房, 1995.

宮沢賢治, 『〈新〉校本 宮沢賢治全集』第二巻(詩[Ⅰ] 本文編), 筑摩書房, 1995.

原 子朗 他, 「特集：宮沢賢治ー詩歌を中心に」, 『国文学ー解釈と鑑賞』, 至文堂, 1995.9.

渡部芳紀 他, 「特集：宮沢賢治研究ー新しい出発」, 『国文学ー解釈と鑑賞』, 至文堂, 1996.11.

米倉 巌, 『「四季」派詩人の詩想と様式』, おうふう, 1997.

大塚常樹, 『宮沢賢治 心象の記号論』, 朝文社, 1999.

大岡 信 編, 『現代詩の鑑賞101』, 新書館, 2001

吉増剛造, 『詩をポケットに（下）』(NHKカルチャーアワー・文学と風土), 2002.

杉田英明, 『葡萄樹の見える回廊』, 岩波書店, 2002.

野山嘉正, 『改訂版 近代詩歌の歴史』, 放送大学教育振興会, 2004.

鮎川信夫, 『近代詩から現代詩へ』, 思潮社, 2005.

上田正行, 『鷗外・漱石・鏡花―實証の糸』, 翰林書房, 2006.

大岡 信, 『新 折々のうた』1, 2(岩波新書・新赤版 357, 415), 岩波書店, 2007.

池田 功, 『石川啄木―その散文と思想』, 世界思想社, 2008.

岩岡中正, 『子規と現代』, ふらんす堂, 2013.

구정호, 『만요슈―고대 일본을 읽는 백과사전』(e시대의 절대사상 7), 살림, 2005.

이중섭, 박재삼 역, 『이중섭 1916-1956 편지와 그림들』, 다빈치, 2013.

임성철, 『일본 고전시가문학에 나타난 자연』, 보고사, 2002.

최재철, 『일본문학의 이해』, 민음사, 1995.

_____ · 유중하, 『중국문학과 일본문학』(세계문학6―웅진 밀레니엄 북), 웅진출판,
        1998.

_____ 외, 『문학, 일본의 문학―현대의 테마』, 제이앤씨, 2012.

JOHN RUSKIN, *MODERN PAINTERS* Volume I (Elibron Classics series), Ada-
        mant Media Corporation, 2005.

4. 역서

기노 쓰라유키, 구정호 역, 『고킨와카슈』(상·하), 소명출판, 2010.

_____, 최충희 역, 『고금와카집』, 지만지, 2011.

나쓰메 소세키, 최재철 역, 『산시로』, 한국외대 출판부, 1995.

마츠오 바쇼, 유옥희 역, 『마츠오 바쇼오의 하이쿠』(세계시인선 53), 민음사, 1998.

무라사키 시키부, 김종덕 역, 『겐지이야기』, 지만지, 2008.

세이 쇼나곤, 정순분 역, 『마쿠라노소시』, 지만지, 2008.

시마자키 도손, 김남경 역해, 『지쿠마 강 스케치(千曲川のスケッチ)』(지식을만드는지
        식 수필비평선집), 커뮤니케이션북스, 2015.

오토모 황자 외, 고용환 역, 『회풍조』, 지식을만드는지식, 2010.

이시카와 다쿠보쿠, 손순옥 역, 『이시카와 타쿠보쿠 시선(石川啄木の詩選)』(세계시인
        선 55), 민음사, 1998.

이연숙 역해, 『한국어역 만엽집』 1~8, 박이정, 2012~2015.

키타하라 하쿠슈, 양동국 역, 『키타하라 하쿠슈 시선』(세계시인선 54), 민음사, 1998.

R. H. Blyth, *HAIKU*(俳句・전4권), The Hokuseido Press, 1949~1952.

5. 사전

久松潛一 佐藤謙三 編, 『新版 角川古語辞典』, 角川書店, 1974.

新村 出 編, 『広辞苑』(第二版), 岩波書店, 1977.

松村 明 編, 『大辞林』, 三省堂, 1989.

梅棹忠夫 金田一春彦 外 監修, 『カラー版 日本語大辞典』, 講談社, 1994.

槌田満文, 『四季ことわざ辞典』, 東京堂, 2001.

西谷裕子, 『四季のことば辞典』, 東京堂, 2008.

『スーパ大辞林』(wordtank), Canon.

『百科事典 マイペディア』(電子辞書版), 日立システムアンドサービス.

제3장~제4장

1. 텍스트

『歌曲源流』(異本7種), 弘文閣, 2002.(梁在廎版, 鐘路印文社, 1943)

『靑丘永言』(異本3種), 弘文閣, 2002.(京城帝國大學, 1930/ 吳漢根, 朝鮮珍書刊行會, 1948)

『海東歌謠』(六堂本, 周氏本, 一石本), 弘文閣, 2002.(京城帝國大學版, 1930)

고은, 『삶』(고은 시선집), 살림, 1989.

권두환 편, 「동동(動動)」, 『고전시가』(한국문학총서 1), 해냄, 1997.

김동인, 『배따라기』(밀레니엄북스 35), 신원출판사, 2004.

김소월, 『김소월 시전집』, 문학사상, 2007.

金廷湜, 「山有花」, 『진달내꼿』, 賣文社, 1925(복간본, 金素月 『진달내꼿』 초판본 오리지널 디자인, 소와다리, 2015).

김정한 외, 『김정한・안수길』(20세기 한국소설 11), 창비, 2005.

김진섭, 『김진섭 선집』(한국문학의 재발견-작고문인선집), 현대문학, 2011.

김창범, 「아지랑이」, 『김창범시집-봄의 소리』, 창작과비평사, 1981.

나태주, 『나의 등불도 애달프다』(나태주시선집 II), 토우, 2000.

노천명, 『노천명전집 1 시-사슴』, 솔, 1997.

東京留學生會, 『學之光』(學之光發行所, 學之光社, 1914~1918) 영인본 제1권, 태학사, 1978.

박목월, 「사월의 노래」, 『김순애가곡집』, 국민음악연구회, 1953.

박성의 주해, 『農家月令歌·漢陽歌』, 『月巖全集』(6), 예그린출판사, 1978.

박영근, 『저 꽃이 불편하다』(창비시선 221), 창작과비평사, 2002.

박지현, 「봄나비」, 『박지현 동시선집』(한국동시문학선집 040), 지식을만드는지식, 2015.

박효관·안민영 편, 신경숙 역, 『가곡원류』, 지만지, 2010.

서정주, 『서정주 전집 1-미당시전집』I, 민음사, 2001.

송미옥, 韓國精神文化硏究院『譯註 三國遺事』I, 以會文化社, 2003.

_____, 韓國精神文化硏究院『譯註 三國遺事』II, 以會文化社, 2003.

_____, 韓國精神文化硏究院『譯註 三國遺事』IV, 以會文化社, 2003.

신연우, 『가려 뽑은 우리 시조』, 현암사, 2004.

신지연 외편, 『개화기 가사 자료집』제6권, 보고사, 2011.

안도현, 『그리운 여우』(창비시선 163), 창작과비평사, 1999.

염상섭, 『만세전』(염상섭 중·단편선), 글누림, 2007.

오늘의시조시인회의 세계화위원회, 『세계인이 알아야 할 한국의 시조』, 고요아침, 2014.

육당최남선전집편찬위원회, 고려대학교아세아문제연구소 編, 『六堂崔南善全集』5(전 16권), 玄岩社, 1973.

윤동주, 「하늘과 바람과 별과 시」, 『하늘과 바람과 별과 시』(윤동주전집 1), 문학사상사, 1999.

尹東柱, 「봄」(「흰 그림자」 중), 『하늘과 바람과 별과 詩』, 正音社, 1948(복간본 초판본 오리지널 디자인, 소와다리, 2016).

『尹東柱詩集-하늘과 바람과 별과 詩』, 正音社, 1955(복간본, 증보판 오리지널 디자인, 소와다리, 2016).

이광수, 『李光洙全集』제1권, 三中堂, 1964.

이병기, 『가람 시조집』, 지식을만드는지식, 2012.

이병기, 『가람文選』, 신구문화사, 1966.

이양하, 『이양하 수필전집』, 현대문학, 2009.

이우걸, 『저녁 이미지』(동학시인선 5), 동학사, 1988.

이육사, 『문장』(1939.8), 『광야에서 부르리라』(이육사 시전집), 시월, 2010.

李陸史, 『陸史詩集』, 凡潮社, 1956(복간본, 오리지널 초판본, 더스토리, 2016).

이인직, 『은세계(외)』, 범우사, 2004.

이효석, 『메밀꽃 필 무렵』(베스트셀러 한국문학선 9), 소담출판사, 1995.

일연, 김원중 역, 『삼국유사』, 을유문화사, 2002.

정구복·노중국·신동하·김태식·권덕영, 『개정증보 역주 삼국사기』1(감교원문편), 한국학중앙연구원 출판부, 2011.

_____, 『개정증보 역주 삼국사기』2(번역편), 한국학중앙연구원 출판부, 2012.

정비석, 「들국화」, 『山情無限』, 휘문출판사, 1963.

정인보, 『담원정인보전집』1, 연세대 출판부, 1983.

정재호·장정수, 『송강가사』(100대 한글 문화유산 74), 신구문화사, 2006.

정지용, 「鄕愁」, 『鄭芝溶 全集』1·詩, 민음사, 1988.

조성자 외, 『역주본 농가월령가·옥루연가』, 다운샘, 2000.

최서해, 『최서해작품집』, 지식을만드는지식, 2008.

崔송설당기념사업회 편, 『松雪堂集』(II), 명상, 2005.

황순원, 『황순원작품집』, 지식을만드는지식, 2010.

屈原, 장기근·하정옥 역, 『新譯 屈原』(중국고전한시인선 5), 명문당, 2015.

陶淵明, 차주환 역, 『한역 도연명전집韓訳 陶淵明全集』, 서울대 출판부, 2002.

杜甫, 김의정 역, 『두보 시선(杜甫 詩選)』, 지만지, 2008.

范成大, 서용준 역, 『사시전원잡흥(四時田園雜興)』, 지만지, 2008.

蘇軾, 류종목 역, 『소동파 시선(蘇東坡 詩選)』, 지만지, 2008.

王維, 박삼수 역, 『왕유 시선(王維詩選)』, 지만지, 2008.

陸游, 주기평 역, 『육유 시선(陸游詩選)』, 지만지, 2008.

尹善道, 이상현·이승현 역, 「어부사시사」, 『고산유고孤山遺稿』4(한국문집번역총서), 한국고전번역원, 2015.

尹學準, 譯詩·田中明, 『朝鮮の詩ごころ-「時調」の世界-』, 講談社, 1992.

조식, 『남명집』, 지식을만드는지식, 2009.

広岡富美 訳, 『韓国近現代詩調選集』, 土曜美術社, 2000.

2. 논문·잡지

고정희, 「알레고리 시학으로 본 「어부사시사」」, 『한국 고전시가의 서정시 탐구』, 월인, 2009.

권정은, 「조선시대 농서(農書)의 전통과 「농가월령가」의 구성 전략」, 『새국어교육』(97), 한국국어교육학회, 2013.

김상욱, 「「농가월령가」의 교육적 수용을 위한 담론 분석」, 『고전문학 어떻게 가르칠 것인가』, 집문당, 1994.

김선기, 「다기마로 노래」, 『현대문학』 13-2, 1967.

김신중, 「「어부사시사」의 공간과 시간」, 『국어국문학연구』 vol.19, 원광대 국어국문학과, 1997.

김은희, 「「農家月令歌」의 짜임새와 그 意味」, 『語文硏究』 第144號, 한국어문교육연구회, 2009.12.

김정환, 「80년대의 시-이종욱·김창범·하종오의 시세계」, 김윤수·백낙청·염무웅 편, 『한국문학의 현단계』(창비신서 36), 창작과비평사, 1982.

박경희, 「고산의 「어부사시사」 연구」, 건국대 석사논문, 1994.2.

원용문, 「尹善道文學硏究」, 고려대 박사논문, 1988.

이상원, 「고전시가의 문화론적 접근」, 『어문론총』 제60호, 한국문학언어학회, 2014.6.

이숭원, 「「농가월령가」에 나타난 자연·인간·사회」 『국어국문학』 137, 국어국문학회, 2004.9.

이현자, 「四時歌系 聯詩調에 나타난 江湖自然 認識」, 『시조학논총』 vol.17, 2001.

_____, 「조선조 연시조의 유형별 변이양상 연구」, 경희대 박사논문, 2002.

정현기, 「한국문학의 사계, 자연-강과 산, 호수, 꽃, 새, 물고기」, 『문학과 자연』, 토지문화관, 2001.12.

최재철, 「일본 근대문학의 자연·계절의 발견과 그 전개」, 『日語日文學硏究』 제84호, 한국일어일문학회, 2013.2.

_____, 「일본 고전문학 속의 사계표현-헤이안(平安)시대 작품별 특징과 추이」, 『외국문학연구』 제53호, 한국외대 외국문학연구소, 2014.2.

_____, 「일본 근세 하이카이(俳諧)의 '계절어(季語)' 고찰-마쓰오 바쇼(松尾芭蕉)의 '시간의 흐름' 표현을 중심으로」, 『외국문학연구』 제57호, 한국외대 외국문학연구소, 2015.2.

_____, 「최재철교수의 한일문화칼럼 1-벚꽃과 한일 간의 이야기」, 『월간 코리아인』, 2015.5.

_____, 「최재철교수의 한일문화칼럼 4-여름의 노래-한시・시조・와카」, 『월간 한국인』, 2015.9.

_____, 「최재철교수의 한일문화칼럼 5-애수의 계절, 가을에 대하여」, 『월간 한국인』, 2015.10.

_____, 「최재철교수의 한일문화칼럼 6-겨울은 눈」, 『월간 한국인』, 2015.12.

최재호, 「윤고산의 「어부사시사」 연구」, 『동국대 국어국문학회 논문집』, 1964.7.

최진원, 「江湖歌道의 硏究」, 『성대논문집』 제8집, 1963.

허범자, 「孤山 時調文學의 生成背景硏究」 『국어교육연구』 제43집, 서울대 사범대 국어교육연구회, 1991.2.

3. 단행본

고려대 중국학연구소, 『중국문학의 즐거움』, 차이나하우스, 2013.

국어국문학회 편, 『고려가요・악장 연구』(국문학연구총서2), 태학사, 1997.

권두환 편, 『고전시가』(한국문학총서1), 해냄, 1997.

권영민, 『한국 현대문학대사전』, 서울대 출판부, 2004.

김명회, 『허난설헌의 시문학』, 국학자료원, 2013.

김동욱, 『한국가요의 연구』, 을유문화사, 1961.

김사엽, 『이조시대의 가요연구』, 대양출판사, 1956.

김승찬, 『신라 향가론』, 부산대 출판부, 1999.

김영민, 『한국 현대문학비평사』, 소명출판, 2000.

김완진, 『향가해독법 연구』, 서울대 출판부, 1980.

_____, 『향가와 고려가요』, 서울대 출판부, 2000.

김용직, 『한국현대시연구』, 일지사, 1974.

김우창, 『궁핍한 시대의 시인』, 민음사, 1977.

김윤식, 『한국 근대문학의 이해』, 일지사, 1978.

_____・김현, 『한국문학사』, 민음사, 1984.

김은전, 『한국 현대시 탐구』, 태학사, 1996.

김종오 편, 『옛시조감상』, 정신세계사, 1990.

김진영 외, 『한국시조감상』, 보고사, 2011.

나경수, 『향가의 해부』, 민속원, 2004.

박철 외, 『노벨문학상과 한국문학』, 월인, 2001.

송준호, 『柳得恭의 시문학 연구』, 태학사, 1985.

서철원, 『향가의 역사와 문화사』, 지식과교양, 2010.

성호경, 『시조문학』(서강학술총서069), 서강대 출판부, 2014.

신동욱 · 조남철, 『현대문학사』, 한국방송대 출판부, 1992.

심경호, 『한시의 서정과 시인의 마음』(서정시학 신서24), 서정시학, 2011.

_____, 『한시의 성좌(星座)―중국 시인 열전』, 돌베개, 2014.

안대회, 『韓國 漢詩의 分析과 視角』, 연세대 출판부, 2000.

양주동, 『朝鮮古歌研究』, 박문서관, 1942.

_____, 『고가연구』, 동국문화사, 1957.

오세영, 『한국 낭만시 연구』, 일지사, 1980.

유종호, 『시란 무엇인가―경험의 시학』, 민음사, 1995.

이건청, 『한국의 전원시 연구』, 1984.

이연숙, 『향가와 『萬葉集』 작품의 비교연구』, 제이앤씨, 2009.

이임수, 『한국시가문학사』, 보고사, 2014.

임성철, 『한일 고시가의 자연관 비교연구』, 지식과교양, 2010.

전광용 외, 『한국 현대소설사연구』, 민음사, 1984.

전규태 편, 『한국의 명시조』, 한림출판사, 1987.

_____, 『한국시가연구』, 고려원, 1986.

정연찬, 『향가의 어문학적 연구』, 서강대, 1972.

정재호, 『한국가사문학론』, 집문당, 1982.

정현기, 『한국 현대단편소설의 분석과 감상』, 송정문화사, 1992.

조동일, 『한국문학통사』 4(제2판), 지식산업사, 1991.

조연현 외, 『서정주연구』(동화예술선서), 동화출판공사, 1980.

조윤제, 『한국시가의 연구』, 을유문화사, 1948(1994).

조지훈, 『한국문화사서설』, 탐구당, 1976.

최철, 『향가의 문학적 해석』, 연세대 출판부, 1990.

최철 · 설성경 편, 『시가의 연구』(한국고전비평집3), 정음사, 1984.

青木正児, 『李白』(漢詩大系 8), 集英社, 1983.

横光利一, 『定本 横光利一全集』 第13卷, 河出書房新社, 1982.

4. 신문 · 사전

유득공(柳得恭), 안대회 역, 「여름밤(夏夜)」(「가슴으로 읽는 한시」), 『조선일보』,

2012.8.21.

허윤희, 「신라 각필(角筆), 日 가타카나의 기원」, 『조선일보』, 2016.4.20.

'이중섭, 백년의 신화' 전시회, 국립현대미술관 덕수궁관, 2016.8.

김영삼 편, 『韓國詩大辭典』, 민중서관, 1998.

김흥규 외편, 『고시조 대전(古時調大全)』, 고려대 민족문화연구원, 2012.

박을수 편, 『韓國時調大事典』(上·下), 아세아문화사, 1992.

심재완, 『校本 歷代時調全書』, 세종문화사, 1972.

임선묵 편, 『近代時調大典』, 홍성사, 1981.

정병욱 편, 『時調文學事典』, 신구문화사, 1966.

한글학회, 『우리말큰사전』(전4권), 어문각, 1992.

『한국민족문화대백과사전』, 한국학중앙연구원 인터넷 온라인 서비스, 2016.4.

찾아보기